A course in remarking and analyzing news work

新闻传播专业"十三五"规划教材

新闻作品评析教程

（第2版）

王灿发 等著

中国传媒大学出版社
·北京·

第2版修订说明

本书第一版已在教学实践中使用五年，根据一线任课老师提出的宝贵的意见和建议，为保持全书体例的一致性和知识结构的完整性，本书第2版修订，删除了"广播电视案例评析"一章，增加了"广播电视新闻作品评析"、"网络新闻作品评析"和"自媒体新闻作品评析"三章，第四章第四节"深度报道作品评析"等内容，由杜哲执笔完成。全书由王灿发、乔兰负责修订。

为方便教学，欢迎本课程任课教师与作者联系，作者将赠送ppt课件及相关资料，互相切磋，共同提升。

E-mail：wangcan8000@sina.com

王灿发

2014年10月30日

目　录

前 言

中共十八大以来,新闻界积极落实党中央关于“改文风”的精神,努力改进新闻宣传工作。新闻评析是沟通理论与实践的桥梁。通过评析新闻作品,一方面检验新闻实践成果,另一方面总结新的实践经验并抽象到理论层面,进一步促进新闻实践的发展。著名新闻理论家甘惜分认为,“新闻是一门植根于新闻实践并在新闻实践中与时俱进的社会科学”①。新闻作品就是记者在新闻理论(包括新闻学基本原理、新闻采写理论)指导下的新闻实践的结晶。进行新闻评析,能更好地检验作品的得失,提高新闻报道艺术。我国新闻界对新闻评析非常重视,规模较大的新闻评析活动要数每年进行的中国新闻奖评选了。评选的宗旨就是有利于贯彻关于新闻工作的方针、政策和原则,有利于坚持正确的舆论导向,有利于加强队伍建设,有利于调动各方面的积极性。评选的具体标准包括政治思想标准、舆论导向标准及业务技术标准。②

本书力图从理论与方法、实践与应用两个层面系统讲述新闻作品评析的总体原则和方法,各类新闻体裁作品的评析方法,阐述期刊作品、报纸副刊作品以及外国新闻作品的特点和评析方法,并

---

① 甘惜分:《打开“老记”的人生》,《新闻与写作》2007年第5期。

② 原中华全国新闻工作者协会主席邵华泽2006年6月26日在第十六届中国新闻奖评选会开幕式上的讲话。

通过新闻作品案例的分析揭示新闻写作的基本规律和新闻作品评析的基本规律。

本书采取总分式、中外式结构，首先讲述新闻评析的基本理论与方法，然后按体裁具体讲解各类体裁的评析，在此基础上进行中西新闻作品的对比，分析中西新闻作品的特点。在作品评析的类别上，以报纸作品评析为主，同时照顾到期刊作品评析、广播电视作品评析、网络新闻作品评析和自媒体新闻作品评析。对于新闻作品事例的选择，注意处理古与今、老与新、中与外的关系：以今为主，以古为辅；以新为主，以老为辅；以中为主，以外为辅，突出实用性。本书采用了一些经典事例和大量的新事例。新事例大都是近十年来的各类优秀获奖作品。这些经典作品和优秀作品，以鲜明的个性展示新闻作品的共性原则和要求。评析这些作品，使其成功之处为更多的人认识和把握，从个别的现象上抽象出具有普遍意义的经验和规律，为人们提供借鉴。

王灿发

2014年10月30日

第一章　新闻作品评析概论

● **本章要求：**

了解：新闻评析的作用；新闻作品评析者的素养

掌握：新闻作品的特点；“评析”的涵义；新闻评析的原则

我们每天都会接触新闻。新闻的好坏、优劣，每个人都会进行不自觉地评判。一则新闻报道得充不充分，读者会有一种直观印象，此即对新闻作品最简单的评析。在具体的新闻活动中，新闻评析也随处可见：许多新闻专业杂志都设有新闻作品评析、好稿评析、佳作分析等专栏；全国性新闻单位（如每年一度的“中国新闻奖”）和各省市新闻单位都设有好新闻的评选。这些专栏和各种评奖活动都是“新闻评析”的具体体现。

新闻评析，顾名思义是对新闻活动的结果——新闻作品进行评价与分析。新闻评析与新闻活动的内在规律有着必然的联系。研究新闻评析，首先要了解它所研究的客体——新闻作品到底有什么特点，评析的涵义是什么，为什么要研究新闻评析，研究新闻评析要遵循什么原则，这也是本章要谈的内容。

一、新闻作品的特点

首先，真实性是新闻报道的基本原则，也是新闻作品最基本的特点。事实是新闻的本源，新闻是事实的反映。在反映客观事实时，新闻作品要按照客观事实的本来面貌去反映，不能随意更改、编造、杜撰。

其次，新鲜性也是新闻作品的特点之一。新闻是对新近发生的事实的报道。“新近发生的”也就意味着事实是新鲜的。“新”有两层意思：一是“新近”，新闻报道应迅速及时；二是“新鲜”，指事实新、角度新。新闻被称为“易碎品”，时过境迁，就会削弱甚至完全丧失新闻价值，成为“明日黄花”，无人问津。

再次，新闻作品具有公开性的特点。新闻是面向公众传播的，这就意味着一方面新闻信息的内容是可以公开的，另一方面新闻信息应该以公开的方式传播给公众，起到影响社会舆论的作用。毛泽东提到：“报纸的作用和力量，就在于它能使党的纲领、路线、方针、政策、工作任务和工作方法，最迅速、最广泛地同群众见面。”①再真实的新闻作品，如果没有传播出去，那么也就没有存在的意义了。

最后，新闻作品具有服务性的特点。新闻作品的服务性，指新闻机构通过新闻报道为受众提供社会服务，满足人们的需要。广义的服务性，既包括新闻的娱乐性、消遣性和趣味性，又包括指导性及知识性。因为对群众的学习、工作和社会生活进行指导，满足他们多方面的需要，也是一种服务。服务性同新闻的指导性、思想性是相辅相成的，出色的服务性有利于指导性的贯彻。

由此可见，新闻作品不是文学作品，不能含有任何虚构的成分；今天的新闻，就是明天的历史，但新闻作品本身并不等同于历史，不是什么时候的事实都可以成为它报道的对象的；新闻作品是对客观事物新近变动的报道，具有真实性、新鲜性、公开性、服务性的特点。

二、“评析”的涵义

评析，即评与析。在新闻评析活动中，“评”主要是对新闻作品的新闻价值的大小、表达的思想与产生的社会效果进行评价；“析”主要是对新闻作品的社会成因与表现手法进行综合分析，分析新闻作品的社会背景、现实意义等，并对其表现形式、写作特点等进行分析。

所谓新闻评析，是评析者在一定的新闻观念和评析标准的指导下，对新闻作品的价值要素进行评价和分析，其中包括对新闻作品所呈现的新闻现象进行说明、解释和评价；对作品中所呈现的采写经验进行总结等。

三、新闻评析的作用

新闻评析是对具体的新闻作品以及新闻现象进行评价与分析，揭示作品中所体现的新闻传播活动规律，引导受众鉴赏作品、了解新闻写作的好与坏，让采写者认识到写作得失，从而更好地指导新闻实践，更好地引导社会舆论。下面具体阐述新闻作品评析的作用。

第一，正确评析新闻作品，揭示其新闻价值与思想内涵，引导受众鉴赏。许多新闻作品由于其采写的历史背景与现在不同，受众在理解时会有一些障碍。新闻评析正是通过评价、分析作品产生的时代背景、内涵、思想、意义等，帮助受众充分认识作品所反映的社会生活，深刻了解其新闻价值，从中得到清晰的认识及审美享受。此外，还有一些作品，由于存在国别、民族、信仰、习俗等方面的差异，受众不一定能理解其真正的意义。因此，在评析中，应当把作品放在特定社会背景与历史条件下进行分析，了解新闻

---

① 毛泽东：《对晋绥日报编辑人员的谈话》，《毛泽东新闻工作文选》，新华出版社1984年版，第149页。

作品的内在涵义。在这方面，新闻评析能够起到引导受众鉴赏作品的作用。

第二，通过评析新闻作品，可以培养受众看新闻的专业眼光，了解评价新闻好坏的标准，提升鉴赏能力。每天大量的新闻报道充斥在我们周围，形形色色的新闻令受众无法鉴别其优劣。外行看热闹，内行看门道，不同的新闻作品在角度选择、材料取舍、结构安排、语言表达等方面都各有不同。通过学习评析新闻作品，会对新闻作品的要素、真实性、客观性等本质问题有更加全面的认识，久而久之就会形成比较专业的眼光，能鉴别出作品的真假和好坏。

第三，总结新闻采访及写作的经验与教训，检验写作得失，提高新闻采写水平。在新闻事业的发展中，出现过许多优秀的新闻作品，对这些有价值的新闻成果批判地继承，是新闻事业得以发展的基础。通过研究新闻作品，可以对新闻产生过程有一个全面的了解，了解采访过程、写作规律、特点及写作技巧，对于新闻学习者和从业者来说，无疑是一种很好的学习方法。学习都是先从模仿开始的，借鉴别人的写作经验是掌握新闻写作方法的捷径。

第四，研究新问题、新现象，探讨新闻报道的客观规律，有利于指导我们的新闻实践。新闻事业在不断发展，新特点也会在新闻作品里表现出来。研究作品，及时总结经验，对新闻事业的进一步发展，更具有现实意义和促进作用。通过对新闻评析基本原理的探讨和新闻佳作的评析，把宏观理论探讨与作品微观分析结合起来；把成功的实践经验抽象成理论，用失败的教训作为前车之鉴，可以使我们在实践中少走弯路，提高识别新闻价值的能力。[①]

四、新闻评析的原则

一篇新闻作品，从采集、制作到面向社会公开传播，是一个复杂的系统工程。客观事物的多样性，报道者的立场观点、认识水平、价值取向、评价标准，无一不对新闻作品产生这样或那样的影响，因此，在评析新闻作品时，评析者应当注意遵循以下原则。

1.受众本位原则

受众本位是社会主义新闻事业的本质。中国共产党领导创办的新闻事业，从诞生的那天起，就是以全心全意为受众服务为天职的，忠心耿耿地为实现受众的根本利益鼓与呼[②]。毛泽东说："马克思列宁主义的基本原则，就是要使群众认识自己的利益，并且团结起来，为自己的利益而奋斗。报纸的作用和力量，就在它能使党的纲领路线，方针政策，工作任务和工作方法，最迅速最广泛地同群众见面。"[③]传媒担负着社会信

---

① 夏琼主编：《新闻评析》，高等教育出版社 2002 年版，第 9 页。

② 陈崇山：《论受众本位》，《解读受众：观点、方法与市场》，河北大学出版社 2001 年版，第 76 页。

③ 毛泽东：《对晋绥日报编辑人员的谈话》，《毛泽东新闻工作文选》，新华出版社 1984 年版，第 149 页。

息服务的功能,真实、时效、新闻价值的含量、公共兴趣的程度等,都是新闻活动的基本原则和条件。以受众为本位就是尊重这些新闻规律,最大限度地满足受众多方面的信息需求,最有效地维护受众的根本利益。

2.人文关怀原则

"人文关怀",倡导的是对人本身以及生存状态的关注,重视对人的存在价值尤其是人的心灵、情感和生命的关怀;追求社会公平与正义,维护和尊重每个人的权利和尊严,努力为每个人的健康发展创造有利的社会环境。传媒作为公众信息和意见的传播平台,有责任也有义务倡导人文关怀精神,关注社会发展过程中人文目标的实现。在"受众本位"的今天,媒体必须拓展信息内涵,满足人们的精神需求。尤其是当社会剧烈变动的时候,处于彷徨、困惑境遇中的受众渴望从媒体的人文关怀中寻找精神的慰藉。

3.政治性原则

新闻事业具有阶级性,新闻事业不能脱离政治而独立存在。国家、政党所控制的新闻事业从来都是巩固其经济制度与政治制度的工具,并作为国家、政党的喉舌。新闻担负着发表其具体政令、政见、计划、措施,宣传其政治路线的任务。新闻的政治性使新闻作品不仅要再现客观事实,而且要通过新闻事实表达一定阶级、集团、党派的政治主张,宣传一定的政见。

社会主义新闻事业是党和人民的耳目喉舌,是党和政府联系人民群众的桥梁和纽带。刘少奇在《对华北记者团的谈话》中指出:"我们党要通过千百条线索和群众联系起来,而你们的工作,你们的事业,就是千百条线索中很重要的一条。报纸每天和群众见面,每天把党的政策告诉群众。军队是党联系群众的桥梁,人民代表会、合作社等也是党联系群众的桥梁。没有这些桥梁,党和人民群众的联系就要断了,党和人民之间就有了鸿沟,因此必须有这些桥梁。千座桥,万条线,主要的一个就是报纸。"①

在从事新闻作品研究这一特殊的精神劳动时,必须具有坚定的政治立场。要以马克思主义、毛泽东思想和中国特色社会主义理论体系为指导思想,在政治上和党中央保持一致,对党的"一个中心,两个基本点"的基本路线,对党和政府的方针、政策能深刻领会和掌握,做到政治敏锐、头脑清醒、方向明确、旗帜鲜明,给人以正确的舆论引导。

4.坚持正确的舆论导向原则

新闻作品是对纷繁复杂、变化万千的客观事物的反映。作者的立场观点不同,对客观事物认识和把握的程度不同,对事实选择就不同。即使对同一新闻事件,往往也

① 中共中央宣传部新闻局编:《马克思主义新闻工作文献选读》,人民出版社1990年版,第220页。

会表现出不同的态度，给予不同的评价，从而写出社会效果截然不同的新闻作品。所以，在研究评析新闻作品时，要坚持正确的舆论导向。

导向意识是大众传播媒介的喉舌功能在新闻作品中的具体体现。新闻评析者要坚持社会主义新闻传播的指导思想和报道方针，要坚持正确的舆论导向，以正面报道为主，宣传新时期党的路线、方针和政策。舆论导向正确与否关系到我国的现代化建设能否在一个安定团结的政治氛围中稳步前进。正如江泽民同志所说的，“舆论导向正确，是党和人民之福；舆论导向错误，是党和人民之祸。”①

新闻作品研究者，应当是“以正确的舆论引导人”的积极实践者，是社会主义物质文明和精神文明建设的积极参与者与捍卫者，是中华民族时代精神的辛勤培育者，因此要重视新闻作品的宣传教育性，重视新闻作品对社会安定团结，对经济、政治、文化建设的引导作用。坚持正确的政治导向，保持稳定的政治局面，为全党和全国人民有领导、有秩序地进行现代化建设创造一个良好的舆论环境，是新闻评析者义不容辞的责任。在新闻评析中，应当将是否具有积极的社会意义、是否能正确反映舆论、是否遵循社会效益第一的原则放在首位。

五、学习本门课程的意义

在平时受阅新闻的过程中，广大受众对新闻作品好坏的评价，往往都是根据感性印象进行的，很难上升到理论的高度。即便能说出一两点道理，也总是局部的、表面的、肤浅的评价，对新闻作品中所蕴含的深刻意义或存在的根本问题难以揭示出来。

长期以来，新闻理论与新闻实践相脱离的现象十分严重。新闻理论研究成果无法应用于实践，新闻从业者整天忙于新闻采写活动，对理论不感兴趣，认为理论不能解决实际问题。然而，对于新闻工作者来说，如果只钻研新闻理论而不将其运用于新闻工作实际，那么，他对理论理解和掌握的深刻程度将受到很大限制；如果只忙于业务，而不认真思考总结理论，那么，业务水平的提升也是有限的。新闻评析集理论性、实践性、应用性于一体，运用新闻理论去评价、分析具体新闻作品，或者在分析、评价作品中引申出一些理论，可以使新闻从业者从中得到启发，从而把自己多年积累的实践经验同新闻理论结合起来，对新闻理论发生兴趣，增强学习和运用新闻理论的自觉性，提高新闻从业者的整体素质。

具体说来，开设新闻评析课程的意义有以下几点。

1.新闻评析是沟通新闻理论与实践的桥梁

新闻作品评析属于媒介批评范畴，它介于理论与实践之间，用新闻理论来评价和分析新闻实践结果，用新闻实践来印证和检验新闻理论。

---

① 江泽民：《视察人民日报社时的讲话》，《学习马克思主义新闻观》，吉林人民出版社 2001 年版，第402 页。

新闻理论是在新闻实践的基础上总结出来的,是新闻实践经验的结晶。新闻评析的任务不仅是向受众推荐和阐释新闻作品,它还要向新闻从业者反馈社会的接受情况,使新闻从业者及时地了解受众对作品的态度、看法,了解作品在社会上所产生的实际效果及其作用,促使新闻从业者与时代、与广大受众更紧密地联系起来。新闻评析就是运用新闻理论中的基本原理来分析、评价新闻作品,理论成为审视新闻作品的出发点或依据。同时,新闻理论在具体新闻作品的分析中也得到了升华。

2. 有利于把新闻业务改革同探索新闻理论创新联系起来

社会在不断地发展、进步,新闻事业也在不断地发展、变化着。当前的新闻工作实践从方式到内容,都出现了很大的变化,许多前人没有见过、研究过的新情况、新问题涌现出来,原有的理论知识已经不够解答这些问题,需要新经验、新成果指导实际工作。因此,我们在坚持和遵循新闻学基本理论的同时,新闻理论也应该与时俱进,通过对新闻佳作的评价与分析,总结出目前我们新闻工作实践中的种种成败得失,把成功的实践经验抽象成新的理论。

3. 有利于指导我们科学地把握新闻评析的内在规律,规范新闻评析活动

新闻评析应坚持马克思主义新闻观,坚持新闻评析的基本原则,对新闻作品进行价值判断。通过分析、阐释和评价新闻作品来总结和探索新闻采写经验及其规律,规范新闻写作,引导受众鉴赏,进而构建有中国特色的新闻评析理论体系,促进新闻事业有序发展。

4. 向受众传递信息和思想,给受众以启发,培养受众对新闻现象、新闻问题的认识能力

新闻的社会性决定了新闻评析具有社会性特点。新闻作品以社会生活为报道对象,通过采访获取真实的客观事实,又通过尊重新闻真实性的报道手段,向受众传达一定的信息和思想。新闻机构作为上层建筑的重要部门,不断地反映社会的真实状况,报道社会的各种变化。新闻传播的意识力量几乎伸展到社会生活的各个领域,成为规模最大、影响力最强的意识形态部门。新闻评析活动通过对新闻作品的分析评价,能够表现新闻工作者的社会责任感和对人生、对社会敏锐的洞察力,其选择的评析作品和表达的评析观点可以鲜明地传达出作者对社会和人生的价值判断,无论是批判、褒扬还是激励,都能给读者有益的启示。

开设新闻评析课程,目的在于使学生巩固和深化所学的新闻理论知识,培养学生运用理论分析具体新闻现象以及鉴赏作品的能力,提高新闻业务水平。

六、学习方法

首先,在研究新闻作品的过程中,要遵循认识事物的一般规律:从个别到一般,再

由一般到个别,即由个性到共性,再由共性到个性。

个性就是此事物不同于其他事物的独特而又鲜明的特征。个性的突出之处就是它的特殊性。共性是事物的普遍性、一般性,是同类事物共同的本质属性。阅读、分析优秀的新闻作品,我们往往会发现它们有比较鲜明的个性特点:具有鲜明的时代特色,报道内容具有特殊性,表现形式各有不同,语言运用风格多样等。但是,新闻作品的共性仍然包含在新闻报道的基本原则和规律之中,如真实、准确、迅速、及时,具有针对性、指导性等。

研究新闻作品,应注意共性与个性的辩证统一关系。应注意在新闻共性的前提下评价、分析新闻作品。由于新闻作品的个性中往往包含着新闻报道的共性,而新闻报道的共性又存在于具体的新闻作品的个性之中,人们可以通过把握个别典型,找出共同的带有规律性的东西来指导一般。

其次,思维形式也至关重要。思维是人的认识的高级阶段,研究新闻作品成功与否,往往与所采取的思维形式有密切关系。在新闻作品评析中,运用创造性思维、宏观思维、立体思维以及求异思维等形式,使我们的研究活动具有创新意义。

创造性思维　是一种勇于探索未知领域,敢于提出新见解、新问题的进取型思维方式,充分体现了人类思维本身具有的能动性。

宏观思维　是指超越所观察的事物本身,从更大的时空范围去展开纵向和横向的思索。要求我们在研究新闻作品时应具有远见卓识,能高屋建瓴地观察问题、分析问题,在把握大局、全局上下功夫。

立体思维　是对于一个认识对象进行多方位、多层次、多角度的思考和探索,力图真实地反映这个事物的整体以及这个整体和周围事物构成的立体画面,这是立体思维常采用的思维方式。

求异思维　是朝着不同方向、沿着不同途径思考问题的方法,它常常冲破思考的习惯范围,激发非习惯联想,从而引出更多更深刻的信息。

以上几种思维方式,从不同角度拓宽思维的领域,帮助我们深化认识,深入研究,使新闻作品评析活动具有创新意义。各种思维方式并不是孤立存在的,它们常常相互交叉,相互渗透,互为补充,相辅相成。

再次,要遵循主观与客观相统一的方法。作为研究对象的新闻作品是不以人的主观意志为转移的客观存在。研究者对新闻作品的分析、判断,必须以新闻作品为基础,不能离开作品这个客观条件去主观臆断。但是,在研究作品时,必须要有主体精神、自我意识的渗入,也就是要把作品中的事物、人物的意义加以抽象化,把它们作为材料进行分析、综合、比较和概括,从而对作品产生一定的认识、理解和结论。新闻作品是客观存在的事实,是第一性的;研究者的理解和判断是第二性的。我们在评析作品时,一定要坚持主观与客观相统一的原则,在尊重作品,考虑时代背景的前提下,确定自己的立场、观点、情感取向、审美趣味等，不要片面地、主观地、表面地评析新闻作品[①]。

最后，要坚持理论与实践相结合的方法。新闻学是一门实践性非常强的应用型学科。实践出真知，不经过实践，永远也无法真正理解新闻工作的内涵，因此我们要重视实践。同时，我们还必须掌握相应的理论。前人在大量实践的基础上总结出来的理论对我们的实践有着非常重要的指导意义。因此，我们在学习时应该将理论与实践结合起来。学习新闻作品评析，目的就是用我们所学的理论去鉴赏新闻作品，总结新闻实际工作中的经验教训，更好地指导新闻工作。

七、新闻作品评析者的素养

所谓新闻作品的评析者，有着广义和狭义之分。广义上是指所有的受众，狭义上是指新闻作品评析专家，主要包括从事新闻作品写作的人员、新闻教育者和新闻作品研究工作者。作为新闻作品评析者，尤其是评析专家，个人的素养对研究和评析作品有着直接的影响。具体而言，他们应该具备更有高度的阅读和赏析能力，更有深度的分析和洞察水平，更为广阔的视野和高瞻远瞩的眼光。基于这些要求，新闻作品评析者应该努力提高和加强以下几个方面的能力和素养。

1. 政治素养

(1)坚持马克思主义新闻观

社会主义新闻事业是社会主义国家党和政府的耳目喉舌，是强有力的舆论工具，必须立场坚定、旗帜鲜明、准确全面地宣传党的路线、方针、政策，服务于全党的中心工作。我国新闻事业的这种性质和作用，往往是通过具体的新闻作品体现和发挥出来的。因此，新闻作品评析者同作品采写者一样，都必须具备较高的马列主义理论水平，在实践中要做到努力学习宣传马克思主义、毛泽东思想和中国特色社会主义理论体系；具备坚定的政治立场，在政治上和党中央保持高度一致，对党的基本路线、方针、政策要能深刻领会和掌握，坚持研究工作的正确方向。

(2)坚持新闻事业的党性原则

新闻作品评析者必须加强自身的党性修养，不断增强党性观念。社会主义新闻事业的党性，是无产阶级阶级性和马克思主义革命性、科学性和群众性在新闻传播活动中的具体体现。江泽民同志曾反复强调马克思主义新闻传播事业党性原则的重要性。1996 年 1 月 2 日，在接见解放军报社师以上干部时，他指出：“办好《解放军报》，首要的一条，就是必须坚持鲜明的党性原则。”[②]

---

① 汤世英主编:《中外新闻作品研究》,武汉大学出版社 2000 年版,第 27～33 页。

② 江泽民:《在接见解放军报社师以上干部时的讲话》,《学习马克思主义新闻观》,吉林人民出版社 2001 年版,第 391 页。

坚持新闻事业的党性原则要着重做到以下几点：

第一，要旗帜鲜明地与党中央保持一致。

第二，要有大局意识，全局观念。要服从、服务于大局，宣传好大局，“报实情，讲真话”。要“坚持政治家办报，正确处理改革、发展、稳定的关系，登什么，不登什么，怎么登，都要从大局出发，从党和人民的整体利益出发。”①

第三，必须正确认识“新闻自由”的实质。“任何自由从来都不是抽象的而是具体的，不是绝对的而是相对的。在任何一个国家中，都不存在绝对的毫无限制的‘新闻自由’。”②

坚持新闻事业的党性原则要求新闻作品评析者在研究和评述新闻作品时，必须在政治上、思想上、组织上和党中央保持高度的一致。

党性原则还要求新闻作品评析者在分析、评价作品时，无论在什么情况下，都必须坚持事实第一性，新闻第二性的原则，一切从实际出发，实事求是，坚持真理，敢讲真话。

(3)坚持正确的舆论导向

舆论导向正确与否，关系到我国的现代化建设能否在一个安定团结的政治氛围中稳步前进；关系到小康社会的实现以及社会主义和谐社会的构建；关系到科学发展观思想的贯彻和落实；关系到社会的稳定，民族的团结，国家的兴亡。坚持正确的政治导向，坚持中国共产党的领导，坚持社会主义道路，为全党和全国人民进行社会主义现代化建设创造一个良好的舆论环境，是新闻工作者义不容辞的责任，也是新闻作品评析者应尽的职责和义务。

坚持正确的舆论导向，新闻作品评析者必须做到：

第一，坚持社会主义新闻传播事业的指导思想和报道方针，重视新闻作品的宣传教育性，重视新闻作品对社会政治、经济、文化建设的引导和推动作用。

第二，围绕社会发展的重点，加强对改革开放和现代化建设中正面事件的报道，鼓舞全国人民的士气，提升全民族的精神状态，进一步促进社会主义现代化建设的发展。

(4)良好的职业道德

新闻从业人员自身政治素养的提高，是实现良好职业道德的先决条件。我国的新闻工作者应以全心全意为人民服务作为工作的根本宗旨。

一个具有良好职业道德的新闻作品评析者，会十分珍视国家和人民的信任，自觉担负起社会责任；会积极努力地宣传正确的思想、政策，传播先进的科学文化知识，积极有效地促进经济社会发展。因此，新闻作品评析者应该在工作中兢兢业业，恪守准则，以保证每一篇作品的有效性、公正性和纯洁性。

---

① 江泽民：《视察人民日报社时的讲话》，《学习马克思主义新闻观》，吉林人民出版社 2001 年版，第404 页。

② 江泽民：《关于党的新闻工作的几个问题》，《学习马克思主义新闻观》，吉林人民出版社 2001 年版，第 355 页。

2. 专业理论素养

新闻学是研究人类，特别是近现代新闻事业和新闻传播活动特征、本质和规律的科学。新闻理论作为新闻学的一个分支，主要包括新闻学概论、新闻学原理以及比较新闻学等[①]。新闻理论是新闻学的基础理论部分，研究新闻活动和新闻事业的性质、任务、作用、意义及其产生和发展的一般规律；研究新闻事业和社会政治、经济、文化事业发展的关系；研究新闻事业的指导思想和基本工作原则、方法等。“新闻理论不能代替采、编、摄、录、播等具体的业务研究，但对具体业务有指导意义，是正确有效地开展新闻工作的理论基础。”[②]因此新闻专业理论是指导作品评析者评析实践的理论基础，是评析者必备的素质。

(1)要明晰新闻专业理论中的相关概念及其内涵和外延

新闻作品评析者必须明确新闻的起源与定义，事实与新闻报道的关系，新闻价值的概念，新闻报道的客观性与倾向性的关系等。只有科学、准确地掌握了这些基本概念和基本原理，才能清晰地判断评析的对象，写出的作品分析才能评价恰切、言简意赅。

首先，新闻作品评析者应清醒地认识到真实是新闻的生命，这是每一个新闻工作者必须坚持的基本准则。众所周知，新闻是对“新近发生的事实的报道”。事实是新闻赖以传播的基础，是新闻的本源，而新闻是对事实的反映和报道。事实是第一性的，新闻是第二性的，没有事实也就没有新闻。因为真实，新闻才可信，才能够成为人们认识世界和改造世界的精神向导和精神力量。因此，真实是新闻的生命，真实性原则是新闻作品评析者要坚持的首要原则和根本原则。

在进行作品评析时，真实性原则可分为以下几个层次：其一，具体事实真实，即微观上的真实。评析作品中所体现的时间、地点、人物、事件甚至具体细节都必须真实，准确无误；其二，总体真实和宏观真实，也就是一定意义上的本质真实。评析作品对事实的反映不应仅仅是现象的真实，还应在揭示事物的本质，把握事物的发展规律，提升整个作品的高度、深度和广度方面多下功夫。

其次，对新闻价值的较好把握是新闻作品评析者应具备的素质。新闻价值中最基本、最关键的莫过于新闻的“新”。这个要素决定了报道是否新鲜，是否准确、快捷，选择的报道角度是否新颖，报道途径和报道手法是否先进。同样，新闻作品评析者对于以上几点的分析也正是对整个作品精华部分的提炼。因此，它们不仅是衡量新闻价值的重要指标，更是评价作品评析者业务素质的重要标准。

最后，和新闻采写者一样，新闻作品评析者也同样具有倾向性。评析作品的倾向

---

① 赵玉明、王福顺：《广播电视辞典》，北京广播学院出版社1999年版，第51页。

② 成美、童兵：《新闻理论教程》，中国人民大学出版社1993年版，第3页。

性很大程度上缘于新闻事业的阶级性、政治性和社会性，其倾向性往往体现在选择评析对象以及对其进行解释评价时，由于新闻作品评析者的立场、观点以及知识结构、认识能力的不同，得出的结论都在或明或暗、自觉或不自觉地决定、影响着受众的分析和判断。所以新闻作品评析者对作品进行评价和分析时，要坚持事实的客观性和主观倾向性相结合，在坚持真实性的基础上表达自己的认知和态度，形成一种无形的意见引导受众。表现倾向性的方式和手法，在一定程度上体现出新闻作品评析者的工作经验和能力技巧。

(2)要准确认知新闻事业的性质、特征及其发展规律

能否正确地把握新闻事业的性质、特征和发展规律，直接关系到能否有效地指导作品评析的实践活动。新闻事业属于社会上层建筑的意识形态的范畴，为一定的经济基础服务，在阶级社会中具有强烈的阶级性。社会主义新闻事业是社会主义事业的有机组成部分，是“党的生命的一部分”。社会主义新闻事业要始终坚持党性和人民性的统一，以马克思主义作为宣传报道的指针，坚持报道的真实性和客观性，正确发挥新闻媒介舆论引导和舆论监督的功能。

对新闻事业特别是社会主义新闻事业的性质、特征及其发展规律的准确把握，可以保证新闻作品评析者在评析作品时始终沿着社会主义轨道前进，避免发生指导思想和原则上的偏差和错误。

新闻作品评析者的主要任务是对作品进行评价和分析，因此，他们认识、分析问题的角度必须更新鲜、更精准，这样才能通过品评和鉴赏提升整个作品的深度和高度，使作品得到最终的启发和升华，更好地把握作品写作的本质和规律，得出正确的结论。

综上所述，新闻作品评析者必须具备新闻专业理论素养，在一定的理论高度上进行新闻评析。

3.专业业务素养

新闻作品评析者作为新闻工作者的一部分，除了要具备专业理论知识以外，丰富娴熟的业务素养对其进行新闻评析、准确深刻地表达自己的意见和观点、提高自身的工作能力和工作质量，也是大有裨益的。

(1)了解客观实际的能力

所谓了解客观实际的能力，对新闻工作者来说，既是采访的能力，是新闻传播者运用所掌握的专业理论知识，在众多事实中发现新闻的能力，也是对客观实际的了解能力。

面对各种各样的情况，只有善于发现和采集，才能真实、迅速、全面、准确地抓住足够的素材。人们常说，“新闻工作者是社会活动家”，反映的就是新闻工作者的社会活动能力。具体到新闻作品评析者，了解客观实际既包括对报道中体现的事实的了解，也包括对作品采写者个人情况、采写背景，以及与事件相关的社会风貌等的了解。这些信息和资料的掌握，除了依靠查阅书籍、相关文字外，更多的则是通过直接或间接的

调查研究获得。新闻作品评析者只有较好地掌握新闻采访方面的知识,写出的作品才会更具针对性和指导性。

(2)新闻敏感性

新闻敏感是新闻工作者在已经发生、正在发生和可能发生的万千事物中,迅速而准确地判断其新闻价值的能力。它是新闻工作者对社会现象的观察能力,对事物发展变化的反应能力,对新闻线索的识别能力,以及对新闻事实的分析能力的综合体现。它是新闻工作者在长期的新闻实践过程中形成的,是一种职业敏感。

新闻敏感对于新闻作品评析者同样十分重要。新闻敏感强的新闻作品评析者,善于发现事物的差异,能够迅速及时地把握作品本身所包含的意义,将其区别于同类作品,挖掘其特性和闪光点;新闻敏感强的新闻作品评析者,能准确觉察新闻作品的背景,对其发展趋势作出正确判断,甚至从单一作品中发现问题,并提出解决方法,以小见大,见微知著。

新闻作品评析者提高新闻敏感的途径很多。首先,应该培养良好的政治敏感。政治敏感的培养既要依靠学习和掌握马列主义理论,党的基本路线、方针、政策,又要了解社会上各行各业、各个阶层对政策措施的反映,做到"吃透两头"、游刃有余、从容不迫。其次,要注意平时的积累。日常的生活积累和知识积累对培养新闻敏感至关重要。从某种意义上说,新闻敏感是对事物的一种"直觉",这种直觉只有与丰富的知识以及从实践中积累出的经验相结合,才能擦出新闻敏感的"火花",才能有创作的灵感和激情。因此,新闻作品评析者应该不断学习和积累各领域、各层面的知识和素材,理论联系实际,历史联系现实,国外联系国内,到需要用的时候方能胸有成竹,应付裕如。

总之,新闻作品评析工作者必须具有高度的职业责任感,勤于学习、善于思考、博于见闻、长于表达,具备孜孜不倦、坚持不懈的精神,才能培养出真正的新闻敏感性。

(3)语言文字表达能力

对于新闻作品评析者而言,语言文字的表达能力是必须要具备的。因为任何思想、情绪都是通过文字的方式来表现的,只有把所见到的、所听到的、所想到的、所感觉到的逐一记录下来,才能成就一个完整的评析作品。

对新闻作品评析者来说,表达能力具体表现在以下几个方面:

第一,善于运用各种写作形式。论文作为新闻评析最常见的形式,作者必须运用自如,信手拈来;随笔、专著等其他形式也应略通一二,有所触及。"十八般武艺"都会使用,必要时还要能推陈出新,创新形式。

第二,善于量体裁衣。根据题材需要,选择适用的体裁,争取内容和形式的完美统一。

第三,善于选择写作角度。根据作者和读者双方的不同需要,选择最适用的评析角度。

第四,善于谋篇布局。内容的安排恰到好处,中心突出没有散乱,各部分相互关联没有孤立，整篇文章水到渠成、浑然一体。

第五，善于驾驭文字语言。根据内容和形式的需要，运用最富于表现力、最得体的语言来表情达意。

第六，善于制作标题。准确、精炼、突出新意、富有个性和文采的标题是文章的点睛之笔，丝毫不能被忽视①。

总之，文笔的精炼、思维的条理、情感的充分、内容的厚重，都是新闻作品评析者写作时所必须具备的素质。

(4)思辨能力

这个能力是前面三种能力的灵魂，虽然它是一个非常抽象的概念，但却无处不在，无时无刻不在指导新闻评析者的实践。

新闻作品评析者的思辨能力主要体现在能够迅速准确地捕捉作品中有价值的、值得深入探讨研究的部分，预测事件纵深发展的趋势和走向，最终实现文章的选材立意、谋篇布局。

任何一篇评析文章在形成过程中思辨能力都贯穿始终。思辨能力越强，作品的质量和效果也就越好。因此，掌握充分的业务知识是新闻作品评析者选择评析对象、表达评析见解、提高评析能力所不可或缺的，对其工作水平的提高大有裨益。

4. 多元化的知识结构

培根说“知识就是力量”。这句名言对新闻作品评析者同样适用。新闻报道范围的广泛性和服务对象的群众性，使得新闻作品呈现出千姿百态、丰富多彩的外在形式。所以，多元化的知识结构有助于作品评析者全方位地感受新闻作品，准确把握作品的思想性和艺术性。各类知识的有机结合、融会贯通，还可以拓展作品评析者的思维空间，有利于对作品进行多角度、多侧面的分析和评价。

纵观新闻史，各个时期杰出的记者、编辑、新闻评论家，基本上都是“读万卷书，行万里路”者。只有这样，才能厚积薄发，写出学术功底深厚、内容深刻的文章，产生一定的社会影响。如邓拓既是出类拔萃的记者，又是著名的历史学家、杂文作家，琴棋书画皆通；《西行漫记》的作者、美国著名作家埃德加·斯诺是世界闻名的新闻记者，对中国问题的研究有独到的见解。

所以，新闻作品评析者除了要具备马克思主义理论水平、专业理论素养和业务素养外，更应该通晓社会科学、懂得自然科学，做一个“杂家”；不仅要具备政治家的头脑，还要具备专家型、学者型头脑，有丰富的理论知识储备，做一个专家型记者。

新闻作品评析者知识结构的构建要从以下方面进行努力。

第一，掌握优秀的民族传统文化知识和西方文化知识。中国传统文化博大精深，

---

① 龚志聪：《报道工作的四个能力与四项学养》，《军事记者》2004年4月，第61页。

文学、艺术、绘画、书法、歌舞、戏曲各领风骚、各显神通，它们蕴涵着作为多民族国家传统的审美观念和情趣风尚，这种影响一直延续至今。而西方文化，通过去粗取精、去伪存真、由表及里地分析和提升，可以较好地为我所用。新闻作品评析者在这方面知识的积累，可以帮助其准确了解受众的审美需求，写出的作品也会更有新意，更具情感，更为灵动，更易引起受众的共鸣。

第二，注重培养自身的语言素养。新闻工作者吃的是文字饭，应着重提高语言文字运用能力，尤其应该努力提高自己古诗文的学习和使用能力。

中国的古典文学名著是中华民族文化的精华。汲取这样的文化精华，对新闻作品评析者提高文学素养大有好处。例如，有些题材的写作，可以稍稍借用或引用古诗文，使评析作品文笔流畅、语言优美，起承转合，令人读来一气呵成，大大增强文章的表现力和感染力。当然，学习和运用古诗文，不能闭门造车，不能望文生义，要适当地联系实际，科学、负责地引用诗词、名言警句，使这些引用成为整篇文章的点睛之笔。

同时，对于中国近现代文学、外国文学等文学常识的学习和掌握也是不可或缺的。

第三，具备史学方面的知识。新闻是今天的事情，而这个“今天”是承接昨天和走向明天的桥梁。因为昨天的新闻是今天的历史，同时今天的新闻必将成为明天的历史，任何社会的发展都是这样一个交替变迁的过程。因此，对历史的谙熟将会帮助作品评析者把握时代脉搏，从中获得对社会发展规律的客观认识。同时，对历史知识的认知，可以帮助新闻作品评析者全方位、多角度地分析人物、事件，使主人公、主体事件更加饱满生动。

第四，尽可能多地了解最新的自然科学发展动态。当前，新能源科学、新材料科学、信息科学、空间科学、生命科学、环境科学等形成知识经济时代的支柱产业群，它们的飞速发展，带动整个时代进步。在这个愈益重视现代科学技术，强调科教兴国的时代，有关自然科学方面的报道也将大幅度增加，涉及的范围将更加广泛，内容将更加深入。新闻作品评析者如果对新技术、新领域的知识知之甚少，就不可能针对诸如“克隆”、“地球变暖”的报道进行科学客观的评价和分析，正确地反映和引导社会舆论。可以说，现代科学技术在新型新闻工作者的知识框架中所占的比重与分量将会与日俱增，决不可轻视、忽略。

第五，提高法律素养。在实际工作和生活中，每一个新闻工作者都必须有足够的守法和维权意识，自觉学习宪法、刑法、民法、行政法等基本法律法规，从法律角度了解和认识什么样的报道活动是法律允许的，什么样的报道活动是法律禁止的，自觉把自身的新闻活动纳入法制的轨道。

第六，具备基层工作知识、社会适应能力。在当前的新闻报道中，越来越多的作品体现和反映基层实际工作，对这类作品的分析和评价，对写作者会起到一定的指导作用。新闻作品评析者应具备一定的基层实际工作知识，成为懂行的人，经常做一做基层实际工作，接触和解决一些实际矛盾，为评析者在分析全局问题时打下扎实的根底。

同时，新闻作品评析者要有目的地扩大自己的交际面，善于协调和正确处理人际关系，不断创造和开拓搜集素材的活动空间。另外，新闻作品评析者要有较强的生活适应能力。对特殊的社会地理环境、民风民俗、宗教信仰的适应可以解除与他人之间的隔阂，有利于深入采访，挖掘有价值的背景资料。

总之，随着经济的发展、科技的进步，社会的知识体系和结构也随之发生着日新月异的变化，最终必将成为一个囊括各类学科、各种知识的整体。包括新闻作品评析者在内的任何一个人都不可能完全掌握所有的知识，因为知识的丰富和更新是一个日积月累、循序渐进的过程，不可能一蹴而就。新闻作品评析者作为传播新知识、新信息的专业人员，更需要努力学习，不断更新知识，完善自身的知识结构。

5.价值评价能力

新闻作品评析者因其特殊的评阅者身份，除应具备上面提及的业务能力和知识素养以外，更应当具有一些评价学的基本知识，这是作品评析的特殊要求。

评价是人们日常生活中涉及较广的一个词语。可以说，每个人都会经常评价周围的人或事，新闻作品评析者也不例外。他们的职责和任务就是给予新闻作品以评价判断，品评作品的优劣好坏、透析作品的风格特色、预见作品的社会影响力。

从某种意义上说，作品评析归根结底是一个评价的过程，从选题到赏析，再到传达评析结果，都需要有系统的评价学理论进行指导。这一理论贯穿于作品评析的全过程，如评析对象的选定、评析角度的确立、评析原则和手法的运用、表现形式和风格的选择等①。虽然，评价学的概念不一定在每位评析者的脑海里都能形成完整清晰的印象，但它的若干知识不仅能够帮助评析者摆脱评析实践中存在的盲目性和滞后性，还可以增强其文章的理性色彩，提升整个评析作品的高度。

那么新闻作品评析者怎样才能具备良好的价值评价能力呢？最根本的就是要了解什么是价值，怎么才算是有价值。只有充分把握价值的内涵和外延，才能对作品有无价值以及价值大小作出准确的判断，最终的评析结论才会具有说服力和导向性。

价值是客体满足主体的需要程度。当主体存在某种需要时，客体在一定程度上满足了主体的需要，也就形成了客体对于主体的价值。由此可见，离开了主体的需要，客体则毫无价值可言。因此，作品的价值，是由作品满足受众以及国家、社会双重需要来实现的。新闻作品评析者所做的就是将作品中满足双方面需求的精髓分析提炼出来，评价作品的价值所在。这样，一方面可以更好地指导采写者的实践工作，使他们写出更具价值的作品，提高新闻作品的整体水平；另一方面，新闻作品评析者的工作也可以更好地帮助读者理解新闻作品，捕捉作品的闪光点，了解国家社会的历史、现在和未来发展。

---

①　夏琼主编：《新闻评析》，高等教育出版社2002年版，第59～60页。

新闻作品评析者要顺应时代的要求，不断充实自己的大脑，提高自身的素质，充分释放潜能，一步一个脚印，扎实积累，稳步前进，真正成为连接记者、读者和社会的纽带与桥梁，为新闻事业的发展做出更大的贡献。

思考题

1. 评析新闻作品应遵循哪些原则?
2. 结合实际，谈谈学习新闻作品评析课的方法。
3. 结合自身实际，谈谈如何提高新闻作品评析者的素养。

第二章　新闻作品评析方法

● **本章要求：**

了解：专业报道作品分析；个人作品评析

掌握：新闻作品内容评析；新闻作品形式分析

第一节　新闻作品内容评析

一、新闻作品的价值分析

1. 真实性分析

评析一篇新闻作品，内容是否真实，应该是最先要考虑的。新闻的生命在于真实，如果一篇新闻失实，也就失去了作为新闻应有的价值。

真实是新闻的生命，是新闻的本质要求。新闻是一种面向社会的信息传播，它向社会提供的是外部世界新近发生的变动情况。广大人民群众是新闻事业的服务对象，他们每天读报纸、听广播、看电视，为的是要了解国内外新近发生的重要事件，了解世界变动的真实情况，从而使自己的行动符合实际并做出正确决策。如果新闻报道不真实，又何来价值可言？报道真实才能取信于民。群众是新闻报道效果最权威的检验者，他们是否接受媒体的宣传，接受多少，在很大程度上取决于对媒体的信任度，而这种信任度的取得又是以报道真实、讲真话为前提的。

新闻报道招致批评，往往都出在报道不真实上。以真实为生命的新闻报道，现在不时面临假新闻的侵扰，虚假报道、虚假信息通过不同渠道出现在媒体上，不但损害了媒体的公信力，也给国家、社会带来危害。因此，真实性是评析一篇新闻作品优劣的首要因素。

如今，在日趋激烈的新闻竞争中，有些媒体对时效性、可读性的考虑往往超过了对真实性的重视，不太注重对事件真相的调查；一些商业机构或个人为了自我宣传或其他目的,制造新闻事件并提供给新闻媒体,进行炒作;还有的记者在强大的竞争压力下,违心编造假新闻。这都导致了假新闻的大量出现。例如,2004年8月24日,《中国青年报》发表《第二代身份证将由日本企业造》的假新闻。真实情况是为确保证件质量,经公开招标,选用包括富士施乐、惠普在内的打印设备,用于第二代居民身份证表面照片和文字信息的打印。但所有的第二代居民身份证均由公安机关制证中心(所)印制,制证过程是在安全可控环境下进行的,不存在身份证由外国企业印制的问题。假新闻作者的失误,在于他只是看了雅虎转载的报道而没有查找原文,便信手写来①。又如,2007年3月26日,台湾TVBS电视台以独家新闻方式播出一段黑道分子持枪恐吓录像,28日晚间该电视台坦承该录像为记者自导自拍。这完全是自导自演的假新闻。

虚假新闻混淆视听,误导舆论,愚弄受众,会给有关当事人和单位造成精神上的伤害和经济上的损失,甚至还会破坏稳定。因此,记者必须对公众利益负责,把新闻事实完整而真实地呈现给公众。新闻评析者应该擦亮眼睛,不轻信,不盲从,认真鉴别真伪,维护新闻真实。

2. 新闻价值分析

新闻价值是指事实所包含的足以构成新闻的种种特殊素质的总和②。新闻工作者每天都要面对纷纭变化的万事万物,哪些事情值得报道,哪些事情不值得报道;哪些事情应该重点报道,哪些事情只需作一般报道,这里有一个价值判断的问题。

新闻价值是衡量事实能否构成新闻的客观标准,它对新闻报道的全过程都有直接的重要作用。衡量新闻价值的标准主要有时新性、重要性、显著性、接近性、趣味性等,在评析新闻作品时也要注意这几个方面。

时新性　指新闻事件是新近发生的,而且是社会大众所不知道的。"新"应当有两层意思,一是"新近";二是"新鲜"。"新近"是指新闻报道的时间新,迅速及时是其特点。"新鲜"主要指内容新,新闻的价值往往就体现在最新鲜的事实上。

重要性　指事关大局、影响普遍、与当前社会生活和广大群众利益有着密切的关系。重要性是新闻价值的主要因素,也是核心因素。其主要衡量尺度是看它对国家、民族、人民、社会所产生的影响。

显著性　指事实所涉及的人物、地点或事件本身等因素为众人所瞩目。

接近性　指新闻事实使受众感受到与其切身利益有直接关系或较密切的关系,从而表现出一种"新闻欲"。接近性因素主要包括地域上、心理上的接近。事情发生的地点越近,涉及读者的切身利益与思想感情越是密切,读者就越关心,新闻价值就越大。

---

① 陈斌、贾亦凡:《2004年十大假新闻》,《新闻记者》2005年1月。

② 何梓华主编:《新闻理论教程》,高等教育出版社1999年版,第39页。

趣味性 指新闻事实所具有的令人喜闻乐见的特质。新闻报道的内容只有使读者有兴趣,能引人入胜,读者才会爱看并乐于传播。

新闻敏感是记者发现和判断客观事实是否具有新闻价值,编辑判断作品新闻价值大小的能力。它体现了记者善于捕捉、反映生活中的变化和潜在变化的能力,是记者、编辑政治水平和业务水平的集中表现。这种能力主要体现在以下五个方面:

- 迅速而准确地判断某一事实的政治意义;
- 及时地判断某一事实是否能引起读者的广泛兴趣;
- 及时地判断某一事实是否新鲜,是否会对全局产生积极的作用和影响;
- 及时判断同一个新闻事件中的许多事实,哪一个是最重要的,哪一个是次要的;
- 善于从纷繁复杂的事实中看出事物发展、变化的趋势,增强采访工作的计划性和新闻报道的预见性。

《天安门事件完全是革命行动》(新华社北京 1978 年 11 月 15 日电,原文见第 236 页)这篇消息堪称经典。这篇消息篇幅不长,200 余字,却是一篇非常有分量的新闻。1976 年发生在天安门广场的四五运动是正义的、革命的,然而在粉碎“四人帮”之后的一段时间里,却依旧被认定为反革命事件。1978 年 11 月,中共北京市委召开常委扩大会议,领导同志在会议期间透露了为四五运动平反的信息。这一事件具有很高的新闻价值。新华社记者从这次扩大会议的众多信息里,提取出天安门事件完全是革命行动的重大政治新闻,单独成文,发表后,在国内外产生了强烈的反响。

从上面的例子可以看出,判断客观事实是否具有新闻价值及新闻价值的大小是新闻敏感的核心内容。记者、编辑可以通过对作品新闻价值的评判,对范例的肯定与分析,逐渐学会发现和判断什么是新闻,什么是重要新闻,从而自觉提高新闻敏感,丰富新闻实践内容,满足广大人民群众对新闻多方面的需求。

二、主题分析

1.什么是新闻主题

一篇文章,总要告诉读者一些基本事实,表达作者对某个问题的看法。文学作品是通过一定的人物、事件、故事情节等形象手段来表现的,新闻则是通过对事实的表述来体现的。主题不同于“问题”,它不是新闻作品所提出的主要问题,而是对这些问题所持的观点及评价。

新闻作品主题是作者通过内容所表达的某种看法或主张,是新闻事实所体现的基本观点和中心思想,体现作者的见解、意图和倾向。它来源于新闻事实,又寓于新闻事实之中,犹如一根红线贯穿作品全文。

新闻主题是贯穿一篇新闻作品的主导思想,是新闻作品的统帅和灵魂。说它是“灵魂”,是因为一篇稿子质量的高低,价值的大小,在很大程度上取决于其主题是否正确、深刻,是否具有现实意义。说它是“统帅”,是因为材料的取舍,结构的安排,形式的选择,语言的运用,甚至标题的制作,都是围绕突出主题的要求而决定的。如果一篇稿子没有主题的话,那么,它的其他要素如材料、结构、语言等,也就变成了无所依附、毫无用处的废料。能够贯通首尾、统领全篇的,只有主题。

新闻主题是新闻作品的中心思想,是新闻作品内容的核心,是记者认识和提炼新闻事实的思想结晶,是新闻作品内容所具有的新闻价值和宣传价值的体现。有的简短消息,只是报道某一简单信息,说不上有什么主题。除此之外,多数新闻作品都有主题。

2. 如何评析主题

了解了主题的涵义,那么在具体评析新闻作品时应该如何评析主题,怎样把握尺度呢?

(1)评析主题是否符合新闻事实,这些事实是否足以成为记者所定主题的依据

关于主题,毛泽东曾作过精辟的论述:“须不凭主观想象,不凭一时的热情,不凭死的书本,而凭客观存在的事实,详细地占有材料”,“从这些材料中引出正确的结论。”①主题不能脱离新闻事实所提供的依据而夸大拔高。强扭角度的失实报道,读者比较反感,容易产生逆反心理。

用事实说话是新闻报道的基本特征。分析新闻主题,要注意主题是寓于一定的事实之中的,通过叙述事实来说明和表现主题。主题往往是作者对新闻事实传播价值的认识。要确定正确的主题,首先要弄清所报道的事实中是否存在记者所提炼出来的主题的依据。如果事实提炼不出记者所确定的主题,那么这种主题就失去了存在的依据。主题产生于对生活的观察,产生于日常生活之中。新闻主题是在对大量的新闻事实、社会现象观察、分析、综合、筛选的基础上产生的。因此,在评析主题时,第一个要把关的就是考察主题与客观存在的实际情况是否相符,即主题的真实性问题。

2005年9月6日,《新疆日报》刊登报道:《家庭老账本见证时代变迁》,通过讲述新疆维吾尔自治区经贸委退休干部郝大妈家记录的从1960年到2005年几十年家庭流水账这一件事,让读者清楚地看到了郝大妈一家的生活变化。该文让一个真实生动的小故事成为这篇经济报道的有效载体,承载起了故事背后的深厚内涵,表达了“改革开放以来,社会不断进步、人民生活水平不断提高、物质文化水平不断丰富”的主题。

(2)考虑主题是否具有社会人文意义上的针对性

列宁的夫人娜·康·克鲁普斯卡娅曾介绍说:“列宁在做新闻编辑工作时,很重视选择那些政治上重要的、为大众所注意的、涉及最迫切问题的主题。”②

“政治上重要的”,是指抓住方向性的问题,选择那些代表事物发展方向的、对全局

① 毛泽东:《改造我们的学习》,《毛泽东选集》第4卷,人民出版社1996年版,第759页。
② 参见杜荣进主编:《中外新闻采写借鉴集成》,浙江教育出版社1997年版,第365页。

有影响的、有一定的政治思想高度或政策高度的主题。它与当前的形势紧密相连，对实际工作和社会生活往往具有普遍指导意义。

“为大众所注意的”，是指选择和确定新闻主题，要考虑人民群众所关心的问题和事物。

“涉及最迫切问题的”，是指对全局或整体有影响的问题，群众普遍关注的热门话题，对实际工作有指导意义的问题。多为从事实际工作的群众着想，真正能通过新闻报道解决工作中遇到的难题。

第十四届“中国新闻奖”消息二等奖作品《中国总理与艾滋病人握手》(新华社 2003 年 12 月 1 日)，报道 2003 年 12 月 1 日时任国务院总理温家宝在北京地坛医院与三位艾滋病患者握手攀谈。温家宝总理作为国家领导人与艾滋病人握手，表明中国政府在艾滋病这一过去高度“敏感”的问题上有了历史性的态度转变，明确表达了中国政府解决艾滋病的严肃态度和决心，并形象地表现出中国领导人以人为本，反对歧视艾滋病人的思想境界和务实、亲民的工作作风，取得了良好的社会效果。

(3)分析主题是否鲜明、深刻、集中

主题鲜明，是指作者所写的人和事，要有鲜明的态度，提倡什么，反对什么，爱什么，恨什么，应当清清楚楚，毫不含糊；主题深刻，表现在它能揭示事物的本质，反映客观事物的内在规律；主题集中，是指主题要尽量单一、集中、明确，抓住要点，把中心思想写深写透。

三、角度分析

角度，即看事物的出发点，又称做“视点”、“观点”、“观察点”等。对同一事物，站在不同的方位去观察和反映，就会得出不同的结论。“横看成岭侧成峰，远近高低各不同”说的就是这个道理。文学艺术创作讲究角度，新闻写作同样重视角度。一堆新闻素材摆在记者面前，从哪个方面写，写什么，采用什么表现手法，都涉及新闻角度问题。另外，受众在阅读新闻报道时，也有一个角度问题。受众所站的角度不同，对报道的看法和反应也会不同。

1.新闻角度的含义

新闻角度是新闻采写者在发现、挖掘和表现新闻事实时的着眼点或侧重点。事实是新闻的本源，也是选择新闻角度的基础。构成事物的各个因素和各个侧面，都是新闻报道可以选择的角度。哪些因素、哪些侧面会给人以新的感觉、新的启示、新的教育、新的指导，选择哪一个侧面更鲜明、更能叩动读者的心弦，就应该选择哪个侧面作为新闻报道的角度。

记者艾丰把选择新闻角度比喻为“挖矿”。他说：“新闻价值在事实内蕴藏是不均匀的，有各种不同的矿床，选择好的角度，就是为了便于记者更迅速、更顺利地开采这些价值,更准确、更鲜明地表现这些价值。”“如果说美术摄影师的角度是为了追求美的价值,那么新闻角度的选择就在于追求新闻价值。”新闻角度选择的好坏,直接关系到新闻报道的成败①。

新闻角度选择呈多样性的特点。比如:某城市一居民楼因煤气泄漏引发火灾并造成了人员受伤。那么,在这个新闻事件里就包含多种新闻角度:一是报道产品质量问题,提醒管道生产厂家重视产品质量;二是提醒居民注意煤气使用安全;三是灭火救人的现场报道;四是救火英雄的事迹报道;五是邻里间的帮助,社会救援和保险的及时理赔;六是对受伤者的报道、医院的救治和后续相关报道等等。可见,同一新闻事件可表现的角度有很多方面。

2. 如何评析新闻角度

新闻角度的选择很重要,它直接关系到记者从什么方向、在哪个立足点上、用什么视角,或者通过什么突破口去透视、寻找、挖掘、选择和表现新闻事实,以便更充分地、更鲜明地体现其新闻价值和主旨。能够既深刻反映报道对象的本质,又准确体现时代的需要,及时回答受众欲知、应知却未知的问题,这就是新闻报道的最佳新闻角度。

新闻角度的评析,可以从以下三个层面着手:

(1)新闻角度是否能够揭示事物的本质或能说明问题

唯物辩证法强调,要透过现象看本质。当我们发现和掌握了某一新闻事实的时候,不能停留在事物的表象上,而要透过这种现象加以分析,去认识事物的本质,发现其内在规律,从最能揭示事物本质的角度去立意,这样写出的稿件才有一定的深度和思想性,才能吸引编辑和读者的眼球。

面对东、西两德统一,战后雅尔塔体制的解体和东西方冷战结束这一重大历史变化,美联社记者马克·弗里茨并没按惯例从经济、政治与国际关系的高度加以报道,而是匠心独运,选择了一个较小的切口,通过东德儿童对未来新世界的看法,来反映这一重大的社会政治主题。《东德儿童心目中的新世界》(美联社东柏林1990年9月29日)描写了儿童对即将诞生的新国家充满的担心和不安:房租上涨、父母失业、犯罪行为增多这些等。在孩子们的心灵中投下了浓重的阴影。他们对家庭动乱、国家变革和社会行将发生的巨大变化感到震惊和困惑。记者正是紧紧扣住这一点不放,通过学生的作文,把儿童心目中的新世界展示得淋漓尽致,引发读者深长的思考。

(2)新闻角度是否对某方面工作有影响或有指导意义

在我国,新闻工作必须始终将正确的舆论导向放在首位,要有政治高度、能从大局出发。因此,评析新闻角度,应该考虑到当前总的形势和报道思想。新闻报道只有紧扣党的路线、方针、政策,对实际工作有指导作用,对人民群众有引导作用,才会有深刻

① 艾丰:《新闻采访方法论》,人民日报出版社1996年版,第128页。

的思想性和权威的指导性。

新闻报道取得成功的关键在于选材和立意的角度，在于它能否发掘和表现社会热点问题。2005 年 4 月 25 日《武汉晚报》刊载了《3000 小考生“妖魔化”妈妈》(原文见第 236 页)的报道。文中讲到，在参加“楚才杯”五年级命题作文《给我一点时间》竞赛的 4200 名考生中超过 70％的孩子将妈妈刻画成“变色龙”、“母老虎”、“河东狮吼”的形象。教育问题是社会关注的焦点问题之一，家长们望子成龙、望女成凤，孩子们被迫苦读，少有属于自己的时间，这种社会现象已经见怪不怪了，但是这则消息从一个人们忽略的角度，即从孩子的视角来看待这个问题，使得这个习以为常的社会问题再次引起社会的关注。记者用事实说话，引语起到了点题的作用：“妈妈，你在我心中的地位非常高尚，我不愿因为这而讨厌你，害怕你，我渴望拥有快乐的童年”。寥寥数笔，母亲与子女关系不和谐的复杂的情感矛盾被展现出来。结尾引用专家郑丹丹的话，将这一现象从“事件层面”引入到“意义层面”，升华了消息的主题，体现了社会的人文关怀。

(3)新闻角度是否适应读者心理，贴近读者

群众是新闻作品的最终检验者，因此新闻报道要贴近群众，寻找新闻事件与人们生活发生“内在”联系的那个侧面。

《取下神像挂地图》(原载《中国青年报》1994 年 4 月 26 日，原文见第 237 页)这篇报道讲的是豫南上蔡县东北部只有 100 多户人家的小村庄东黑河村村民用地图换下全神图，走出去寻求致富之路的故事。文章从农民家里中堂位置的神像换成地图这样一个小角度切入，以东黑河村这个典型，反映了中国广大农民在摆脱贫困、奔向小康的过程中，从单纯的“土里刨食”向兼取“工商之利”的转变；从“囿于乡土”向“走向外部世界”的转变；从信奉神明向崇尚科学的转变；从依赖他人向依靠自我的转变……在思想上、文化价值观上，经历了从保守到开明、从愚昧迷信到信仰科学的心理蜕变，反映了在社会主义市场经济条件下，原来封建保守的中国农民开始觉醒。他们不再把生财的希望寄托于神仙的保佑，而是渴望了解外面的世界，渴望改变生存环境。作者从农村的发展变动中挑选了这个全新的角度，反映了改革开放之后中国农村发生深刻变化的主题。

总之，新闻作品要想产生好的社会效果，就必须在寻找新的报道角度上下功夫。角度的独特新颖，往往使新闻作品能够出奇制胜，获得意想不到的效果。

第二节　新闻作品形式分析

一、结构分析

结构是一切事物的基本属性和存在形式，是某事物用以区别其他事物，保持其整体性、特殊性的有机联结、组合和排列模式。讲究结构，是写文章的基本要求。一篇文章，如果没有合理的结构，材料杂乱无章、层次混乱，主题就难以彰显；而有合理的结

构,材料才能各归其位,文章才能重点突出,层次清晰,过渡自然,浑然一体。

1.新闻作品结构

写文章讲究谋篇布局,写新闻报道也要重视结构安排。新闻结构使新闻作品的各个部分成为有机的整体,它是表现新闻内容、体现新闻主题的重要手段。任何新闻作品的结构都具有一定的功能,功能的变化与结构的变化有着直接的对应关系。

当记者采访到了材料,从中提炼出主题后,就要考虑如何组织和安排这些材料。记者对思想内容的表现形式问题,尤其是结构布局问题,必须加以周密地筹划:如何开头?怎样转接?分几部分?其先后顺序如何?哪些是需要突出的"主干"?哪些是用以渲染的"枝叶"?于何处伏笔?在哪里呼应?如何点题?怎样结尾?……这类问题,就是我们平常所说的"谋篇"、"布局",也就是结构。

2.如何评析新闻作品的结构

(1)首先看是否简要清晰,易于读者理解

新闻报道主要是报道新闻事实,或者是报道事实中有新闻价值的方面或部分。新闻要求迅速及时,拖了时间就失去了新闻的意义。读者读新闻作品比较匆忙,新闻作品的篇幅一般都比较短,这就要求新闻作品在结构上简要清晰。对于一篇文学作品,要求它的结构跌宕起伏,错综复杂,充满伏笔和悬念是可行的,然而如果用这样的方法去结构新闻作品,就很可能侵害新闻事实的真实性。新闻报道是写给读者看的,而读者需要报道提供简单明了的信息,因此,新闻作品的结构不能过于复杂,应当尽可能简单。记者穆青曾说过一句十分通俗而又精辟的话:"新闻是发电报,通讯是写信。"所以新闻稿要简洁、明了、清晰、流畅。曾经两次获得普利策新闻奖的美国记者唐·怀特黑德说:"新闻写作中最困难的部分是什么?清楚明了!要让读者明确无误地了解你所要说的事情,这比做什么事情都更难些。""清楚明了只有在把新闻写得简明扼要时才能实现,而要做到简明扼要却并非易事。"①我们在评析新闻作品时,也要善于考察新闻作品的结构是否简洁明了,要将"简洁明了"放在衡量新闻作品标准的一个较为重要的位置。

新华社 2000 年 6 月 11 日发表的调查性报道《药价追踪》,揭露了有些医院药价虚高的内幕。记者先讲同一种药品不同地方药价不同甚至相差几倍,然后分别调查了该药品出厂价和北京市场规定的零售价各是多少,计算了正常的差价后,指出实际赚头其实更大,得出药价蹿高症结在医院的结论。记者揭露内幕:药厂为扩大销售额把目标锁定在医院,既给折扣又给回扣,还请吃请喝请旅游,送车送钱送设备;医院则是"狮子大开口",办公大楼、宾馆都是由药品的折扣累积而成;药厂还要对医院负责人、相关科室负责人以及医生进行"公关",暗地"奉送"一定的回扣,这些因素致使医院药价一

---

① 参见《美国名记者谈采访工作经验》,新华出版社 1981 年版,第 9 页。

加再加。记者在报道最后公布了医院药品的最高价是如何定出的。这种结构形式，按照调查事件的逻辑顺序展开，符合人们的思维习惯，条理清晰，交代得非常清楚。

(2)新闻作品的结构要与“最重要的事实”有直接关系，能充分表现主题

记者根据新闻价值判断来组织材料，哪些材料对反映主题起到关键作用，哪些需要重点讲述，记者要心中有数，组织材料时要以充分地表现事实为目的。

主题是新闻作品的“灵魂”，是“内在结构”的主线。采写新闻作品时，要依据主题的需要选择、组织和安排材料。围绕主题来理顺全部事实材料的内在逻辑关系和层次排列。层次的确定、段落的划分、叙述的先后、笔墨的浓淡，以至于怎样开头、如何结尾等等，都应依据表现主题的需要来确定。魏巍在写《谁是最可爱的人》时就遭遇过材料过多，如何更紧凑、更具表现力地表现主题的问题。经过多次修改，在结构层次上作出了调整，才使得文章结构更加紧凑，更加层次分明，紧扣主题。

(3)新闻作品结构须灵活多样，富有创新性

客观世界千变万化，现实生活丰富多彩。新闻作为客观事物的反映，其题材是多样的，内容也是千差万别的。在这样的情况下，新闻作品的结构也就自然有很大差别。在新闻竞争极其激烈的今天，一篇好的新闻作品，从内容到形式都应当有它的特点，应当把事物的个性即矛盾的特殊性充分地表现出来。好的新闻结构往往是灵活自如，不墨守成规。因为墨守成规不可能产生真正具有创新性的作品来。新闻作品的结构可以借鉴文学、电影等的结构形式来提高可读性。

《金山同志追悼会在京举行》(新华社北京 1982 年 7 月 16 日)这篇消息，用散文式的结构布局，对材料的取舍穿插、场景的描写和语言的运用等都有创新。开头没用“人民的艺术家金山同志追悼会今天在首都剧场举行”或“首都千余名群众今天举行追悼会，沉痛悼念人民的艺术家金山同志”这类常见写法，而是以镜头式的现场描写手法开头，选择会场上悬挂的一幅幅有文采的挽联和反映金山同志艺术实践的几十帧照片，形象而又概括地回顾了金山几十年的艺术成就和走过的不平凡道路，再用夏衍的悼词和阳翰笙的讲话对金山的高度评价相呼应。过渡巧妙，转折自然，一幅幅跳跃着的画面，一行行饱蘸感情的排比，处处呈现一种情感的流动。独特新颖的表现形式，使“人民的艺术家”的形象更加丰满。

二、表达方法分析

表达方法是新闻写作中表达主题、刻画形象的重要手段。成功的表达方法有助于准确而生动地表现新闻的思想内涵，增强新闻作品的说服力、感染力。新闻作品的表现手法有很多种，常见的有叙述、描写、议论和抒情、说明、对比、设置悬念等。

1. 叙述

叙述是新闻作品中最基本、最常见的一种表达方式。叙述，是指作者对人物、事件

和环境所作的概括说明和交代,是述说人物经历和事件发展变化过程的一种表达方式。叙述的基本特征在于陈述事物的“过程”、前因后果以及来龙去脉等。叙述的方法比较符合人们的思维规律,容易为人们所理解和接受。一般分为:顺叙、倒叙、插叙。

顺叙就是按照事情发生的前后经过以及人们思维发展的顺序,从头至尾、由浅入深地介绍事实。这种叙述方法最大的优点是条理清晰,脉络分明,一目了然。

倒叙是作者为了有意识地突出事情的结果,或突出精彩的情节、场面,打破从头至尾的叙述方法,把事情的结局、中间或后面发生的事情的片段提到开头来写,然后再按事件的发展顺序进行叙述。采取倒叙的方式是表达上的需要:或为了表现主题,或为了结构的变化,或为了造成故事的波澜。

插叙是在叙述主要情节或中心事件发展的过程中,暂时中断叙述线索,插入有关的另一故事片段或事件,对主要情节或中心事件作必要的铺垫、照应、补充、说明,使情节更完整,结构更严密,内容更充实。插叙结束后,再继续原来的叙述。

从整体上说,叙述是否准确恰当、清楚明白、有条不紊,是评析新闻作品时需要注意的。

2.描写

描写是重要的表达方法之一,是作者用生动形象的语言,对人物、事件、景物和环境所做的具体描绘和刻画。描写和叙述是从不同的角度表现客观事物的两种不同的表达方式。叙述着眼于交代“过程”,描写着眼于描摹“样子”。抓住事物的特征,进行具体的形象的描绘,可使人感到如临其境,如见其人,如闻其声,可以增加作品的感染力。根据描写的对象和范围,可分为人物描写、场景描写和细节描写。

(1)人物描写

人物描写在通讯中经常用到。通讯,特别是人物通讯,除了要叙述故事情节之外,还要着重写人。把人写活,要通过对人物的肖像、对话、行动和心理描写,把人物性格、思想反映出来。

通讯《领导干部的楷模——孔繁森》(新华社1995年4月6日)有一段描写孔繁森即将赴藏前向母亲告别的情景:

> 孔繁森默默地站在母亲面前,用手轻轻梳理着母亲那稀疏的白发,然后贴在老人耳朵旁,声音颤抖地说:
>
> “娘,儿又要出远门了,到很远很远的地方去,要翻好几座山,过好多条河。”
>
> “不去不行吗?”年迈的母亲抚摸着他的头舍不得地问。
>
> “不行啊,娘,咱是党的人。”孔繁森的声音哽咽了。
>
> “那就去吧,公家的事耽误了不行,多带些衣服、干粮,路上可别喝冷水……”

想到也许这是同年迈多病的母亲的最后一面，孔繁森再也抑制不住内心的感情，“扑通”跪在母亲面前：“自古忠孝不能两全，娘，您要多保重！”说完，流着眼泪给母亲深深磕了一个头。

这段文字描写了孔繁森在忠孝矛盾时所做的选择——离开年迈的老母亲，离开妻女，只身赴藏。主人公的语言、动作，表现了对母亲无法尽孝的无奈，但他的表现更使其“党和人民的儿子”的形象屹立在读者心中，读来感人至深。

(2)场景描写

场景描写是对事件的发生和人物活动的特定环境，进行适当的、必要的描写，它可以帮助读者了解人物和事件的性质、状况、意义，起到交代背景、烘托人物、渲染气氛、加深印象的作用。精彩的场景描写，读来可以让读者感觉仿佛置身新闻现场，耳闻目睹那里所发生的新闻事件，使人感到逼真，富有感染力。《金山追悼会在京举行》(新华社北京 1982 年 7 月 16 日)在开头进行了场景描写：

鲜花、翠柏丛中，安放着中国共产党党员金山同志的遗像。千余名群众今天默默走进首都剧场，悼念这位人民的艺术家。“雷电、钢铁、风暴、夜歌，传出九窍丹心，晚春蚕老丝难尽；党业、民功、讲坛、艺苑，染成三千白发，孺子牛亡汗未消”，悬挂在追悼大会会场的这幅挽联，概括了金山寻求光明与真理，为人民鞠躬尽瘁的一生。

这个场景描写烘托了追悼会场肃穆的气氛，刻画了人们的心情，有景有情，情景交融。

在评析作品时需要注意，新闻作品中的场景描写必须以现场所发生的具体事实为基础，用生动的事实说话，不能凭空虚构想象。

(3)细节描写

细节描写历来受到有经验的记者重视。细节可以使故事曲折动人，人物丰满扎实，主题深刻鲜明，能够增强报道的形象性和感染力。在分析新闻作品的表达方式时，对细节描写也是不容忽视的。

评析新闻作品的细节描写时，首先要注意细节真实典型，能反映事物的特征，具有说服力。其次，应注意细节描写要文笔简洁，体现作品精炼的特色。最后，还需要考虑其与整篇作品的关系。

《索玛花儿为什么这样红》(新华社 2005 年 6 月 2 日，原文见第 238 页)中描述王顺友与马的关系时写道：

……其中一匹叫青龙的马，一身雪白，跟他的时候只有 5 岁，一直伴他走了 13 年。这匹特别有灵气的马，能记得王顺友在邮路上每一处习惯休息的地方，每当天色渐晚，看到主人因疲倦而放慢了脚步时，它就会用嘴咬咬他的

> 肩头,意思是说快点走。然后便会独自快步向前走去,等王顺友赶到休息的地方时,它早已安静地等候在那里了。
>
> 让王顺友最为刻骨铭心的是,这匹马救过他的命。
>
> 2005年1月6日,王顺友在倮波乡送完邮件往回返,当他牵着马走到雅砻江边直奔吊桥时,不知怎的,青龙四个蹄子蹬地不肯走了。仅差十几米远,王顺友看到一对马帮上了吊桥,他想同他们搭个伴,便大声喊:“等一等……”可他的青龙一步不动。正当他急得又拉又扯时,一个景象让他惊呆了:吊桥一侧手臂粗的钢缆突然断裂,桥身瞬间翻成90度,走在桥上的3个人、6匹马全部掉到江中,转眼间就被打着漩涡的江水吞没了。半天,他才回过神来,抱住他的青龙哭了。

这个细节描写形象具体,既让读者了解了马班邮路的辛苦与危险,又渗透着主人公与他的工作伙伴的浓浓深情,震撼读者的心灵。

3. 议论和抒情

议论,指作者对新闻报道中的人物、事件、现象和问题等表达自己的看法、意见和态度,以深入揭示事物的内在含义。抒情,指作者在新闻作品中表达、抒发思想感情。在新闻作品中,议论、抒情常常结合起来运用。新闻要求用事实说话,但适当运用议论和抒情,不仅不违背新闻报道的基本要求,而且能使主题深刻、特点鲜明;还能晓之以理,动之以情,唤起读者思想感情上的共鸣。因此,在评析新闻作品的议论和抒情时,要注意它们是否得体,是否恰到好处。

《索玛花儿为什么这样红》这篇通讯中写道:

> 这身邮政制服给予王顺友的何止是胆?它给了他一个马班邮路乡邮员的最高品质——忠诚。这也是他作为一个共产党员对党的事业的忠诚。忠诚洒满了他邮路上的每一步。
>
> ……
>
> “山若有情山亦老”。如果王顺友走过的邮路可以动情,那么,这里的每一座山,每一道岭,每一棵树,每一块石头,都将洒下如诗如歌的泪水,以敬仰这位人民的乡邮员,用20年虽九死而不悔的赤心,锻铸了一个共产党员对党和人民事业的最高贵的品质——“忠诚”。

配合前面的叙述描写,这些议论抒情直接表达出了对主人公王顺友的判断、态度和感情,提升了新闻作品的主题。

4. 说明

说明,这种表达方式常用来对新闻报道中的新闻事实或人物的有关背景材料进行介绍和解说，以便于读者理解新闻的内容：

> 他每走一个班要 14 天，一个月要走两班，一年 365 天，他有 330 天走在邮路上。他先要翻越海拔 5000 米、一年中有 6 个月冰雪覆盖的察尔瓦山，接着又要走进海拔 1000 米、气温高达 40 摄氏度的雅砻江河谷，中途还要穿越大大小小的原始森林和山峰沟梁。

《索玛花儿为什么这样红》中的这段解说简明扼要、清楚明了，交代具体，配合后文，让读者了解了马班邮路工作的辛苦，更能凸显英雄人物的精神境界。

5. 对比

在进行新闻报道时，记者有意把两个相反或相对的新闻事件放在一起加以比较；或者把一个事物的两个方面摆出来，互相映衬，突出矛盾，明确是非，表达主题思想。通过对比，更容易鉴别好坏、善恶、美丑，更容易认识事物的本质特性。新闻报道中运用对比，要恰当、鲜明、典型、有力。

消息《上海严寒》(新华社上海 1957 年 2 月 12 日)发表时，上海遇到了有气象记载的 80 多年来罕见的严寒。为表现社会主义的优越性，作者仅选用三个例子：先是引用诗人臧克家 1947 年 2 月在上海写下的诗篇《生命的零度》中开头的两句“前天一夜风雪，昨夜八百童尸”，对比这几天要比十年前冷得多，却没有发现冻死人的事；然后又写民政局布置加强对生活有困难的居民的救济工作以及上海市教育局将全市幼儿园开学日期延迟。通过历史与现实的对比，内涵已经在字里行间显现出来。

6. 设置悬念

悬念通常又被称做扣子、关子，是读者(观众)欣赏文学作品时产生的一种心理活动，即关心故事情节发展和人物命运的紧张心情。在悬念的作用下，读者(观众)往往欲罢不能、不得不看下去。在小说、戏剧等文学体裁中，“悬念”是一种创作技巧，也是一种创作理论。在新闻作品中，由于所报道的新闻事实较为曲折或具有一定的戏剧性，作者为增加文章的可读性、趣味性，往往在作品中先设置悬念，引起读者的兴趣，然后再用事实予以解释，揭示结果，解除悬念。

通讯《医药代表向“老百姓”下跪》(原载《浙江日报》2003 年 2 月 25 日)在文章开头就设置了一个悬念：在杭州“老百姓”大药房内，一位医药代表面对满屋的人，竟痛哭流涕地向药店采购部部长下跪，不是为了求“老百姓”大药房买他的药，而是别再卖他的药了。作为医药代表，药品销售越多，利润越丰厚，可他为何会为了把药拿下柜而下跪呢？这样有戏剧性的开头，自然吸引读者想要看个究竟。

设置悬念这种表现手法运用得好，能引人入胜，激发读者阅读全文的欲望。但要注意，所设悬念要与新闻事实相关，要揭示结果，还要做到简而精。

新闻作品的表现手法多种多样，而且各有各的特点和作用。但内容与形式的辨证关系决定了表现手法是为准确、鲜明、生动地表现新闻作品的内容服务的，我们在分析时要正确认识这两者的关系。

三、语言

1.新闻语言的含义

语言，是人类所特有的最重要的交际工具。语言的传播功能和舆论作用，早就为人们所认识和重视。一篇优秀的新闻报道，固然有主题深刻、信息量大、角度新颖、结构精巧等诸多因素，但无论哪个方面，最终都要表现在语言上。语言是一切文体物质外壳的表现形态。

新闻语言是表达新闻事实的手段，传播新闻信息的载体，它肩负着向受众表述新闻事实、传递新闻信息的特殊使命，是构筑新闻报道的最基本的元素。

新闻语言之于新闻事实，犹如衣服之于人，合体、色彩协调的衣裳能使人神采倍增，给人以美感；反之，就会使人感到别扭。对语言进行审美，已不仅仅是文学的专利，新闻在抢夺受众的竞争中，也日益重视对语言的锤炼，以使新闻语言更准确地阐述新闻事实，体现较高的美学价值。

2.评析标准

(1)准确贴切

语言的准确性是新闻作品的重要特征。一篇新闻作品，语言是否准确，常常同新闻事实是否真实可信直接联系在一起。如果新闻语言不准确，所表达的情况与事实真相即使相差不多，那么也是失真、失实的，这是新闻之大忌。

新闻作品语言的准确性首先要求符合事物和客观实际。要概念明确、判断准确，推理符合逻辑，能够恰如其分地再现事实；要不夸大，不缩小，不以“点”代“面”，也不个别代替一般。其次，还要用词贴切精当，诸如“空前绝后”、“世界一流”、“极大地鼓舞”等词语在新闻中必须谨慎使用。最后，还要合乎语法逻辑，新闻作品的语言应该直陈其事(人、物)，语义明确，不能歧义难解，含义模糊。

(2)简洁明快

新闻语言的简洁，是指语言的表达要简明扼要，言简意赅，简中求准，用简洁而精练的语言，表达丰富的内容，即所谓“文约而事丰”。新闻的主要功能是传播信息，要求在一张报纸有限的篇幅内刊载尽可能多的新闻和信息，在生活节奏加快的当今，读者没有也不会抽出太多的时间去阅读报刊，因此要求新闻作品短小精悍。

(3)通俗易懂

通俗易懂是新闻语言的一个显著特点，也就是用平实的语言去叙述、描写新闻事件，不刻意雕饰、任意渲染或追求奇巧华丽，正如苏轼诗中所云“清水出芙蓉，天然去雕饰”。新闻是对新近发生的事实的报道，要求作者客观地、忠实地、朴素地叙述所见所闻之事；此外，新闻报道是供成千上万的各阶层读者阅读的，受众的广泛性和复杂性也要求新闻语言是朴素的，过于玄奥、晦涩、华丽或浅陋的语言都是不符合要求的。

通俗易懂，要求新闻语言接近生活、接近受众。新闻作品的语言要生活化，可以再现生活的原貌；同时新闻语言也要口语化，为受众所熟悉。要做到通俗易懂，新闻语言就应该避免用生僻字词、公文语言，在慎用古汉语的前提下，选用熟语、习语。需要注意的是，通俗并不等于平庸和浅陋，并不等于“干巴巴”和毫无生气。新闻语言在注重通俗易懂的同时，还要追求生动形象。

(4)生动形象

所谓生动形象，就是运用富有表现力的词语和恰当的修辞手段，把人物、事件、情景具体鲜明地刻画出来，吸引读者深刻领会报道的内容。语言的生动形象，并不是要求多用华丽的辞藻，而是要抓住事物的特征加以描绘，做到形象鲜明，富有表现力。

新闻语言的生动形象是由大众传播的对象——受众对信息的选择性决定的。受众面对众多的新闻报道可以任意选择去阅读，对于不能激起受众兴趣和渴求欲望的新闻报道，受众便熟视无睹。这就要求新闻语言必须生动形象，只有做到了生动，对受众才具有吸引力，才有被接受的可能。

毛泽东当年为新华社撰写的《我三十万大军胜利南渡长江》(新华社 1949 年 4 月 22 日)的新闻，展现了高超的语言驾驭能力，可谓精辟的语言和高深的思想相得益彰的典范。

我三十万大军胜利南渡长江

[新华社长江前线22日2时电] 英勇的人民解放军21日已有大约30万人渡过长江。渡江战斗于20日午夜开始，地点在芜湖、安庆之间。国民党反动派经营了三个半月的长江防线，遇着人民解放军好似摧枯拉朽，军无斗志，纷纷溃退。长江风平浪静，我军万船齐放，直取对岸，不到24小时，30万人民解放军即已突破敌阵，占领南岸广大地区，现正向繁昌、铜陵、青阳、荻港、鲁港诸城进击中。人民解放军正以自己的英雄式的战斗，坚决地执行毛主席、朱总司令的命令。

这篇消息只有 140 多个字，却包含了丰富的内容，将战事的进展清晰生动地表述出来，全文充满了一种动态美。消息第一句，言简意赅地概括叙述了此文要表述的内容：我 30 万大军胜利南渡长江这个重大事实。第二句是对第一句的具体说明，使读者了解这场战斗是怎样开始的。第三、四句描写国民党军队的惨败景象，以及我军以排山倒海之势勇往直前的战斗场面和成果。一连串的动词“齐放”、“直取”、“突破”、“占领”、“进击”等，扣人心弦，一气呵成地勾勒出“百万雄师过大江”的壮丽场面。“长江风平浪静,我军万船齐放,直取对岸”,读来气势雄伟,语言凝练,富有形象感。而后又以简练的文字说明这场渡江战斗已取得的成果,给人以波澜起伏的效果。结尾概述了人民解放军的英雄气概,表明了必胜的信心。

分析新闻作品中的语言,还需注意的是:一般说来,记叙事实要明快畅达,写人状物要生动形象,议论说理要精确严密,抒发感情要情真感人。不同的新闻体裁对语言还有不同的要求。

第三节　特定层面分析

把不同的新闻作品放在特定层面进行综合分析,可以使我们从比较、分析、研究中认识它们各自的特点和异同,从而更好地把握新闻作品的内在规律,提高新闻作品的评析水平和新闻报道水平。上一节着眼于单篇新闻作品评析,本节则从同题比较、专业新闻报道以及个人作品分析这几个特定的层面对多篇新闻作品进行比较、评析。

一、同题比较

在新闻评析中,比较常见的是同题比较,即针对同一新闻事件,把几家报纸的报道放在一起进行比较、分析。通过比较,评析者对作品所作的判断比起单篇分析更具有针对性和说服力。同题比较研究的对象,大概有这样几种:

第一,从媒体所属的地域角度看,中外媒体、异地媒体、全国性与地方媒体对同一事件的报道可以作为比较研究的对象。通过对比分析,往往可以注意到在舆论导向、新闻价值观以及新闻报道的策略和写作方式上存在很大不同。尤其是中外媒体,由于国家利益不同,以及新闻价值观等方面的差异,在舆论导向上,同一事件甚至还会出现对立的新闻报道。例如对于2001年4月中美撞机事件的报道就凸显了这一点。

此外,由于接近性不同,在对同一事件的报道中,异地媒体、全国性媒体与地方媒体的报道由于利益冲突、新闻事件的重要性等原因,也会有所区别。

第二,从媒体的属性看,党报与都市报,专业性报纸与综合性报纸或大众性报纸对同一事件的报道也会有差异。党报严肃、权威、政策性强,而都市报通俗、活泼、带有平民化色彩,因此对待相同事件,二者所选的角度、报道的深度以及语言表达上会存在差异。专业性报纸由于面向特定人群,因此其报道的侧重点往往放在专业领域,在内容以及话语表达上可能不及综合性报纸或大众性报纸通俗。

第三,从新闻表现形式看,虽然各家报纸报道的都是同一事件,但是在新闻的标题处理、报道角度的选择、新闻主题的确定、结构安排、语言方式、新闻背景处理等方面也会存在差异。“不怕不识货,就怕货比货”,通过比较这些操作层面上的差异,可以更准确地把握评析对象的相似性和差异性,品评优劣得失。下面是两篇关于“朝韩离散家属首次互访”的报道，我们可以比较一下它们的差异：

［人民日报(2000年)8月15日汉城电］ 朝鲜离散家属访问团乘朝鲜高丽航空的专机于今天上午11时抵达汉城，踏上了实现与亲人相逢梦想的南方土地。

这次朝鲜离散家属访问团是在1985年9月南北首次交换访问团后首次实现的互访。他们也是在朝鲜半岛分裂55年之后，搭乘朝鲜民航客机从平壤直飞汉城的首批客人。

以天道教青友党中央委员长柳美英为团长的访问团包括100名离散人员，另有30名随行人员和20名记者。

访问团在抵达汉城金浦机场和住宿的华克山庄旅馆时，受到了机场和旅馆服务人员的热情欢迎。今天是韩国光复55周年纪念日，汉城市区内的街道两旁太极旗迎风飘扬，朝鲜离散家属访问团的到来，为这一节日增加了喜庆的气氛。与此同时，以韩国红十字会总裁张忠植为团长的韩国离散家属访问团也于今天下午1时搭乘同一架飞机从汉城金浦机场直飞平壤。

(原载8月16日《人民日报》)

［美联社汉城8月15日电］ 在今天韩国电视台直播的画面中，100名朝鲜人悲喜交加，紧紧拥抱着他们半个世纪以来一直未能见面的南方亲属，他们都流下了激动的眼泪。

今天从平壤同时抵达这里的这些上了年纪的北朝鲜人被人们簇拥着走进汉城的一个会议厅，他们的亲属早已等候在那里。哭声和呜咽声立即充满了整个大厅。

一个68岁的老汉对他已经95岁的母亲说：“妈妈，别伤心，你的儿子来看您了。”这位母亲情绪太激动了，一名护士马上跑过来为她量血压。

另一位情绪异常激动的男子跪在地上向他的父亲磕头。坐在轮椅上的父亲身体虚弱，已经无法作出反应。

人们相拥而泣。他们拍着对方的背互相安慰，递上手帕擦去泪水。待到激动的心情平静下来，亲人们相互讲述各家的往事，并一同翻看老照片。

此次团聚的一幕使人们看到，在封锁的、军事化的边界两边，数以百万计的朝鲜人在经历着离别的痛苦。[①]

通过比较可以发现，虽然是同一题材，但是两篇新闻报道选取的角度、报道的内容，以及所要表达的主题有着很大差别。《人民日报》的这条消息五要素俱全，是对这

① 曾庆香：《新闻叙事学》，中国广播电视出版社2005年版，第133页。

一事件概括的叙述,偏重这一事件重大的政治意义;美联社的这篇报道则以人物的个体活动表现为主,注重细节描写,具有很强的故事色彩,两篇报道风格迥异。

需要指出的是,在新闻作品评析活动中,上述几点不是相互割裂的,而是交叉进行的。此外,进行同题比较的作品之间应该具有可比性,即不同的新闻作品在一个或多个方面应该有相互对应的关系。发现和分析这些对应关系,是进行比较研究的重心所在。在评析中,还应该有明确的价值尺度和标准。有了明确的价值尺度和标准,才能作出清楚的判断,得出准确的结论。

二、专业报道作品分析

新闻报道总是会与某个专业或行业相关,或者属于政治新闻,或者属于经济新闻,或者属于科技新闻,或者属于文艺新闻,等等。从这个角度看,任何新闻报道都具有专业性的特点,都属于专业报道。新闻媒介内部对于社会行业、领域报道的分工,新闻记者在各个行业、领域专业性的报道要求,使报道实践活动在各个行业领域越来越细致、深入。近几年来,随着社会的不断进步,媒体竞争的加剧,受众要求的提高,新闻报道呈现出新的趋势:内容更加细化、受众日渐多元化,专栏、专版、专刊等中的一些专业新闻报道异军突起,对记者的要求也越来越高。

第一,报道内容必须真实、准确。

真实是新闻的生命,准确也是对新闻报道的首要要求。在专业新闻的报道中,这一点尤为重要。专业报道不仅仅是传达新闻事实,还承担着宣传的作用。准确是保证新闻报道质量的前提和基础。尤其在政治新闻、经济新闻、法制新闻、外事新闻、科技新闻等这些对新闻准确性要求极高的报道中,一个小小的错误,往往引来极大的麻烦,甚至会造成不可挽回的损失。

真实、准确体现在舆论导向的正确、报道内容和语言文字表述的准确上。报道涉及的有关方针、政策要准确无误;报道的内容完全符合实际,数字运用、程度表达、意义评价等都必须准确,不夸大,不缩小,与事实相符;语言与文字表达做到专业术语准确等。

第二,专业新闻具有较强的政策性、业务性。

许多专业性新闻,旨在对党和政府一个时期内的政策进行解释和宣传,其内容本身就带有很强的政策性。一些报道行业工作动态、各条战线新人新事的新闻,虽然不直接阐明政策条文,但也渗透着政策精神。新闻中报道的各方面工作的进展情况及绩效,不可避免地要涉及一些生产工艺流程、技术术语、专用名词等,这就使专业新闻带有较强的业务性。但是,新闻不像工作总结那样详尽展示工作的全过程,也不要求把业务问题说深说透,而应采取概括叙述的方法,简洁地加以介绍。其着眼点在于,通过写业务问题,揭示其所具有的新闻价值,给读者、受众以政策方面的引导或思想方面的启迪。也就是说，新闻性是主要的，业务性服务于新闻性。专业新闻报道作者要善于抓住有新闻价值的活动、工作或现象做文章，透过业务问题，揭示其蕴含的新闻价值。例如，一些地方为获得国家各种补助，"争戴贫困帽"，在全国普遍引起议论和不满。新华社针对这一问题，在 1995 年 5 月 16 日发表了《择优奖励"养快马"　安徽财税改革煞住争戴贫困县帽怪风》一文，报道了安徽通过财税改革扭转这一现象的做法，具有较强的针对性。消息播发后，产生了较大的社会影响，贵州、广西等地有关部门还来电或来人考察安徽省财税改革在这一方面的具体措施。

第三，贴近读者，把专业性与通俗性有机结合起来。

新闻报道要面向人民大众，因此，选题和内容要尽量接近实际生活、贴近读者；形式和语言要尽量通俗易懂。通过对事实的传播，达到帮助广大受众认识真理，了解政策法规，提高整体素质的目的。尤其在科技新闻、法制新闻、经济新闻、文教新闻、卫生新闻等方面，这样的要求更具有实际意义。

第四，报道程序的严肃性。

报道程序的严肃性主要体现在以下几个方面：一是该报道什么内容，不该报道什么内容，该报道到什么程度，要慎重考虑，必要时还需经有关部门审查通过才能报道。二是要掌握好报道时机。如果自作主张，把不该报道的内容或不到报道时机的事情报道出来，会给其他部门正常工作带来不良影响，也会给新闻单位自身带来不良后果。在法制新闻报道中，新闻媒体必须严格按照法律程序办事，不能草率，对案件性质的评价要符合法律程序，要依据司法部门的结论，不能自行其是。

科技新闻、经济新闻也要注意报道程序的严肃性。当今国际竞争日益激烈，科学技术、经济信息、军事机密等，往往涉及国家安全与利益，一些国外常驻机构大量订阅我国公开发行的报刊，进行整理研究，收集各方面的情报。如果新闻处理不好，会给国家在政治、经济、军事等方面造成不可挽回的损失。1981 年 9 月 20 日，我国首次运用运载火箭发射了三颗人造地球卫星。当时新华社只简明扼要地发布了一则消息，外国情报机构便闻风而动，想进一步了解这三颗卫星进入太空后能否进入不同轨道。特别是美国大使馆迫不及待地要了解有关情况，但都一无所获。然而 9 月底，北京某电台播出《太空奥秘压桂冠》的广播稿。随后，北京某报刊登了《我国第九颗人造卫星》的长篇科技新闻，同时还附发了有三颗人造卫星图样的卫星总装车间的照片。两篇文章将三颗卫星的运行轨道、无线电遥测频率等全盘托出，公之于众。结果外国情报部门费尽心机搞不到的科技情报，只需买张报纸就将我国的空间技术、火箭发射、卫星研制和发射的秘密轻易弄到了手①。因此，作为新闻研究人员，应站在全局的角度来考虑新闻作品的价值，认真对待报道程序，不能出差错。

上面提到的标准是就专业性新闻自身的特性来谈的，在评析的过程中，要把主题、

① 程道才：《专业新闻写作概论》，中国广播电视出版社 2002 年版，第 161 页。

角度、价值以及结构、语言、表现手法等综合起来加以运用，这样才能比较全面地评价新闻作品。

三、个人作品评析

所谓个人作品评析，就是对某一位有显著成就的记者某个时期内采写的新闻作品，或对其所有的新闻作品进行综合分析，研究这位记者作品的特色和风格。

不同的新闻记者有不同的报道风格。我们以著名记者穆青为研究对象，对他的新闻作品作宏观上的分析。

穆青1942年8月进入中共中央机关报《解放日报》从事新闻工作，半个多世纪以来笔耕不辍，他的作品影响了几代人，至今仍为人们传诵。正如范敬宜评价的那样："(穆青)作为一个新闻工作者，能以自己的作品对国家、民族产生如此巨大的精神力量，在我国新闻史上是罕见的。"[①]下面我们从五个方面分析穆青新闻作品的特点。

1.反映多彩的农村生活

在穆青数十年间的新闻作品中，反映农村和农民生活的作品始终占据着非常重要的位置。他对中国农村、中国农民有着深沉的眷恋和浓厚的感情，对农业有着深刻的理解。他在不同时期所作的关于农村的报道，实际上就是一部中国农村生活的变迁史。

从20世纪50年代的土改，60年代的困难，70年代的粉碎"四人帮"，到80年代的农村经济改革、90年代的农村新貌，穆青的报道清晰地反映了农村发展变化的痕迹和未来的趋向。1982年穆青写的六篇河南农村见闻，篇篇都有新意，都在歌颂党的十一届三中全会后农村出现的美好的社会景象。如农村经营管理站，农民养牛致富，农业夏大于秋的趋势，幸福的五保户，农民的挑战，农民们抢农业科技人员，以及华西村、塘桥镇、碧溪镇和无锡县东升村发生的新现象。在他的报道中，有新人物、新思想、新事物、新动向、新成绩、新问题，但不管哪一方面，都包含着一种可喜的景象，反映了农村政策落实后的社会现实，是新与美的写照，是对党的政策的颂歌[②]。

纵观穆青数十年间关于农村风貌的报道，可以看出，他始终紧跟着时代发展的步伐，一步一个脚印，紧紧围绕着历史变迁，经济发展，农民富裕做文章。字里行间洋溢着昂扬向上、催人奋进的精神，闪动着时代的火花。

2.表现具有时代精神的主题

一篇好的人物通讯，往往会起到人物的某一段传记、时代的某种记录的作用。能否高瞻远瞩地提炼出反映时代特征的主题，并从这个高度来表现英雄人物的革命精神

---

① 洪文军、陈二厚:《穆青的遗产》,《中国新闻出版报》2004年11月8日。

② 参见王晓冰主编:《风雪声——王振亚新闻作品选》,远方出版社2000年版,第305页。

和思想风貌，成为人物通讯成败、优劣的关键。穆青笔下的人物，是从千万个英雄人物中选取出来的，代表着一个时代，体现着时代精神。

在《县委书记的榜样——焦裕禄》中，作者集中写焦裕禄担任河南兰考县委书记期间，带领全县人民为改变这个灾害连年的贫困地区的面貌，奋斗到生命最后一息的感人事迹。通讯的几个小标题“关键在于县委领导核心的思想改变”“吃别人嚼过的馍没味道”“榜样的力量是无穷的”“当群众最困难的时候，共产党员要出现在群众面前”“县委书记要善于当‘班长’”“他心里装着全体人民，唯独没有他自己”“活着我没有治好沙丘，死了也要看着你们把沙丘治好！”“他没有死，他还活着”，刻画了焦裕禄脚踏实地、艰苦创业、全心全意为人民服务的精神，感人至深。在当时的历史背景下，对广大干部起到了极大的激励和教育作用。

在《为了周总理的嘱托》中，作者写农民吴吉昌不仅是位农民科学家，会运用辩证法来种棉花，解决各种难题，更难得的是不畏林彪、“四人帮”的迫害，为了周总理的嘱托，为追求科学和真理奋不顾身、不屈不挠。文中同时还讴歌了周总理关心棉花科研工作、关心农民科学家的伟大情怀。以此来反映时代的本来面目，反映社会的正义力量，催人奋进，给人以人生观、价值观的正确引导。

3.汲取丰富的民众语言

穆青主张新闻记者要博采群众口语、增强表现力。他曾说过：“我们的新闻报道如果充满了群众生动活泼的语言，文章就像加了味精一样，立即透出美味来。”[①]穆青的新闻作品，善于直接引用农民的语言，反映重大的社会主题，反映时代精神。

在《因为分配了土地》中，他曾问过一位抗旱的女青年团员一天能挑多少水，她说：“裤腿一卷，一挑不比男的少。”一句话朴实无华，却把这位土改后充满自豪感的女青年的精神面貌生动地表现出来了。在《为了周总理的嘱托》中，他写到病危中的吴吉昌，直接引了吴吉昌的话：“我不怕死，可我不能死……我还没有完成周总理交给我的任务……”这是对“文化大革命”的血泪控诉，读来感人至深，催人泪下。在《一篇没有写完的报道》中，对“左”的错误，特别是“文化大革命”带来的灾难，作者通过引用主人公潘从正的话，进行了深刻的反思：“俺不怕穷，只怕乱。今后可不能再折腾了！越折腾越穷，将来国家靠什么？只有大家齐心搞建设，国家才能富起来。”

此外，穆青还用了不少农民中流行的谚语、“顺口溜”来反映农民的思想变化，反映农民对不同历史时期、不同社会现象的品评。例如在写农村实行联产承包责任制以前，农村集体经济的财务制度非常混乱，农民说这是“糊涂庙、糊涂神，糊涂糨糊一大盆”。农村开始实行大包干责任制，让农民把公积金、公益金都交给农业经营管理站，农民有点不放心，他们说，“嘴是流水账，肚子是总账，口袋是小银行。”当农业经营管理

---

① 孙世凯：《新闻写作系列谈》，北京出版社1993年版，第229页。

站妥善地管理好了农村经济时,"农民很喜欢这个办法",认为只有这样才"不怕保管秤砣,不怕会计挪笔尖戳,队长想摸摸不着"。作者还引用农村歌谣:"夏天一坡麦,秋天一坡棉,吃的白面馍,花的棉花钱",告诉读者豫东人民充分发挥中原地区的优势,一手抓粮,一手抓钱,全都吃了白面馍,走上了"一季小麦吃全年,腾出秋田挣挣钱"的富裕道路。这些"顺口溜"语言诙谐、幽默、含蓄、活泼,既通俗易懂,富有地方特色,又寓意深刻,能说明问题,反映实质,使人清新悦耳,给人一种雅俗共赏的美的享受。①

4. 带有强烈的思想感情

穆青新闻作品中所渗透的情感,既有与个人的情感需求相联系的乡情、友情等,也有和社会需要相联系的正义感、责任感、集体感和民族自豪感等。穆青作品的审美感根据新闻事实的不同带给人不同的感受。如《一枪未放的胜利》让人心潮澎湃;《县委书记的榜样——焦裕禄》让人泪洒衣襟;《赶着黄牛奔小康》让人欣喜愉悦;《历史的审判》让人神情凝重。

穆青的人物通讯所展示的往往是英雄人物在革命年代或是探求科学发展的道路上所遇到的阻力、困难、迫害甚至牺牲,以及特定的历史环境给他们造成的悲惨命运。但是他们有着不屈不挠的革命精神和强劲的生命力,他们掺和着血和泪的斗争,使作品给人以哀而不绝、悲而不伤的悲壮审美感受、道德力量、人格力量、情感力量,也显示了他们人生价值的崇高美。这种悲剧性的情节会使读者因为对主人公的同情和对消极势力的愤怒而萌生出一股悲愤、正义的强烈情感。它非但不使人感到消极悲观,反而更加激发受众对社会现实作出正确的道德判断。

5. 选择典型性的时代人物

每个时代都有不同的时代特征,而每一个先进典型无不是这些特征的最忠实的体现者和承载者。穆青作品总是紧扣时代脉搏,揭示重大意义,展现时代画卷,是历史的真实写照。他所推出的"典型"榜样示范功能是具体、实在而又实用的。"红旗渠精神"、"焦裕禄精神"作为典型宣传的工作经验可直接为他人所借鉴,先进人物的模范行为可供他人模仿,积极向上的价值观给人以启迪。

穆青的新闻作品,尤其是人物通讯,最显著的特点就是它能把握社会关注点,精心排选出具有高度典型性的时代人物。更关键的是,穆青不是单纯为写人而写人,而是根据时代提出的问题,通过塑造一个个典型人物,去感染人、鼓舞人,从而推动各项国策的贯彻实施,促进社会发展。

思考题

1. 分析新闻作品,为什么要了解和把握新闻作品产生的时代背景?

---

① 王晓冰主编:《风雪声——王振亚新闻作品选》,远方出版社2000年版,第307页。

2.从客观性以及表达方法角度上评析下例作品：

日本签字投降

［本报9月2日电　（发电地点：东京湾美国“密苏里”号战舰上）］今天上午9时05分，日本外相重光葵在无条件投降书上签字。日本终于为它在珍珠港投下的赌注付出了代价，失去了其世界强国的地位。

重光葵步履蹒跚，拖着木质假腿走到铺着粗呢台布的桌子旁，桌子上放着投降文件，等着他签字。如果人们不是对日军战俘营中的暴行记忆犹新的话，也许会不由自主地同情重光葵。

他把全身重量都压在手杖上，好不容易才坐下来。他把手杖靠在桌子旁，然而，在他签字的时候，这手杖倒在甲板上。

道格拉斯·麦克阿瑟代表对日作战的国家签字受降，乔纳森·温赖特中将和珀西瓦尔中将在他两旁肃立。温赖特中将在科雷吉多尔岛失守后被俘，长时期的战俘生活，把他折磨得憔悴不堪。珀西瓦尔中将在大战中另一个不幸的日子里放弃了新加坡，向日军投降。

两位中将在场，使人们不由得想起，1942年上半年，我国处在几乎无可挽回的失败的边缘。

日本代表团由11人组成，他们衣着整洁，表情悲哀。重光葵身穿早礼服大衣和带条纹的裤子，头戴丝质高帽，双手戴着黄色手套。在“密苏里”号军舰上，参加整个仪式的任何一方都没有同日本人打招呼，唯一的例外是日本外相的助手，有人同他打招呼，是因为要告诉他在哪里放日本请求无条件投降的文件。

当重光葵爬到右舷梯顶端，登上“密苏里号”甲板时，脱掉了他的高帽子。

（原载《纽约先驱论坛报》1945年9月3日　记者：霍墨·比加特）

3.从新闻敏感、主题及语言方面评析下例作品：

夏收何必搞仪式　小麦未熟遭“剃头”

［新华社西安1997年5月30日电］（记者：张伯达　韩晓晖）几十亩尚未成熟的小麦，昨日在陕西省农机局主办的一个“小麦机械化‘东进西征’收获活动开机仪式”上被数台联合收割机“收获”。当地一些干部群众对这种形式主义造成的损失惋惜不已。

在关中东部大荔县朝邑农场一片上万亩的麦田里，12台大型联合收割机参加了这一颇具规模的仪式。上午10时40分，仪式开始，应邀而来的各级领导讲话、剪彩后，一台台收割机驶入麦田开始收割。

30分钟后,参加仪式的人们陆续离开。这时,记者意外地看到3台尚未进地的收割机掉头离去,4台在麦田中间的收割机向回转向,5台收割了有400米左右的收割机也边收边返。

在“龙口夺粮”的“三夏”,为何不一鼓作气持续收割?农场一位负责人告诉我们:“这儿的小麦还要三四天才能完全成熟,现在收割有点可惜。省农机局5月26号就派人来打前站,为了应付这个会,我们场140多名干部职工整整准备了3天,兄弟农场支援了5台收割机,向外单位借了6位礼仪小姐。从早晨7点,我们等了3个多小时。”旁边一位戴着眼镜的干部也插话说:“今天割的五六十亩麦,因未成熟和湿度太大导致脱粒不净,要影响产量。”据了解,朝邑农场今年庄稼长势喜人,亩产可比去年增产30多公斤,但这样一折腾,增产就要受到影响。

隆隆的机声中,一台台返回的收割机向3台卡车“吐”出“一口口”泛青的麦粒。一台收割机因麦粒太湿发粘而发生“肠梗阻”,3个工人顶着烈日,为此忙乎了半天。一位在农场干了30多年的老师傅指着快装满的卡车对记者说:“唉!麦子熟了才能割嘛,何必为了搞个‘仪式’。这样的麦子不光减产,还要费更大的功夫去晒晾。”11时40分左右,最后一台收割机也轰响着离开了这块未到收获期的麦田。

第三章　事实类作品评析(上)

● **本章要求:**

了解:消息的分类;消息的结构

掌握:消息评析方法与要求

第一节　消息的基础知识

随着生活节奏的加快,人们都希望能够及时地获悉这个世界的变化;媒体也需要及时地把最主要的信息告诉受众。消息,无疑承担着这一重任,也因此成为新闻报道中的主角。对消息的定义、结构、作用等基本理论的界定,对于我们更好地掌握和运用消息这一新闻体裁,有着十分重要的意义。

一、什么是消息

在新闻学上,消息的定义很多。如 1993 年出版的《新闻学大辞典》[①]对消息的解释:“以最直接、最简练的方式报道新闻事实的一种新闻文体,是最经常、最大量运用的报道体裁。狭义的‘新闻’概念即指消息。消息常被称做‘报纸的主体’、‘报纸的主角’。传播媒介中,各种各样的事实主要靠消息传播。消息刊登时一般在文首加电头或‘本报讯’字样。消息分为导语和主体两部分,写作时一般用‘倒金字塔’式结构,把最重要、最新鲜、最精彩、最吸引人的内容放在前面……”而在 1999 年出版的《广播电视辞典》[②]对消息则这样定义:“一种简明扼要迅速及时地报道新闻事实的体裁,又称‘新闻’。它广泛传播各个领域新近发生或正在发生的事实,是各种新闻媒介运用最多、最经常的新闻报道形式。”

---

① 甘惜分主编:《新闻学大辞典》,河南人民出版社 1993 年版,第155 页。

② 赵玉明、王福顺主编:《广播电视辞典》,北京广播学院出版社 1999 年版,第 72 页。

从以上对消息的解释中我们可以看出：作为一种使用最广泛的、最主要的新闻体裁，消息能够用最简要的文字及时有效地传播新闻事实。而作为新闻报道中的“主角”，消息也有其明显的体裁特征：消息头。

所谓消息头，即消息发布单位、地点、时间的说明，包括电头、“本报讯”、“本台消息”等。

电头，指电讯稿件播发的新闻单位、地点、时间的说明，用括号或不同于正文的字体标出。如在报纸上常见的形式有“某报某地某月某日电”或“某社某地某月某日电”。在报纸上还经常看到“据某社(报)某地某日电”，其中“据”字表明报纸编辑部在使用该稿件时对内容作了一定的删减处理。

本报讯，指该消息由本报记者、通讯员采写，通常形式为“本报某地某月某日讯”或“本报某地讯”。而本报记者或通讯员在外地采写的稿件，以电文发往编辑部的，通常标注成“本报某地电”或“本报某地某月某日电”。

本台消息，是电视台、电台在播报由本台记者、通讯员采编的新闻时使用的消息头。

二、消息的分类

随着媒体种类的增多、传播内容的丰富、传播理念的发展，消息从内容到形式都有了明显的变化，消息的种类也由于分类方法的不同多了起来。

根据报道内容的类别，可以将消息分为人物消息、事件消息、会议消息、非事件消息等；根据报道内容的属性，可以分为时政新闻、社会新闻、经济新闻、文化新闻、体育新闻等；根据写作特点，可以分为特写式消息、目击新闻、解释性报道和背景报道等；根据篇幅长短，可以分为长新闻、简讯、一句话新闻等。在不同的国家，新闻界对消息的分类也有不同。例如西方新闻界对消息一般分为硬新闻、软新闻。硬新闻指题材较为严肃、着重于思想性、指导性和知识性的政治、经济、科技新闻；软新闻指那些人情味较浓，写得轻松活泼，易于引起受众感官刺激和阅读、视听兴趣，能产生“即时报酬”①的新闻。

在我国，新闻界比较通行的是根据不同的写作形式、写作特点，把消息分为四大类：动态消息、经验性消息、综合消息和述评消息。

动态消息　是对新近发生的新闻事实进行迅速及时的报道，是最常用的消息种类。它篇幅短小，是反映新事物、新情况、新动向的主要消息体裁。动态消息是最能反映新闻特性的一种消息形式，在媒体中占主体地位。譬如新华社国际部2003年3月20日播发的《美国对伊拉克开战》，就是一条典型的动态消息。这条动态消息因其世

① 甘惜分主编：《新闻学大辞典》，河南人民出版社1993年版，第11页。

界第一的时效性引起了国际新闻界的轰动,获得了第十四届中国新闻奖一等奖。

经验性消息 属于典型报道中的一种,通过对某一个时期在某些地区、单位或个人中产生的某一方面的典型经验或成功做法的报道,达到传播经验、引导舆论、推广典型、指导工作的目的。在媒体上,常见的经验性消息有两种类型:一种是集中地介绍某地、某事的一条经验,中心较为突出。如第十五届中国新闻奖一等奖作品《昆山31万农民刷卡看病》(原载2004年3月4日《苏州日报》,原文见第247页),便是一条反映昆山农村医疗保险工作经验的消息。消息在国家聚焦"三农"问题的大背景下介绍"昆山经验",有一定影响力;另一种是就某条工作战线或者某个点展开,介绍不同方面的经验或做法。

综合消息 是围绕某一主题的新闻事实的综合。所报道的事实是多方面的、复杂的,其思想性、指导性较强,但时效性不如动态消息。它的写作过程,是在掌握大量材料的基础上,做出本质的分析和综合,然后提炼出主题,根据主题的需要选取材料,设计结构。好的综合性消息,往往是点和面结合的佳作,以有限的篇幅报道重大题材,来揭示深刻的主题①。以中国新闻奖获奖作品《台州三千"党代表"活跃在股份制企业》(原载《浙江日报》1997年12月30日,作者:陆熙、沈建波)为例,作为一则地方新闻,所报道的内容却能与国家的重大决策"合拍"甚至表现出了前瞻性。台州是我国股份制企业的摇篮,要快速发展这类新经济组织,党的工作如何在其中探索新的活动方式?这篇报道的作者,敏锐地发现企业中的"党代表"这一现象,这正是新闻中最有价值、最有分量的主题!从宏观而言,经济体制的改革带来大量的新经济组织,党建工作如何在这些组织中开展,"台州现象"无疑有很强的指导意义;从微观上讲,"台州现象"的报道,更是一种鼓励,尽管这种新生的模式存在这样那样的问题,但它代表着活力,拥有很好的前景。微观和宏观的结合,让报道的主题深刻了起来。

述评消息 也叫新闻述评,是一种以叙为主,边述边评、夹叙夹议的新闻文体,是介于评论和消息之间的一种新闻报道形式。述评性消息的特点就是以事实为由头,对事实展开论述,有较强的时评、快评的味道。写作上要求选题有很强的针对性,观点要出自事实,并具有一定的理论色彩。在第十届中国新闻奖评选中荣获二等奖的《国庆放长假,消费掀热潮》(新华社1999年10月10日播发,作者:索研、贺劲松)就是一篇优秀的评述性消息,作者凭着假日期间的所见所闻,走访了旅游、交通、文化等部门,就如何启动消费这一经济生活中的重大主题进行探讨,认为国内存在着巨大的"假日消费"市场潜力。消息站得高、评得远,是一篇佳作。

三、消息的结构

消息的结构分为外部结构和内部结构两种。

---

① 常秀英:《消息写作教程》,中国广播电视出版社2000年版,第275页。

外部结构主要是从行文内容上来构建的,指的是组成一个完整消息的各个功能部分,一般由导语、主体、背景、结尾四部分构成。

内部结构是指消息写作中表达内容和体现新闻主题的谋篇布局,实际上就是寻找组织材料的方法来更好地阐明事实,表现主题,以取得较好的报道效果。消息的内部结构大体可以分为两种:倒金字塔式结构和非倒金字塔式结构。非倒金字塔式结构一般包括金字塔式结构、并列式结构、对比式结构、悬念式结构,等等。在具体的结构命名上新闻界有不同的声音,但总体上都是由这些结构演变出来的。

第二节　消息评析方法与要求

所谓的评析方法与要求,即是研究者根据不同的角度对消息提出写作的规范性标准,从而探索消息作品的价值。1988年全国好新闻评选办公室提出好新闻的标准是:应该"真、短、新、活、深",达到"三个统一",即形式、内容、风格的和谐统一,新闻价值、宣传价值、审美价值的和谐统一,事实、价值、效果的和谐统一。在中国新闻奖评奖办法中也指出,好的新闻作品在"讲政治"的同时,必须"内容真实,主题鲜明,时效性强,形式新颖,文字生动,制作精良,创新意识强"。

对于消息来说,可以从时效性、内容、结构形式、表现手法、语言等几个方面来进行分析。

一、时效性分析

在资讯发达的今天,时效性往往体现着一个通讯社、一家媒体的新闻敏感度。消息作为一种重要的新闻表现形式,在时效上有着先天的优势,这种特性也就成为评析消息的一个标准。特别是在重大事件发生时,消息的时效性往往能够让读者在第一时间了解事件最新的发展状况。在追求时效性的同时,对新闻事实的取舍成为考验新闻工作者业务能力的重要标准。时效性强的消息佳作往往成为"历史的记录"。荣获第十届"中国新闻奖"消息一等奖的《北约野蛮轰炸我驻南使馆》(原载1999年5月9日《人民日报》,原文见第248页)就是一篇佳作。北京时间1999年5月8日5时45分,以美国为首的北约悍然用导弹袭击我国驻前南使馆。在事件发生后仅15分钟,亲见亲闻该事件的《人民日报》记者就用手机向国内报告了使馆被袭的消息。随后,又书面撰写了这篇报道。全文仅用了400多字,但内容翔实,要素完备,信息准确,既充分描述了事件发生的时间、地点、后果,又突出了我使馆人员临危不惧的言行以及当地华人华侨的爱国表现,还巧妙地引用了第三方的语言,整篇文章言简意赅,具有很强的感染力。消息发表之后,取得了独特的传播效果,不仅在国内引起了巨大反响,全世界人民也因此对北约的野蛮行径有了更清醒的认识。

这则消息的作者亲身经历事件的发生，在第一时间将消息发回国内，作品的时效性极强，充分表明了记者的新闻敏感性。有些突发事件是“可遇不可求”的，新闻工作者应该有争分夺秒的“抢新闻”意识，向着“快些，更快些”的目标迈进。

二、内容分析

对一则消息而言，内容真实是最基本的要求。站在评析的角度上说，从内容上对一则消息进行评析，一般从题材和角度两方面着手。

优秀的消息作品要求题材重大。从世界范围内的新闻获奖作品看，题材重大者占据很大比例。在 2001 年美国普利策新闻奖获奖作品中，以“9·11”美国本土惨遭恐怖分子袭击为题材的作品占了很大比例。中国新闻奖的评选特别注重突出重大题材，第二届“中国新闻奖”评委会一位副主任讲：“‘中国新闻奖’的评选，是把握主题的，这个主题体现党和国家最主要的任务和重大事件，也可以说就是作历史走向的记录。”①

新华社在 1997 年 7 月 1 日播发的《中国政府恢复对香港行使主权》(原载《人民日报》1997 年 7 月 1 日，作者：戴威国)就是一篇记录历史的佳作。香港回归，举世瞩目，仪式会如何进行？祖国各地会怎样庆祝？香港市民作何种反应？实行“一国两制”的香港会是怎样一番景象？这篇消息的作者很好地回答了这些问题，点面结合、以今带“古”，整篇文章中有祖国各地“点”上的庆祝活动，有“面”上的华夏大地的欢歌笑语；有香港的历史对照香港的今天。同时，作者采用白描的手法，将现场惟妙惟肖地再现，给读者以真实感。时而挥毫泼墨，时而惜墨如金，语言运用到位。例如描写交接仪式的“英国米字旗刚刚落下，中国的五星红旗徐徐升起”，短短的一句话，刻画了香港新纪元的到来。

任何一个事物，从不同的角度看会有不同的感觉。从角度着手评论，主要比较能否巧妙地选择消息写作的角度，抓住写作的由头，写出以小见大、以点带面的佳作。在新闻媒体数量之多、媒体全天候工作强度之大的今天，对一件即将发生或正在发生的事情，记者们往往站在同一起跑线上，考验记者的就是通过选择角度来选择事实的能力。好的消息总能让受众的接受角度和作者的表达角度以及事实的切入角度三位一体，达到预期的传播效果。

一个“独具慧眼”的新闻记者，往往能够找出事物之间的内在联系，巧妙地、隐蔽地从诸多联系中找出最能表现事物特征的那一个联系。这样的新闻作品也会因为角度的新颖引起大家的关注，在一定的社会背景下成为以小见大的精品。例如著名的短消息《上海的严寒》本来是有关气候的消息，为什么写得很深刻呢？关键是记者选取了深刻的角度：寒冷和社会的关系，寒冷在不同的社会条件下引起的不同后果。消息不仅

① 《中国新闻奖获奖作品选》(1991 年)，新华出版社 1993 年版，第 6 页。

把气候和社会联系起来，还把新旧两个不同的社会下的不同后果加以比较，这样它的深刻的内涵一下子就揭示出来了①。

我们来看下面这条消息：

"女麦客王"出陕甘宁

本报讯　6 月 5 日中午，一台桂林 2 号收割机从长安县申店乡何家营村隆隆驶出，"女麦客王"何俊英登上转战陕甘宁的征途。

今年 43 岁的农妇何俊英，前年自筹资金 3.5 万元从桂林买回一台收割机。她联络户县、周至等地 5 家收割机户联合作业，除在本地割麦外，还转战省内和甘肃 20 多个县，一天割麦五六百亩。乡亲们风趣地叫她"女麦客王"。

近年"三夏"开始，何俊英又同户县、周至、咸阳等地 10 多家收割机户相约在眉县一带集中，上宝鸡，下甘肃，到宁夏，搞割麦会战。何俊英说："我娘家姐妹 5 个，婆家劳力也少，尝过夏忙劳力少的苦滋味。我买收割机联合作业，想让乡亲们从繁忙的体力劳动中解放出来。"

(原载 1991 年 6 月 6 日《西安晚报》)

在今天的读者看来，"何俊英们"这样的收割机户已经非常平常了，没有任何新闻价值。但是如果我们综合考虑这条新闻当时的社会背景，就会感叹消息作者的独具匠心了。1988 年 4 月颁布的宪法修正案明确规定"私营经济是社会主义公有制经济的补充。国家保护私营经济的合法的权利和利益"。何俊英购买收割机并且投入运营是在宪法修正案颁布一年以后的 1989 年②。而遗憾的是这一新闻点当时并没有被抓住，两年之后的 1991 年，作者以何俊英"转战陕甘宁"为由头，写出了这篇新闻。这篇新闻在当时引起了较大轰动，因为它把国家政策通过一个普通劳动者充分地体现出来，给当时的广大农民以很大的启发。

三、结构分析

1. 外部结构分析

消息的外部结构主要是从行文内容上来构建的，指的是组成一条完整消息的各个功能部分，一般有导语、主体、背景、结尾，但是随着消息体裁的发展，背景或结尾部分有时会被省略掉。

(1)导语

要评价导语的优劣，必须对导语的定义和发展演变有所了解。许多研究者认为，

① 艾丰：《新闻写作方法论》，人民日报出版社 1996 年版，第 47 页。

② 参见孙宜君等编著：《新闻佳作评析》，中国矿业大学出版社 2004 年版，第 26 页。

导语产生于“倒金字塔”式新闻，产生后由于符合新闻传播规律而被从业者奉为圭臬。导语是“以凝练的形式、简明的语言，表述新闻的核心、精华，揭示新闻要旨，吸引读者阅读全文的新闻开头部分”①。随着新闻学的发展创新，导语已经从第一代发展到了第二代，以后可能还会有更多代，而写法要求上也从最初的“五要素俱全”发展到现在的“短而精”，但无论如何，导语在消息中发挥着重要的作用。正如《新闻学大辞典》中指出的那样：“新闻导语就是要求用简明的语言反映新闻中最新鲜、最具本质特征、最有意义的内容。它应该是一篇新闻中最精彩之点，既能驾驭全文，起到提纲挈领的作用，又不与下文重复；同时还要尽力使最广泛的读者产生非往下读不可的强烈愿望。有利于突出一篇新闻的精华、要旨；有利于吸引受众的注意力，读完全篇，这便是新闻导语写作面临的双重任务。”②这也是评析导语好坏的标准。

导语是“寸土寸金”。在这寸土寸金之地，优秀的导语往往能够展示出惊人的魅力，像一块磁铁石，牢牢地吸引住读者。最初的导语往往致力于用最简短的文字将事件的要素阐述完整，如对于许海峰打破我国奥运历史“零的纪录”的新闻事件，新华社的消息中就用了典型的全要素导语：

我国选手获得奥运会第一块金牌

> [新华社洛杉矶7月29日电]中国在奥运会历史上“零的纪录”的局面在今天11时10分(北京时间30日凌晨2时10分)被中国射击选手许海峰突破。许海峰以566环的成绩获得男子自选手枪冠军，夺得了本届奥运会的第一块金牌。

这样的导语致力于用较为凝练的语言尽可能多地给读者提供新闻要素，于是在导语中我们看到有关于时间的对比解释，有关于成绩的说明等。这样的导语在全要素导语中称得上是精品，但是随着“抢新闻”意识的提高，导语也在慢慢地演变，这种将所有要素都塞进导语的做法被认为过时了。

于是，写作者不再提供全要素，而是选择最有新闻价值的事实来表现，这样的导语更有冲击力，更有现场感。例如拳王泰森在1989年7月仅用85秒就击败挑战者时，新华社发布的消息中导语是这样写的：

> 85秒！拳王泰森击败挑战者。85秒！历史上最短的拳王卫冕战。85秒！300万美元进入腰包。

连续三个数字重复，让读者感受到如亲临拳击现场般的节奏感，感受到电光火石

①② 甘惜分主编：《新闻学大辞典》，河南人民出版社1993年版，第164页。

般的速度，这样的导语具有如此强的感染力，怎能不吸引读者的眼球呢？

通过对比上面两条导语，也能发现新华社记者在导语写作上的不同手法。

特别是一句话消息，真正做到了“短而精”，用最少的文字收到最大效果，真正符合路透社“理想的导语应该可以作为一条完整的稿子”的要求。在新闻史上有很多经典导语：

> 日本投降了！（美联社1945年8月14日电）
>
> 人类今天登上月球，日期是1969年7月20日，星期三。（美联社1969年7月20日电）

相比于重点陈述事实的导语，有的导语则充满了悬念，让事实“犹抱琵琶半遮面”，吸引着读者去揭开面纱，探个究竟。如法新社的一条消息的开头是这样写的：

> [法新社北京2月2日电]绝大多数气象站可以告诉你今天、明天甚至两个星期内是否下雨。然而中国一个县的气象站不仅可以做到这一切，还能相当有把握地对今后十年的气象变化作出预报。

导语在对比中体现出趣味性，引发读者的求知欲：到底什么样的气象站能这么神奇呢？带着这样的疑问看下去，导语也就完成了吸引读者眼球的“任务”。

目前新闻界普遍重视导语写作，在导语写作创新等方面也取得了一定成果，但是存在的问题也不少，突出表现在以下几个方面：

第一，导语格式化趋向严重。如会议消息，通常是某某会议于某时在某地召开，相关领导某某出席了会议等，这样的导语格式化现象明显，缺乏信息含量，不能引起读者的兴趣。

第二，导语冗余信息过多。把许多可以放在主体甚至结尾中的事实塞进导语，导致导语臃肿，重点事实展现不明确。

第三，导语时间观念不强。经常出现“近来”、“最近”、“这些天来”、“自今年下半年来”等“过时”字眼，在“抢新闻”意识强烈的今天，出现这样的字眼着实令人遗憾。

第四，导语表达方式失当。有的消息作者为了展示自己优美的文采，经常在导语开头来几句情景交融的描写，让人哭笑不得。例如某篇获奖消息是这样写的：

> “七一”的北京，晴空丽日，蓝天白云，天安门广场四周红旗飘飘，首都沉浸在祥和、喜悦和蓬勃向上的节日气氛中。①

导语写作中存在的这些问题是部分新闻工作者对于导语的作用和写作要求不明确导致的。导语由于地位的特殊性，吸引了众多眼球，也能够显示出作者的业务水平。

---

① 转引自廖永亮：《消息写作创新》，新华出版社2004年版，第120页。

同样的新闻事件，在不同的作者笔下，能够展现出不同的魅力，取得的传播效果也不同。

(2)主体

许多一线记者都认为，消息的主体是消息中最重要的部分。一篇消息可以没有背景、结尾，甚至可以没有导语，但绝对不能没有主体。主体作为消息的躯体，起进一步阐明、深化消息主题的作用。在消息写作中，作者往往将最重要的事实写进导语，而在主体中对这些事实进行说明和解释，是导语的“跟随者”和“解释者”。

好的主体部分能够很好地担负起对导语中最重要事实加以注释和补充的重任，能够避免重复，真正做到解释“为什么”和“怎么样”。

在第48页关于“气象站”的例子中，导语给读者一个大大的谜团：为什么一个县的气象站会相当有把握地对今后十年的气象变化作出预报？而解释这个谜团的任务就落到了主体部分。在“气象站”的例子中，主体部分较好地解释了“为什么”，揭示了能够作出长远预报的原因。

在第47页中，关于拳王泰森“怎么样”在85秒钟将挑战者打败的事实，也同样应该由消息的主体部分作出解释，泰森是直接将对手击倒在地无法比赛还是对手不能支撑比赛主动放弃？泰森在比赛中用的是什么勾拳？这些都在主体部分得到了较好的展开。读者也能通过主体部分将这一新闻事件的来龙去脉把握得较为清楚，真正地做到知其然并知其所以然。

好的主体部分还能补充导语中并未提及的事实。导语往往展现最重要的事实，而一条消息由若干事实构成，有的非常重要，有的一般重要。将一般重要的事实安排到主体部分往往能够成为导语的有益补充。在关于美国总统林肯遇刺的消息中，美联社的导语是“总统今晚在剧院遭到了枪击，可能受到了致命伤害”。对于读者而言，总统被刺这一事件本身就是一个最大的新闻，所以导语突出了总统遭到枪击并可能受到了致命伤害的事实。对于这一事件还包含了凶手的具体信息，总统的伤口在哪里，政府部门的反应如何等一系列非常重要的问题，无疑需要主体部分作答。

好的主体特别注意避免将主体写成导语的重复，言之有物，真正成为导语的补充。在日常的媒体报道中经常看到一些消息的主体重复着导语。

好的主体还力求避免层次不分明、主干不突出。主体作为一个补充，应该让读者能够轻松地读完，并在读后明白其作出的“为什么”或“怎么样”的解释。这就要求作者掌握叙事技巧，在表达上力求精练。

好的主体还注意内容剪裁得当。补充并不意味着所有事实的全部录入，一些没有新闻性的细节就没有必要出现在内容中，只有这样才能突出重要事实的主干地位，从而保证消息的整体简洁。

(3)背景

在消息中，背景往往发挥着对比、烘托的作用。对于需要背景的消息而言，一个优秀的背景介绍往往能让整篇报道立体起来。以毛泽东撰写的《中原我军占领南阳》为例,在这篇述评式消息中,背景的使用十分出彩。

对于南阳历史背景的介绍如"南阳为古宛县,三国时曹操与张绣曾于此城发生争夺战。后汉光武帝刘秀,曾于此地起兵,发动反对王莽王朝的战争,创立了后汉王朝。民间所传二十八宿,即刘秀的28个主要干部,多是出生于南阳一带。"告诉了读者南阳历史上就是兵家必争之地,同时暗示了历史发展的规律。对于蒋介石对于南阳重视的原因,文中分析如"企图阻遏人民解放军向南发展的道路……企图打通信阳、南阳间的运输道路……"等,告诉了读者南阳的战略地位和意义。"在去年下半年的一个极短时间内,我们在这一区域曾经过早地执行了分配土地的政策,犯了一些策略上的左的错误。但是随即纠正了,普遍地利用了抗日时期的经验,执行了减租减息的社会政策……"这些背景介绍剖析了我军能够在南阳扎根、紧密联系群众并取得最终的胜利的原因。这些背景介绍使整篇文章内容充实、立体、有血有肉,既有现状又有过去,还有对将来的预测。

但是也并不是每篇消息都需要背景。1949年2月8日《中宣部及新华总社关于克服新闻迟缓的指示》中指出:"说明这件事物的轮廓和背景,并不需要太多的笔墨,只几句话就够了。说得多并不等于说得明了,并不一定能够把轮廓和背景显现出来,有时反而会把新闻的主题模糊起来。"[①]从中我们可以看出,背景的使用学问很大,用得不好不但不能烘托主题,反而会画蛇添足。

同时,随着消息写作的发展创新,背景在行文中的位置也并不固定,现在一般的消息中,往往紧跟导语作背景介绍,也有的背景直接出现在导语中做对比、烘托之用,还有的背景出现在主体中作为主体的一部分,当然背景也有可能在结尾部分出现。

总之,无论背景在什么地方出现,都应该把握背景使用上的度,让背景真正起到烘托主题的作用,而非喧宾夺主或画蛇添足。

(4)结尾

结尾是消息的最后一段或最后一两句话。在新闻实践中,人们往往发现很多消息并没有刻意地结尾,往往在消息陈述完毕后戛然而止。

对于某些消息来说,结尾是不可或缺的,不同的消息内容和结构也决定了结尾的不同。

有些结尾是总结式的。在前面的主体部分将主要事实陈述完毕后,结尾对总体进行了把握。如第十五届中国新闻奖获奖作品《参演万余人不见几个兵》的最后,结尾对演习的规模和影响进行了总结:

据悉,"铁拳—2004"演习,是我军迄今为止规模最大的对外展示军事演

---

① 中国社会科学院新闻研究所编:《中国共产党新闻工作文件汇编》(上),新华出版社1980年版,第302页。

习，16 个国家的 60 余名军队领导、军事观察员在现地观摩了演习。

(原载 2004 年 10 月 1 日《前卫报》　作者：张乡林、王宏林)

有些结尾是评论式的。如毛泽东的《中原我军占领南阳》中，结尾是“王凌云如不再逃，康泽的命运是在等着他的。”

有些结尾是对比式的。如第二届中国新闻奖三等奖消息作品《政治风险无人投保》中，在导语和主体详细介绍了开设政治风险保险的内容、重新开办此保险的缘由，以及外商投资不断的事实后，在结尾中用相关事实与政治风险的现状作了对比，深化了消息的主题：

与政治风险相反，其他保险业务却方兴未艾。据统计，去年广东全省承保国内外保险业务总金额达 3640 多亿元，保险业务收入 18 亿元，连续 7 年居全国之冠。

此外，还有展望式结尾、白描式结尾、抒情式结尾等。这也再一次说明了“文无定法”。对于结尾，通常要通过消息的内容和结构进行通盘考虑，以免“狗尾续貂”。

2. 内部结构分析

从体式要求上评析，则要求消息作品能够满足所用体式的写作要求，能够最大限度地体现该体式的优势。

从体式与内容的搭配效果上评析，则要求消息所要表达的具体内容能够在所用体式中很好地表达出来，达到最佳的传播效果。

以倒金字塔式结构为例：倒金字塔式结构是消息中最常用最基本的一种形式，以重要性程度或受众关心程度依次递减的顺序，先主后次地安排新闻中的各项事实内容。衡量一篇倒金字塔式消息是否为佳品，主要从以下方面考虑。

(1)消息是否将最重要、最新鲜、最引人瞩目的事实放在导语中，是否根据内容的重要程度来安排行文

倒金字塔式结构要求真正将最重要、最新鲜、最引人瞩目的事实放在导语中，这种写法能够开门见山地突出事实的新闻性，引起读者的阅读欲望，使读者在尽可能短的时间内获得最重要的信息；同时也有助于记者迅速地写作新闻，便于编辑选取稿件和进行删减修改。好的倒金字塔式作品往往能够很好地满足以上要求。

(2)对具体的内容而言，倒金字塔式结构是否为传播信息的最佳结构模式

内容决定形式，并不是所有的新闻事实均适合倒金字塔式结构的叙事方式。从传播效果考虑，一定的内容总需要最能体现传播效果的模式来进行传播。通常认为倒金字塔式结构适用于动态消息。

倒金字塔式结构发展到今天，因过于标准化、模式化而导致消息显得干巴、死板。虽然存在这样或那样的不足，但倒金字塔式结构在今天的消息写作中依然占据着主体

地位，这种体式对于初学新闻者和年轻的新闻工作者们有很大帮助，只是在运用这种结构时要充分发挥它的长处，尽量避免它可能带来的缺憾。

非倒金字塔式结构是相对于倒金字塔式结构而言的，是除倒金字塔式结构之外的各种新闻结构形式的统称。在我国新闻界，目前使用较多的几种结构分别为编年体式结构(又叫“金字塔式结构”)、散文式结构、悬念式结构等。

编年体式结构　能够较为完整地将新闻事实以故事性的方式表达出来，读者能够较为容易地获得新闻事件的原委。在时间跨度比较小的事件中，这种结构能够集中、突出地刻画细节，生动地反映事件的发展变化。编年体式结构适用于报道内容较为复杂但线条较为单一的新闻事实。运用这种结构应注意不能写成“流水账”，而应该抓住重点事实、典型内容，选好时间段，将事实生动完整地表达出来。

散文式结构　通常指在消息写作中适当地加入散文写法，这种写法比较自由，突破了消息写作中具体的条条框框，使行文富于变化；同时散文笔法的运用增加了文章的文采，能够让读者较为愉悦地欣赏作品。

但我们也应该注意，对于有些突发性事件和经验性事件，散文式结构并不适用。

悬念式结构　通常在消息的开头设置悬念，然后在行文中将内容逐步展开，在最后将谜底揭开。这样的结构能够层层递进，吸引读者往下读。这种结构适用于有一定趣味性的事件消息，并且在写作上要求较为严格。消息毕竟是一种新闻文体，这种结构的消息写作毕竟受一定篇幅所限，既不能写成情节一波三折但节奏拖沓的小说，又不能缺乏实在的内容，应该尽可能单线条、快节奏地完成“释疑”的任务。

四、表现手法分析

消息的表现手法主要指消息作者在客观地表现事实的同时，将自己的观点隐蔽在对事实的报道之中。好的消息，能够很好地运用客观表现手法，使读者在赞扬消息客观公正的同时，不知不觉中受到隐藏在消息中的自己的观点倾向性的影响。在这一点上，西方新闻工作者值得我们学习。1956 年刘少奇在对新华社工作的指示中说：“要学习资产阶级通讯社记者的报道技巧。他们善于运用客观的笔法、巧妙的笔调，既报道了事实，又挖苦了我们，他们的立场站得很稳。”[①]从这段话中我们可以看出，客观表现手法需要这样几个因素：事实的选择和表达方式、表达口吻的把握，背景材料的灵活运用。这几个因素也是我们评析一篇新闻作品好坏的主要标准。

以消息《百家“三资”企业调查表明：在华投资大有可为》(新华社 1990 年 9 月 14 日)为例，通篇消息，字里行间没有记者的主观意见表达，只是通过调查得到的数据，将企业的态度表现出来，来证明一种观点：在华投资大有可为。该篇消息中有数据调查

---

① 中国社会科学院新闻研究所编：《中国共产党新闻工作文件汇编》(下)，新华出版社 1980 年版，第360 页。

如“这100家外商投资企业均已开业投产，其中39家已在原有注册资本的基础上追加了投资，另有8家也表明将于近期追加投资的意向”。有借第三方之口如“日商独资的厦门埔田服装有限公司总经理佐藤忠良在接受记者采访时说：‘厦门地区的基础设施已相当完备，与海外相差无几’”。这样的客观表现手法通过事实和数据证实了在华投资的好处，同时借人之口表己之言，用具体的例子佐证，数据对比，时间对比，纵横对比，使文章达到了很好的传播效果。

五、语言分析

在写作中，文体不同，对于语言的运用也不同。随着各种文体体式的逐渐成熟，现代汉语逐渐将书面语言分成了几大类，其中新闻语言就是较为固定的一类，有着自己独特的含义和要求。

我们从语言的角度对消息作品进行分析，主要是从以下几点分析消息的书面语言表达。

1.是否准确无误

对于消息而言，准确无误地报道新闻事实，能够很好地体现新闻的真实性原则。消息语言做到准确无误，就是要求文字能够反映事物最本质、最确切的状况，不含糊、不笼统、不模棱两可。

看一篇消息的语言是否准确无误，关键是看以下几点：

用词是否贴切　中国语言复杂，同义词、近义词很多，用时需经推敲。有些近义词不仅有程度分量上的不同，往往还有质的差别，比如“优秀”、“优异”，“贫贱”、“贫困”，“指责”、“谴责”，“改革”、“改变”等。

在表示程度的用词上，应该注意尽量不用或者少用诸如“大概”、“也许”、“可能”等模糊的词语。

数量词是否运用恰当　具体数字不但能够给读者以准确的信息，还能给读者以真实、生动之感。一就是一，二就是二，尽量不要使用“许多”、“很多”、“数百”、“几千”等词语。在表达时间概念时尽量使用具体概念，尽可能减少使用“近来”、“不久前”、“最近一段时间内”等笼统的词语。但是在我们的纸质媒体特别是某些党报上，经常看到这些时间概念不强的词语，这一现状应当引起重视。

词语搭配是否符合语法　我们经常在体育报道中看到“本届体育盛事中有20项打破往年保持的最好成绩”这样的语句，其中“打破”和“成绩”不搭配。这种现象在体育赛事或其他突发事件的报道中经常出现，记者为了追求发稿速度，往往不能够对用词进行推敲，导致出现语法错误。

2.是否简洁明了

文贵简,有生命力的文字都是简单、生动明了的,新闻也不例外。[1] 以法新社的《周恩来总理逝世》这篇消息为例:

[法新社北京1976年1月9日] 今日清晨北京时间5时,北京电台宣布周恩来总理逝世的消息,此时大部分中国人还不知道他们的总理已经逝世。当新华社的电传打字机于北京时间4时发出这条消息时,中国几乎所有的街道都还没有行人。

法新社所在的大楼里,记者把消息告诉开电梯的姑娘,她顿时失声痛哭。

记者对一位中国翻译表示慰问时,他眼中含着泪,嘴唇颤抖着说:"真没想到啊!我们非常爱戴他。他是一位伟大的革命家。"

可以毫不夸张地说,中国人民非常爱戴周恩来,他们感到周恩来平易近人。

估计巨大的悲痛将笼罩中国大地,人们将像今天凌晨听到这个消息的那位开电梯的少女那样表现哀伤之情。

将周恩来总理逝世这样的大事用简短的语言表现出来,这篇作品可以说非常成功。通篇语言凝练,采取个案报道,有具体的事件、具体的人物,将整个中国在总理逝世后的悲痛之情通过一个个普通百姓的反应表现出来。语言尽管简练,但是对人物的刻画和描写却很到位。从这篇消息中我们可以看出,新闻就应该追求短而精,这需要从业者苦练基本功。

3.是否生动形象

生动形象的事实需要生动形象的语言来表达,多用富有活力的动词,使整个新闻语言充满动感,让读者感受新闻事实的动态美。例如消息《跳水王子洛加尼斯》开头是这样的:

[合众国际社印第安纳波利斯1988年8月24日电] 格雷格·洛加尼斯站在跳台顶端,黝黑的身躯纹丝不动,两眼凝视着下方10米处的水面,庄重地迎接挑战。

两条粗壮有力的大腿奋力一弹,身躯高高跃入空中,转体、旋转,舒展的动作一气呵成。入水时全身形成一道直线,在几乎没有激起一丝水花的情况下没入水中……

"弹"、"跃"、"转"等动词的使用让消息动感十足,运动员跳水的情景栩栩如生地再

---

① 李大卫、石维、艾顿主编:《法新社百年新闻佳作》,陕西师范大学出版社2002年版,第112页。

现在读者面前。

第三节　案例评析

在本节中，我们选取了从近现代到当代时间跨度较长的一段时间内有代表性的消息作品，依照本章的评析方法进行分析。

例一

上海把最后两辆人力车送交博物馆

[新华社上海 1956 年 2 月 25 日电]上海市交通局今天把上海的最后两辆人力车送给了博物馆。原来的人力车工人曾为此自动集会庆祝，感谢政府替他们挖掉了穷根，帮助他们走上了新的生活。

人力车最初出现在日本。远在 1874 年，上海也有了这种交通工具。解放前夕，上海有 5000 多辆人力车，7000 多人力车工人。解放后，政府在发展公共交通建设的同时，就有计划地帮助人力车工人分批转业。有些人力车工人已经被训练成为汽车驾驶员或技术工人，有的回到农村参加了农业生产，没有劳动力又没有依靠的老年工人进了养老院。63 岁的老工人姜威群，拉了 50 年人力车，穷得一直不能结婚，现在他正在养老院安静地度着晚年。

(新华社作品)

评析

简单的两段语言，陈述了一个不简单的事实。融史实、趣味性于一体，堪称佳作。

1.视角独特，时机独特

一个社会的进步反映在日常生活的各个方面。作为一个群体，人力车夫的消失显示出他们生活状况的好转，也表明政府对他们的关心和尊重。关于人力车的取缔，上海市政府曾发过公告，但本文记者巧妙地选择时机，在“最后两辆人力车送给了博物馆”时，从“进博物馆”这个角度入手，把一件对于人力车夫来说具有标志性意义的事情展现出来。记者注意选取角度，把握时机，通过一个客观的事实让读者看出了解放后我国社会面貌的积极变化，取得了良好的社会传播效果。

2.巧用背景，对比强烈

在文章的主体部分，对人力车夫这个职业的发展和概况作了背景介绍，同时对人力车夫的新生活作了报道，像一面镜子，将旧社会和新生活进行对照，不需多言，效果自现。

3.语言简练,个性突出

整篇文章不足300字,将一个社会变化的缩影描写得新颖深刻,饶有兴致,意义隽永。最后笔锋一转,以一个个体生活状况的变化结尾,首尾呼应,主题呼之欲出。

例二

枫桥兴会扶桑客　子夜钟鸣百又八

[本报苏州1月1日专电]今晨零点,专程从日本赶来中国的500多位旅游者,在香烟缭绕的苏州寒山寺里屏息聆听了新年钟声。

日本民间相传,除夕之夜敲钟108下,就能除尽人世烦恼,迎来锦绣前程。由于唐代诗人张继的诗《枫桥夜泊》在日本广为流传,“姑苏城外寒山寺,夜半钟声到客船”的诗句蜚声扶桑,许多日本人梦寐以求能在除夕聆听寒山寺钟声。从去年12月下旬开始,来自日本各地的“日本寒山寺除夕听钟声访华团”等15个旅游团体的日本朋友,就陆续来到苏州,等待聆听除夕钟声。

除夕晚10点正,日本朋友一批批来到寒山寺。午夜11点40分,寒山寺性空法师步上钟楼,撞响了新年钟声。当钟声响到第108下的时候,正是元旦(原文如此——作者)零点正。顿时,日本朋友欢呼雀跃,和在场的中国僧侣和工作人员亲切握手,互致新年问候,洋溢着中日人民的深情厚谊。

(原载1981年1月1日《文汇报》)

评析

1.新鲜的新闻,诗意的标题

从读者的角度来说,他们总是愿意看到最新的新闻。凌晨的事实,早晨就与读者见面,时效性之强,难能可贵。

“看书看皮,读报读题”,这句俗语说明了标题的重要性,好的标题总会吸引住人的眼球。这样诗意的标题,怎能不引发读者读下去的欲望?

2.纪实手法的运用让新闻活了

在文章的结尾一段,作者将时间具体化,一个个具体的场景让读者仿佛目睹了香烟缭绕的肃穆现场,看到了古刹钟声响起后欢呼雀跃的日本客人。

3.语言凝练,用背景传授知识

好新闻的语言总是凝练的。这篇文章描述了一个鲜活的场面,又介绍了一个背景知识,全文不过300多字。

日本客人为何远渡重洋来听钟声?本文在导语下一段紧跟着进行了解释,并且介绍了日本的一个民俗,融知识性、趣味性为一体,堪称消息中的“上品”。

例三

浙江:今年高考无“状元”

[本报讯(记者潘剑凯)]谁是高考“状元”？这个一年一度的热门话题，今年却在浙江省消失了。浙江省教委、省招办日前明文规定：今年将不对各学校的高考成绩进行排队，也不公布全省高考文理科成绩前三名的名单。

浙江省招办主任王晓文在接受记者采访时说，对高考成绩进行排队，公布所谓的高考“状元”，有宣扬“应试教育”的倾向。如今不这么搞，正是根据学校教育要从应试教育向素质教育转变的要求提出来的，同时也是为了更好地体现公平公正的原则。

他说，文理科前三名不一定是全省高考成绩中最好的，更不能说他们就是学得最好的学生。今年浙江省有600多位学生被保送直接进入各大学，他们没有参加高考，或是参加高考后成绩被注销。公布高考成绩，认定谁是“状元”，对这些品学兼优的保送生是不公平的。

近年来，一到高考成绩公布，一些企业就开始“炒”高考“状元”，或给予巨奖，或送补品，或让“状元”们为产品做广告。王晓文认为，高考只不过是学生能进入大学继续学习的一种途径，那些带有强烈商业气息的“炒作”容易让人产生骄傲自满的情绪，对青年学生的身心健康成长是不利的。

(原载1997年7月25日《光明日报》)

评析

1. 主题重大，效果明显

这是一篇中国新闻奖获奖作品，400字的篇幅，报道了一年一度的高考中，浙江不再按照惯例公布高考名次的改革话题。高考历来是社会关注的焦点，关于高考的话题总是说不完。浙江省的“开先河”，起了一个很好的示范作用。记者将这样一个重大的变化报道出来，符合社会对新闻工作者的要求。同时，这样的报道引起了强烈的社会反响，当时的国家教委专门举行新闻发布会，呼吁全社会不要再重奖高考状元。

2. 导语开门见山

这则新闻简洁明了，导语开门见山地将所要表达的重要事实和盘托出，这样的新闻，配上醒目的标题，引起了读者强烈的阅读欲望，效果自然明显。

3. 用事实说话

这篇消息中用了大量的事实，通过权威人士之口，跳出板着脸谱教训人的俗套，告诉读者不公布成绩的理由。数据、事实，让读者自己进行价值判断，符合新闻传播规律。

例四

美国提案被击败　中国将进入联合国

[路透社联合国1971年10月25日电]联合国的代表们今晚击败了美国为保住台湾在联合国的席位所作的努力,从而为北京进入联合国铺平了道路。

代表们在走廊里大声发笑,他们唱歌、欢笑、喊叫,拍桌子,有人甚至跳起舞来。

这次投票使美国及其主要盟国——其中包括英国和法国——分道扬镳。尽管美国大使布什为阻止台湾被驱逐作出了巨大的努力,但仍出现了这个表决结果。

布什立即提出了动议,要求已递交给大会的关于给北京以席位并驱逐"蒋介石集团"的阿尔巴尼亚提案中撤掉驱逐这一条款。

大会主席、印度尼西亚外长马利克裁定这个动议不合议事规程。

在早些时候,大会否决了沙特阿拉伯和菲律宾提出的要把所有表决推迟到明天的要求。

观察家认为,这个要求反映了美国的愿望。

当代表们点名应答时,大厅中气氛紧张。

电子统计牌上终于显示了结果,表明美国的建议被击败。这时,大厅里沸腾起来了。

当代表们在阿尔巴尼亚方面获胜后于今晚在表决程序方面斗争时,一些人士预测,是北京获得席位的提案将以2/3的压倒多数得到通过。

(路透社作品)

评析

分析这篇消息之前,我们首先要明确当时的背景:从1949年新中国成立到1971年,中华人民共和国在联合国的合法席位一直被蒋介石所非法占据,我国以及世界上的友好国家对此进行了长期艰苦的斗争。1971年,第26届联合国大会召开。在这届会议上,美国抛出荒谬的"双重代表权"提案,企图制造"两个中国"的局面,在这种背景下,有了这样的新闻。这篇新闻有以下几个特点。

1. 客观性手法

路透社记者对于这一事件的报道恪守"客观性原则",通过对会议氛围的描写,对场面的描写、对与会代表动作和情绪的描写,通过"观察家"之口,将一个事件的原貌真实、客观地呈现出来。

2. 现场感强

记者在营造现场感上花了不少工夫，结果出来以后，代表们的反应、布什的反应都用白描的手法展现出来，对比之下，大厅的紧张氛围一目了然。这篇稿件在主体中按照倒叙展开事实，而这样的表现手法，如电影片段，让读者好好地过了一把瘾。

3. 多用短句、短段，衬托现场气氛

400 字的新闻分成了 10 段，每段之间层次分明，短语段落之间的层次转换，衬托了现场紧张、激烈的气氛。在作者笔下，代表两种利益的双方如同高手过招，瞬间过招数次。

例五

长江上游仍在砍树

[新华社攀枝花 1998 年 8 月 19 日电(记者熊小立　黎大东)]　长江上游地区大片森林仍在遭受数千把斧头和电锯的砍伐。记者近日随世界银行组织的 14 名生态、环保和人类学专家考察雅砻江下游的二滩水电站库区生态环境，见到江面漂浮着上游漂运下来的上万根三四米长、脸盆般粗的木头，小舟左冲右突一个多小时才驶离码头。行出不到 1000 米，数万根粗木密密麻麻地塞满了几百米宽的江面。

攀枝花市一位林业干部告诉记者，这仅是雅砻江沿岸近期所砍伐树木的很少一部分。由于二滩水电站关闸蓄水拦住了漂木的去路，大量木头在上面几个水运站捞上岸运走了，漂下来的只是“漏网之鱼”。他说，仅沿江国有森林工业企业今年就至少砍伐了 30 万立方米的木材，相当于砍光了 5 万亩原始森林，而流域各县乡伐木企业的砍伐量更大。

世行专家组成员、四川省林业科学院研究员刘仕俊说，四川宜宾市以上的长江三大干支流中，金沙江、大渡河两岸的森林早已所剩无几。雅砻江主要流经人烟稀少、交通闭塞的横断山脉，但现在，这条江两岸的森林资源也遭到了十分严重的破坏。

全长 1517 公里的雅砻江主要流经四川省甘孜、凉山、攀枝花等地市州。因水急谷深，沿江所伐树木主要以顺江漂流的形式运往下游，然后再装上火车经成昆铁路运出。

记者在几天的采访中看到，雅砻江下游两岸目前仅存些残次林木，水土流失严重。当地老乡说：“每一场暴雨都造成洪水和滑坡、塌方，以前江水一年四季都是清的，现在变成‘黄河’了。”

(新华社作品)

评析

1998年长江的滔天洪水，又一次敲响了保护生态的警钟，它从更为广阔的层面上警示人们：人与大自然必须保持一种和谐的关系，这样才能使人类更好地生存与发展下去。但是并不是所有的人都意识到这点。作者正是在这样的认识与思考的前提下，抓住抗洪时机，深入长江上游的雅砻江、金沙江等主要干支流进行了专题调查，在掌握大量第一手材料的基础上，以现场见闻的形式报道了长江上游仍在大量砍伐原始森林的事实。

1. 高超的客观手法的运用——让事实说话

全文600余字，分5个自然段，每一段都是具体的、扎扎实实的事实。在导语中首先描写了场面，紧接着作者不露声色地引述现场几位不同身份人物的看法，展开对新闻事实的叙述和评论，而这些也正是作者所要发表的无形意见。尤其值得称道的是，作者没有忽视向读者交代所有重要事实的准确来源，如“攀枝花市一位林业干部告诉记者”、“世行专家组成员、四川省林业科学院研究员刘仕俊说”，等等，这都有力地增强了事实报道的可信度与权威性。

2. 画面感强

消息的作者像一位摄影师，在导语中运用特写，将一幅幅触目惊心的画面展现给读者，对于江面上木材的密度，作者匠心独具，用了“小舟左冲右突一个多小时才驶离码头”这样的参照物，让读者有了直观的感受。

3. 舆论监督报道的新思路

舆论监督报道怎样才能让人信服、取得效果？这篇报道给我们提供了一个思路。客观的笔法，隐含了作者的意见，既让读者看到了事实，又让读者明白怎样才是对的，以事实示人，以事实服人，这样的监督才是最有效果的监督。

例六

两家子公社干部开始睡上安稳觉　夜无电话声，早无堵门人

本报讯　3月3日、4日，记者夜宿康平县两家子公社秘书办公室，发现从就寝到次日早晨，没有来过一次电话，也没有一个社员来报案、告状或要钱要粮，公社干部睡得安安稳稳。据当过六年秘书的公社干部赵福权说，前几年状况大不一样，经常刚刚睡下，电话铃又响了，不是下达标指示，就是追生产进度。冬天只好把电话机搬到枕头旁边。随着领导作风的转变，上面这种靠电话指挥工作和搞形式主义的现象大大减少了。

一年前，两家子还是全县最穷的公社之一，一年到头，生产队干部和社员来公社要农贷和救济粮、救济款的推不开门。现在已经看不到这种情景了。

去年他们实行了包干到户责任制,全社人均收入由历年六七十元增加到165元,有的历史“三靠”队达到了四五百元。社员生活好转了,不但不再向国家伸手,由于“穷泡、穷靠、穷打、穷闹”造成的民事纠纷和家庭纠纷也越来越少。

4日深夜,记者步出敞开的公社大门,遥望沐浴在银白色月光下的远近村庄,显得分外安谧,不禁遐想联翩,成诗一首:

劫后灾痕何处寻?
月光如水照新村。
只因仓廪渐丰实,
夜半不闻犬吠声。

(作者:范敬宜,原载1982年3月15日《辽宁日报》)

评析

一个新闻工作者,如果对自己所负责的行业没有全面的了解,是写不出好新闻的。这篇新闻写出了新鲜感,写出了历史厚重感,与作者对于农村工作全局的把握有很大关系。

1. 对于变化的记录

党的十一届三中全会以后,农村实行了生产责任制,纠正了错误的政策,农民的生产积极性迅速提高,农村干部的作风也大有改变,形式主义的现象大为减少。在这样的背景下,“夜无电话声,早无堵门人”意味着新的变化。这样的一个事实,不正是整个农村工作的新开端吗? 记者对于这个变化的发现,不也正好说明敏锐的新闻敏感吗?

2. 真性情的流露

文无定体,这篇作品一气呵成。在文章的结尾,作者并没有墨守成规,非要总结或者展望,而是破格地写了一首小诗,整个行文立即轻松从容了很多。颇有田园味道。作为读者,读起来也不免被这样真性情的流露所感染,为祖国的大好形势喝彩!

思考题

试从文体、语言、结构、内容等几个方面对下面的消息进行评析。

消息一

我国首次载人航天飞行圆满成功

我国成为第三个有能力将航天员送上太空的国家

“看到了,我们看到了!”晨曦初现的草原上传来惊喜的欢呼声:“神舟回来了!”

清晨6时23分,经过绕地14圈飞行,中国首位航天员杨利伟乘坐“神舟”五号飞船,在东经111度29分、北纬42度06分的飞船着陆场安全着陆,距理论着陆点仅4.8公里。返回过程非常顺利,返回舱完好无损,航天员自主出舱,身体状况良好。北京指挥控制中心宣布:我国首次载人航天飞行获得圆满成功!

杨利伟于北京时间10月15日9时在酒泉卫星发射中心升空。在太空飞行过程中,杨利伟监视飞船重要指令的执行情况及飞船的工作状况,完成了预定的空间试验活动,实现了中国人之间的首次天地通话。

北京时间16日凌晨5时35分,“神舟”五号接到指令返航。6时51分,飞船返回舱舱门缓缓打开,身着白色宇航服的杨利伟从返回舱中走出,向人们挥手致意。掌声和欢呼声在辽阔的大草原上回响。中国探索太空的伟大创举开启了崭新的一页。

(原载2003年10月16日《人民日报》)

消息二

老将刘波摘金

[本报广州3月30日电] 记者贺林平报道:2006年射击世界杯广州站进入第四天,在女子50米步枪3×20决赛中,中国27岁老将刘波表现出色,以总成绩690.1环的绝对优势勇夺金牌,为中国射击队再添一张奥运会入场券。

预赛排名第一的刘波在决赛中延续了良好的竞技状态,在决赛中打出101.1环,并以690.1环的总成绩毫无悬念地夺得冠军。德国的莱希纳以679.7环名列第二,哈萨克斯坦选手夺得铜牌。

首次参加世界杯赛事便夺金的刘波非常开心。她说,“夺金主要是自己没有压力,以平常心去面对。”27岁的刘波是去年才进入国家队的,虽然进国家队时间不长,但刘波认为对自己的成长有很大帮助,尤其是在大风情况下射击的稳定性有了很大提高。

在稍后进行的男子10米气手枪决赛中,中国老将谭宗亮尽管打出100.0环,但仍因预赛成绩过低仅名列第六,另外两名中国选手分获第四与第八名。刚刚夺得男子50米自选手枪金牌的韩国老将秦钟午以总成绩685.8环夺得冠军。

(原载2006年3月31日《人民日报》)

第四章　事实类作品评析(下)

● **本章要求:**

了解:通讯概念、特点和种类;深度报道概念、特点

掌握:通讯作品的评析方法;深度报道作品评析方法

第一节　通讯的基本特征

一、什么是通讯

通讯是运用多种表现方法比较深入而又详细地报道真实的客观事物的新闻文体。主要报道范围包括新闻事件的发展过程、新闻人物的成长经过、某项工作的详细情况及某地风貌的概况特色等,是最常用的报道形式之一。目前一般对通讯作如下分类:按报道内容,分为人物通讯、事件通讯、工作通讯和风貌通讯;按写作形式,分为一般通讯、小故事(小通讯)、特写、巡礼、速写、侧记、散记、采访札记,等等。新闻文体正在不断分化和融合,通讯的分类似乎没有也不必固定下来。目前已经产生了一些边缘性的通讯形式,如政论性通讯、杂文式通讯等。

通讯同消息一样,要求内容完全真实,讲求时效,但它比消息的容量更大,写作灵活,表现力更强,报道范围更广。

中国早期报纸的通讯,脱胎于描写性消息及古代记叙性散文,篇幅较短,事件要素交代不全,表现手法也较简单。早期报纸称通讯为"通信",或以"记"、"录"等字样区别于其他文章,后逐渐发展成为独立的新闻文体,出现了纪实性的事件通讯、战地通讯、日记体的纪实性通讯、游记体通讯等种类。20 世纪初,远生通讯的出现,使通讯这一文体的地位得到承认并日趋巩固,逐渐成为最吸引人的新闻体裁。几十年来,通讯在新闻文体中一直占有重要地位,形式日趋完备,技巧日趋成熟,出现了很多有影响的通

讯名篇①。

早期的新闻报道,没有文体的区别。较短的新闻报道因为用电报传递,所以叫"电讯"。而外勤记者写回的报道,因为走邮路,以书信方式传递,所以被冠以"通信"。一般来说,"通信"比"电讯"详细、具体。后来,由于电信技术的进步,"通信"也可以电传,为了与"电讯"相区别,"通信"又改称为"通讯"。到辛亥革命前后,"通讯"已发展成为用文学笔法和政论色彩书写,融记者主体意识与客观报道为一体的新闻体裁。

20世纪40年代延安整风时代进行的新闻改革,加强了党对新闻工作的领导,加强了新闻报道对社会生活的指导性。以"新闻故事"形式出现的新闻通讯,如《西瓜兄弟》、《桌上的表》等,以典型事例、典型的先进人物为依托,将通讯逐步定位为融宣传价值与新闻价值于一体的典型报道体裁。

改革开放以来,社会生活发生了巨变,新闻观念也随之发生变革:信息观念的确立打破了长期以来只把新闻媒介当作宣传工具的局面。一直作为典型报道范式的通讯在选题、采写模式、报道理念和表述方式上都在不断发生变化,以适应现实的需要,各种深度报道的新文体也在不断出现。因此,目前我们所称的"通讯",其实已经逐步演变为一种集合概念,一种广义的名称,是指报纸、刊物中运用的除消息以外包括各类通讯、特写、专访等所有详报型(或曰深度型)新闻体裁的总称。

和消息一样,通讯也是一种常见的新闻报道文体。它在素材、结构和表现手法上与消息有较大差异,在时效性上也稍逊于消息。但是它与消息有一个共同点,即同属于"新闻报道体裁"。也就是说,通讯所报道的内容都是真人真事。尽管通讯材料的丰富和文笔的优美与文学作品有相似之处,但人们阅读通讯时,很明白自己在读新闻而非文学作品,相信它的内容是真实的而不是虚构的,"真实存在"、"真人真事"是通讯的立身之本。

二、通讯的特点和种类

通讯的主题是通讯的灵魂。通讯主题的写作要求是主题正确、鲜明、集中、深刻。应围绕主题精选典型材料(事件、人物、风貌、经验、情节等)。通讯常用的表现手法有叙述、描写、议论、抒情等,可根据具体内容灵活运用。

通讯按照最惯常的分类方法可分为人物通讯、事件通讯、工作通讯、风貌通讯和特写等。

1. 人物通讯

人物通讯是用来报道特定人物的一种通讯体裁。在中国,人物通讯以报道先进人

---

①② 甘惜分主编:《新闻学大辞典》,河南人民出版社1993年版,第158页。

物的先进思想、典型事例为主。人物报道中，人物通讯有着突出的地位，一些优秀的人物通讯作品往往产生较为深远的影响。人物通讯的报道对象可以是一个人，也可以是一个群体。西方没有“人物通讯”之说，与此意义相近的是“人物特写”。采写人物通讯，应注意选取有代表性的人物作为报道对象，注意写出人物的鲜明特点，选取反映人物言行举止特征的材料，遵循实事求是的原则，不能添枝加叶，浮夸拔高。人物通讯有多种表现手法，如“以事写人”、“以言见人”、“以景见人”、“以论写人”、“细节表现”、“夹叙夹议”，等等，应防止“见事不见人”的缺陷。人物通讯最基本的结构方式有两种：一是按时间顺序，写人物的主要经历、成长过程；二是按逻辑顺序，将人物的事迹按质归类，分层表现。在写人物事迹的同时，应注意展现人物的性格特征，使人物在通讯中“活”起来。我们耳熟能详的《县委书记的榜样——焦裕禄》、《为了周总理的嘱托》、《一篇没有写完的报道》等，都是人物通讯名篇，从这些通讯的字里行间我们看到的是一座座崇高的精神丰碑，一个个鲜活的人物形象，而这些形象也因此而被千千万万的后来人所仰慕。他们的献身精神，他们的高尚品质，成为鼓舞人们前进的巨大精神力量①。

2. 事件通讯

事件通讯是指报道有意义的新闻事件的通讯体裁。事件通讯注重报道有强烈新闻性的典型事件，较为详细地介绍事件的来龙去脉、发展过程及作用、影响。报道形式一般分为三种：一为记叙单项事件的始末；二为将几个有联系的事件有机结合在一起；三为篇幅短小、叙述活泼生动的新闻小故事。事件通讯属叙事文体，写作时应做到以叙事体现一定的观点，力求生动、详略得当、语言简洁；也应注意写好人物，但需简笔勾勒，不宜着墨太多。一般的叙事方式有四种：一是以事件发展的顺序为叙事线索，即“顺序法”；二是“倒序法”，先写结局，然后叙述事件的发展过程；三是在集纳式事件通讯中，逐一介绍有关事件，揭示事件之间的内在联系；四是西方新闻界另有一种双线并进的叙事方式，叙事与交代背景交叉进行，时断时续，相辅相成②。典型的事件通讯像曾在社会上引起强烈反响的《小崔寻诊记》(原载 1981 年 9 月 15 日《哈尔滨日报》)，反映一位急患连夜到本市省、市、区 7 家医院就诊，均被拒之门外的遭遇，批评了部分医务人员的医德医风问题。

3. 工作通讯

工作通讯是通过报道分析当前实际工作中的经验、问题、教训以指导、推动工作进展的通讯形式。一般认为工作通讯的功能有三：一为介绍、推广先进经验；二为发现工作中的问题，提出批评和建议；三为探讨新动向、新课题。写作工作通讯，要求记者抓住具有普遍意义的新经验，选择同人民生活息息相关的题材，敏感地发现孕育在实践

---

① 康文久主编：《实用新闻写作》，新华出版社 1996 年版，第 209 页。

② 甘惜分主编：《新闻学大辞典》，河南人民出版社 1993 年版，第 158 页。

中的新动向，正确、慎重地提出问题。工作通讯要求选取典型、生动的第一手材料，叙述活泼生动，并允许做一定程度的评述。记者应多在针对性、普遍性、典型性、指导性、预见性上下功夫。工作通讯的形式有多种，除常见的较为典型的工作通讯外，尚有“工作研究”、“采访札记”、“记者来信”、“新闻述评”、“问题调查”、“热点透视”等。工作通讯可以算是深度报道的一种，因为它不能只满足于报道事实，还需运用分析、综合、归纳、预测等方法。① 第十二届中国新闻奖获奖通讯《中国大豆还有“戏”》(原载2001年11月28日《经济日报》)，针对入世后我国大豆受到的冲击的情况分析原因，提出解决办法，不仅为农民种植鼓舞了士气，也为其他农产品应对加入世贸组织后面临的挑战提供了借鉴，收到了很好的社会效果。

4. 风貌通讯

风貌通讯是报道某一区域、某一地点、某一单位的新风尚、新面貌、新气象的通讯，也称“概貌通讯”。某些旅途通讯也常被看做风貌通讯的一种。风貌通讯的题材广泛多样，举凡社会变迁、风土人情、单位新貌、建筑风光、名胜古迹等，均可写成风貌通讯。风貌通讯可以有较大的时空跨度，并有多种表现形式。写作风貌通讯，要求记者着力反映新貌，并抓住特色，点面结合，纵横着笔，博采素材，缘物寄情，给读者以多方面的教益。作品应有美感及现场感。写作方法上可以鸟瞰全景，可以分类描写，也可以撷取片段，小中见大。风貌通讯还可与访问记、特写等文体有机结合，以求写作形式的丰富多彩②。我国著名新闻工作者范长江的《中国的西北角》、《塞上行》，邹韬奋的《萍踪寄语》、《萍踪忆语》等，都是出色的风貌通讯。读到这些作品，都有一种扑面而来的地方风土气息和时代气息。

5. 特写

特写是指以形象化手法，将新闻事件、人物、场景、动作等具体、生动地再现出来的报道，又称“新闻特写”。特写写作要求生动而集中地再现人物、现场、画面及新闻事件的精彩片段，以近似文学的手法，精心描绘，渲染气氛，使其达到情景交融，使人如临其境、如闻其声、如见其人，从而更形象、集中、突出地传播特定的信息。在西方，特写更多地是指一种趣味性报道，旨在给读者以“精神享受”。在更广泛的意义上，西方报纸的特写是指除消息、广告、社论之外的所有文章，其内涵比中国的要博杂得多。③

---

① 甘惜分主编:《新闻学大辞典》，河南人民出版社1993年版，第159页。

② 同上，第159页。

③ 同上，第160页。

第二节　通讯作品的评析方法

一、分析作品形式

1.结构分析

通讯结构,就是通讯的表现形式,被称为“通讯的骨架”。评价一篇通讯作品,结构在其中起着非常大的作用。常见的通讯结构方式有纵式、横式和纵横式结合三种①。

(1)纵式结构

按时间顺序、事物发展的顺序,或作者对报道对象的认知顺序安排材料,称为纵式结构。

例如第十四届新闻奖获奖通讯《目击杨利伟飞天归来》(原载 2003 年 10 月 17 日《解放军报》):

> 6 时左右,有人喊起来:“看,天上有颗星在飞!”搜救人员纷纷下车,在 −4℃ 的旷野上抬头仰望。只见一颗明亮的“流星”正从月亮边划过。一位技术人员告诉记者:“这是与返回舱分离后的轨道舱在运行,减速制动后的返回舱马上就要进入大气层了!”
>
> 6 时 07 分,一团火球在西南方的天空向我们飞近,那是进入稠密大气层的返回舱,正在与大气摩擦燃烧中飞来。
>
> 6 时 12 分,空中传来“嘭”的一声震响,表明面积达 1200 平方米的主降落伞已打开。人们更加急切地向空中眺望。“来了,来了! 在那儿!”
>
> 6 时 17 分,一个黑点在已泛出曙光的东方天空出现,并且越来越大。“杨利伟回来啦!”大家旋即跳上车,向返回舱飘落的方向追去。降落伞悬挂着返回舱,在我们的车头前缓缓飘落。记者抬腕看表,正是 6 时 23 分。我们脚下的这片土地,当地牧民称之为“阿木古朗”草原,在蒙古语中是“平安”的意思。这真是个好地名!
>
> 8 时 15 分,杨利伟乘坐的直升机从沸腾的内蒙古大草原起飞,向附近的机场飞去。他将在那里换乘专机飞回北京。

记者用很具体的时间“6 时左右”、“6 时 07 分”、“6 时 12 分”、“6 时 17 分”、“8 时 15 分”将整篇文章串联起来,细致、准确地描述了这一历史性瞬间,具有生动的现场感,层次清楚,使人一目了然。

---

① 甘惜分主编:《新闻学大辞典》,河南人民出版社 1993 年版,第 158 页。

(2)横式结构

以空间转换或按事物性质层次安排材料,称为横式结构。

例如第十五届中国新闻奖获奖通讯《百姓心中的丰碑——追记公安局长的楷模任长霞》(原载2004年6月3日《人民日报》),该文即采用横式结构,围绕任长霞立警为公、执法为民、亲民爱民的主题,组合她的"破案保平安"、"真心爱百姓"、"亲情也深沉"的事实,表现了她的崇高的人格魅力。

20世纪60年代在社会上引起巨大反响的通讯《"一厘钱"精神》(原载1963年3月24日《人民日报》)写了三件事情,发生在三个不同的单位,它们互相之间没有直接的联系:一是北京墨水厂"每件包装降低一厘钱";二是北京市制药二厂赵玉珍包装组的领导"用一分钟这个时间概念去组织生产";三是北京火柴厂"每盒火柴里减少一根废火柴"。这篇通讯将发生在三个独立"空间"的故事联结起来,不但不凌乱,而且很完整:要建设社会主义,"就要有这种'一厘钱'精神,从节省一厘钱做起,从提高每一分钟的劳动效率做起,从提高每一件产品、每一项工作的质量做起"。

(3)纵横式结构

这是将上述两种结构结合起来运用的结构。时间为"经",空间为"纬",采用"纵横交叉"的方式来安排层次。

我们下面分析通讯名篇《为了六十一个阶级弟兄》(原载1960年2月28日《北京青年报》),看看该文是怎样运用这种形式的。作品开头描写的1960年2月3日,农历正月初七下午4点钟,山西平陆61名民工食物中毒的求救声,传到北京王府井北口八面槽路东的特种药品商店的时候出现的情形;接着,从2月2日"平陆事件"的发生讲起,叙述到原来的时间仅仅是通讯的一半,后边还有找药、运药、空投、抢救、慰问等一系列的情节才结束全文。同时,又以空间方法作为"纬线",从横的方面划分层次,把同一时间不同地点发生的种种事情,十分巧妙而紧凑地交织到了通讯中,报告给受众。它既注意了时间的连贯性,又照顾了空间的平列性,穿插自然,跌宕起伏,次序分明,变而不乱。这篇通讯所报道的"平陆事件",由于涉及的场面大、地区广、单位多,特别是时间短促,许多情节齐头并进,发展异常迅速,因而记者选择的这种"纵横交错式"的合式结构,使得整篇文章趋向场景化和情节故事化,把一个个场景、一幅幅画面、一桩桩故事展现在读者面前。与很多通讯作品不同的是,它每一小段的前面,没有加上近似内容提要的小标题,而是运用记者抒情的旁白和时间进展的标记,使场面层次分明,紧扣读者心弦。这样的结构方法,在很大程度上给这篇通讯增添了色彩。

2.表现手法分析

(1)通过细节表现

细节是通讯的血肉,一篇通讯是否有特色,很大程度上取决于选取的细节是否有特色。通讯虽然是新闻报道中的"重武器",但重要的事件和人物往往可以通过十分微小的事实反映出来。这样就可以采取以小见大的手法，充分发挥微小事实的折射作用。对于读者来说，微小的事实较宏观的事实显得更真实、更贴近、更丰富，符合读者认识客观事物的规律，比较容易为读者所接受和喜爱[①]。

细节生动，就会具有感人的力量。一篇优秀的通讯是靠若干细小而具体的事实所组成的，没有细节，没有具体描写，也就没有生动的形象，也不会具有感人的力量。

第十四届中国新闻奖获奖通讯《总理帮农民追工钱》(原载2003年10月28日《重庆日报》)在细节运用上可谓娴熟自如："一大群人正沿着又滑又陡，有些立不住脚的村中陡坎，深一脚浅一脚地走向山脚下自家的院子"。总理不顾山路陡滑，深一脚浅一脚地走向农家院子，亲民务实的高大形象挺立在读者面前，令读者在惊喜之余，充满深深的感动。"'温总理快到我们家了！'曾祥万来不及抹掉满腿的泥土，打着赤脚惊喜地往家里跑。"这里的细节也运用得生动逼真，既说明了农民正在田里务农，又反映了农民对总理到来的欢欣和喜悦之情，给人一种身临其境之感。作者采访之细，观察之细，由此可见一斑。更令读者心灵震撼的是："总理趋步向前，伸手紧紧拉住曾祥万那双还沾着泥土的手……"共和国总理的双手和农民那双沾着泥土的手紧紧地握在一起。这一"握"寓意很深，于平实中见精神，于细节中见真情，体现了党和人民群众的亲密关系是那样牢不可分。

埃德加·斯诺曾在一篇关于中国陕北地区农村变化的报道中写道："透过一个通向隔壁窑洞的门，我能看见几双儿童的雨鞋和一双球鞋……一只柏木桌子和几把椅子，桌上放着一把茶壶和一些瓷碗。我蓦地想到，在过去，这样一些东西只能在一个地主的家中看见……"[②]。斯诺以细致入微的观察力，捕捉到一个农民家庭有典型意义的细节，向读者具体展现了陕北农民家庭生活的变化。这也正好说明了细节描写对于通讯写作的重要。

细节虽小，但它绝不是通讯作品可有可无的细枝末节，它是通讯报道事实、表现主题的重要手段，又是衡量通讯作品好坏的重要因素。优秀的通讯，尽管手法不同，风格各异，却都能在受众心中再现客观事实的生动景象，其中的时代面貌、社会背景、风土人情、生活场景、人物性格，无不具体鲜明，拨动受众心弦。这种效果的取得，在很大程度上要归功于细节描写的力量。所以，有人说，细节就是通讯的生命，失去了真实恰当的细节，通讯就失去了生命。这话不无道理。因为人的认识过程，都是从感性发展到理性，由具体上升到抽象的。不给人具体的、感性的东西，那就等于让受众从远处看山看人，只见轮廓虚影，不见真景实貌。

有时一个细节比千言万语要生动得多、深刻得多、有力得多。这些细节性材料，是

---

① 沈敏：《构建吸引受众的"召唤结构"——人物通讯与时间通讯的可读性探悉》，《零陵学院学报》2004年第4期。

② 沈世纬：《从宏观微观两方面提高观察力》，《新闻纵横》1985年第6期。

以表现事件的具体过程或人物的音容笑貌、内心世界，而成为通讯的血肉的。往往有这种情况，一篇通讯，读过多年，其中的故事梗概早已淡忘了，可是一些动人的细节，还能长久地印在我们心中，偶有触动，还会重新涌现到脑海里来。细节描写的魅力之大，令人惊异。

(2)通过引语表现

引语，是通讯用来表现主题的另一巧妙手法，引语的巧妙使用，也是评价一篇优秀的通讯作品的重要因素。

第十四届中国新闻奖获奖通讯《这是在宣扬一种什么文化——走进"京西灵水第二届举人金榜文化节"》(原载2003年8月9日《科技日报》)是一个运用引语的成功例子：

尹国炯花轿落定，与记者进行了简单对话。

"你是怎么被邀请的?"

"他们是通过我的校友联系到我的。"

"参加这种活动，你觉得怎么样?"

"说实话，这种活动我根本不想来。后来他们很热情，我想反正到时候也得到北京报到，提前来看看也挺好的，就来了。"

"你是今年上海的状元?"

"不是，不是，那是他们那么炒作的。"

……

门头沟区委副书记×××充满真诚地说："您想上大学吗? 就到灵水村吧。"

当记者向中科院院士×××提问时，两人的一问一答是这样写的：

"您觉得把高考状元和古代举人相提并论可以吗?"

"也可以，过去在农村来讲，考上大学也就是状元了。"

"您觉得将现在的高考状元和古代举人的素质相比如何?"

"状元意思就是你在竞争中取胜了。"

"您觉得有必要举办这样的活动吗?"

"我觉得这个活动很有意思，在农村能举办这样一个大型的文化节还是很好的，可以激发大家学习。"

"科举制度是一种没落的科考制度，有必要这样大张旗鼓地宣扬吗?"

"应按历史的观点来看：过去是通过这个选拔人才的，它也有它进步的一面。"

"说是要给他们刻碑立传，您觉得合适吗?"

“哈哈,我认为从广义来讲也未尝不可。”

以上引语的妙用,增强了新闻的真实感,让读者真切地看到了举办“举人金榜文化节”的目的是以弘扬教育为名进行的商业炒作,是一幕“荒诞剧”。此外,引语的使用也增强了这则新闻的深度,因为引语往往特点鲜明,有助于揭示问题的核心和事物的本质。

3.语言特性分析

消息是对新闻事实的概括,而通讯是对新闻事物的展现,因此通讯语言应当给人一种开放感,而不像消息语言那样给人一种紧缩感。消息语言给人一种动态感,而通讯语言给人一种静美感,动态和静态是消息语言和通讯语言的又一个显著区别。因此,在评析一篇通讯时,要注意它有没有把与消息不同的地方都展现出来。

消息的表达手法主要是叙述,而通讯在表达手法上以叙述为主,更多地采用描写、议论和抒情等文学技法和修辞手段,因此,消息语言显得精练,而通讯语言显得丰满。通过与消息语言的比较,可以看出通讯语言显示出如下特性。

(1)思辨性

通讯不只是报道生活,还要通过报道,使读者认识生活。特别是深度报道、经验性报道和重大的综述性报道,不仅引导读者认识具体的生活内容,而且夹叙夹议地引导读者在认识生活现象的同时进行思考,从而发挥强有力的导向功能。

(2)抒情性

情感渗透是通讯语言感染人的重要原因。好的通讯,每一篇作品的语言都充溢着一种明快优雅的情调和动人心弦的情感。

(3)描摹性

传真写实是消息、通讯的共有特性。但通讯在具体展现中更多地使用描摹来绘声绘色,这种摹写使语言文字释放出有声有色的形象性、流动感,使人产生身临其境的感觉。但通讯语言的描写不是文学作品的精雕细刻,而是画龙点睛的传神点化。它不是刻画人物,描绘一个虚构的世界,而是抓住最鲜明的特征几笔带过。素描和简洁勾勒是通讯语言的基本特征①。

相对灵活的结构、活泼清新的语言、准确贴切的修辞手段的运用,都能使通讯的语言显得灵动而不呆滞。行文从容不迫、娓娓描述,从而显得沉静而婉约,让读者感受到通讯篇章布局的神奇和语感的魅力,给读者以享受。

二、分析作品主题

主题是文章的中心思想。通讯的主题就是通讯的“灵魂”。一篇好的通讯稿,必有

---

① 曹书林:《报刊新闻语言初探》,《内蒙古社会科学》1998年第6期。

一个好的主题。因此,在评析一篇通讯作品的时候,主题的提炼就成为非常关键的因素。

第十三届中国新闻奖获奖作品《决策为何连连失误》(原载2002年5月29日《人民日报》)披露了安徽省某些领导为了出“政绩”盲目决策,在人口不足200万、经济不发达的城市里建高尔夫球场、投资30亿元建“温哥华城”,造成难以挽回的经济损失和形象损失,令人民群众失望、不满的事情。作者抓取这一材料,从反面揭示如何把握好一切工作的出发点和归宿点,树立正确的政绩观、科学的发展观这个重大课题。稿件见报后,在社会上引起了强烈反响。安徽省委领导对文章表示赞同,省委宣传部领导充分肯定了这篇报道,并要求淮北市委组织干部学习讨论这篇文章。安徽全省干部群众对这篇报道给予好评,一些地方领导表示要引以为戒。之后,淮北的招商引资工作正常进行,成效明显。

同样的题材,对主题的把握角度也可以是多样的。同样是写领导干部的榜样,歌颂心中装着百姓的好干部,中国新闻奖获奖作品《百姓心中的丰碑——追记公安局长的楷模任长霞》(原载2004年6月3日《人民日报》)与《县委书记的好榜样——焦裕禄》(原载1966年2月7日《人民日报》)、《领导干部的楷模——孔繁森》(新华社1995年4月6日)等的不同之处,就在于它的主题角度不同:不是单纯提炼主人公的公仆精神,而是将这种公仆精神与人心向背结合起来。公安部门是党的重要执法部门之一,与老百姓联系紧密,它的一举一动代表的不仅仅是一个部门,还代表着党的形象。过去总说警民鱼水情,但是随着一些消极出警、以权谋私、行刑逼供等违背人民利益甚至损害人民利益的情况被曝光,部分百姓对公安系统产生了种种不信任感,也在一定程度上削弱了党的凝聚力和战斗力。我们党的根基在人民、血脉在人民、力量在人民,如果失去了人民的支持和信任,也就动摇立党之本,削弱执政之基,阻塞力量之源。在这个时候,记者敏锐地抓住了任长霞这位公安局长典型:任长霞用自己的实际行动重振公安雄风,重塑公安形象,践行了立警为公、执法为民的工作准则,维护了百姓的利益,体现了与百姓的血肉联系,因此受到了百姓的爱戴。百姓的支持和拥护,正是我们党存在和发展的力量源泉。通讯以“百姓心中的丰碑”为题,点出了人们心中的“好公安局长”、“好官”与百姓的血肉联系。老百姓的评价是最具分量的,也是最公正的。老百姓之所以“把泪洒给她,把心掏给她,用口为她铸碑”,就是因为她的心里装着百姓:“谁心里装着百姓,百姓就把你刻上心碑”。“乐民之乐者,民亦乐其乐;忧民之忧者,民亦忧其忧。”对于那些不是诚心诚意为群众谋利益,而热衷于做表面文章,搞“形象工程”、“政绩工程”的党员干部来说,即使树立金碑银碑,也是永远得不到民心的。这就是历史的辩证法。这一主题角度,不仅凸显出它的现实迫切性,而且深刻体现了党的“三个代表”重要思想的精髓,蕴涵着这个时代的精神。

第三节　通讯作品评析实例

例一

外交部之厨子

民国元年(一九一二年)七月初十日

黄远生

自前清恭王管理总理衙门时代至于今日之国民外交部，其间易若干管部亲王，易若干尚书侍郎，易若干司员，至于今日又将易若干总长，而始终未脱关系者，则余厨子其人也而已。此厨子之声势浩大，家产宏富，亦在奕劻涛洵之间。其所管家产，有民政部街之高大洋房一幢，有万牲园中之宴春园，有石头胡同中之天和玉，皆京中之巨观也。此厨子在满清时代，联结宫禁，交通豪贵，几另成厨子社会中之大总统。庚子变后，西太后及光绪回銮时，西太后研究媚外主义，乃大宴各国公使夫人及在京东西洋贵妇人，耗资巨万，人所共知也。其时议和大使李鸿章，以世界外交之雄才，参与樽俎之事，已为西太后雇一著名西洋厨夫，以备供奉。既已得面许可次日入御。至于次日，西太后忽谓李鸿章曰："我看明日请客，还是用外务部的厨子罢。"此厨子运动力之大，乃至能力回西太后之意，与中外赫赫之李鸿章对抗，其他可知。厨子以此，亦所赢不资矣。

余厨子自前清恭王时代，已入外部，凡各亲贵及外部尚侍，有宴会喜庆诸事，厨子无不极力供奉。此诸王公者，亦待厨子以殊礼，以平等主义待之。故诸公家有大庆典时，厨子亦公服掌招待之职，与王公贵人及其时缙绅先生之流，分庭抗坐。此厨子虽号称厨子，其所隶部下，固不止一标一营，厨子固不躬亲七鬯。而其身则以其家产之千分一，捐取得前清候补道花翎二品衔也。此等王公贵人，既屡受厨子馈进，固亦待以友礼；厨子之公子，一赫赫捐纳之外部司官也。以厨子之力，得本部管库差事，全部财政出纳之权，实在其手，而厨子实间接以供刀俎上之鱼肉，又稍以其馀沥沾溉司员中之有势力者而为之垫款焉，或小借款焉。司员中或预支薪水，厨子之子秉承父命，无不为之周转。故各司员中之无耻者，则待厨子以丈人之礼，称为老伯，见厨子则鞠躬如也。汪大燮氏自外部司员力跻侍郎，未尝受此厨子分文馈进，故厨子稍惮子。一日汪赴贺庆王之宴，方及门，遥见厨子方辉煌翎顶，与众客跄济于一堂，愕然不能举步。厨子见汪大人来，则亦面发赪而口嗫嚅，仓卒中避入侧室。汪亦未遑之留，退而告人，谓今日余厨子尚是给我面子，可为荣幸。北京旧官场中传以为笑也。

奕劻管部数年，为余厨最得意之时代。顾其人亦颇能谦抑守分，不敢为十分高倨之状。于本部司员，则竭力笼络之。其时外部衙门，最称阔绰。司员日在署一饭，而额定饭银每人八钱。故外部恒食一席之费，盖六两四钱。司官既贵倨已甚，辄颦蹙谓衙门饭不能吃。故常家食而后上署，于是此等饭银为厨子中饱一半。以此故，则司员需索极多，或临时换菜，或全席都换，或饭不吃而另索点心，厨子无不一一供应。盖厨子之能有今日，其处世哲学固亦有不易学者在也。

外务部之厨，暴殄既多，酒肉皆臭。于是厨子乃畜大狗数十匹于外务部中而豢养之，部外之狗，乃群由大院出入，纵横满道，狺狺不绝。而大堂廊署之间，遂为群狗交合之地。故京人常语谓外务部为"狗窑子"，"窑子"，京中语谓妓院也。

余厨之历史甚多，记者居京未久，所得特其大事记中之一节耳。自民国成立后，终胡总长之任，人惟求旧，故厨子之盘踞于民国外交部也，如其在满清时代之外务部时，暨最近陆徵祥君到任。厨子谨遵常例，送一份绝大礼物于此新到任之陆总长，其礼单未之见，要之决非寻常火腿海参之类。在厨子之意，以为今昔之国体虽异，而官长之爱财物未必不同。匪今斯今，未尝开罪也。不料此欧洲政治家派之陆子欣君，见所未见，震怒异常，次日到部，乃令司官查明昨日送礼某人，系本部何等人物。此系新总长之一种政治手段。及司官回复，系此光禄寺大夫余君，陆君大怒，痛词申斥，即立意开除。厨子震怒，以此项饭碗非寻常饭碗可比，乃遍奔走运动于各司官，求其缓颊。但凡稍有声势者之家，皆有厨子之车辙马迹，其中固有受者有不受者，卒以陆总长之毅然绝然与诸司官之全体一直赞成开除，于是此二十年内盘踞外交部中之厨子声势与王公大人比隆者，亦随其旧日恩主之名字以俱去。虽然，以厨子之力，犹可辇致巨金储之外国银行，遨游青岛天津上海之间也。厨子之姓名待考，北京人但称为余厨，故余亦余厨之而已。

(《远生遗著》卷二)

评析

《外交部之厨子》一文是清末民初著名记者黄远生风靡一时的人物通讯代表作。这篇通讯抓住了典型人物，从一个神通广大的厨子入笔，扩而大之，写出了清朝官场的腐败，情节曲折，层次清晰，引人入胜，"污浊宦海之波浪，穷形尽态，毕现纸上"。

文章一开头，先做了总的叙述。前清至民国外交部屡换官员而厨子始终"未脱关系"，烘托出这个厨子的不简单。几个"易"字排比起来反衬出厨子之不"易"，很有气势，文章一开头就给人不同凡响的感觉。接着又直接写其"家产宏富"，点出厨子"联结宫禁，交通豪贵，几另成厨子社会中之大总统"。后又以西太后宴请一事，从侧面写出厨子"乃至能力迴西太后之意，与中外赫赫之李鸿章对抗，其他可知"。由此，就点出了此厨子的新闻价值所在。

接下来的第二段，具体介绍余厨子其人。"其身则以其家产之千分一，捐取得前清候补道花翎二品衔也"；"此等王公贵人，既屡受厨子馈进，固也待以友礼"，"故各司员中之无耻者，则待厨子以丈人之礼，称为老伯，见厨子则鞠躬如也"。这三句话概括而形象地写出了厨子在官场中的地位。接下来又以汪大燮赴宴，"方及门，遥见厨子方辉煌翎顶，与众客跄济于一堂，愕然不能举步"，而厨子看见汪大人，"则亦面发赧而口嗫嚅"，寥寥数笔，生动地勾画了他们见面时的尴尬情形，而后厨子"仓卒中避入侧室"，汪大人"亦未遑之留，退而告人"，进一步描绘了双方的微妙心理，极富戏剧性。作者善于运用有表现力的细节刻画人物的外貌心理，增加了读者的阅读趣味。

一个厨子，居然能周旋于朝廷王公大臣之间而立于不败之地，这篇文章不止写出了其然，更写出了其所以然。第三段简要交代了厨子的本领和手腕。末一句"盖厨子之能有今日，其处世哲学固亦有不易学者在也"，是对厨子之所以能有今天的地位的说明，这种叙述中有分析，不只停留在表面现象，而力求进一步深入，给人以说明和解释，使人豁然开朗的写作手法，也值得我们学习。

写足了厨子其人其事，文章跳开厨子一人，写外交部酒肉皆臭、畜狗众多、大堂廊署之间成为群狗交合之地，把堂堂外交部变成了"狗窑子"、"妓院"。作者在这里痛快淋漓地揭露了官场腐败，语句风趣有力。

黄远生是现代通讯写作的奠基人，他写的通讯注重写实、写象，善于用事实说话，将事实本身所包含的力量展示在读者面前，具有真实感人的力量。[①]

例二

惊心动魄35分钟

——空军特级试飞员梁万俊成功迫降某新型国产科研样机纪实

谭　洁　张金玉

今年7月1日13时40分，成都某机场被紧张气氛所笼罩。塔台上，机场边，飞机设计单位领导、空军某试飞大队领导、飞机总设计师、科研技术人员……数百人一齐把焦灼的目光投向骄阳似火的万里晴空。

此刻，一架失去动力的战机在万米高空正以极大的俯角高速向机场滑降而来！

这不是一架普通的飞机。它是我国正在研制的一种新型战机的科研样机，价值上亿元人民币。

---

① 张晨:《生动、深刻的写实通讯——读黄远生的〈外交部之厨子〉》,《新闻记者》1984年第8期。

这不是一次普通的飞行。它是该型飞机在定型关键阶段的一次试飞,结论对飞机改进意义重大。

这更不是一次普通的降落。飞机在12000米高空试飞,因意外情况燃油漏光,飞机发动机停车。为保全科研样机,试飞员决定从距机场20多公里远的地方空滑迫降。

下落航线与跑道呈70度夹角,下落速度400公里/小时左右,一旦失误,飞机就可能冲出跑道坠毁。

惊天一落,危险空前。驾驶战鹰迫降的,就是空军某试飞大队副大队长、特级试飞员梁万俊。

"近了,近了……"转眼间,梁万俊驾驶战机俯冲直下。地面上,所有的人一齐屏住了呼吸。

13时44分,战鹰陡然降落,在进跑道450米处接地。在接近跑道的一刹那,机头一昂,"哧!"轮子在水泥跑道剧烈摩擦,划出两条刺眼的火龙!

500米、800米、1000米……飞机一气冲出1700米,在距离跑道尽头300米处戛然停住。

"成功了!"欢呼声震动机场。梁万俊走下座舱,飞机总设计师与他紧紧拥抱,激动地说:"你创造了世界航空史上的奇迹!"

惊天一落救新鹰!

这一落,挽救了价值上亿元的科研样机;这一落,为试飞员处理类似险情创造了成功先例;这一落,飞出了新机优异的空滑性能。

让我们把时钟倒拨35分钟。

这一天13时09分,梁万俊驾驶着该型国产科研样机跃升到12000米高空。当他按照预定的科研试飞计划刚刚做完一个规定动作后,突然发现油泵指示灯急剧闪烁。紧接着,油量表指针一路下跌。两分钟之内,指针指向"0"刻度。

梁万俊报告:"发动机空中停车!"

一级空中特情!空军相关条例规定:此时,作为试飞员,梁万俊可以视情作出不同选择——跳伞或迫降。

面对这种极为罕见的危险情况,跳伞无可指责,只需0.01秒,便能远离危险。但是,凝聚科研人员无数心血的战鹰就会坠毁,故障原因就难以准确查找,新机型的改进就缺乏依据……没有任何犹豫,梁万俊便作出抉择:危险再大,也要尽一切可能把科研样机保住。

决心定下,梁万俊很快镇定下来,他娴熟而机敏地调整飞机的位置和高度,以争取每一秒的时间。

飞机像大铁砣似地向机场上空逼近。机场上,所有应急车辆全部到位,所有人的心都吊到了嗓子眼。指挥塔台里静得让人窒息,只听见指挥员下达指令的声音:“保持好飞机状态,控制高度、速度,做好迫降准备。”

梁万俊心里很明白,要想将飞机空滑回去,必须准确地通过高度来换取速度,用势能来换取动能。他根据地面指挥员的命令,随时判断飞机状态,修正速度和高度偏差。

飞机滑到机场 1100 米上空。梁万俊下降飞机高度加入航线,在跑道头 3 公里,放起落架,操纵飞机对正跑道,100 米、50 米……

“准备迫降!”“明白!”天地间,惊人地默契。

于是,机场上出现了惊心动魄的成功一落!

英雄壮举绝非偶然。仰望蓝天,人们看到了梁万俊出生入死、挑战试飞极限的一道道闪光航迹。

1998 年,拥有丰富飞行经验的梁万俊,从成空某飞行团副团长的岗位上来到空军某试飞大队。

这是一个英雄辈出的群体,承担着我国自行研制的新型战机科研试飞重任,曾有多名试飞员壮烈牺牲。梁万俊自觉学习老一辈试飞员迎难克险的大无畏战斗精神,每次执行高难度高风险试飞、参加飞行表演等重大任务,都主动请缨。几年来,他先后自学了飞行力学、空气动力学、航空发动机、自动控制、航空电子等多个学科专业,成为熟练驾驶多种机型的高素质试飞员。在试飞中,他先后遇到惯导故障、航电故障、供氧故障等险情数十次,都以过硬的心理素质和精湛的飞行技术化险为夷,圆满完成了国产最新型战机火控系统定型、某型系列战机鉴定、国产某新机首飞等数十项重大科研试飞任务,先后荣立二等功 2 次、三等功 4 次。

此次,梁万俊成功处置国产某新型科研样机重大特情,成都军区空军党委为他报请一等功,并作出向他学习的决定。军委首长称赞他是“一个思想、技术双过硬的优秀试飞员”。

(原载 2004 年 11 月 8 日《解放军报》)

评析

这篇通讯是第十五届中国新闻奖一等奖的获奖作品,是一篇非常出色的事件通讯。本文以现场纪实笔调,在全国新闻媒体中首次独家披露了空军特级试飞员梁万俊成功迫降某新型国产科研样机(即后来公开的中巴合作研制的枭龙战机)的英雄壮举,真实记录了梁万俊在战机发生油料漏光的重大险情时临危不惧、镇定果敢,驾驶失去动力的战机空滑迫降成功,创造我国空军新型科研样机首次无动力滑翔着陆先例的全过程。事件惊心动魄,描写细腻生动,展现了我军试飞勇士高超的驾驶技艺、大无畏的英雄气概和勇于献身的牺牲精神。

这篇文章整体上采用倒叙，先把最惊险的瞬间展示出来，吸引读者的目光，而后再回过头来，细细交代事情发展的整个过程，最后集中交代背景材料。不足2000字，却细致生动地将事情记叙下来了，足见作者的用心和驾驭文字的能力。

开头的叙述就非常具有吸引力："此刻，一架失去动力的战机在万米高空正以极大的俯角高速向机场滑降而来!"接着又细致刻画了迫降最后四分钟内的精彩场面，"俯冲直下"，"陡然降落"，"在接近跑道的一刹那，机头一昂，'哧!'轮子在水泥跑道剧烈摩擦，划出两条刺眼的火龙!""500米、800米、1000米……飞机一气冲出1700米，在距离跑道尽头300米处戛然停住。"在其中还不忘介绍事情起因："飞机在12000米高空试飞，因意外情况燃油漏光，飞机发动机停车；为保全科研样机，试飞员决定从距机场20多公里远的地方空滑迫降。"让读者虽感惊险却也看得明白。这四分钟的描述是全文最出彩的地方，堪称细节描写的典范。"油泵指示灯急剧闪烁"，灯的急剧闪烁，就意味着情况危急，这比单纯地叙述"情况危急"要生动得多；再看"在接近跑道一刹那，机头一昂，'哧!'轮子在水泥跑道剧烈摩擦，划出两条刺眼的火龙!"一个"昂"字，具体而生动地刻画了飞机着地的姿势，以及由此产生的巨大惯性；也暗含了对驾驶员高超技艺的赞扬。如此高难度高风险的迫降，机、人均毫发无损；如此"桀骜不驯"的战机，在胆大心细技术高超的我军驾驶员手下，它也只能"昂"、"昂"而已。一个"哧"字，使读者"听"到了战机着地时巨大的摩擦声，不由自主地会伸手捂耳朵。还有"戛然停住"中的拟声词"戛然"一词，与上面的"哧"字，有异曲同工之妙。最后是比喻的应用。"飞机像大铁砣似地向机场上空逼近。"战机被喻为"大铁砣"，暗示了战机在沉甸甸地快速往下落。

对惊险的四分钟做了细致描述后，作者"把时间倒拨35分钟"，很自然地过渡到了对事件整个过程的叙述，依然是用最简练的语言和最精彩的叙述，将鲜活的画面和被现场激发出的强烈感受一同传达给读者，读到这些文字，相信人们真的会屏住呼吸，心脏随现场的节奏加速跳动。这种精巧的构思，是这篇通讯最大的成功之处。虽然时间顺序上有变化，内容上有跳跃，但却没有给人突兀之感，而是感觉整篇文章一气呵成，紧密连接，不露痕迹。本文的语言也有鲜明特色，开头巧用排比，铿锵有力；叙述富于激情，引发共鸣。

此文见报后，迅速在军内外引起强烈反响，梁万俊荣记一等功，并被评为2004年度"感动中国"人物之一，制造"枭龙"的成都飞机制造公司也引起国际航空界高度重视。可见此文产生了绝佳的社会效果。

例三

谁动了农民的钱袋子?

李 煊 赵利英 华与臣

入冬，一年的农事基本结束。算算今年收入支出账，南乐县谷金楼乡后陈村的吉银普怎么也高兴不起来。

吉家2口人，种地2.2亩，兼营养鸡副业。夏秋种粮收入约1960元，务工收入1200元，副业收入约3000元，加上种粮补贴(13.6元/亩)，共计收入6187.2元。

再看支出情况：种子240元、尿素330元、复合肥80元、农药40元、浇地156元、水资源费26元，全年的种地成本1322元。综合算账，全年人均纯收入2432.6元。

“这只是个大概，如果考虑养鸡的饲料、防疫费用，人均纯收入也就2000元左右，跟去年相比基本持平，甚至少了。”吉苦笑着说。

还有笑不出来的。

清丰县高堡乡的唐章义，种地10.8亩，加上粮补、种树收入，全年预计收入14129.6元。而9口人全年生活费和种地成本支出却达到14400元。

前不久，濮阳市物价部门对清丰、南乐、台前、范县4县的部分农户进行抽样调查后发现，吉、唐两家的情形，在一定范围内具有代表性：和去年同期相比，收入并没有明显增加，甚至有所减少。

谁动了农民的钱袋子？调查结果令人惊讶，农资价格强劲上涨，抵减了“一免三补”的增收功效。

资料显示，今年濮阳市场尿素、过磷酸钙、地膜等主要农资价格均比上年同期有明显上涨，其中尿素一吨涨了80元，二铵一吨涨了300元，其他农资价格涨幅则普遍在8.3%～20%之间。吉银普、唐章义两家今年用于农资的支出分别为450元、3600元，较去年分别增加了100多元和630元。而其他受调查农户农资支出较上年均增加了30%以上。

对此，农民反应强烈。他们说，多年来，一直是一袋小麦换一袋尿素，可今年买一袋尿素却需一袋半小麦，生产资料涨价抵消了国家和省里给农民的“免补”。濮阳价格部门的测算印证了农民的说法：和去年比，粮价基本不变，产量不变，农民收入也不变，但亩均农资投入增加了五六十元，高于“一免三补”的金额，单就种粮来说，农民的收入就为负增长。当然，测算中还没将农户劳动力成本计算在内。

“农民现在是种地投资也不是，不种地又不行，左右为难。”一位乡镇干部对调查人员说，“希望上边不要高估了‘一免三补’后的农民增收形势”。

(原载2005年11月28日《河南日报》)

评析

在举国上下近乎一致地欢呼农民增收形势大好的时候，这篇通讯并没有盲目跟风，及时、客观地发现了大好形势发展过程中出现的新变化、新苗头，给社会发热的头脑吹了一股凉风。

这篇文章反映的是一个重大主题——三农问题。解决三农问题,建设新农村,首要的任务就是增加农民收入。在这样重大的主题之下,作者采用了非常特别的切入方式,从一个普通农民家庭一年的收支情况写起:“吉家2口人,种地2.2亩,兼营养鸡副业。夏秋种粮收入约1960元,务工收入1200元,副业收入约3000元,加上种粮补贴(13.6元/亩),共计收入6187.2元。再看支出情况:种子240元、尿素330元、复合肥80元、农药40元、浇地156元、水资源费26元,全年的种地成本1322元。综合算账,全年人均纯收入2432.6元。”这些看似繁琐细碎的数字罗列,却让每个读者的心里都清清楚楚,收入是增多了,但是支出也上去了,其结果是净收入并没有增加,甚至是“负增长”。这虽只是个例,却能反映农村中存在的普遍现象,作者抓取这个有代表性的典型,由小及大,让每个读者都明白了农民增收中遇到的问题和困难。

“谁动了农民的钱袋子?”在阅读了这两个鲜活的事例之后,读者都会提出这个问题。于是作者作答:“调查结果令人惊讶,农资价格强劲上涨,抵减了‘一免三补’的增收功效。”一针见血地指出了问题所在,而后的具体调查也正说明了这一点。

提出问题——分析问题——解决问题,这篇文章结构清楚,思路清晰。此外,如此冷静的分析,观察问题的深入,以及在形势大好的时候发现繁荣背后所存在的问题,也是此篇文章可圈可点之处。

第四节　深度报道作品评析

一、深度报道基础知识

深度报道是“以客观事实为依据,解释表象事实背后的真相的报道方式”①。深度报道的形式拓展了新闻报道的宽度,同时延伸了新闻报道的深度。新闻不再只是客观地报道一个事件,而是记者置身事件背后,挖掘深层故事,用更全面的视角去了解一则新闻背后的故事。

深度报道按媒体手段的不同有不一样的表达样态。报纸的深度报道用文字的形式展示,广播的深度报道用声音去传达,而电视的深度报道则是综合了声音、图像、文字等多种手段。

二、深度报道评析方法

1.选题是否适合

深度报道的选题是其吸引受众的重要因素之一。不是所有的新闻都适合做深度

---

① 彭菊华:《广播电视写作教程》,中国传媒大学出版社2011年版,第33页。

报道,哪些新闻热点值得作为深度报道的选题,需要制作团队仔细考量。通常,近期的新闻热点,有重大社会意义以及那些会让人产生疑问的新闻,适合做深度报道的选题。

2. 逻辑是否正确

无论是报纸深度报道,还是广播电视深度报道,都无一例外地需要一个正确的逻辑贯穿于报道中。探究新闻背后的事实如同警察破案,当事人与旁观者的每一句话都有可能成为最接近事实的节点,而根据采访内容如何整理成完整的深度报道,如何合理地制造悬念,决定了一则深度报道的精彩程度。

3. 结构是否明确

报纸深度报道的字数会比普通的新闻报道多,而广播电视深度报道的时长则比普通报道长。这更需要一个清晰明确的结构,才能使一则深度报道让受众轻松地看明白。深度报道的结构如同骨架,起到支撑整则报道的作用。因为深度报道的篇幅往往都比较长,如果结构不明确,会给受众带来迷惑。

三、深度报道评析实例

一只猫的非正常死亡

两个月前当一个穿着高跟鞋的女子踩死猫的全过程在网络上以视频和图片的方式出现的时候,引起了数万网民强烈的义愤和声讨。因为受害的是一只猫,目前没有任何法律可以援引保护,所以网民们自发组织起来,通过搜索引擎的方式在网络上展开了空前的寻找,在六天时间中,他们从茫茫人海里锁定了踩猫者、光碟的拍摄人和被怀疑的幕后策划者。但是,两个月过去了,这三位当事人始终没有在媒体上公开露面过。一只猫死去了,但是人类行为背后的动机究竟是什么?是仇恨?是利益?是欲望?所有的猜测远没有停止。四月初,我们前往虐猫事件的发生地并且见到了三位当事者,我们试图通过采访来接近虐猫事件的真相。

解说:每天都有许多动物死去,有的死于人为,有的死于自然,有的死于意外,然而,从没有一只猫的死亡像这次一样激起了人们如此强烈而广泛的关注——它,死于一双高跟鞋。

解说:2006 年 2 月 26 号晚,一个名叫“碎玻璃渣子”的网友在网上贴出了一组视频图片,内容是关于一个脚穿高跟鞋的女子踩死一只小猫的全过程。这位网友在帖子中写道:“我无意于宣扬这种丑恶,但良心也让我无法选择沉默!”图片一被贴出,立刻在网络上引起了网民们强烈的震动。

网友鹊桥不归路:是一个有一点点良知的人吧,好像看那个画面都会不忍心。

网友小青:就是气得发疯,特别生气。

网友追尾巴的猫:他们在挑战我们的道德底线。

网友小青:生命被践踏了,而且被我们看见了,而且是肆无忌惮地当着这么多人的面在进行,简直是向大家叫板,我们觉得。

解说:小青在第一时间把这件事告诉了她认识的所有的人。

记者:你告诉他们的用意是什么呢?

网友小青:我想让他们把这件事情告诉更多的人,然后让更多的人一起来调查是谁干的。

解说:这个帖子迅速以口口相传以及网络转帖的形式在网上广泛地传播开来,到了2月28日,这张图片已经从一个名叫猫扑的网站传播到天涯网、新浪、搜狐、淘宝、网易等各大网站,一度成为点击率最高的热门图片。有网友甚至将虐猫女的头像制成“宇宙A级通缉令”,让认识的网友提供线索。

记者:你看到的只是一张图片,毫无线索,你怎么去找?

网友小青:我当时也不知道怎么去找,但是我睡了一觉,第二天起来我就发现已经有很多线索了。

解说:许多网友提出可以通过虐猫现场的背景来判断拍摄地。

网友小青:那个背景有那么大的一个桥,应该是在哪个城市的话,应该能看出来,很好找。

……

解说:不到6天的时间,被怀疑和虐猫事件相关的杭州的gainmas(郭某),萝北县医院的药剂师王某和萝北县电视台的李某被网友通过一种在网上称作“人肉搜索”的方式从茫茫人海中找出,其效率之高可能不亚于警方的速度。3月8日和15日,贩卖光盘的李某和踩猫女王某分别在网上登出检讨书,此后便消失在媒体的视线中。在事发将近两个月时间里,三个当事人始终没有在任何媒体上就此事公开表态。他们为什么会参与这件事?他们是什么样的人?

解说:2006年4月,《新闻调查》记者来到黑龙江的萝北。这个4月初的东北小城,依然雪花纷飞。我们首先来到了王某所在的萝北县人民医院。她的同事一开始都不相信她们认识的王某会做这样的事。

……

解说:我们托姚院长表达了我们希望能够见她一面再走的愿望。在院长的努力沟通下,第二天清晨,王某同意在萝北县周边另一城市的宾馆跟我们见一面,她的原话是“让我们不要带着遗憾走”。

解说:不巧的是,我们刚见面不久,王某就接到朋友的短信,得知某电视台正在播放一期关于虐猫事件的节目。这是她两个月来第一次直接收看此类报道。在看完之后,她进入洗手间失声痛哭……

解说:为了缓解她的情绪,我们跟她相处了一天一夜。在第二天的清晨,她同意接受我们的采访。

……

网友小青:我一开始的确很恨她,我现在冷静下来,觉得她很可怜。

记者:你为什么觉得她可怜?

网友追尾巴的猫:如果一个人,她的想法、她的精神已经压抑到需要用这样极端的方式来发泄的话,而且只有用这样的方式才能得到满足的话,这个人不可怜吗?

记者:你觉得她需要什么?

姚柏生(黑龙江萝北县医院　院长):我觉得她需要释放,需要理解,应该有更多的人看到这一点,把从对动物的关爱来延伸到对人的关爱,如果人与人之间有了更深切的理解和关爱,会避免人与人之间产生更多的仇恨,也就避免了采取极端的方式发泄这些仇恨,那么也就避免了虐待小动物这样的事件发生。

解说:仇恨,是让王某内心失控的重要原因,那么,广电局的李某为何要组织这场拍摄呢? 在当地宣传部门的帮助下,我们拿到了李某的联系方式。但一直没有接受媒体采访的他最终会同意面对我们的镜头,也出乎我们的意料。

……

记者:你们能理解这个人吗?

网友小青:我一直觉得人性本身就是很复杂的,一个好人可能也有糊涂也有做错事的时候。

解说:在虐猫事件被网络炒得沸沸扬扬之前,其实许多广义上虐待动物的事件一直在大家的眼皮底下司空见惯地发生,这是中国某个乡村人们在欣赏斗狗。

……

解说:在李某和王某这两个与虐猫光盘直接相关的当事人相继在网上道歉之后,只有杭州的 Gainmas 始终保持沉默。很多网友怀疑,就是他出面雇佣的李某,开车去黑龙江拍了虐猫的片子,并以此谋利。为了弄清楚这个疑问,我们决定再去一趟杭州。在杭州记者冯明华的帮助下,我们找到了 Gainmas 的家,幸运的是,我们在他家门口等到了他。

……

解说:在国外,踩踏组织也曾经暗地流行,但在立法之后,就慢慢地销声匿迹。而在中国,目前保护小动物方面还是一个空白,因此虐杀小动物只能受到道德的惩罚。在网上,网友Everynight向我们表达了他的担心。

解说:3月1日,小青和网友成立了中国反虐杀联盟,追尾巴的猫成立了中国反虐杀网站,在设法促成保护小动物立法的同时,进行民间的证据保存和资料整理。今年两会期间,24位政协委员联名送交"动物保护法"提案。在这件事情的调查中,我们也发现,几乎是所有的采访对象都提到了这个问题。

……

解说:虐猫事件从被网民揭露到今天已经两个多月了。三个当事人也为此付出了沉重的代价。一直被评为"先进工作者"的药剂师王某离开了医院,再也没有回去上班。在业务上受到广泛好评的李某因为这件事辞去了萝北电视台编辑部主任的职务,而那部让他暴露了真实身份的策划中的"诗人戈麦之死"的纪录片也永久搁浅。而郭某,由于照片、车牌号、个人简历等等在网上的曝光,他的生活更是遭到了彻底的改变。

郭某:我曾经有这个想法,想离开杭州到一个旁边的小镇去生活一段时间。

记者:你觉得到了这么严重的地步吗?

……

解说:网友"鹊桥不归路"在接受我们采访的最后,很诚恳地向我们打听了郭某的现状。

网友鹊桥不归路:他现在的处境吧多多少少跟我有一些关系,我这边想跟他说一声抱歉,因为对他现在这种处境觉得非常地内疚。我在这里也呼吁一下众多的网友,就是说事情已经过去了,希望大家能冷静一点吧,因为毕竟以后他还要生活。

解说:在网上许多网友采用了比较激进的言辞,对当事人的人格进行了攻击。舆论界也有一种评论认为,这个事件后来的发展是从虐猫变成了虐人。

……

记者(柴静)串场:这里是萝北的名山岛,一只猫在这里死去,引起了前所未有的关注。当事人受到强烈的谴责,他们甚至被称为恶魔,并且为此失去了原有的生活。但是在调查中我们发现,其实他们是和我们一样的普通人。在虐猫事件中,他们所透露出来的对仇恨的宣泄、利益的驱动或者内心深处某种隐秘的欲望,也许在很多人的心里也都存在。猫死去了,但人的生活还要继续。该怎么样去化解仇恨,怎么样权衡利弊,欲望满足的界限究竟在哪儿,这可能是每一个人都需要去面对的问题。

《一只猫的非正常死亡》是中央电视台《新闻调查》栏目于2006年4月25日播出

的一期节目。是对于当年在网络上“红极一时”的“虐猫事件”展开的深度报道。“虐猫事件”的照片和视频在各大网站疯传，几乎所有网友都在指责“虐猫”的当事人，甚至展开了人肉搜索，将其个人信息暴露于网络。当舆论一味地倒向虐猫者，没有任何人想去调查“虐猫事件”的前因后果。《新闻调查》作为一档深度报道的新闻节目，将“虐猫事件”做选题做了这样的一期节目。

从上述节目的文本可以看出，这则深度报道的调查逻辑缜密，丝丝入扣，环环相连。调查逻辑非常清晰：采访网友的看法——采访“虐猫女”在医院的同事——采访到“虐猫女”本人——采访“虐猫事件”视频拍摄者——采访“虐猫事件”策划者。按照被采访对象的不同将整体结构自然划分为五个段落。从网友对于“虐猫女”的看法到同事叙述对“虐猫女”的印象的反差，不禁让受众想知道她究竟是个怎样的人。这个悬念并没有安排到节目最后，而是置于节目中段。通过她本人的讲述，才知道“虐猫事件”并不是她单独的个人行为，而是既有幕后策划者也有协助者。节目的后半段是对于这两个人的采访，他们进一步道出了“虐猫事件”并不是虐待小动物那么简单，而是隐藏着一个难以言说的“恋足癖”群体。至此，事件本身才真相大白。节目的最后，主持人柴静总结说“该怎样去化解仇恨，怎么样权衡利弊，欲望满足的界限究竟在哪儿，这可能是每一个人都需要去面对的问题。”这一段话的点题使得这则深度报道并不仅仅是报道新闻背后的事实，更是会引发看节目的每一个观众对于这些问题的思考。

思考题

1. 通讯作品可以从哪些方面评析？深度报道可以从哪些方面评析？

2. 以通讯这种文体的变化为例，谈谈文体变化与时代需求的关系。

3. 评析通讯《五叔五婶》(原载 1995 年 6 月 29 日《中国青年报》，原文见第 249 页)。

4. 评析第十六届中国新闻奖获奖通讯《这个头，带得好！》(原载 2005 年 6 月 30 日《大众日报》，原文见第 257 页)。

第五章 言论类作品评析

● **本章要求:**

了解:言论类作品的特性;言论类作品的分类

掌握:言论类作品的评析方法;对读者来论的评析

经济全球化、信息多元化,促使新闻体裁随着社会生活和文化的发展而呈现出新的发展趋势。当今中国与世界交往日趋频繁,公民的民主意识、参与意识也越来越强,大量涌现在媒体之上的言论类作品,作为直接表达意见的有效形式,越来越受到人们的重视。那么何为言论类作品?言论类作品具有哪些特性?需要运用哪些方法对其进行评析?本章将围绕这些问题分别展开讲解。

第一节 言论类作品基础知识

一、言论类作品的定义

言论类作品主要是指大众传播媒介上的新闻评论类作品。关于新闻评论的定义有很多种,笔者在这里列出三种比较有代表性的定义。

第一,新闻评论是"现代各种新闻媒介普遍运用的、面向广大受众的政论性新闻体裁。它以说理为主要表现手段,着重从思想、政治或伦理的角度分析具有普遍意义的新闻事实或社会现象、社会问题,旗帜鲜明地表明态度、阐述自己的见解和主张,藉以指导当前的社会实践,影响和引导社会舆论。"①

第二,"新闻评论:新闻工作基本的新闻手段之一。它是结合新近发生的重要的新闻事实,针对当前人们普遍关注和存在的实际问题和思想问题,通过新闻媒介所发表的一种具有政治倾向的、以广大读者为对象的论说文体。"②

① 赵玉明、王福顺:《广播电视辞典》,北京广播学院出版社1999年版,第107页。

② 甘惜分:《新闻学大辞典》,河南人民出版社1993年版,第206页。

第三，“新闻评论，是报纸、广播等新闻舆论工具，就当前重大问题、新闻事件发议论、作解释、提批评、谈意见、发号召的一种文字体裁，是所有新闻传播工具的各种评论形式的总称。”①

从上述诸种关于新闻评论的定义中可以归纳出这样几点：一是新闻评论是论说文；二是新闻评论以当前的重大问题和典型新闻事件为评论对象；三是新闻评论的载体是大众媒介；四是新闻评论是社论、评论员文章、短评、编后、按语和专栏评论、述评的总称；五是新闻评论具有“评”（批评、评价）和“论”（分析说理）两种功能。

时代不断发展，新闻评论的内涵、外延也发生了改变，对上述各种定义进行总结，我们将言论类作品定义为：传者通过对新近发生的新闻或引人关注的事实、问题、现象，表达主观意见的一种有思想、有知识、有意义的论说体裁形式。言论类作品是与新闻报道相“分立”的另一大类新闻体裁家族。新闻报道体裁，是报道新闻事件或新闻事实的；言论类作品则是对新闻事件或新闻事实发表看法的。读者期望在新闻报道中看到新闻事实，在言论作品中获得作者的思想或观点。

我们对言论类作品的定义可以从以下几个方面理解。

第一，对于言论类作品发表主体的理解。言论类作品的作者是以观点传播者的身份出现。作为观点的传播者，他不可能“两耳不闻窗外事，一心只读圣贤书”，而是需要学习和接受广博的知识与信息，同时还要掌握和了解大众传播的一般规律。只有这样，他的作品才能实现思想的传播、知识的传播、意义的传播。

第二，言论是一种传者意见的表达，传者既可能是代表编辑部，也可能是代表传者个人，每一言每一论，都是一种意见的表达。与消息、通讯相比较而言，它更深刻、更具理性、更有说服力，这也正是言论类作品的本质特征所在。

第三，言论类作品以新近发生或众人关注的事实、问题或现象作为论说对象。新近发生或众人关注的事实、问题和现象是第一性的，言论作品是第二性的，后者是对前者的一种思想反映。言论类作品的写作不同于文艺创作，既不能杜撰事实，也不能夸大或缩小事实，事实是言论的基础和前提，切忌弄虚作假；同时，它也不是纯粹的逻辑演绎及推理，需要理论支撑，必须反映事实、反映时代，以社会活动为依托，具有强烈的时代性和针对性。这是新闻评论有别于文学创作和一般说理文章的地方。

第四，言论是一种说理新闻的表现形式，在现代传媒体系的发展与变革中，它的表现形式也日趋丰富多样、生动活泼。随着时代的变化，言论类作品已经成为一种传者和受众相互交流思想、传播知识、沟通有无的论说形式了。受众一部分已经开始向传者转变，成为传者和受众的二元结合体。也就是说二者不再有明显的界限，具体表现为读者来论这一形式②。

---

① 程世寿：《典范新闻评论选析》，华中理工大学出版社 1996 年版，第 1 页。

② 参见赵振宇：《论新闻评论的根本特性》，《新闻业务》2006 年第 1 期。

二、言论类作品的特性

言论类作品的特性大致可归纳为五点:依赖事实的新闻性,言论传播的时效性,言论论说的理论性,言论内涵的思想性,传播知识的有益性。

1. 依赖事实的新闻性

言论类作品主要以报纸为表达平台,其中所涉及的事实或多或少都会具有新闻性,这也是言论类作品区别文学创作的根本属性。这里所说的言论类作品不包括杂文,本书将杂文放入副刊的文学体裁当中去考察。通常人们容易将言论类作品同杂文相混淆,主要是因为二者同属议论性文体,都是由新闻事实展开议论。但是二者在功能、选材和表现手法上其实存在明显区别,抓住它们的特征,还是很容易作出区分的。

功能不同。言论类作品必须以概念、判断推理这样的认识形式明确表达、有效传播对新闻事件的认识结果。杂文不需要承担这样的功能,杂文更多的是带给人们美感、启迪、思考和联想,用更为自由的联想,突破形式逻辑对认识路径的确定性约束,启迪人们以普遍联系的观点更为广泛地认识事物。

选材不同。言论类作品是对时事、时政的评论,这就决定了它要紧跟形势,围绕中心,对比较有分量的政治、社会问题及时进行评论,因此具有较强的新闻性、时效性。而杂文多从读者的主观意识出发,选材不一定是最新最近的大事要闻。

表现手法不同。言论类作品主要靠逻辑思维构思和达意,理论色彩相对较浓;而杂文,谈天说地,只要涉笔成趣,让人看得有滋有味,就受人们喜爱,常常靠形象思维取胜,文学色彩颇浓。

2. 言论传播的时效性

传播的时效性,是指新闻事实与言论写作之间的时间愈短愈好。也就是说,当新闻事实出现后,写作者要在尽量短的时间里完成评论写作。大千世界,社会现象纷繁复杂,变幻多端,其中有很多事件、现象和问题是可以和需要评论的。但是,只有那些最近发生或发现的事实才是新闻评论的对象。只要条件允许,新闻评论都要追求这种最快的新闻事实。

3. 言论论说的理论性

言论类作品在各类报刊体裁中始终占有重要地位,被称为新闻报道中的旗帜。言论类文章重要,其根本原因在于它能根据现实中反映的问题,运用一定的理论知识,采取论理、分析的方法来反映作者的主观意见(即通过对事实的分析、说明、论证,揭示事物本质,解决现实所提出的问题,直接表达作者的思想观点,提出希望、意见和要求),达到明辨是非,释疑解惑,相互交流,为读者服务的目的。而各种新闻报道,则是依靠事实,运用客观叙述,将作者的倾向含蓄地寓于事实叙述当中。相比之下,新闻评论文章的理论性和深刻性要强于一般的新闻报道。

言论类作品所使用的理论，不仅包括革命导师、经典著作中的科学理论，也包括经过人类社会的实践检验被认为是正确的自然科学理论、社会科学理论和人类思维科学理论。新闻评论论说的理论性，不仅是对党报言论类作品提出的要求，也是对各类报刊当中此类作品的一种要求。

4. 言论内涵的思想性

言论类作品反映的是思想，而思想是在一篇文章、一块版面、一张报纸中起决定性作用的东西。一篇新闻评论，哪怕它的新闻性再强，时效性再快，再有文采，但如果空洞无物，没有思想或思想观念错误，枯燥平淡，也是没有意义的。这就要求言论类作品要敢说别人不敢说的话，会说别人不会说的话，善于说别人说不好的话，也就是说观点新颖，论证充分，表达恰切。言论的力量就在于它字里行间所渗透出的思想性和这种思想的深刻性。

5. 传播知识的有益性

言论类作品以理论、以思想凸显它的特性，这是它与消息、通讯报道的一大区别。与此同时，在当今信息传播迅猛发展的时代，媒体还有责任和义务在自己的工作中传播有益的知识，将一些现在的或过去的，自然的或社会的知识信息有选择地传播给大众。尤其是在言论类作品中，人们常说"事实胜于雄辩"，这些事实有很多都是于生活有益的知识。

三、报刊言论类作品的分类

报刊言论类作品按照不同的分类标准可以分成不同的类型。根据体裁、规格的不同，可分为社论、评论员文章、短评、按语、专栏评论和述评等；根据论证性质的不同，可分为立论性评论和驳论性评论；根据评论主体的不同，可分为代表编辑部的言论、代表读者的言论；根据评论对象的不同，可分为政治评论、经济评论、体育评论和文娱评论等；以是否署名为依据，可分为署名评论和不署名评论，参见下表：

表 5—1　报刊言论类作品的分类

分类标准	类　别
体裁、规格	社论　评论员文章　短评　按语　专栏评论　述评
论证性质	立论性评论　驳论性评论
评论主体	代表编辑部的言论　代表读者的言论
评论对象	政治评论　经济评论　体育评论　文娱评论
是否署名	署名评论　不署名评论

第二节　言论类作品的评析方法

一、选题评析

1.选题的定义

选题是选择所要评价的事物或所要论述的问题来确定评论的对象和论述范围，它是言论类作品写作过程的首要环节。就一篇言论类作品来看，选题主要是指它提出的是什么问题，是针对什么问题发言的。概言之，选题就是选择、确定论题。如果说言论类作品是各类新闻作品的旗帜，那么选题就是这面旗帜的“旗帜”。

2.怎样评析选题

言论类作品对选题的具体要求是在选择评论对象和论述范围时，要选择当前具有迫切意义的、有较强思想性的、极具针对性的问题。根据这些基本要求，我们在评析言论类作品的时候，可从这几点入手。

(1)选题是否具有现实性

一篇优秀的言论类作品应当是一篇选题良好的评论。它应该顺应时代潮流，从当时的实际出发，对当时当地的新闻事件或者重大事件进行评论，即选题具有现实性。这就要求我们在评析时要考虑选题是否能够与社会现实生活、与现实生活中的人们紧密相连，能否起到“拨开云雾见天日”的作用。在言论类作品发展史上，这样的作品很多。

如毛泽东为新华社所写的社论《别了，司徒雷登》，就是一篇选题具有现实性的言论类作品。1949年8月5日，正值中国革命在全国取得基本胜利的关键时刻，美国国务院发表了题为《美国与中国的关系》的白皮书，书中详细地叙述了1944年到1949年这五年间美国实行扶蒋反共政策，干涉中国内政，结果遭到失败的经过，这在客观上成为美国干涉中国内政的自供状，变成了对中国人民很有教育意义的一份难得的反面教材。另外，当时在中国人民中，还有包括一部分资产阶级知识分子在内的一些人，对美帝国主义抱有幻想。他们受美帝国主义的甜言蜜语所欺骗，对中国革命的认识不正确，对美国的侵略本质认识不清楚。面对这一现实状况，毛泽东将美国白皮书的发表作为选题，“美国的白皮书，选择在司徒雷登业已离开南京、快到华盛顿，但是尚未到达的日子——八月五日发表，是可以理解的，因为他是美国侵略政策彻底失败的象征。”文章开篇便提出了总论点。接下来又层层剥笋，将众多评论对象(美国侵略政策的罪恶目的、手段和实质，对美国认识不清、抱有幻想的知识分子，广大的中国人民)分层分段进行论述。结尾处再次点题：“司徒雷登走了，白皮书来了，很好，很好。这两件事都是值得庆祝的。”又一次把白皮书发表的事实凸现出来。这篇社论之所以为后人所津津乐道，除了归功于毛泽东那严密的逻辑和生花妙笔之外，最重要的还是选题的现实性发挥了不可磨灭的作用。这篇作品选题的确立，为当时的中国人民拨开了挡在他们面前的"云雾"，让人们看到了中国的未来。

选题具有现实性，就是要求在言论作品的写作中，选题要在时代、言论类作品的作者、读者之间找到结合点。这就说明言论类作品的选题不可随意捏造，而是要经过作者的深思熟虑。在选择选题的过程中，要选择具有现实性的评论对象，如果选择了没有现实性的评论对象，整篇作品都会成为没有意义的言论。

(2)选题是否具有针对性

每个时代都有自己不同的发展主题，每个时代都有自己特定的问题出现。一篇好的言论类作品必须要有一个顺应时代的选题，而这个选题一定要有鲜明的针对性。打个比方说，选题好比是箭靶，言论类作品则好比是待发之箭，只有箭靶摆正了，才能找准射击的方向。

《经济日报》的评论员文章《国有企业改制一定要规范》(《经济日服》2004 年 1 月 10 日)就是一篇极具针对性的佳作。

产权制度改革涉及权力和利益的再调整，涉及社会的公平公正，但由于产权交易不规范，造成了很多不容忽视的社会问题。这使得一些人开始对国企改革的大方向提出了质疑，一些媒体评论直接提出"改完了"、"改偏了"的说法。针对国企改革中发出的各种声音，《经济日报》经过分析，指出国企改制还要继续推进，关键是要规范推进。

针对性决定了言论类作品不能无的放矢，而作为"力量型"言论的评论员文章则必须能够针砭时弊，激浊扬清。一篇好言论应当不只局限在揭露问题上面，还应该针对问题提出有益的建议，这样的言论才有表达出来的价值。在《国有企业改制一定要规范》一文最后，针对企业，提出"选择哪种方式转制较为合适，必须坚持从实际出发，着眼于企业发展。同时，要充分征求职工和债权人的意见，要制定多种转制方案进行比较，因地制宜，因企业制宜，深入细致地做好各项工作。"针对地方政府和管理部门，提出"在改制方案审批、清产核资、财务审计、交易管理和管理层收购等每一个环节上，都要做到依法运作，规范透明，落实责任。同时，还要把握好改制工作的力度和节奏，防止和纠正不顾产权市场供求状况及其对价格形成过程的影响作用，不计转让价格和收益，下指标，限时间，赶进度，集中成批地向非国有投资者转让国有产权的做法。"有的放矢，并且能够针对具体情况提出一些解决问题的思路，文章发挥了其应有的指导性作用。因而，该篇评论在第十五届中国新闻奖评选中被评为言论类一等奖，也是众望所归。

(3)选题是否具有思想性

评析一篇言论作品是否优秀，还要看它的选题是否具有思想性。选题是言论类作品写作的第一个环节，只有选题具备了思想性，整个言论作品才能具备思想性。我们来看一篇思想性比较突出的言论节选：

作为人类的一种重要的情感,爱情对于孩子们不可能是封闭的,因为社会和人生对于他们不可能是封闭的。实际上,古今中外的历史证明,封闭知识——包括人类的情感知识,几乎是不可能的。当孩子们在今天开放的信息环境里毫无障碍地接触到比较物质的两性情感信息的时候,那些古今中外最纯洁、最美好的人类两性情感——真正可以称为爱情的东西,难道却要对他们封闭吗?人的物质欲望,包括性欲,都属本能,它们随着人类的身体一起生长。但是爱情不是这样,它是人类文明的一个成果,是善的意志、美的追求的一个成果。这样的成果,没有教育是不能自动传承的。而古今中外关于爱情的文学艺术,就是人类爱情教育的媒介。这样的情感知识不大可能通过教科书的形式来分析和生理卫生课的形式来图解。

中学教育,面对着进入青春期的孩子们,的确存在着某种"敏感"。这其实是教育如何负责任地面对青春话题的"敏感"。任何回避"敏感"的态度都是"保险"的。但"保险"并不意味着真正负责任。

如果把完整的人类情感知识割出去一部分,而这一部分恰好对于人生的情感涵育,对于养成善的、美的情感又具有特别重要的意义,那么,这本身就可能是教育的缺失,教育者的失职。因为,这些确实可能造成一些孩子未来人生的缺失和苍白。因此,上海市初三语文教材"爱情如歌"的单元,其教育效果固然有待于实践检验,但它所体现的教育者的意识是积极的、负责任的、有情感的。

(2004年9月1日《新京报》社论:《"爱情教育"不该成为青春禁忌》)

2004年9月,上海初三学生新语文教材中出现了"爱情如歌"的主题单元,其中收录的文章和诗歌都围绕爱情展开。作为写给处在青春期内少男少女的教材,它不免受到怀疑和争议。社论在承认这是"一次教育的冒险,一种教育观念的挑战"的基础上,将选题确立在将"爱情教育"与"性的教育"相区别的基调上,提出爱情教育不可对孩子封闭,教育者应当勇于承担起爱情教育的责任这一论点。整篇社论在选题上能够言他人所未言,显露出不同一般的思想闪光点。

二、立论评析

1. 立论的定义

立论是指一篇评论所形成和提出的主要论断或结论,是作者对所提出的论题的主要见解,是选择论据和分析事物的指导思想,是整篇文章纲领性的内容,担负着统帅全文所有观点和材料的任务。立论是对论题的深化和升华,是写作过程中的关键性环节。一般来说都是选题在前,立论在后,选题为立论提供基础,立论赋予选题鲜明的思想观点，二者相辅相成，缺一不可。立论和选题往往决定了言论类作品的质量优劣。立论成功，方能将作品所包含的思想内容和知识凸显出来，发挥出言论类作品的最大效用。

2. 从立论入手对作品进行评析

一篇优秀的言论类作品，就其理论而言，应该具备这样的基本要求：准确性、预见性、有新意。我们对例文的评析也将从这几个方面着手。

(1)立论要遵循准确性原则

准确性是立论的基础前提。如果违背了准确性，立论就不会为人们所信服，同时也失去了表达的意义。立论最忌在理解上给人造成误差。我们来看一篇通讯员作品《无"官"一身轻》：

> 去年，宁津县选派干部 633 名进驻乡村开展工作，受到了群众的广泛称道。问及原因，驻村工作负责同志说："关键是贴近了群众生活，与老百姓住在一起，干在一起，所谓无'官'一身轻嘛！"
>
> 为无"官"一身轻叫好！无官一身轻就是不打官腔，不摆官架，从群众的利益出发，办什么事首先设身处地地把自己想作是群众中的一员。与此相反，报载某县驻村干部被拒之门外，遭到群众冷遇，究其原因，就是没有放下"官"字。或动辄"以市场的眼光看待和解决问题"，不是切实解决问题，而是摆出一种高姿态，让群众难以理解；或指手画脚，干一些脱离实际的事，让群众难以信任；或高高在上，官架十足，让群众难以接近。
>
> 驻村工作事关党在农村中形象的树立，广大驻村干部必须真正把学习理论与指导工作结合起来，敢于向"官"字开刀，切实为群众解一些难题，办一些实事，将群众的心凝聚到对党委、政府的信赖、依靠上来，当好新形势下的"三个代表"。①

这篇通讯员稿件存在立论不清晰的问题。该文的立论应该是提倡干部放下架子投入到驻村工作中去，但是"无官一身轻"的本意是人在不担任官职以后，身上就没有了负担的意思。虽然给"官"字加了个引号，但还是很难让人明白作者的真正意图，立论跟实际写出来的文章发生偏差，容易造成思想混乱。所以从立论上来讲这不是一篇合格的作品。

下面我们来看一篇立论准确的例文——《坚决抵制低俗炒作行为》，这是刊发于《云南日报》2004 年 4 月 19 日的一篇评论员文章，也是一篇中国新闻奖获奖评论。2004 年 4 月，昆明一家餐厅举办"女体盛宴"以引起轰动效应招徕食客，很多新闻媒体

---

① 陈力丹：《谈谈评论立论的正确确立》，《新闻与写作》2002 年第 7 期。

记者应邀参加,次日一些都市类小报炒作此事,引发了种种议论。《云南日报》通过对整个事件产生的原因、造成的不良影响作了深入分析,指出商家的炒作行为违反了有关法律法规、违背了中华民族传统美德,是一种哗众取宠、极其低俗的行为;媒体跟风报道,失去了应有的社会责任。并围绕这一立论,向读者表达了明确的观点:女体盛宴"不仅违背社会公德,有伤社会风化,与发展先进文化和社会主义精神文明建设的要求格格不入,而且是对女性人格的侮辱、歧视和对妇女合法权益的损害,违反了饮食卫生法规。"进而提出要"从'女体盛宴'事件举一反三,对一些低俗的、违反道德文化传统和法律法规的经营行为要及时反映,旗帜鲜明地坚决制止,严肃查处,决不姑息。"如此一来,该文准确的立论,在复杂的舆论环境当中,给商家指明了正确的方向,为读者辨明了是非。

(2)立论要有预见性

预见性是指言论的作者能够及时洞察矛盾和预见可能出现的矛盾,及时地探寻事物的内在规律和发展趋势,设想出解决矛盾的办法和途径,以便用发展的眼光去看待问题,进而发挥言论类作品的作用。

以河北小镇白沟箱包市场为例。这个市场曾以仿冒他人品牌起家,生产的假名牌皮包在北京豪华商厦里却能以几百元的高价售出,这说明其自身的手艺并不差。然而,作为假冒者却屡屡被当作"打假重点",在消费者中口碑变差,最终走向萧条。白沟人为了摘掉"假冒者"的帽子,走上了创立自主品牌之路。对此,《中国质量报》于1996年5月3日发表署名评论《勇敢地打出自己的旗帜》(作者余方),肯定了白沟的这一新举措,预见了此举可能带来的效益。作者运用富有洞察力的分析,得出了这样的结论:

> 在市场经济日益发展的现代社会,在全球普遍注重知识产权和经济一体化的今天,靠假冒他人品牌求发展,只能是死路一条。亮出自己的旗帜,才能真正有前途。前有温州、后有白沟,向我们昭示着某种规律性的东西。……
>
> 从短期看,假冒名牌产品的退出可能使白沟市场损失一部分利益,而且新品牌的树立须假以时日,白沟市场可能要经历一段相对困难的时期。但以长远眼光看,从勇敢地亮出自己的旗帜那天起,白沟人已站在更高的境界上规划自己的未来,超越自我,便是成功的开始。

这种带有预见性、富有洞察力的立论,是严肃性大报言论类作品能够及时引导舆论的一种关键武器。

(3)立论要富有新意

立论要富有新意,因为言论类作品本来就是以阐述观点为主要表达方式的一种体裁,如果没有了新意,仅仅是说理,就会失去吸引力,作品也就失去了活力。新意具体体现在,它既可以是新思想、新观点,也可以是新经验、新做法;既可以是新情况、新发展,也可以是新角度、新侧面;既可以是新苗头、新倾向,也可以是新由头、新材料。

以2005年超级女声冠军李宇春登上《时代》周刊封面的事件为例。超女选拔赛在中国掀起一片狂潮之后，对李宇春登上美国知名周刊的新闻，各家媒体对此发出种种评论。很多媒体是从平民英雄的角度出发去评论这一事件本身，而《国际先驱导报》刊登了一篇独辟蹊径的评论，提出《时代》周刊刊登李宇春作为封面只是美国新闻媒体的一种地方性策略而已，为读者揭示了美国人的宣传策略。基于这样的立论思想，作者舒远在文中写道：

其实，封面上印有李宇春照片的那期《时代》杂志亚洲版不仅在美国不曾露面，连在亚洲的大部分地区都不曾露面。那期载有“亚洲英雄人物”专辑的亚洲版《时代》杂志在印度发行时，封面人物是印度网球选手索妮亚·莫扎；在东南亚发行时，封面人物就变成了在印度洋海啸之后决意重建家园的五位亚齐妇女；在日本发行时，封面人物则是演员渡边健；而到了韩国，就又变成了足球选手朴智星。只有在大中华地区发行时才在封面上使用李宇春的照片。

……只是我认为《时代》的真正目的和用心似乎尽然显现在其封面因地而异之中。

被美国人说滥了的一句话是“所有的政治都是地方性的”。其实，又何止政治？在美国几乎所有事情都是地方性的。世界就是这样充满了讽刺：在地球上到处伸手的唯一超级大国的国民们却对自己小圈子、小地域以外的事情一概漠不关心。……

……不过，美国佬搞的地域主义还真灵验，虽然有些愚弄读者之嫌(闹得各国人都以为自己的同胞为国家长了脸)，但其宣传效果可是到了家的。

(《李宇春上了哪家子〈时代〉封面?》，摘自2005年10月18日《国际先驱导报》)

这篇评论的立意之所以显得十分新颖，主要就是因为它选取了新侧面来进行立论——从揭示美国新闻媒体的区域性战略入手，对其特殊的宣传方式进行了一番冷嘲热讽。最后，文章将观点鲜明地呈现在读者面前，达到了引人入胜的效果。

三、作品三要素评析

按照言论类作品的写作程序，在选题、立论完成之后，就要进入安排论点、选择论据和组织论证等环节。我们对言论类作品的评析，也要随之深入到这三个要素中去。从整体上讲，我们评析言论类作品，常常以论点是否完备、论据是否充分、论证是否精当作为评析准则，但在具体分析过程中，还应当注意其他一些事项。我们将在这一节中分别进行案例分析。

1. 从论点上进行评析

言论类作品的论点就是传者通过大众传播媒介，对新近发生的新闻或众人关注的事实、问题、现象所表达出来的主要观点。论点虽然是传者的一种主观意识，但并不是人们头脑的自然分泌物，而是从一定的立场、世界观出发对评论对象发表言论。“正确的论点，是以主观与客观统一、理论与实践统一为根本特征的”①。一般而言，论点按照它在言论类作品中所处的地位可分为总论点和分论点。总论点在作品中处于主导、支配的地位，又叫做中心论点；分论点是对总论点的补充和完善，起到支持总论点的作用。

言论类作品要求论点应当正确科学、富有新意、鲜明全面。我们评析言论类作品也要遵循这几条原则。

(1)论点要正确科学

首先论点的提出必须尊重客观、直面现实，不能把那些荒谬、悖理和歪曲事实的东西作为论点。

违背现实的论点是失败的论点，因为它既经不起事实考验，也难以让人认同。1958年我国一家报纸在国庆社论中提出了这样的论点：“一年来我国社会主义建设事业所取得的伟大成就，使人们有充分的理由相信，把我国建设成为具有现代工业、现代农业、现代科学文化的伟大的社会主义国家，并由社会主义逐步向共产主义过渡，已经不是很遥远的事情了。”②这个观点是不合实际的，其主要原因是当时党的指导思想发生了失误，而且，由我们的社会主义实践可以知道，实现向共产主义过渡的目标是需要我们几代人甚至几十代人的不懈努力才能实现的，绝非一日之功。所以这个论点是一个经不起考验的错误论点。

要保证论点的准确科学，其次还必须在发表言论时准确使用概念及判断。邵华泽在《同研究生谈新闻评论》中提出：“任何事物都有它特定的内涵，随意转换、改动，必将影响论点的科学性”。书中举例说，1986年一家全国性大报发表了一篇社论，其论点正如社论的标题所提示的——《每位公民都要为儿童做文明表率》，但是，这个论点在科学性上失分了，因为它存在两个判断上的错误：第一，并不是每位公民都能做文明表率的。上海辞书出版社编辑出版的《法律小辞典》对“公民”的解释是“凡是有我国国籍的人都是我国的公民；未成年人，被剥夺了政治权利的人，也是我国公民的组成部分。”这就说明一部分公民是不能做“文明表率”的，如婴幼儿，被判无期徒刑，被剥夺政治权利的人，等等；第二，按法律上的规定，儿童甚至刚出生的婴儿，也是公民。可是，“每位公民都要为儿童做文明表率”这个论点就将儿童摒弃于“公民”之外了，所以这样的论点是不准确的。在评析言论作品的论点时，一定要首先判断它是否准确、科学③。

来看一篇优秀例文：

---

① 王振业、胡平：《新闻评论写作教程》，中国广播电视出版社2001年版，第172页。

② 《当代领导与软科学》，湖南人民出版社1987年版，第48页。

③ 邵华泽：《同研究生谈新闻评论》，人民日报出版社2010年版，第48页。

“平等”很重要

华　愈

亚运会的文莱代表团团长对人民日报记者说，这次派团参加亚运会是文莱体育史上第一次，我们感到很荣幸，“更为高兴的是，你们虽是大国，但平等待人”。这话讲得朴素、实在，也包含着一个重要真理。

参加这次亚运会的37个国家和地区，大的国家人数以亿计，小的国家只是几万人；大的代表团800多人，小的代表团只数人。各代表团的实力更是参差不齐。但是，大家都是为友谊而来，为提高亚洲体育运动水平而赛。因而，只要是参与了，就是为亚运会的成功作出了贡献，就应当平等相待，受到尊重。亚运会的宗旨是“团结、友谊、进步”，这里自然就包含着平等。试想，如果没有平等，何来团结？友谊、进步又从何谈起？

中国一贯主张，在国际事务中，国家无论大小，一律平等，反对以大欺小，以强凌弱。与此同理，在运动会上，各个代表队，无论人数多少、实力强弱，也都是平等的，平等地参与，平等地竞赛，平等地交往。这样，才能激发热情，激发干劲，才能赛出水平，赛出风格，增进友谊，共同进步。

（原载1990年9月29日《人民日报·今日谈》）

这是邵华泽同志在人民日报社工作时，以“华愈”为笔名给“今日谈”专栏所写的一篇评论。时值1990年亚运会在北京举行，作者在各国代表队实力参差不齐的问题上，提出“平等”相待的论点，由“中国一贯主张，在国际事务中，国家无论大小，一律平等”，论述到体育赛事中我国依然遵循“平等”原则，判断准确，论证充分。文章虽然短小，但论点却十分准确精当。

(2)论点要富有新意

言论类作品的特性之一就是要求新。论点作为言论类作品的“眼睛”，应当富有新意。如果论点不蕴含新思想新见解，由此派生出的言论必然充斥着老话和套话，难以打开读者的心扉。怎样才是有新意呢？“只要新闻评论的作者及时反映新理论、新观念、新信息、新事物、新经验、新矛盾，回答千百万群众所关心瞩目的新问题和他们思想上的新热点、认识上的新疑点、理解上的新难点，新闻评论的论点也就随之有新意”①。

论点需要经过数次提炼才能形成，一个有新意的论点更是要经过反复提炼方能显示出与众不同的特色。《人民日报》评论部编辑陈嘉星在一篇文章中介绍说，他的一篇刊登于2005年6月7日的评论《新经济呼唤“游戏规则”》，是“经历过五易其稿的蜕变，集纳了各方智慧，才得以羽化成蝶”。根据5月30日《人民日报》的一则新闻《网络游戏开发运营将有强制性标准》，作者写了这篇评论的第一稿《网络游戏：净化助推繁

① 邵华泽：《同研究生谈新闻评论》，人民日报出版社2010年版，第63页。

荣》,针对网络游戏本身从方方面面展开评论,从评析论点的规则上看,这个论点是正确的,但是人皆能谈,出新意很难。二稿便站在新技术文化产品、产业面临管理难题的角度展开评论,三稿的题目是《新技术文化的"游戏规则"》,被认为有进步,但有一个观点没表达出来,这就是:管理应适应并推动新技术的发展,而不是让新技术的发展适应传统管理。后来经过修改的见报稿,主要表达了这样几个观点:新经济发展锐不可当,管理职能适应这个新形式在新经济发展的最初就应有"游戏规则",这个规则不仅是制定行业标准,还应有对内容的管理,等等。经过五次修改,论点超出了一般的议论范畴,整个文章因为论点的新鲜,更加富有新意。

(3)论点要鲜明全面

论点鲜明而全面,意为立意明确,赞成什么,反对什么,提倡什么,防止什么,都清清楚楚,不模棱两可,不做片面、绝对、偏激的论断。

1984年10月12日,《人民日报》发表评论员文章《重视生活方式的变革》,把"省吃俭用","新三年旧三年,缝缝补补又三年",也列入需要改掉的"陈言旧语",提倡"能挣会花",在读者中引起了强烈的反感。原因是这篇评论的论点过于片面,作者只看到一部分先富起来的农民有钱不敢花、不愿花、舍不得花,棉布商品库存大量积压,而没有看到先富起来的毕竟只是极少数人,绝大多数人不是有钱舍不得花,而是没有多少钱可以花。评析言论作品的论点时一定要谨守全面的原则,对这种片面化、绝对化的论点要有辨识的能力。

进入21世纪以后,我国改革开放不断深入,关于户籍限制的新问题已引起全社会的广泛关注,农民要进城,人才要进大城、进好城,可现行政策又限制了户籍的流动,对此,《确保"迁徙自由权"》(摘自2002年4月10日《中国改革报·改革时评》)的时评提出自己的论点:"有人担心户籍限制取消后,会诱发优秀人才大量向发达地区流动,不利于欠发达地区的发展,事实上人才的流动完全是市场在起作用,而不是行政权力该管的事,现在限制不取消,人才不照样在往发达地区流动吗?户籍的二元结构才是造成城市单极发展的罪魁祸首。相反,如果户籍实现了一元化,城市和发达地区反而会带动农村和落后地区的发展,从而实现共同发展。"作者从宏观角度出发,敏锐地指出人才流动是大势所趋,观点鲜明而全面。

2.从论据上进行评析

从表达的角度说,新闻评论的论据,是用来证明或说明论点的理由和事实的总称。在学术论文中,论据主要用于证明论点的真理性,而在言论类作品里论据还要承担启迪读者、交流思想和传承知识的任务,这就使得论据要兼具证明论点、支撑论点的功能。

论据的功能决定了论据必须具备三点特征:一是真实而准确;二是典型而充分;三是论据和论点要有内在的逻辑联系。下面以获第十四届中国新闻奖一等奖的评论作品《微笑，并保持微笑》为例进行评析：

不久前，一位朋友发来一条手机短信，用 4 个英语单词对“SARS”进行了全新的解释：Smile And Retain Smile。并注明它的意思：“微笑，并保持微笑。”无独有偶，5 月 8 日《南方周末》的一则公益广告，其主要内容正是这 4 个英语单词和这一行简单的汉字。

在“非典”肆虐的紧要关头，这种不乏幽默的“另类释词”，不仅表现了一种智慧，也传达出老百姓在抗击“非典”过程中的生活态度和精神状态。

“非典”是一场突如其来的灾难，微笑是一种司空见惯的表情。“非典”不是微笑的唯一理由，却使微笑更具魅力。

医生的微笑是一种肯定

著名摄影家解海龙曾为希望工程捕捉了一双充满渴望的“大眼睛”，在“非典”时期，他又“捕捉”了一双饱含微笑的大眼睛。《北京青年报》5 月 10 日发表了解海龙拍摄的北京佑安医院传染科主任孟庆华在抗击“非典”前线的特写照片。孟庆华戴着大口罩，戴着护士帽，能看到的只有一双大眼睛。但眼睛中所流露出的微笑，是那么的不经意，又是那么的深情；是那么的从容，又是那么的坚毅。

解放军 302 医院 9 位护士姐妹经过一个多月的艰苦鏖战，于 5 月初走下了抗击“非典”的第一线。24 岁的段艳蕊在回顾这一段经历时说：“虽然戴着口罩，病人看不清我的脸，可我相信，从我的眼神中，病人能感受到微笑。”（《人民日报》5 月 12 日）

广东省中医院二沙分院急诊科护士长叶欣，在抗击“非典”第一线以身殉职。但是，她在护理过程中那天使般的微笑，却永远留在了患者的心中。今年护士节落成的叶欣的雕像，使她的笑容变成了永恒：叶欣依然身穿护士服，依然面带微笑。那微笑曾经给许多患者以希望，也必将给更多的患者以希望。

法国哲学家阿兰在他最著名的作品《幸福散论》中说过：“在医生的药箱里，没有别的药品比微笑更能带来迅速、和谐的疗效。”在抗击“非典”第一线，医护人员充满坚定的微笑，传送的正是病人最需要的感染力。

患者的微笑是一种信心

在电视荧屏上，在各种报刊上，几乎每天都能看到“非典”病房里的画面。和医生一样，病人也都戴着大口罩。但是，不用语言，病人们同样能表达他们的情感。在对医护工作表示满意时，他们会微笑着竖起大拇指；在向外面的世界传达他们的状态时,会微笑着伸出两根指头,做出必胜的手势。

住院的人,谁都会觉得外面的世界很精彩。但从患者的微笑中,我们也知道里面的世界也并非很无奈。一位患者说过,非典可能夺去人的生命,但却无法夺走人的信心。如果说"非典"病魔终被战胜,那么首先就不能在精神上输掉。从病人的微笑中,我们能读出迎战"非典"的乐观,也能读出战胜"非典"的信心。

大家的微笑是一种平静

《北京日报》4月30日刊发了一组反映"非典"时期北京人寻常生活的图片。微笑可以说是这组照片的主题。一位女孩的特写照片特别引人注目。大大的口罩遮住了她的大半个脸,"严防死守"四个字则占据了整个口罩。但大大的口罩更加突出了那双满含微笑的大眼睛,"严防死守"四个字则使她的微笑更加生动感人。

突如其来的"非典"改变了我们的生活,但"非典"时期的日常生活中,仍然处处荡漾着微笑;"非典"时期的内心世界中,仍然需要一片宁静的天空。

"赠人玫瑰,手有余香"。微笑的感染力是互相的,也是无限的。不吝微笑的人,必将从微笑中得到更多。

我们应该多问问别人,也多问问自己:"你的心情,现在好吗?你的脸上,还有微笑吗?"(一首流行歌曲的歌词)

我们应该多提醒自己,也多提醒别人:"让我们把手洗干净,然后握得更紧;让我在十八层口罩后面,看看你微笑的眼睛……"(一则正在流行的"民谣")

微笑,并保持微笑。

我们一定会笑到最后。

(原载2003年5月22日《甘肃日报》,作者:尚德琪)

首先,从真实准确性上分析。此文的事实性论据多为报刊所报道过的新闻和新闻图片,如作者用来引发议论的论据,那则5月8日《南方周末》的公益广告——Smile And Retain Smile。又如《北京青年报》5月10日发表的解海龙拍摄的北京佑安医院传染科主任孟庆华在抗击"非典"前线的特写照片。它们既有准确的出处,也有精确的时间,这就在客观上保证了论据的真实准确。在分析论据的时候,我们强调一定要真实而准确。有些论断或事例虽然是真实存在的,但实践证明它不正确、不科学,那就不能引做论据。

其次,作者选择的论据具有典型性。作者在论述过程中选取了有代表性的医生、护士、患者和女孩,她们的共同点是都在微笑。紧紧围绕选题,将"微笑"作为一种坚定、信心和平静的符号，再以大量的典型事例做支撑。文章选取的医生孟庆华的微笑，年轻护士段艳蕊的话，以身殉职的叶欣的微笑，都是很典型的论据，突出了在“非典”时期微笑就是力量，微笑就是感染力的主题。

最后再来看这篇言论的论据与论点之间的内在逻辑联系。在提出微笑就是力量的观点时，作者用法国哲学家阿兰的名言“在医生的药箱里，没有别的药品比微笑更能带来迅速、和谐的疗效”来佐证，这种富有哲理的理论性论据不但对论点起到支撑作用，而且容易被人信服。在论证“非典”时期“大家的微笑是一种平静”的过程中，选取戴着大口罩的女孩的照片作为实例，女孩口罩上写着的“严防死守”四个大字，着实能够说明普通人的微笑能够让更多的人受到感染，让更多的人乐观地对待“非典”的侵袭。

3. 从论证上进行评析

从表达角度讲，论证是联结论点与论据的桥梁和纽带，把材料和观点统一起来，组成一个完整而严密的说理体系的过程；从逻辑角度讲，论证是运用、组织论据去说明和证实论点的过程和方法。在评价三要素的作用时，人们常把论点比做灵魂，将论据比做血肉，论证则被比做骨骼。

论证主要有六种基本方法：例证法、引证法、比较法、喻证法、反证法、归谬法。这些方法既可单独使用，也可根据论证需要交错使用。

对言论类作品论证的评析，有一个基本的评析原则：论证要能做到准确阐明论点和论据之间的内在联系，能够将观点和材料有机地统一起来，使评论具有逻辑力量。简而言之，评析时要看论证是否具有逻辑性。

以 1983 年 1 月 27 日《人民日报》社论《“大锅饭”养懒汉》为例。我们来看邵华泽同志在《与研究生谈新闻评论》中对该文的点评：

> 从形式逻辑讲，论证表现为这样一个三段论：
> 大前提：懒人靠勤劳之人养活，势必挫伤勤劳之人的生产热情。
> 小前提：不少工商企业缺乏活力的沉闷局面，其根源在于“大锅饭”。
> 结论：所以，要使懒人变勤，企业办活，就要从体制上进行改革，不再吃“大锅饭”。

由此我们可以看到，这是一篇逻辑性很强的作品，分别由大前提、小前提推出结论，而且每个前提都有自己的论据，论证十分充分。

四、结构分析

前面几节分别从言论类作品的立论、选题及评论要素三个方面对言论类作品作了分析，这三方面都属于对作品内容的分析。我们评析言论类作品，除了要对内容加以评析外，还要从形式上对言论类作品进行评析。就言论类作品的形式而言，我们主要从其结构上展开评析。

前人写文章讲究“言之有物”、“言之有序”,其中“物”是就文章内容而言的,“序”就是指结构顺序了。言论类作品的选题内容再好,如果没有合理清晰的结构,就没办法将思想表达得清楚到位,甚至对观点的传播产生影响。

一般的文章结构大致分为开头、中间、结尾三部分,在言论类作品中相应地分为引论、本论和结论三部分。言论类作品多以新闻事实为由头,担负着分析、议论、评价、说理的任务,因此要在结构上注意两个基本原则:一是言论的结构要考虑文章评论的内容,根据作品所要分析的事物或所要论述问题的实际情况、内在逻辑联系和发展变化规律,围绕论题和中心论点组织安排评论的观点、材料和先后顺序。二是要考虑读者的接受水平,根据他们的文化水平、认识规律和心理需求安排结构。我们也将此两点作为评析言论类作品的基本原则。

来看一篇专栏言论:

“国耻馆”断想

香港回归,洗雪国耻,这是中华民族的盛事,也是人类文明的丰碑。

但是,国耻洗雪了,却不能忘记国耻,不能从此把国耻抛到九霄云外。事实上,洗雪国耻的庆典之所以辉煌盛大,一个重要前提就是“国耻”本身的深重悲壮,以及近百年来共雪国耻所激发的力量。

由此想到国耻之“价值”,想到建立国耻馆之必要。我们的国家是为人类文明作出重大贡献的国家。到了近代,却又饱受凌辱,一百多年中,一千多条丧权辱国的条约,这种耻辱和遭遇,世界少有,人类历史罕见。有些地方,在历史纪念馆中单列“国耻陈列室”、“不平等条约陈列室”等,是有眼界、有气魄、有骨气、有志气的。

“耻辱”也是一种财富,当然,重要的是要知耻。知耻近乎勇,只有图强奋发,有信心、有力量的国家和民族,才可能有勇气正视过去的耻辱。国不知耻难立国,人不知耻难成人。以耻辱入馆,以耻辱铸碑,有利于激发人们的报国之心和振兴之志,有利于提升人们的国格和人格。

建立国耻馆也不只是让国人知耻,对于当年西方列强的野蛮和强暴也是一种“定格”和挞伐,将其永远钉在历史的耻辱柱上,提醒那些易患健忘症,热衷于霸权行径的人,休得放肆和张狂;同时,对于无数仁人志士和革命先驱为雪国耻,前赴后继的英勇斗争也是一种刻骨铭心的纪念和学习。

国耻如山,以及国耻终得洗雪,关键都在政府,在制度,在于国家是否强大。“落后就要挨打”,这也是国耻馆所揭示的最重要的结论。

我们有成千上万座纪念场所,展示我们的成就和荣誉,如果有一座国耻馆拔地而起,集中展示我们所遭受的凌辱,于一片辉煌中,也能看到历史的阴影，知道我们曾经挨打，曾经有过坎坷和曲折，以激励后人的崛起之志，岂不更加气壮山河！

（原载1997年7月9日《人民日报·今日谈》）

从结构上看，这篇评论采用的是一种纵式结构，文章在选择材料、提出观点的时候，各个层次之间存在着深度上的差别，这使得论述由此及彼、由表及里地层层展开。该文的层次是这样安排的：香港回归，洗雪国耻——不忘国耻——国耻的价值——国人要知耻——给侵略"定格"并警示来者——落后就要挨打——呼吁建"国耻馆"。这种纵向深入的结构，是根据事物的变化和认识的逐渐深入来划定段落的，这使得议论具有了时间感和逻辑性，能够从新近发生之事（香港回归）延伸到过去和将来，从国内扩展到国际，每段都有特定的内容、意义，各段之间又能做到环环相扣、首尾衔接。仅仅7段，就将建"国耻馆"的必要性、重要性和可行性分析得头头是道，达到了论证的效果。

上面分析了层进式的纵向结构，我们再来看一种横向结构。

横向结构一般是在文章有数个分论点并且各分论点之间呈现并列关系时使用。《人民日报·人民论坛》专栏曾发表艾丰的评论《名牌是民牌》（1995年10月9日），对"名牌热"提出了一些看法：

……

名牌是"民定"的。谁个是名牌，谁个不是名牌，谁说了算？没有别人，只有民众——广大消费者说了算。一句话，名牌是在长期的市场竞争中，由消费者的"金钱选票"选出来的。……

名牌是"民创"的。从根本来说，名牌不是评出来的，甚至也不只是靠宣传"吹"出来的，名牌是创出来的。……

名牌是"民护"的。"民护"是两个方面，一个是保护，一个是爱护。名牌的生命之根必须扎在无限广阔的市场之中。……

名牌是"民享"的。"名牌是国宝"，名牌给企业带来效益，名牌也会带动整个国民经济向高水平发展。名牌将会丰富我们中国的文化，中国名牌是中华民族的骄傲。

……

四个分论点并列存在，相互之间又彼此联系，对这四个方面能够有清楚的认识，才能对"名牌是民牌"有真正全面而深入的理解。四个分论点构成了并列式结构，从四个方面分别进行论证，而且论证得十分透彻，将总论点论述得细致到位，使得这篇理论色彩本来很浓的评论，既好理解，又容易赢得读者的认同。

第二个原则是在安排结构时，要考虑到读者的接受心理。言论类作品不似一般的评论性文章,它多以新闻事件作为评论对象,因而把论点放在开头是言论类作品常用的一种结构。这也是言论类作品与古代论说文和当代副刊杂文的一个区别,在这两种文体中,它们常常是从较远的地方说起,然后慢慢提出论点。

仍以前面所引的《"国耻馆"断想》为例,第一、二自然段非常简短的叙述了香港回归这一新闻事实,第三自然段便直接提出论点——"由此想到国耻之'价值',想到建立国耻馆之必要"。快速抛出论点,让读者对作者的观点一目了然,符合现代读者线性阅读的习惯,从而有助于取得较好的传播效果。

五、语言文风评析

言论类作品的写作是一种说理性质的写作,在内容上要注意选题立论的正确有益,在写作方式上还要讲究形式美,具体地说就是讲究修辞和说理的艺术。

"文风是一种社会现象,是时代风貌和社会风气在文章中的反映。对作者来说,文风也是一个人的立场、观点、写作态度和思想作风的反映……文风要通过语言文字表现出来,但它又不局限于语言表达和文字技巧的问题。"①

根据言论类作品的定义我们知道,言论类作品的体裁是一种表达观点和思想的体裁。因此,我们在评析言论类作品的语言及文风时,一定要以观点的正确有效传达为前提。因为一篇语言文风都不错的文章,如果思想上有问题,或者是歪理邪说,即使语言表达再优美,也是没有意义的。我们必须保证报刊上的言论类作品是于人、于社会、于国家没有损害的,是有益的。

在语言表达的评析上,没有统一的标准,只要有助于观点有效传达的语言都是人们所欣赏的。由于作者的个人素养不同、写作风格不同,言论作品的语言可以呈现多种风格:可以朴素自然,亦可激情豪放;可以幽默诙谐,亦可严正谨慎。

1. 朴素自然,平易近人

言论类作品要把思想传达给读者,它的语言就要通俗一些,大众一些,能够心平气和地表达自己的观点,容易让人读得懂、理解得透彻。言论类作品的语言之美首先体现在朴素自然上。美的语言并不完全是外表非常华丽的词藻,朴素自然、平易近人、通俗易懂的文字,也是一种美的传达。《微笑,并保持微笑》就是这样一篇言论。文中三个小标题"医生的微笑是一种坚定"、"患者的微笑是一种信心"、"大家的微笑是一种平静",连续使用了三个简短的判断句式,表意形象,简洁明快。这样一来,作品的影响力也就得到加强。尤其是文尾的流行歌曲的歌词"你的心情,现在好吗?你的脸上,还有微笑吗?"以及正在流行的民谣"让我们把手洗干净,然后握得更紧;让我在十八层口罩后面,看看你微笑的眼睛……"就如同三五好友在一起谈论"非典"的话题一样,让读者在亲切的氛围中

① 胡文龙、秦珪、涂光晋:《新闻评论教程》,中国人民大学出版社 1998 年版,第 168 页。

不知不觉接受了这样一个观点——只要保持乐观,就一定能战胜“非典”。

当然,质朴自然不是说要语言枯燥、内容空洞,而是说不要故作高雅、不要故作斯文。这就要求作品用质朴的语言将道理讲明白。请看例文:

值得一听的外国人的话

张爱萍

《文摘周报》不久前的一期刊载了《法拉奇旋风在京城》一文,其中写道:“她在演讲里还响亮地告诫:中国的发展不要‘放弃自身的传统和模仿我们西方人的错误和罪孽!’她说她到中国几天里,接触到的少数年轻人谈论的都是金钱,也看到了酒店的拉客女郎,感到非常遗憾。‘我因为热爱你们而担忧’,她说‘如果这么大的变化仅仅是经济上的,而忽略了精神文化方面,那么任何变化都不会是好的、真正的变化’。”

说得多么好啊!国内有类似见解的也不乏其人,可是出自一位外国人之口,就更值得一听,更值得重视。

法拉奇说的这种现象,何止“少数”,又岂止是“年轻人”呢?发展经济被视为富民强国的大事。但,只为“钱”而“争斗”,只顾自己利益不管他人利益已成世风,不讲人品、道德风尚。更有甚者,在商品经济时代,竟把人格也当成“商品”,岂不可卑、可叹、可悲!

(《人民日报·今日谈》1994年2月23日)

可以看到,这篇400字的小言论并没有太多的修辞,语言质朴,道理讲得也很实在,作者发出了源自内心的忧国忧民的感慨:物质文明建设的同时还要加强精神文明建设。文风朴素大方,说理亲切平和。

2.恰如其分地运用修辞

言论类作品能否感染人,很大程度上由作品的选题及内容决定。但是如果能在行文过程中加入恰如其分的修辞,将说理与修辞相融合,令思想之美和文字之美相辉映,势必增强言论类作品的感情色彩,达到情理交融的效果。

在文章中运用排比、比喻等修辞,往往能够以作者的激情唤起读者的认同感。第十四届中国新闻奖获奖言论《筑起我们新的长城》(2003年5月15日《人民日报》),满怀激情地歌颂了抗击“非典”中所展现的伟大民族精神,明确提出了弘扬抗击“非典”伟大精神的具体要求,展示了在抗击“非典”伟大精神指引下,中国人民战胜“非典”的坚定信心。文章分为16个小标题,篇幅很长,但是读起来令人情绪高涨,丝毫无冗赘之感,原因就是它多处运用了修辞。

如文中写道:“‘把我们的血肉筑成我们新的长城……’这是以民族魂魄铺就的雄壮旋律。越是遇到艰难险阻,这旋律就越发激扬高亢。”“一场没有硝烟的特殊战斗,进入攻坚阶段;一座抗击‘非典’的伟大长城,巍然矗立起来。”“每一场特殊战斗,都需要一批特殊战士;每一次生死搏斗,都会涌现一批英雄。”将“非典”这场灾难形象地比喻为“没有硝烟的特殊战斗”,说明当时的“非典”疫情正进入攻坚阶段,将人们抗击“非典”的精神比作“伟大长城”,为人们战胜“非典”增强了信心。

文中还多处运用排比,如“心连心,情相拥,爱相通。不论是首都北京还是偏远乡村,哪里有疫情,哪里困难多,哪里就有四面援助、八方支持”,“你的心,我的心,万众一心;你的力,我的力,千钧之力”;“从中,我们深切感受着以胡锦涛同志为总书记的党中央心系人民,坚定成熟,驾驭复杂局面,应对严峻挑战的能力和魄力……从中,我们深切感受着中国共产党人崇高的精神境界……从中,我们深切感受着中华民族伟大的凝聚力……从中,我们深切感受着国民素质的迅速提高……从中,我们深切感受着伟大祖国综合国力的大大增强”。一连五个“从中”,文字激昂,气势雄伟,寄激情于说理,环环相扣,一气呵成,文章读来让人顿觉热血沸腾,十分具有感染力。文章发表后,引起读者感情上的强烈共鸣,收到了很好的传播效果。

要使言论类作品避免枯燥乏味,可以运用各种修辞。引用经典的论述或者民谚,都是很好的方法。看下面这段文字:

> “清明不明,没有好收成。”“清明晒死柳,馒头撑死狗。”是我们家乡的两句农谚,意思是说,清明节的气象是预测当年夏季收成好坏的先兆。
>
> 由自然气象想到“人文气象”。近年来,清明节的“人文气象”,有些阴多晴少——封建迷信的乌烟瘴气,腐败堕落的胡作非为,搅得人透不过气来。广大干部群众企盼清明节的净化,能有一个清正廉洁的“艳阳天”。
>
> (《愿今年清明“艳阳天”》,载2002年3月28日《人民日报·华东新闻》)

这段议论引用了两句十分通俗的农谚,并用“自然气象”类比“人文气象”,将深刻的道理寓于浅显的事理中,语言生动朴实,贴近人民实际生活,提出在新时期反迷信、反腐败的老话题,使读者在会心一笑中感受到严肃的主题。

3.语言充满真情实感

语言带有感情,才能与读者形成平等交流的氛围,不会让读者被动地接受作品所要表达的思想。《中国主权不容侵犯》(原载2001年4月6日《解放军报》)在说理时就注意到了这一点。全文的结尾处,作者饱含深情地发出议论:“中国人民的感情不可侮,中国的主权不容侵犯。西方侵略者几百年来只要在东方的一个海岸上架起几尊大炮,就可以霸占一个国家的时代,已经一去不复返了。中国领土绝不是哪家军队随便溜达的‘后花园’,中国领海绝不是哪家舰船随便游弋的‘游泳池’,中国领空绝不是哪家军用飞机随便进出的‘空中走廊’。”如此一来,文章的观点论述得独到精彩,凝聚起全文的思想,语言表达则处处饱含着真情实感。

当然，一篇言论类作品的语言风格往往不局限于一种，它可能既幽默又富有文采，既朴素自然又生动活泼，我们在评析例文的过程中只是选取了一部作品的一个比较突出的方面进行评析。

第三节 对读者来论的评析

随着中国经济的发展，传媒技术的飞速进步，人们对信息的需求越来越大。经过长时期的酝酿与发展，20 世纪 90 年代后期兴起了第三次时评热，这一次热潮与 1896 年《时务报》、20 世纪 40 年代《大公报》“星期社评”掀起的两次“时评热潮”存在很大不同，出现了读者言论大发展的局面。这一局面的出现，具体原因有三：一是随着媒体之间新闻同源化的增多，新闻竞争已由独家新闻之争进入到独家观点或独家视角之争，言论已经成为提升媒体品位，打造传媒竞争力的着力点之一。一些市场化报纸如《南方都市报》、《新京报》等新兴媒体能在短期内成功，时评版功不可没。二是近年来党和国家顺应时代潮流，积极稳妥地推进政治民主化进程，为新闻时评的中兴创造了发展条件。三是随着社会、政治、经济生活领域的巨大变化，社会现象的复杂性和价值观的多元化，使人们迫切需要了解新闻背后的缘由和体制因素；迫切需要传媒去伪存真，帮助梳理与解析；迫切希望媒体有一个公众和专家参与并发言的阵地，人们渴望拥有话语的平等权，在大众传媒上表达自己的观点和看法①。

在这次时评浪潮中，读者来论体现出自身所独有的特点。

一、选题的生活化与多领域化

读者来论的选题首先以新近发生的重大新闻为主，但是日益呈现出选题生活化的趋势。读者来论常常把与现实生活比较接近的新闻当作新闻由头，对于关系国计民生的社会现象、舆论焦点十分看重，并由此发表个人的看法和观点。由于读者的水平层次存在差距，所发议论的水平也就有所不同。但是，从报刊发表的来论上看，只要是有益的、不危害国家社会的言论都可以刊登，并不像从前对言论的要求那样严格，一定要对新闻事件的发生和影响进行定性的分析。现在，只要读者能够清晰表达出自己的思想，报刊就可以给读者发表个人言论的机会。

生活化的选题大多以读者身边的新闻或者大事小情作为评论的对象，既可以对生活小区的环境建设提出意见，也可以对某些不讲究社会道德的人群进行批评；既可以对中国社会的点滴进步抒发赞美之情，也可以对丑恶的世间万象表达嘲讽与不屑。

我们来看一则选题生活化的读者来论：

---

① 韩炼：《新世纪报刊新闻评论的创新》，《新闻业务》2006 年第 1 期，第 91 页。

给犬类免疫提点建议

日前,北京市农业局紧急召开全市狂犬病防治工作会议,制定了狂犬病疫情应急机制,一旦发生疫情,各级兽医部门将和公安、卫生部门进行联动。(《新京报》8月12日)

防治狂犬病疫情的发生和流行,非常重要的环节是确保犬类普遍接种狂犬病疫苗。为此,北京市将对犬类狂犬病实行计划免疫制度,强制实行;而只要在公安部门登记注册的犬,都可免费接种狂犬病疫苗。据我所知,在2003年新的《北京市养犬管理规定》通过之后,对登记在册的犬类就已经实行强制免疫制度。

所以很明显,现在问题的关键在于如何保证"黑户"犬也普遍注射狂犬病疫苗。毋庸讳言,尽管现在有关部门非常重视犬类的登记和管理,但"黑户"犬依然大量存在。问题在于,"黑户"犬的主人一般不会主动给犬注射疫苗,这在相当大程度上意味着"自投罗网",面对高额罚款。

我建议,有关部门不妨组织动物诊疗机构的医务人员,带上疫苗主动前往各个社区、街道,免费给所有养犬户的犬注射狂犬病疫苗,而不管该犬是否已经登记。在我看来,更合理、更有效且更能确保市民健康和安全的方式,应该是"先注射后登记",即先保证注射疫苗尽量做到无一遗漏,随后加强登记工作。

第二条建议是,犬类免疫应在地区与地区间有差异。目前,城八区是养犬管理的重点管理区,其他区、县为一般管理区。犬类免疫正好应当反过来。因为,在重点管理区内是不得养烈性犬、大型犬的,发生狗咬伤人的事件几率不大。而在近远郊区,养烈性犬、大型犬不受限制,饲养比例非常高,而且主人不拴狗。我有一次去郊区采摘水果,就差点被忽然蹿出的一条大狗咬伤,幸好其主人刚好在我身边及时驯服了它。

(原载2006年8月13日《新京报·来论》,作者:彭莉曦)

这是一则以提建议为主的读者来论,选题围绕2006年引起国人广泛关注的狂犬病疫情展开论述。这位读者提出,根据现有的《北京市养犬管理规定》,只要求登记在册的犬类必须注射狂犬病疫苗。这位爱思考的读者提出普通百姓所关心的问题是"如何保证'黑户'犬也普遍注射狂犬病疫苗",在随后的文章里,她还根据自己的认知经验提出了两点建议。从言论作品的角度看,这是一篇议多于论的读者来论。选题贴近普通读者的生活,所用论据也都是十分生活化的。比如提第二条建议"犬类免疫应在地区与地区间有差异"时,就用了自己去郊区采摘水果差点被大狗咬伤来论证应把郊区列为犬类免疫的重点区域。

选题的多领域化是指选题范围横跨多个领域，包括时政、经济、文化、体育等。只要读者对某一方面感兴趣，觉得有话想说、有话要说、有话值得说，他们便会就自己感兴趣的那方面作出自己的判断，发表自己的看法。仍以《新京报》为例，在经济专版、体育专版和文娱专版都有读者写来的言论。像文娱评论《金马奖，分了一场均匀的猪肉》（原载 2006 年 11 月 28 日《新京报》，作者：表江），经济评论《中国彩电为何再遇"美国麻烦"?》（原载 2006 年 11 月 29 日《新京报》，作者：刘步尘），都是各行各业的读者针对自己有话可说的领域发来的读者言论作品。读者的视野愈加开阔，读者来论所涉及的领域也就愈加广泛，因而逐步形成了读者来论的多领域化格局。

二、当代读者言论的新特点

当代读者来信，顺应时代发展要求，正在为彰显现代人的多元价值观念和各种生活观点而呈现出与以往不同的三个特点：接近性、交流性和灵活性。

1.接近性

接近性包括两个方面，一个是空间的接近性，一个是时间的接近性。空间的接近性是说读者言论的作者发表的言论逐渐以身边发生的新闻作为评论对象，而不像从前那样常把国家发生的时政要事当作评论对象。时间的接近性是指新闻发生与读者发表言论之间的时间差越来越小。现在的读者来论多是在新闻发生的当天，读者就将自己的观点写出来，并通过 E—mail 发给报社，在新闻发生的第二天即可见诸报端，反应相当迅速。

像《中国青年报》的"百姓说话"、《北京青年报》的"身边小议"、《新京报》的"读者来信"，所刊登的读者来论类作品，大多数是以读者周围发生的新闻作为评论对象的，既有关于房价上涨的评论，也有对公车无人让座的批评；既有呼唤人间真情的感言，也有解决各种社会矛盾的建议。《给犬类免疫提点建议》就是一则以提建议为主的来论，而且十分接近老百姓的生活。

2.交流性

面对纷繁复杂的社会环境，读者们已经不满足于坐看时事变幻，加之新闻媒介本身从宣传本位到受众本位的转变趋势，更刺激了读者来论的大发展。读者们渴望在报刊中占有一席之地，渴望在舆论中寻求"盟友"和"知己"，渴望在交流中碰撞出思想的火花与激情。读者来论恰恰在这个时候满足了读者的需求，大多数读者来论是希望得到支持或者肯定，因此交流性成为读者来论的又一个新特点。这种交流，既有报社编辑部和读者之间的互动，也有读者之间的交流。《北京青年报》的"社评反馈"就是为了报社编辑部和读者之间的互动所设的专栏，下例为 2006 年 3 月 7 日该专栏刊登的读者来论：

和谐均衡要破除的三大障碍

3月6日《北京青年报》发表《和谐均衡是中国社会持续发展的主调》的社评。对于这篇“站得高、看得远”的社评,笔者是赞赏有加,深感作者的洞察力、分析力科学而又理性,独到而又精辟。但是,社评美中不足的是,没有就中国社会如何实现和谐均衡提出更为“闪亮”的观点。笔者不是专业人士,但是作为一名普通市民,笔者既对和谐均衡充满期待,又想就如何实现和谐均衡发表点个人看法。在笔者看来,要实现社会的和谐均衡发展,还必须破除“三大障碍”。

首先是观念上的障碍。……

其次是制度上的障碍。……

第三就是“新三座大山”的障碍。影响和谐发展的因素很多,但目前主要集中在住房、医疗、教育这“新三座大山”上,如果不尽快予以解决,不尽快扭转当前的被动局面,将势必拖和谐均衡发展的后腿。所以,笔者希望今年的“两会”,不仅要确立和谐均衡发展的主调,还应就搬动这“新三座大山”,谋划出更为切实可行的方略。□龙之潭(北京市民)

这篇读者来论是对该报3月6日发表的社论提出的补充,立论简洁有力,开篇即提出论点:要实现社会的和谐均衡发展,还必须破除“三大障碍”。论证充分,逻辑清晰。这篇来论给前一天的社论做了有益的补充,报社编辑和这篇来论作者的交流,将一个更完整的观点展现在读者面前,同时也给政府开展工作带来有益的启示。

在报刊中,读者间的交流也不鲜见。例如《新京报》2006年12月5日的读者来信刊登了北京市民金桂的评论,针对保安犯罪的新闻道出了自己的观点:“不管是不是法制宣传日,相关部门都应该在所有的保安上岗前对他们进行法制培训”。针对同一事件,另一位市民则从道德的角度发表了自己的看法,12月6日的《新京报》登载了这封读者来信:

假如我们都能保持冷静

昨天来信谈到保安普法问题,笔者马上联想到自己亲身经历过的一件事。

在一个急匆匆的早上,笔者和同事准备在北京丽泽桥长途汽车站乘车回家。由于是第一次坐长途汽车,面对几百人拥挤在几个窗口的情况,我们根本不知道自己应该加入哪个“长龙”,再加上笔者那天忘了戴眼镜,为了看清电子信息牌上的文字,于是很自然地向前靠。突然,一个年轻的保安员冲过来,双手用力把我向后一推,“往前挤什么,没长眼啊!”我被他这么一推,情绪立刻激动起来："有话说话，推什么，你这是什么素——(质)"可是话还没说完，我的左眼上立刻挨了一记重拳，我立刻和对方厮打在一起。

事后，经过民警劝导，事件得到解决。我在与这位保安交谈后发现，他是农村进城务工青年，被保安公司招聘后仅仅经过几天简短的培训就上岗就业。他说许多人不配合他们的工作，在遇到秩序混乱的状况时，他们耐心地劝说经常得不到人们的理解，有时换来的竟是一个冷眼或是一句讥笑，所以工作时容易情绪激动，不得已用武力镇住对方。看来，我们需要互相理解和提高。□齐志冲(北京市民)

在如何看待保安犯罪的问题上，两位读者分别从制度和道德两个层面得出了一些有益的结论，这样的读者交流，易于化解各方的矛盾，找出问题的症结所在，既有助于社会法制的完善，亦有利于社会风气的好转。

3. 灵活性

灵活性主要是指读者来论的语言风格。语言作为思想的载体，对于思想的传达具有重要作用。而且语言是随着时代的发展而日新月异的，现代社会快速的生活节奏需要灵活有效的语言表达，读者来论的语言也体现了这种趋势。

灵活性表现为语言的形象生动、不呆板。"当前新闻评论语言的改革走向是逐渐由严肃抽象型的说教式向平易形象型的谈心式方向转化；由以往形象思维与逻辑思维互相割裂向相结合的方向发展。"①形象的语言更容易被现代人接受；而且能够增加读者之间的亲近感，跟早期那些"板起脸孔教训人"的言论类作品相比，更加具有亲和力。我们来看一篇读者来论：

给农民评职称需做好三篇文章

对大多数农民来说，评职称还只是雾里看花，因而对评职称这件事并没有表现出有关部门所期待的热情。笔者认为，要使农民评职称叫好又叫座，必须结合农村实际，共同做好以下三篇文章：一是资质认定文章。也就是说，"英雄不问出身"，有资格就有资质。二是如何操作文章。最好的办法就是请专家们对评职称的农民当面验"货"，看是不是货真价实；当场查"绝招"，看是不是花拳绣腿；当面提问，看是不是有冒牌货，并即时予以判别评定。甚至还可请参评的农民将瓜、菜、鱼等都摆出来，现场展示自己的"成果"。这样，才能杜绝幕后交易、暗箱操作，让农民职称实至名归。三是待遇激励文章。在目前情况下，要把重视农村人才的战略做实，仅靠给农民评职称、发个小本本那是远远不够的，还要将其纳入国家人才管理范围，让他们享受相应的待遇。

---

① 胡文龙：《我国新时期新闻评论改革与走向》，《新闻界》1998 年第 5 期，第 19 页。

如此，农民评职称才更有意义。(王艳　湖南公务员)

(原载2006年12月10日《北京青年报》)

这篇读者小言论，是就12月9日《中国青年报》上的一则报道所作。报道说，山西省人事厅与农业厅联合公布的《山西省农村技术人才职称评定工作意见》规定，凡在农村、农业生产第一线从事农业相关专业的农村实用人才，都可以参加农村技术人才职称评定。获得职称的农村技术人才，可在生产、技术培训等方面获得经济扶持。对此，这位湖南的公务员写了自己的看法，文章不长，但是语言灵活形象，诸如"英雄不问出身"、"绝招"、"花拳绣腿"之类有意思的词语，又有"冒牌货""小本本"一类的通俗用语，让人读起来轻松愉快，作者的观点也更加容易获得认可。

思考题

1. 阅读第十五届中国新闻奖获奖作品，从语言和论证两方面分别进行评析：

"办证"与"教授"之间

问天(张文天)

我知道，有这等联想视为大不敬，但当我听说某名牌大学商学院将"教授"的聘书赠予某香港影星的时候，我脑子里第一时间确实闪过的是这两个字——"办证"。这是在墙上，在人行道上，在公共汽车站牌上……随处可见的两个字，书写简约连贯，后面必跟着一串以"13"为开头的阿拉伯数字。

在检讨何以有这样荒唐念头的时候，我设想了两者可能引起联想的某种相似，当然还有更多的迥然不同。

"办证"的最大特点是不问需求者与所开证件的内容是否相符，只要付钱，包你满意，"证"中大概是包括教授的聘书的；给影星封"教授"，似乎也不用太多考虑影星是否够资格，能否教授，只要有名便可，不必计较这明星与教授之间有没有联系。

"办证"的另一个特点是成本低廉，无论是需寒窗数载才能到手的学历证书，还是各类证明荣誉、能力、资格、合法与诚信的证件文书，除却证本身的"成本"外，只要有些赚头，这买卖就算谈成了；让影星当教授(当电影学院等相关专业的教授，应不在此列)，对出聘书的校方而言，看上去也不过是"成本"问题，反正也无需影星上课教授，不必为教学质量低下而引发负面影响，而对影星本人而言，不必经过考核评审，摇身一变为知识精英，简直是物美价无的事。

"办证"的本质性特征无疑是虚假，是一种严重的违法行为，其贻害是多方面的，这里不再赘言；聘影星为不搭界的"教授"，证书绝对是真的，完全符合法律和相关规定，但此举的影响效果呢？不敢妄议。不过，影星教授在受聘场合的一句不乏诚实的话,还是值得在此一录的:我学历低,不可能给大学生上课,有了教授头衔我就可以名正言顺地进校园了。原来如此!名牌大学的教授聘书的价值不过约等于一张出入证。看来,此前评估校方因此付出的“成本”或代价,实在是大大地偏低了。

(原载2004年12月21日《科技日报》)

2.分别从立论、论证和结构的角度对下面这篇评论进行评析:

不是英雄,也有权利

马少华

大庆市两级法院对“未能与歹徒进行殊死搏斗”的建行职员姚丽作出恢复公职的判决。这一个判例对于中国的法制和道德文明,都是具有重要意义的。我们应该看到,人们所期待与法院所判决的,根本就不是要“判”一个人是英雄还是狗熊,而是要判这一个人在生命受到威胁之下的选择中有什么权利和义务,应不应该受到责罚;而我们现在所关注的焦点,也不是建行出了一个英雄还是出了一个狗熊,而是社会把一个人的生命和另外一些人的财产哪一个看得更重要。……

在一个法治社会里,人的职务责任,是应该有清晰的法律界定的。银行职员只是一种工作,没有什么特殊的,除了银行的金钱总是招惹贪婪之徒的狂想这一点以外。但是,后者绝不意味着银行职员比其他职业者在以生命冒险方面有着更多的义务。他们应该有的,银行内部可以作出规定的,只应该是一些职业规范而已,比如遭遇歹徒抢劫,及时拨打报警电话什么的。银行职员是一个普通的职业,不是公安,也不是战士,一个普通的职业不能规定公民必须付出生命的义务。

当然,社会提倡为了保护他人、集体、国家财产而见义勇为,这对于银行职员和其他公民都一样。但是,见义勇为是更高的道德标准,不是法定的义务,也不是职业的道德义务,更不是劳动用工制度上能不能保住饭碗的义务。姚丽的问题,不是见义勇为的问题,而是一个生命权利和劳动权利问题,不是一个高限问题,而是一个低限问题。

与人的生命相似,财务本身没有什么更神圣的意义,无论它们属于私人、集体还是国家。把财务看得重于生命,是价值评价尺度的扭曲。中国古代就不缺少道德,但却缺少对生命的珍视。在最讲“道德”的“理学时代”,就有“饿死事小,失节事大”这样轻贱生命的道德律令。胡适曾说:“道学风气已成之后,人情更冷酷了,责人更严厉了。然而八百年的道学,竟无人觉得妇人裹脚是不人道,是不道德。”实际上,文明进步就包含着道德更新,其中就必然包含着尊重生命的命题。没有把人的生命看得高于一切的道德,就没有道德。在为新的社会而奋斗的历程中,我们出了许多英雄人物,他们做出的牺牲绝不意味着否定他们自己的生命价值,也绝不意味着否定其他任何人的生命价值。金训华为抢救一根木头而牺牲,绝不意味着金训华的生命价值贱于一根木头。认为财务重于生命,不仅是对普通人的苛责,而且是对英雄的亵渎。

这里面还有一个良心的问题。那就是:即使自己愿意付出生命,不能将付出生命的尺度强加给人;一个强壮的男人可以做出的抗争,不能将这种抗争强加给他人;一个没有处于险境中的人没有做的事,不能责难一个身处险境中的人必须去做。这不是一个苛刻的标准,而只是为了我们这个社会能有更多真的东西:真的选择,真的行动,而不是假的道德尺度。如果说,姚丽的选择是应该受到谴责的,那么至少真的能够在她那一刻付出生命的人,才有资格谴责她。一个社会的良心、宽容,只有这样才能生长;否则就只有严酷和虚伪。

很少人会面临一个银行职员才能面对的危险,但是,如果没有文明公正的法律和公正的社会评价,所有的人都会在不期然中被置于权利和义务说不清的"险境"中。在今天,我们应该承认,不是英雄,也有权利。这个权利不是一个银行职员的特定权利,而是普通人在临难时刻保住自己生命的权利。姚丽需要的不是表彰,而只是公正。

(原载2000年3月24日《中国青年报》)

第六章　西方新闻作品评析

● **本章要求：**

了解：西方新闻作品的形式、写作特点；普利策新闻奖

掌握：西方新闻作品内容分析；西方新闻作品形式分析

第一节　西方新闻作品的形式

一、消息

1. 由来和定义

西方近代的报纸产生于17世纪初叶。世界上第一份真正的报纸《法兰克福新闻》1615年在德国诞生，揭开了西方近代新闻事业的序幕。1621年，英国的《每周新闻》创刊，成为英国第一张印刷报纸。1631年，法国的《公报》也正式出版发行。这些早期的西方报纸，由于没有现成的新闻文体可资借鉴，往往采用文学的写法来写作。在这个时期，西方报纸尽管发展速度快，但在新闻文体的运用上仍处于原始阶段。这种状况一直持续了250多年，直到美国南北战争时期才有所改观。

在写作上具有以下几个特点：第一，按事件发生、发展的时间顺序来叙述事实，重要事实淹没在一般材料的叙述中；第二，不注意交代时间要素，新闻的时效性不强；第三，文字过于修饰，文学色彩浓。早期的西方报纸在编排上也极粗糙。从版面上看，各类新闻混杂地排在一起，没有标题，不设栏目，缺乏必要的章法[①]。

20世纪60年代以来，西方的消息写作进一步向自由活泼的散文化方向发展，出现了许多结构新颖、语言生动的消息。不少西方记者在写作中刻意求新，在导语写作、结构安排和结尾等方面努力开拓，力求把消息中最精彩的内容放在最后，献给那些忠

---

① 程道才：《西方新闻写作概论》，新华出版社2004年版，第52页。

实地读完全篇消息的读者。在导语写作中,出现了延缓导语、多因素导语、复合导语等形式。在结构形式方面,则出现了散文式结构等新样式。

媒体最主要的功能之一就是沟通信息。沟通信息就是传递或者传播消息。消息通常又被人们称为新闻。现代新闻事业起源于报纸。报纸又被称为新闻纸,报纸最常用的新闻体裁就是消息。在长期的新闻传播过程中,消息的写作形成了一定的模式。消息是新闻报道中最常用的基本体裁,这种体裁写作简明扼要,报道迅速及时,以沟通信息为主要任务。消息一般配有醒目标题,配有"电头"或"本报讯",在结构上往往头重脚轻,经常采用"倒金字塔"形式,即按重要性递减的顺序安排事实。当然,也不排除根据内容需要而灵活采用的其他结构形式。消息写作以叙述为主,但不排除必要的描写和议论。

2. 消息的类型

(1)解释性报道

定义

解释性报道,也称分析性报道,是深度报道的主要表现形式,是深度报道家族中的代表性成员。在西方新闻报道中,尤其是在印刷媒体的报道中,解释性报道占有重要地位①。概括起来,解释性报道是一种背景性新闻,是通过大量使用背景材料,揭示新闻事件来龙去脉和深层意义的分析性报道。

特点

第一,解释性报道以揭示原因为基本特征。传统的客观报道要求说明5个W和1个H,即说明When(何时)、Where(何地)、Who(何人)、What(何事)、Why(为何),以及How(如何)。在这种消息中,何时、何地、何人,何事,以及"为何"这几个新闻要素,都是用来说明"何事"的。"为何"、"如何"两个要素,一般只作简单的交代,解释直接的或者部分的原因,用来补充新闻中的"何事"这一要素。而解释性报道则是以揭示"何事"的原因为基本特征的。

第二,解释性报道有别于评论,它始终是对新闻事实的报道,在于提供背景性事实,用事实来解释新闻事件。

任何报道都要表达记者对事物的看法和态度。传统的客观报道采用的是客观手法,用事实去表达;解释性报道要对事实作出分析解释,所以带有主观评论的成分。但是作为一种报道,它要把议论隐藏于叙事之中,使其与评论划清界限。《纽约时报》原星期日版主编莱斯特·马克尔说:"解释是以充分的背景为依据的客观的加工过程,其中有一部分是评论。而发议论是一种受论点和感情影响的主观加工过程。解释是新

---

① 刘明华:《西方新闻采访与写作》,中国人民大学出版社1996年版,第81页。

闻的组成部分，而发议论则几乎应该严格地限于社论文章。”[①]解释性报道追求背景事实，将意见寓于背景的叙述中，而不直接说话。

第三，解释性报道区别于新闻资料。新闻资料是新闻报道的配发性材料，它不是新闻，其任务不是直接从总体上说明新闻事件的来龙去脉，只是孤立地、客观地介绍新闻事件中提到的人或事，对新闻事件起一种场外配合、局部注释的作用。

综上所述，解释性报道既非评论，也不是新闻资料，它是一种客观的新闻报道。运用背景事实揭示新闻事件产生与发展的必然性，运用背景性事实表明对事物的哲理性认识，给读者以启迪，是它的魅力所在。

(2)调查性报道

定义

调查性报道在西方新闻界很受重视。一般认为，对现代新闻来说，调查性报道是一种出色的、有效的报道方式和方法。调查性报道是一种专门的揭露性报道，有时也称揭丑性报道，它是深度报道的一个重要类型。关于调查性报道，西方新闻学论著中有各种不同的解释，从不同的角度揭示了它的特征。

特点

第一，调查性报道具有自主性，新闻界自主选择揭露目标，自主进行调查活动。记者的主体意识在这里得到了充分体现。

第二，调查性报道具有新闻性，它揭露的对象是现实生活中正在发生的，而且是读者最为关心的问题。

第三，调查性报道具有科学性，调查性报道依靠的是客观、准确、深入、细致的调查与研究。

第四，调查性报道是巨型报道，同时也是风险性很大的报道。

(3)预测性报道

定义

预测性报道是指依据过去和现在已经发生的事实，对新闻事件、某一重要问题或重要领域的未来发展前景所进行的分析性报道。预测性报道所涉及的领域是未来将要发生的事件或社会现象，因此它带有很强的前瞻性和预见性。

特点

第一，报道内容方面，它所涉及的是今后将要发生的新闻事件或社会现象，是一种对未来的预测。因此而区别于以报道正在发生的新闻事实为对象的动态性报道。

第二，表达方式方面，与纯新闻、解释性新闻和特写的表达方式有很大不同，预测性报道使用的是推论[②]。一般而言，纯新闻、解释性新闻和特写所使用的最基本的表

① ［美］杰克·海敦：《怎样当好新闻记者》，新华出版社 1980 年版，第 212 页。

② 刘明华：《西方新闻采访与写作》，中国人民大学出版社 1996 年版，第 123 页。

达方式是陈述(叙述),即忠实地叙述已经发生的事实。预测性报道所采用的表达方式则是推论(带推测性的议论),即运用评论对事件未来的结果和趋势进行预测。

第三,报道结果方面,预测性报道所预测的结果具有不确性的特点,这与其他新闻报道也有明显差别。预测性报道既然是一种预测,就难以做到像动态性报道那样准确。人们只能根据现时掌握的情况对某一新闻事件进行预测,而新闻事物本身的发展状况与发展趋势往往要受到许多客观条件和主观条件的影响和制约,一旦其中的某些条件发生变化或出现意外,预测的结果就会发生偏差。

(4)服务性报道

定义

服务性报道指为社会公共事务或人们工作、生活中急需解决的非商务活动问题无偿提供信息的报道。服务性报道又称实用性报道,它对消费者具有直接的使用价值,故也被称为"供消费者阅读的新闻"。

特点

第一,实用性。这是服务性报道区别于其他报道的根本标志。服务性报道总是研究读者的具体需要,尽可能地为读者排忧解难。

第二,新闻性。服务性报道也有广义和狭义之分。广义的服务性报道,也可以将服务性专栏中的服务性文章包括在内,这种服务性文章虽然不是新闻,但是,它们往往出自行家之手,对某些问题可以提供权威性知识,是对记者采写的服务性新闻的补充,对于读者来说也是不可缺少的。狭义的服务性报道,应当是由记者采写的新闻,它们应当具备必要的新闻要素。

第三,读者立场。服务性报道应是为读者着想、替读者谋利益的报道,它的立足点应在读者一方。

二、特写

1.定义

在美国等西方国家,特写主要发表于报刊类媒体,具有两种基本类型:消息特写(news feature)和非限时性特写(timeless feature)。消息特写通常跟随着突发新闻事件,被安排在与突发新闻一样显著的位置(报纸版面),但有交稿期限的压力,即使不安排在当天重大新闻的后面,也会在第二天发表,所以又称为"伴随特稿"(sidebar)和"翌日特稿"(second-day feature)。非限时性特写阐述的事实或现象,自身时效性差。

2.新闻特写的种类

西方的特写与我国的通讯一样,是一系列具有相同特征的新闻报道体裁的统称。新闻特写按照不同的标准可以分为不同的种类。

(1)按新闻价值标准划分的特写形式

新闻性特写

新闻性特写指报道刚刚发生的、公众感兴趣的新闻事件的特写样式。新闻性特写旨在把刚发生的新闻事件用带有人情味的故事和语言加以报道，并使读者对这一事件产生感情上的联系。新闻特写有很强的新闻性和时效性，但它不像纯新闻那样就事论事地进行报道，而是把重点放在写人的活动和感受上，从而有着很强的人情味和故事性。新闻性特写依据不同的写法，可分为侧记、花絮、时令性特写、后果特写、分析性特写、连载文章等几种①。新闻性特写具有以下特点：

第一，所报道的内容都是刚刚发生的新闻事件。

第二，有较强的时效性，常与反映该新闻事件的动态消息同时发表。

第三，有故事性和人情味。

趣味性特写

趣味性特写是以满足读者对他人、动物、奇人怪事或反常性现象的好奇心为目的，它不以新近发生的新闻事件为报道对象或内容，而以寻常人感兴趣的奇闻轶事、生活经历、风土人情等为报道内容和对象。趣味性特写一般不强调被报道事物的新闻价值，不是报道公众关心的热点新闻，时效性不强，但充满情趣和故事性。趣味性特写的报道内容比较广泛，凡是人们感兴趣的内容，都可以成为它的题材。

趣味性特写在采写中要注意以下几点：

第一，报道的题材要有趣，有新奇性和反常性，能激起受众的兴趣；

第二，结构安排要紧凑，并且要围绕趣味性强的那个事实来安排，以求突出其趣味性；

第三，报道的语言文字要俏皮幽默，富有轻松感。

实用性特写

实用性特写又被称为服务性特写。它和服务性新闻一起，被称为服务性报道。这类特写的价值不在于其新闻性，而在于其实用性，即向人们提供具体有用的工作、学习、生活信息，如怎样求职、怎样读书、怎样处理家庭关系、怎样选购价廉物美的衣服、怎样保存录像带和录音带，等等。

实用性新闻的写法与纯新闻一样，有开头、导语和主体，采取的是客观报道手法，并要求有较强的新闻时效性。实用性特写则写得比较灵活，有较强的故事性，结构安排富于变化，语言也较活泼有趣。

(2)按报道题材划分的特写形式

人物特写

人物特写是报道人物经历、性格特征的特写性文章，是一种描绘人物的新闻形式。

---

① 程道才：《西方新闻写作概论》，新华出版社 2004 年版，第 221～222 页。

人物特写重在写人，写人的成长经历、性格特征和他的不平凡之处。人物特写由于报道的是真人真事，必须真实可信。为了增强报道的可读性，人物特写应充分运用描写手法，对人物进行形象刻画和细节描写，以便使人物生动起来。此外，为了使人物的经历和事迹更丰满、更有立体感，恰当地运用背景材料是必要的。

风貌特写

风貌特写是以记叙某个地方的风土人情、名胜古迹、地方风貌为内容的特写，其报道内容和写作要求与我国的风貌通讯相近。

风貌特写重在刻画地方风貌。它要用细致入微的笔刻画风貌的特征，写出大地的貌象，给受众以美感和享受。许多西方报刊定期开辟专版或栏目刊登这类报道，介绍异地或异国风情，使读者足不出户便可饱览他乡风光。

事件特写

事件特写是以报道重要的、受众感兴趣的新闻事件为内容的特写。事件特写具有较强的时效性和重要性。它应抓住新闻事件本身做文章，把事件的起因、开端、发展、高潮和结局详尽而生动地展现出来。事件特写和以报道新闻事件为题材的纯新闻有共同之处，如都以报道事件为内容，都要求真实、及时。但事件特写对新闻事件的报道更为深入、细致、形象、生动。它不仅告诉人们什么事件发生了，而且要向受众说明，这一事件是怎样发生的，发生的详细过程是怎样的，人们对事件的反应如何。

事件特写的写作重点是新闻事件，但事件往往与人的活动相关联，因此也应该注意写事件中人的活动和心理感受。特写属于人情味浓的文章，更应把写事件与写人的活动和情感有机结合起来。

(3)按表达特点划分的特写形式

综合性报道

即从多侧面、多角度对新闻事件所做的报道。它是一种深入的报道，具有较强的立体感和现场感。这类特写的报道题材多是关于政治、军事、外交问题，具有重要性；报道内容比较丰富，消息来源众多；情节曲折复杂，并往往具有多空间、多时间的交叉性。

观察性报道

亦被称为非参加性观察报道，是记者以第三人称客观地报道新闻现场情形的报道。这类特写对新闻事件的发展变化过程报道详尽，现场感强；记者以第三人称写作，以突出其客观性；对现场的刻画比较具体详尽，较多地运用描写手法；往往通过渲染铺排的手法，借助于对场面、气氛的描绘来寄托作者的写作意图；记者不直接发表议论，只是客观地叙述与描绘新闻事件。

印象性报道

作者抓取现实生活中印象最为深刻的一些场面、片段，围绕同一主题进行报道与刻画的特写。这类特写往往以第一人称写作，把记者自己也写进去，以增强报道的真实感和接近性。这种报道类似于我国新闻界通行的散记、鸟瞰、览胜、掠影、一瞥、杂记等。印象性报道对新闻事实有着较强的选择性，可选择见闻中印象深刻的只鳞片爪进行报道，不要求交代全过程，因此含有“浮光掠影”、“惊鸿一瞥”之意。可以采取描写、议论、抒情相组合的手法，夹叙夹议，把观感与记者观察到的新闻事物结合起来写。

个人经历报道

即记者以参加者身份，以第一人称写成的观察报道。这类报道一般写记者的个人经历或个人所见所闻，因此具有真实感和现场感强的特点，感情色彩较浓烈。

人物访问记

它是记者对所采访的新闻人物的言行的记录，其中穿插有对人物的描写、介绍和对访问过程的交代。这类报道与我国新闻界通用的访问记、专访相近。

西方的人物访问记主要有两种形式：

一种是访问记，即介绍访问过程和见闻的报道。这种访问记既介绍访问过程中的氛围（对访问环境、气氛的描写）和访问的经过，又介绍访问中对话的内容，两者穿插交代，融为一体。

另一种是谈话录，即将访问中的对话内容全文发表。这类访问记主要由访问对话组成，只是在报道开头以简要的文字交代访问的由头。

意大利著名女记者奥里西娜·法拉奇是写人物访问记的高手。她先后访问过多位国家元首和政府首脑，写出的报道名扬世界。她写的访问记，通常分为三个部分，前言（人物特点＋人物评论）；访问谈话实录（问答或争辩式谈话录音的全文）；后记（实则是备忘录、某种声明或补充）。

人物访问记写起来比较灵活，具有较强的人情味、现场感和接近性，是介绍新闻人物的理想的报道形式。

第二节　西方新闻作品写作特点

在不同的文化背景中，新闻的写作模式往往体现出不同的特点。中西方新闻写作模式的差异：一是表现在不同的思维方式上，中国记者比较偏重于抽象思维，而西方记者更善于形象思维。二是西方新闻记者较少采用陈述的表达方式，而注重对新闻事实的表现。他们在写作中多采用细节描写来增强新闻的可读性，善于通过形象化的比喻使新闻富有情趣，善于通过一系列动词的运用，把新闻人物、新闻事件写活，从而塑造鲜明生动的形象。通过借鉴、吸收西方新闻写作技巧，有利于我们突破固有的写作模式，进一步提高新闻的传播效果，充分实现新闻的价值和功能。

一、西方消息的写作特点

1.言简意赅

西方消息篇幅一般都不长,可以用“短小精悍”来概括。这样的特点是市场竞争的结果,是适应受众需要的产物。西方社会是资本主义商品经济高度发达的社会,新闻信息激增,社会竞争激烈。为了适应广大受众的要求,西方记者在新闻实践中力求把新闻写得短而精。

2.重视新闻来源和背景

西方记者在写作消息和特写时,十分注意使用引语。西方新闻界认为,使用引语是一种重要的写作技巧。《美联社新闻写作指南》一书中指出:“即便是初出茅庐的记者也会很快地认识到,引语是不可缺少的。它使新闻具有真实感。引语能在力所能及的范围内使读者同人物发生直接联系。没有引语的新闻,不论篇幅长短,都像月球的表面一样贫瘠荒芜。”①

在西方新闻界看来,在新闻中使用引语可以增强报道的客观性、感染力、深刻性。引语在新闻报道中的重要性,促使西方记者下气力研究如何使用引语问题。

西方新闻界对新闻背景重要性的认识主要体现在以下几个方面。

第一,新闻背景可以从历史、环境等方面对新闻事实进行补充和阐述,使新闻事实更为清楚。

第二,交代新闻背景可以巧妙地表现作者对新闻事件的看法与评价,表明作者的倾向性。

第三,新闻背景材料具有交代事件起因、说明事件发生和发展的具体条件、揭示新闻事物与周围事物的联系、阐明事件的实质及意义、传播新鲜知识的功效的功用。恰当地交代新闻背景,可使报道的新闻价值倍增。

3.具体生动

西方新闻学强调,新闻用语一定要具体、言之有物,决不能做空洞无物的空泛描述。生动是要求新闻用语具有较强的形象感和动感,使受众可感可触,产生较强的视觉效果。比如多用动词,同时风趣幽默,充满情趣。

二、特写与通讯的区别

西方的特写与我国的通讯,都是十分重要的新闻体裁。国内不少学者在论及西方特写时,往往说它“相当于”我国的通讯。这表明,西方的特写与我国的通讯只是“类

---

① [美]杰克·卡彭:《美联社新闻写作指南》,新华出版社1988年版,第140页。

似”，不是“等同”。事实上，两者有明显差异，又颇有可比性，我国的通讯写作可以借鉴西方特写的长处。

通讯在写作中也要求有情节、有细节、有形象，但通讯常常要求叙述一个或数个较为完整的情节。在表现手法上，通讯虽然也运用描写、议论、抒情等多种手法，但它的最主要表现手法仍然是叙述。它的描写也用白描，很少精雕细刻，线条一般较粗。特写要求比通讯更为集中、更为细腻、更富有动感。它以细腻、生动、绘声绘色的笔触，描绘出典型事物的横断面。在表现手法上，特写也是白描，但对最精彩的部分，往往调动一切表现手法进行烘托、渲染、刻画，以求达到传形、传声、传情、传神的目的。因此，我国的通讯与西方特写的主要区别有：

1.倾向诉求

西方的特写与我国的通讯，作为新闻文体，都属于文化现象，分别植根于中西方两种不同的哲学思想体系中。这两种不同的哲学思想体系，又反过来影响和制约特写和通讯的写作，影响它们的思想定位、主题表达和倾向诉求的方式。

在实用性原则指导下，西方的特写往往将可读性放在第一位，力求给读者一种享受，而不是向他们宣传、灌输某种观点和思想。美国新闻学家丹尼尔·威廉森指出：“特写是一种带有创作性的、有时也带有主观性的文章，旨在给读者以精神享受，并使他们对某件事、某种情况或生活中的某个侧面有所了解。”[①]西方记者的新闻实践证明，丹尼尔·威廉森的上述话语并非无稽之谈。

西方记者在写作特写时，遵循着他们一贯标榜的“客观真实地报道事实”的原则，注意以事实说话，像讲故事般地把所要报道的事件或人物娓娓道来。在他们所写的人物特写中，人们既可以看到被报道对象光明的一面，也可以了解到他内心深处的弱点，很难区分他是正面角色还是反面角色。例如：写一个经验丰富、处理过不少棘手案件的大警官，在枪战发生的一刹那，眼中也流露出恐惧；写一个连续打死十几名无辜百姓的杀人凶手，在家里却是个孝顺的好儿子；写善良的牧师，也写出他有自私自利的一面；写凶恶的歹徒，也写出他流露出父爱的美好瞬间；等等。在他们笔下，很少有体现某种至高无上境界的“完人”、“超人”，很少为表现某一重大主题而刻意去报道“典型人物”。当然，这并不是说西方的特写就没有主题思想了。事实上，许多特写仍然有着深刻的主题。他们的高明之处在于，善于通过报道新闻事实，隐蔽地、含蓄地表现主题。换句话说，读者只能从报道的字里行间，从人物的引语中，去领会和理解报道的主题，不知不觉地接受作者的观点和倾向。

在西方特写中记者的主体性究竟有多大，主观与客观描述如何融合呢？记者的这种“我”的参与程度是在长期的思维中形成的，犹如“华尔街日报体”等思维样式，一种

---

① [美]丹尼尔·威廉森：《特写写作技巧》，陈章鸿等译，新华出版社1986年版，第3页。

职业素养使记者能够把握分寸。这就是为何在读普利策新闻奖获奖作品时,有大开眼界的感觉的原因[①]。在西方许多新闻作品中,"我"字经常出现在记者的笔下,是"我"在目睹,在倾听,此刻又是"我"在写作。这种直观渗透,或者是为了强调记者的新闻个性,或者是为了提高新闻的真实性。

我国的通讯是运用叙述、描写、议论、抒情等多种手段,具体、生动、形象地反映新闻事件和新闻人物的一种新闻报道形式,属记叙文体。继承了古代纪实文学的实录精神和表现手法。但是,早期"通信"基本是详细的消息,文学色彩、政治色彩都不浓。中西新闻的写作最初驱动力上的一些不同,正是源于两种不同的思维方式,进而使其呈现出迥异的风格。

2. 选材标准

西方的特写与我国的通讯在选择报道题材和材料问题上,也存在着明显的差异:前者偏重于题材和材料的趣味性,后者则偏重于它们的重要性和思想性。究其原因,最根本的还是由中西方不同的哲学思想决定的:前者强调报道的实用性,要求记者所写的每一篇特写都能吸引读者,以便能扩大报纸的发行量、增加报社的收入;后者强调报道的教育功能和思想启迪作用,要求记者所写的通讯有较强的指导性、针对性和思想性,以便教育和启迪广大读者,高扬社会新风,鞭笞社会丑恶现象。而题材与材料的选择,正是实现上述目的的有效手段。

与西方的特写不同,我国通讯的选材标准是重要性和思想性。只有那些政策性或思想性比较强的、具有一定重要性的题材和材料才有可能被选用。新闻传媒所报道的人物通讯的题材,往往是时代感强、富有献身精神、思想内涵丰富的先进模范人物。即使报道一些反面典型,也往往从上述标准出发,让他们当反面教员,对人们起"警示"、"启迪"作用。

3. 结构意识

从结构特点看,西方的特写灵活自如,无一定之规。西方新闻界认为,"特写文章就是讲故事","怎样能使读者对你讲的故事感兴趣就怎样写"[②]。用"文无定法"来形容西方特写在结构上的特点是非常恰当的。西方记者在写作特写时,行文追求自然流畅、不受束缚,怎样能够把故事讲得生动有趣、引人入胜就怎样写。西方的新闻写作教科书在介绍特写的结构形式时,也讲到倒金字塔式、时间金字塔式、华尔街日报写法、连续对话式等几种,但在实际写作中,记者并不受这些形式的束缚,往往根据需要自由伸展。

我国的通讯在结构安排方面比西方的特写要严谨得多。我们的美学观追求内容与形式的完美结合。表现在通讯写作上,则要求将有新闻价值的报道内容与完美的结

① 西祠报人:《什么才是真正的华尔街日报体》,《青年记者》2004年第11期。
② [美]丹尼尔·威廉森:《特写写作技巧》,新华出版社1986年版,第10页。

构形式、生动流畅的语言有机地结合起来，做到内容美与形式美的统一。在通讯写作实践中，我国的记者总结出纵式结构、横式结构、纵横结合式结构、对比式结构等几种结构形式，并写出了一大批有强大震撼力的通讯作品。但是，与西方特写相比，我国的通讯结构安排尚存在过于严谨、缺少变化等不足之处。

4. 写作风格

西方的特写大体分为两类：新闻性特写和趣味性特写。不管是哪种特写，在写作风格上都要求风趣、幽默，令读者兴趣倍增，读之有味。西方特写的幽默，主要表现在以下两个方面：一是选材时注意挖掘幽默有趣的素材。二是表达幽默，把一些严肃的题材写得妙趣横生。

在幽默性方面，我国的通讯比西方特写要逊色得多。我国通讯的写作风格偏重于严肃：严肃的新闻素材、严肃的语言、严肃的表达方法。为了追求报道的思想性和教育作用，通讯的主题和选材都有较为严格的要求，即必须反映时代精神、反映被报道对象的本质特征；与此无关或关系不密切的主题和材料很难被选用，更不必说那些俏皮的、富于幽默感的主题和材料了。

5. 表现手法

从表达手法上看，西方特写与我国通讯的明显区别，莫过于对议论的不同运用了。在客观报道手法的影响下，西方新闻界在特写写作中主张用事实说话，主张通过叙述与描绘客观事实来报道客观事物，而不主张记者滥用议论。重描绘、轻议论，这是西方特写的最明显特点。重描绘、轻议论的表现方法，使西方的特写更注重以事实说话，更注重事实的表达，力求把记者的观点和倾向性深藏在对事实的描述之中。读者读这样的报道，接触的是事实而不是观点，就会在欣赏动人的故事中不知不觉地受到影响与感染。

我国古代的史家和散文家都主张在记事过程中对事件或人物进行评价。受其影响，我国的通讯写作一贯主张记者在记叙事件和人物的同时，可以进行议论，直抒胸臆，鲜明地表达自己的爱憎，并以此影响读者。

第三节 西方新闻作品评析方法与要求

一篇新闻作品作为整体系统，是研究的中心和主体，而新闻作品本身又是内容与形式的统一体。它的内容与形式，局部与整体，局部与局部，是互相依存、互相联系、互相制约、互相作用的。研究新闻作品，既要胸怀全局，从作品的整体上考察它的思想内容和总倾向，又要深入剖析各个局部，揭示它们是如何为表现整体的内容和全局的主旨服务的。这就是研究新闻作品过程中的宏观和微观把握的问题，只有这两者有机结合，才能准确而深刻地把握其整体功能和社会效果，评判其得失优劣。

因此，我们要从作品内容和作品形式两个方面对西方新闻作品评析方法进行研究，了解在他们的眼中好的新闻报道应该是怎样的。

一、西方新闻作品内容分析

1.报道题材

在西方，媒体是私有的，属于个人或财阀，它的首要任务是获得经济利益，市场份额就成了首要目标。媒体希望建立广泛的读者群，以此来吸引各方面的广告客户。负面报道的新闻主题大多数是由“不寻常”和“冲突”构成的，这正是新闻价值中的重要因素。一个具有负面效应的新闻报道往往比正面的新闻报道更具吸引力和轰动效应，更能吸引受众，因此也更受西方媒体的青睐。负面报道集中于那些与现行社会秩序和道德标准相冲突的行为，以及像犯罪、丑闻性攻击、故事和自然灾害等方面。它的目的不在歌颂光明或倡导正义，而在暴露社会敏感灰暗的一面。在政治上，它往往站在和当局相反的一面来挑剔、批评后者的政策，它强调“变动”、“反常”和“冲突”。

美国新闻界向有“揭丑”的传统，获得普利策新闻奖的作品主要是揭露性新闻。它们所揭露的情况是某些政党、尤其是政府所不愿意泄露的。

2.报道角度

在西方国家，新闻媒介刊播的内容常被当作满足社会需求的商品。新闻媒介的编辑方针中，都把满足读者需要作为重要的指导原则和评价新闻传播效益的重要标准。他们的“重大”多以个体为视点，聚焦于人的生存环境和生存状态，对个体之重要便是新闻价值之重要。西方记者较少抽象地概括新闻事件，而是通过具体的感性材料给读者留下一个直观的印象。通过周密的调查形成精致的细节描写，反映出深刻的现象和事实。没有夸夸其谈，没有刻意造作，用朴实无华的文字和娓娓道来的手法挖掘事实真相，这种报道角度与写作方式为西方新闻界所极力推崇。

2003年普利策新闻奖揭晓，其中特稿写作奖给了《洛杉矶时报》记者索尼娅·纳扎里奥所写的长篇报道《恩瑞克的旅行》。该报道描写了洪都拉斯少年恩瑞克寻找移居美国的妈妈的危险旅程，整个报道“动人”、“详尽”(普利策奖评委语)。该报道选取众多偷渡客中一个具体人物的偷渡经历作为报道的切入点，并且关注报道对象的家庭、朋友，以及他的偷渡经历。这样选取报道角度，使报道的故事性加强，但它又明显区别于文学创作中所谓的讲故事。因为前者讲的是真实的故事，不容许丝毫的虚构和想象，而文学创作的讲故事则离不开虚构①。

---

① 符冰:《它何以获得普利策特别报道奖？——解析〈恩瑞克的旅行〉的成功因素》,《新闻爱好者》2003年第8期。

3.报道新闻事实的选取和挖掘

新闻既不是政治宣言，也不是纯粹的艺术品。新闻把客观世界的真相告诉受众，再现事实的微妙和评价事实的机敏，构成新闻作品意蕴的两个因素。无论观察新闻内容还是记者的言行，它们都处于一种报道体制的发展中，把新闻永久性的价值和现实的追求统一起来，就变为人们头脑中永存的记忆。好新闻总是具有这种深刻的意蕴。

实际上，西方新闻界也担负信息传播和宣传意识形态的双重功能，只不过后一种职能以更加隐性的形式出现。为了实现信息的传播效果，西方新闻从业人员比较注重受众的主观能动作用，注意如何将政治意图与受众的需要相结合。表现在写作中，他们多采用直面事实的写实方法，通过事实本身向受众传递社会信息，作者的态度和观点往往隐含在报道的内容之中。

二、西方新闻作品形式分析

1.结构

(1)钻石式报道结构

政治报道以钻石式报道为主。《今日美国》的深度报道基本上采取钻石式报道结构。所谓钻石式报道，就是以个人的经历、具体的事件出发，再从个人、具体的事件，形成钻石式的新闻结构。这种报道形式在《今日美国》中占主导地位，也是美国新闻媒介最常用的深度新闻报道形式。这是美国新闻界强调新闻价值在于对人的关注这一认识所决定的①。美国新闻尤其讲求生动有趣，讲求对人的关注。在美国新闻中，占绝对优势的是单个的人，即美国新闻界在承认人的社会性的前提下，强调个性的人，或者说人的个性。所以新闻往往把注意力放在单个的人上，在政治深度报道中要讲究代表性和分析性，因此不得不把个人放在大的整体的社会背景、制度下来分析。美国的深度报道大多采用钻石式报道，从个人出发，以个人作为报道的起点和终点，既剖析了问题的根源，又突出了人的个性。

如 2002 年 6 月 27 日的《今日美国》头版深度报道《大批囚犯释放可能引发美国社会问题》，开头从一个被释放囚犯入手："华什，2 年前因偷窃、流氓罪被捕，现在被释放，他在家中又继续重操旧业，像华什这样的 1999 年被释放的囚犯在美国大约有 2000 多人。"由此进入关于美国囚犯制度的介绍，并描绘了美国近年来的社会环境的变化，列出了从 1980 年到 2000 年被释放囚犯人数列表，指出被释放的许多人又再次犯罪引起的社会混乱，并采访了多个专家、家庭的看法。报道的最后又回到华什身上，"华什再度入狱，将在监狱中度过 6 年时光。"

---

① 赵莉：《从〈今日美国〉看美国的新闻价值观》，《青年记者》2004 年第 4 期。

(2)华尔街日报体

华尔街日报体,指的是美国《华尔街日报》惯用的一种新闻写作方法。其行文特点是:从某一具体的事例(或人物、场景、细节)写起,经过过渡段落,进入新闻主体部分,写完以后又回到开头的事例(或人物、场景、细节),有时也用总结、悬念等方式结尾。这种写法有利于从小处落笔、向大处开拓,引导读者从个别到一般、从感性到理性地了解新闻事实,所以颇受读者欢迎。现在这种体裁也常为其他西方报刊所采用。

《华尔街日报》的一篇报道《计算机公司与学校》报道美国犹他州威卡特公司开办沃特福德学校,进行计算机产品试验的做法和效果。这是一桩"工业和教育联姻"的新鲜事。而文章的开头很新鲜:一个年仅6岁的小作家,正在使用计算机写她的短篇故事。短短两段,她那稚气而又认真的神态跃然纸上,引起了读者浓厚的兴趣。接着一个过渡段点明了这位小作家的身份、所在的学校,自然地引入了新闻的主体部分,展开了对沃特福德学校和威卡特公司层次清楚而又具体生动的叙述①。

报道的最后几段,在叙事的基础上提出了"工业和教育联姻"的主题,并且以"这是成功的婚姻吗?"的设问,引导读者去比较、思索。作为一份侧重于经济金融问题的资产阶级报纸,它在这里向企业界介绍了一个具有独创性的做法,提出了一个值得探索的课题。记者绝不是在就事论事、作纯客观报道。他是带着研究分析的目光,就经济生活中具有普遍意义的问题发表意见。只不过这一切都是通过事实来说话,通过新闻人物的口来表达的。这种寓思考性于"客观报道"之中的手法,颇堪回味。

(3)跳跃式结构报道

近年来,西方报刊上出现了一种新颖的特稿写作方式——跳跃式结构报道方式。它是一种与传统的以时间为序、以一个人或一件事为主的平铺直叙的特写写作方式不同的新颖的特写写作结构。这种结构的特点是采用双线交叉并进或多镜头组合——有的是新闻事实主体和新闻背景交叉并进,有的是虚与实两条线交叉并进,有的呈多镜头组合。这种"蒙太奇"式的写作方式移植到新闻特写的写作中来,使得特稿的写作时空秩序被打乱了,但它却给特定的内容表达增加了自由度。

双线交叉结构的形成是由两条线索在特写中穿插和展开叙述,它的表现形式受一定的内在规律的制约。一条相对独立的线索,虽然中间的另一条相对独立的线索不时地穿插,但被穿插的两段必须是能够自然衔接的,段与段之间穿插推进,围绕着主题交叉发展。

美国的《读者文摘》刊登的《冰河英雄》的特稿就是一个典型的例子。特写报道的是美国一架飞机失控坠入冰河时,一位中年人阿兰德舍己救人的故事。作者不仅报道了阿兰德救人的英雄事迹本身,还用了一半的篇幅介绍他生前平日的言行,目的在于使这个人物的形象更加高大、丰满。作者采用了人物和事件双线交叉并进的手法来表现这个主

---

① 西祠报人:《什么才是真正的华尔街日报体》,《青年记者》2004年第11期。

题，报道他的关键时刻的表现与介绍他生前的言行穿插展开。下面摘录两段原文：

> "下午4时01分，90号班机撞到第14街的桥，那声音，响极了"，一个目击者说，"我连自己尖叫的声音都听不见了。"喷气客机削去了几辆汽车的车顶，然后裂成两半，坠入结冰的波多玛河中，接着是一阵恐怖得令人心脏停止跳动的寂静，然后一片混乱——垂死的人和伤者的呻吟叫喊声，警车、消防车、救护车的警告声。许多人束手无策地眼看着机舱困住一排排扣着安全带的乘客在冰河中沉下。
>
> 威廉斯（阿兰德的姓）是1950年在伊利诺州的麦通镇出生的。那里有一望无边的耕地。有一次，他带女友佩吉去参加学校的舞会，把车停在湖边，等待其他的人一起去参加舞会后的晚餐。佩吉旁的车窗开着，突然她觉得有个陌生人的手抓住她的手臂，一个身材魁梧，显然是喝醉酒的人叫她下车。"别动"，威廉斯说，他打开车门，向那男人走过去。"抽烟吗？"他镇定地问，接着他平静地说了几句话，很快就把那男人打发走了。"威廉斯很谦虚"，佩吉回答记者说，但他知道在紧急情况下应该怎么办。

这样一种交叉，不是材料的简单堆积，而是两者相呼应的材料构成浑然的一体，作者穿插阿兰德青年时代勇于保护女友的故事，也就揭示了英雄的性格，为介绍他舍己救人的事迹打下基础①。随着坠机事件的发展，作者仍不断地穿插阿兰德生平的言行。就这样，故事的发展一环扣一环，最后达到高潮：阿兰德把直升机送来的救命绳索让给了别人，自己则被滚滚的冰河水吞没了。由于作者采用了这种双线交叉的写作手法，使人物和事件的叙述齐头并进，既真实生动地记叙了飞机失事的经过，又从容不迫地大量穿插介绍英雄形象的背景材料，使阿兰德舍己救人的行为更能打动人心。

2. 表现手法

西方新闻较少采用陈述的表达方式，而注重对新闻事实的表现。他们在写作中多采用细节描写来增强新闻的可读性，善于通过形象化的比喻使新闻富有情趣，善于通过一系列动词的运用，把新闻人物、新闻事件写活，从而塑造鲜明生动的形象。同时，大量背景材料、直接引语的使用，既增强了新闻的真实性，又能给读者留下深刻印象。

常见的基本表现手法有叙述、描写、议论、抒情、说明、设置悬念等。叙述包括顺叙、倒叙、插叙；描写包括现场描写、人物描写（白描手法）、细节描写；议论、抒情不可滥用，要掌握得恰到好处。

普利策奖作品《凯利太太的妖怪》，报道了一次失败的手术。这种在医院几乎每天都有可能发生的看似很普通的事情，通过作品表达，具有了很高的新闻价值。而它所

---

① 谢明：《西方特稿的结构美》，《广西大学学报（哲学社会科学版）》1999年8月第4期。

采用的写作手法，特点是毫发之微也不放过的细节描写。而这些细节所具有的思想的张力却让人无法忽视。新闻的人物交代极其简约：与妖怪作战的医生是某大学附属医院的资深脑外科专家，而他要与困扰凯利太太57年的妖怪——脑神经的病变进行一次较量。

特写背景的简单并没有影响文字的可信度，因为有小细节，有细节背后的思想。为了能更好地完成手术，达克尔医生放弃了饮用早咖啡，因为那样会使他手指发抖。一个细节，显示出达克尔的谨慎。而新闻两次提到凯利太太的话："我怕死，但我更怕痛"，加深了受众对这个脑手术的好奇。

手术过程，细致到极点的描述让人们对手术产生兴趣。串接手术过程的一条暗线是，先后17次提到凯利太太心跳的变化。而这些变化，恰好使手术出现了17个悬念，使读者的心跳也变成了凯利太太的心跳。这种切身感受正是把一个枯燥的手术激活的重要元素。最精彩的还有医生同"妖怪"作战的过程，凯利太太的大脑成了"一座被妖怪占领的迷宫"，而医生的武器便是手术刀。

手术失败了。作者用了另一种手法——医生一边吃着便当，一边想着凯利太太的话："我怕死，但我更怕痛，因为这个痛持续了57年。"

医生尽力了，凯利太太还是被妖怪夺走了生命，但这对凯利太太何尝不是一种解脱呢——这是源于细节的思想，这让人们更加喜爱这位仁慈的医生了。细节的张力，在这里被发挥到了极致。①

好新闻往往给人以震惊或愉悦。这种震惊或愉悦是特定时代、特定现实生活的反映，也是历史的折射。现实事件不会直接进入作品，而是经过记者思维的过滤、催化和创造的过程，新闻特定的立场或情趣，通过巧妙的形式悄悄流进或撞击受众的心田，才能有力地影响受众的深层心理。

在写作中，如何恰当地赋予新闻报道以更多的文学性，让特写融可读性、趣味性和知识性于一体，使之更有吸引力和感染力，既是特写记者努力的方向，也是一篇特写能否被称为佳作的标志。在撰写特写时往往会借鉴小说、散文等文学作品的创作手法，让故事中的人物或事情的发展更富文学性，在形式上倾向虚构小说和其他纪实风格的文体。

特写对篇幅没有限制，且以连续报道居多，有的长篇报道达数万字，发表时分几次连载，这为作者详尽地叙述和描绘事实的发生、发展，从容地塑造人物形象和抒发自己的情感提供了充分的余地。这是特写的文学性产生的温床。西方新闻作品中的文学性和创造性，给受众以热切的精神象征。作品的语言美、结构美，激活事物的鲜明性，超出司空见惯的模式而使受众进入深思的过程。受众在事实和想象的观照中，发挥心智探求，得到一种寻思领悟的认识，意味隽永。

从受众的角度来思考，由于20世纪广播、电视等电子媒介的兴起，报纸已逐渐失

---

① [美]戴维·加洛克编：《普利策新闻奖(特稿卷)》，多人译，新华出版社2001年版，第18页。

去作为社会最主要的大众新闻传播渠道的地位，受众对报纸的期望也不再是仅仅满足于能为他们提供基本的新闻信息这么简单了。他们进一步要求新闻报道必须生动、形象，在阅读过程中除了获知信息，还能获得一种审美的愉悦和阅读的快感。可读性因此成为读者评价报纸新闻价值的重要标准。而要增强新闻报道的可读性，从技术上来讲，广泛地采用文学描写手法应该是一条极为重要的思路。

因此，把文学性这条标准放在重要而恰当的位置上，将会使我们在阅读、判断和分析新闻作品时拥有一个非常有价值的视角，同时，也会为我们丰富新闻文体风格、锤炼新闻写作技巧提供非常有益的帮助。

第四节　普利策新闻奖及获奖作品分析

一、普利策新闻奖介绍

普利策奖由约瑟夫·普利策(Joseph Pulitzer)设置，自 1917 年开始，每年 4 月中旬公布，5 月下旬颁奖。授奖对象包括：小说、戏剧、诗歌、音乐、历史、传记、非小说类纪实文学著作以及新闻。新闻奖是普利策奖中最重要的奖项，被世界公认为美国新闻最高奖。

1. 普利策新闻奖的特点

普利策新闻奖不仅代表美国新闻报道中最优美的文字，更代表美国“最负责任的写作”。

美国新闻界一向有以负面报道进行揭丑的“优良”传统。新闻记者们曾对“水门事件”、“五角大楼事件”、“克林顿性丑闻”等事件穷追不舍。他们掘地三尺，挖出这些新闻“富矿”并连篇累牍地予以报道，以至于总统们在媒体的“监视”之下都有如坐针毡之感。罗斯福总统将这些专门揭丑的记者比喻为著名宗教小说《天路历程》中的“扒粪者”(muckrakers)。

在 2005 年评出的 14 项获奖作品中，属于负面的报道就多达 10 项，占总数的 71.4%。其他 4 项为中性报道。

普利策新闻奖作品集中体现了美国主流的新闻价值观，反映了普利策和美国主流新闻界的理想和追求，代表了美国新闻事业的最高水准。

2. 评选制度与分类

普利策奖在每年的春季由哥伦比亚大学的普利策奖评选委员会的 14 名委员评定，5 月由哥伦比亚大学校长正式颁发。

新闻奖项设置有：

- 普利策公众服务报道奖

- 普利策突出性新闻报道奖
- 普利策国内报道奖
- 普利策国际报道奖
- 普利策调查报道奖
- 普利策深度报道奖
- 普利策独家报道奖
- 普利策社论写作奖
- 普利策漫画创作奖(1922年设)
- 普利策现场新闻摄影奖(1942年设,1968年分为现场新闻和特写)
- 普利策特写摄影奖(1942年设,1968年分为现场新闻和特写)
- 普利策新闻评论奖
- 普利策文艺批评奖
- 普利策特稿写作奖

3.普利策新闻奖的评奖要求

普利策新闻奖对参选作品有详细要求。

比较2000～2004年的分类定义,改动并不很大,以下是2005年普利策奖项的分类定义:

- 报纸通过利用其新闻资源如社论、漫画和摄影以及报道而提供的值得赞许的杰出公众服务;
- 杰出的突发性地方新闻报道;
- 由个人或团体以单篇或系列报道方式所做杰出调查性报道;
- 阐明一个有意义并复杂的主题,展示对主题的上佳把握,文笔流畅,表述清楚的杰出解释性报道;
- 对特定主题或活动进行持续、富有知识性的杰出专题报道;
- 全国性事务杰出报道;
- 包括联合国在内的国际事务杰出报道;
- 特别关注文学的高质量和独创性的杰出特写报道;
- 杰出的评论文章;
- 杰出的文艺批评文章;
- 风格清晰,有道德目的,推理扎实,在作者认为导向无误时,具有能够影响公众舆论能力的杰出社论;
- 本年度出版的,有独创性和评论效应,绘画水平高,具有形象化效果的杰出漫画或漫画选辑;
- 黑白或彩色,单张或多张,相关组照或像集组成的杰出突发性新闻摄影;

● 黑白或彩色，单张或多张，相关组照或像集的杰出特写摄影。

(1)新闻主题深远

普利策奖的新闻佳作，几乎篇篇都震撼人心。有的是一些重大的事件，有的是具有反映时代潮流趋向特点的人和事，即使是娱乐类的作品，其关注的也是全国乃至全世界瞩目的事件及其应用。

普利策新闻奖的评选标准显示了美国社会主流价值观，即自由意志、社会责任感、民众知情权、信用、监督权、社会正义与同情心等。它是美国主流政治文化和新闻精神的产物，维护政府的内政外交政策，宣扬美国社会的文化传统与道德、价值观念。

(2)站在受众角度

由于20世纪广播、电视等电子媒介的兴起，报纸已经逐渐失去作为社会最主要的大众新闻传播渠道的地位，受众对报纸的期望不再仅仅满足于能为他们提供基本的新闻信息，他们进一步要求新闻报道必须生动、形象，在阅读过程中除了获知信息，还能获得审美的愉悦和阅读的快感。可读性因此成为读者评价报纸新闻价值的重要标准。

普利策特稿写作奖获奖作品似乎更加贴近普通受众，关注的领域除了政治、经济、文化，还涉及社会生活的方方面面。诸如暴力、信仰、情感、道德标准，等等。西方传媒更关注的是个体，认为“重大”的新闻应该聚焦于个人的生存环境和生存状态，对个人重要的就是对国家社会重要的，就是有新闻价值的。他们更习惯深入到社会中去发现问题，然后通过个例来反映社会问题。

(3)追求文学性和创造性

评选过程中，普利策奖在题材以外更重视新闻作品的个性特征。综观一些获奖、提名作品的评语，有的“扣人心弦”，有的“令人信服”，有的“有知识性”，有的“有纪念性”，有的“仁慈”，有的“感人”……比较起来，特稿写作奖、社论写作奖、漫画创作奖、特写摄影奖最重视文学色彩和原创程度，这是报纸应对电视的立体化、形象化传播的有效方式。如对特稿的评奖规定：一篇杰出的特稿首要关注的应该是高度的文学性和创造性①。增强新闻报道的可读性，从技术上来讲，广泛地采用文学描写手法应该是一条极为重要的思路。

(4)突出本土化

重国内，轻国际，这个特点是与美国新闻界重视新闻的接近性的观点密切相关的。美国新闻学者和业界对新闻价值一再强调接近性，即事件发生的地点离读者越近，新闻价值就越大。新闻价值观是新闻工作者对新闻进行取舍的标准。由于美国大多数新闻界人士把接近性列为新闻价值要素的第二位，仅次于趣味性，这就决定了美国报纸格外关注“家门口的事”，对于美国无关的人和事很少有兴趣。一些国外的灾难性、负面性的报道，除非他们认为具有趣味性，可能引起本国受众的兴趣，才会加以报道。

---

① 戴维·加洛克：《普利策新闻奖(特稿卷)》，新华出版社1999年版，第4页。

二、普利策奖获奖作品评析

普利策奖获奖新闻作品的成功，很大程度上取决于作者在写作时如何发挥自身的创造力，以敏锐的眼光去发现那些隐藏在新闻事件背后、真正让人有兴奋感、富于戏剧性的矛盾与冲突，把具有深刻审美内涵的对象以生动形象的外在形式完美地表现出来。这是让新闻作品在人类创造的所有精神产品中放射独有光芒的重要原因。让我们来评析一篇特写：

救救威斯康星的河流吧！

理查德 C·基尼茨

1966年4月24日《密尔瓦基画报》

奔流不息的威斯康星河部分已经发臭了。河里的鱼有着一股硫磺的味儿。大量的淤泥倾泻在污染了的福克斯河，使得绿湾河滩为此封闭了25年。

南密尔瓦基的大量污物如瀑布一样，从几百英尺的高处倾泻到一个地形复杂的溪谷中，穿过一片沙地，流进密西根河。现在，这些污物得到处理的大概不超过三分之一。

在一个夏季，在这个国家的旅游胜地威斯康星幽谷，人们打算利用一个1939年建造的可处理35万加仑污物的工厂将87万加仑污物排掉。

令人窒息的粮食和煤的尘雾飞越中西部最繁忙的苏必略港。世界各地的船只在大湖上行驶，吐出几百吨的含油的废料和污水。

庄严的密西西比河流经明尼苏达州的埃尔斯沃思，河水中滋生着各种细菌。污染物比标准量高出三倍，可以使一个海滨浴场因污染而有损于健康。

去年夏天，一家罐头工厂堆的葡萄渗出的带有苦味的水竟使哥伦比亚城一条河流的2.7万条鱼死亡。

储污物的水槽过满，污水流到地上，而土地却无法吸收它。一个水槽流出的污水可污染一条半里长的小河。

威斯康星正在破坏自己的水源。居民们在败坏用于农业、工业、饮用和娱乐设施的水。从郊区的污物槽流出的水使阿普林顿附近的一条小河的河水发黑。一个小孩将一个小木片扔到小河里，然后他说他不能涉水过河，因为这条小河已经污染了。

他只有八岁。然而，即使他年龄幼小，也明白许多小溪发生了什么变化。

一个男人沿着历史上著名的波特奇运河漫步。他看见浮渣如绿色的毡，冲刷着锁着的水闸，摇头叹息着："这条河只是让人们用来扔东西的，他们甚至还往河里倒垃圾。"

那么威斯康星州的整个河流情况是怎样的呢？去秋开始直到今年，作者对威斯康星州进行了广泛的调查。所到之处，都发现河流受到了污染，并且情况日益严重，污染蔓延着，没有哪一条河和一个湖能够逃脱威胁。

我的调查同州卫生委员会和水源污染委员会的调查是一致的。由于人力不足，这两个委员会只能每隔7年对威斯康星州的28个排水区进行一次调查。

有些时候，河流和湖泊污染十分严重。一位渔民声称：河水全部污染了。因为鲈鱼已被适于在酸水中生长的鲤鱼所代替了。

真脏呀！一位船工说。因为密尔瓦基河的污物几天之内就在他的船底结成块块污垢。

一位水质专家警告说："程度轻的污染合起来足以使河水发酸发黑，因而使这条河的娱乐价值降低了。"在威斯康星河面上，娱乐是一项入息亿万元的生意。

在威斯康星河面上，燃烧着被融化的氧，只有从茵兰德到卡斯特洛克大坝之间170里中有几里的河面是除外的。但是这种措施仍然不能排除造纸厂和下水道中的污物。

没有氧气鱼活不了。木质纤维、已死的藻类和下水道的污物覆盖着河底。为了解决饮水问题，阿普林顿市准备开发温尼贝各湖。即使这个湖有厚厚的藻丝，但仍比福克斯河干净五倍。目前阿普林顿市正在努力为开发工作做准备。

你如何来测定水域的污染程度呢？最好的方法是用几磅的物质来对河流里溶解了的氧做一个生物化验，以测定有机物的量。

1960年，造纸工业排出的废料中含有120万磅生化物质，处理后清除了322.9万磅，还剩87.1万磅污染物质。

大量的污染物使威斯康星、福克斯、弗兰博、奇普瓦和梅诺米尼等最大的河流都遭受灾害。福克斯河是这个州受污染最严重的河流，90%的污染物都是工业废料。

但是，总的来说，工业污染只是问题的一半。1961年，通过污物处理后，所有城市和工业设施排放出来的污物中的生化物质只减少了53%，即由240万磅减到113.271万磅。

480个污物处理系统直通威斯康星州的420家污物处理工厂，其中有三分之一的污物处理系统只能进行初步净化，即把35%的固体物质滤掉，并且加入氧气以杀死细菌。1961年，所有工厂的污物净化率达70%，即处理掉153.1万磅污物。但在人口最多的麦迪逊和密尔瓦基，污物净化率达90%，高于一般水平。

河水流过岩石和暗礁时自身会起一些净化作用。然而,由于人口日益增长,对纸张、干酪和罐装蔬菜的需求量也大大增加了。与此同时,人们在继续发展郊区污水槽。对于污染来说,稀释已不再是合适的解决办法了。因为即使厨房处理垃圾的机器也可以使流入下水道的家庭废料增加一倍。

因此,保守主义者们称一些河流为“天然下水道”也就不足为怪了。

评析

1966年,美国污染严重的威斯康星州通过了一项当时在美国来说是一个比较严格的反污染法。在这之前,威斯康星州对日益严重的污染问题根本没有重视。制定一项严格的反污染法并不那么容易,因为它遭到许多唯利是图的工业资本家的反对。但是威斯康星州的立法机构终于批准了一项当时在美国最严格的反污染法。这大大归功于美国《密尔瓦基画报》记者理查德C·基尼茨所写的一篇报道《救救威斯康星的河流吧!》。

从1965年秋开始,理查德与画报的一名摄影记者就对全州的河川、湖泊作了详细的调查,他所写的报道使全州,以至于全美国都为之震惊。报道中的事实详尽、确实而又惊人,文字流畅,发表之后影响很大,因而获得了普利策奖。

在他的报道中,污染像魔影一般在威斯康星州的大河、小溪、湖泊、港口、城市与农村肆虐,而人们的抵抗是软弱无力的,在很大程度上还处于浑然不觉的阶段。作者展示的事实显示了两者力量的悬殊对比。由于人类抵抗不力,使污染这一人为的灾难形成一种自然的惩罚力量,它摧毁着威斯康星州人民赖以生存的水资源以及威斯康星州巨大的财物——钓鱼、货船和游泳等娱乐收入。

理查德在报道中所涉及的不仅仅是几条河流或者几个大城市的情况,报道宣告污染在全州严重地存在着。它所列举的事实、数字是无可辩驳的,因此报道本身具有振聋发聩的力量。

他以多样化的描述来说明河流的污染情况:威斯康星河是“奔流不息”的,因此它不应该像一股暖流那样停滞着许多污物,然而尽管它波涛汹涌,却无法摆脱污物,因而部分地发臭了;一个风景宜人的绿色河滩竟因福克斯河的污染而有25年不能接纳游客;密尔瓦基河的污物几天之内在一位船工的船底结成块块污垢;波特奇运河的污染是借助一位在河边漫步的男子的眼睛的观察:“浮渣如绿色的毡,冲刷着锁着的水闸”;写小河的污染是另一种情况,一个八岁的小孩,也知道他不能涉水过河,因为小河已经污染了……

对于污染的侵害,作者尽量用不同的动词来表现:奔腾的威斯康星河已经部分“发臭”了,淤泥“倾泻”,尘雾“飞越”,船只“吐出”几百吨含油的废料,密西西比河水中“滋生”着各种细菌,葡萄堆“渗出”苦水。运用的这些动词让报道有了一种动感,使读者感到污染在无孔不入地蔓延、威胁着人类。

用不同的词汇和有色彩的语言来描写大小河流的污染情况，绝不只是修辞问题。作者如果事先不做详细的调查，对事物在发展过程中所呈现的千姿百态如果没有敏锐而细致的辨析力，就不能掌握各个事物的特征，也就很难对它们做贴切的描述。当然，还需要作者有较强的形象思维能力，否则文字也不会优美。但是，新闻报道的描述必须符合事实，不能做任何夸张，要使描绘优美而又真实得体，首先要观察、研究丰富多彩的现实生活，其次才是文字表达的功夫。

数字是抽象的概念，运用得好，可以表达具体事实不能表达的内容。但是，运用数字要善于与记叙、描写结合起来，二者可以互为补充，使读者有着生动而鲜明的印象。这篇特写运用的一些数字使事实既令人信服，又具有形象感。例如大量的污物如瀑布一样，这句话是形象的描绘，从几百英尺的高处倾泻到一个地形复杂的溪谷中，"几百英尺的高处"使读者明白了为什么大量污物会形成瀑布一样。但是，单纯讲大量污物从几百英尺的高处倾泻下来，不以"瀑布"二字来描绘它，却又显不出污染的肆虐程度。后面加上一句："现在这些污物处理大概不超过三分之一。"这个数字与前面的几百英尺高处相对照，人们就有理由为经常有三分之二污物进入的密西根河感到深深的忧虑了。①

这篇特写在结构上灵活多变，给人以视野开阔、波澜起伏的感觉。有些段落是互为补充的，作者把它们安排在一起。有些段落之间没有明显的联系，作者在说这件事时，下一段立即又说另一件事，其中连段落过渡的一些字眼也没有，但是却很自然。无论怎么多变，却是紧扣主题，全文气势舒缓，张合有度。作者并不追求段落间外部的联系，而是注意内部的、更深的联系。这样，把读者的视线从大河引进港口，又从港口引进小河川，从城市到农村，又从局部到全貌，每段都有实质内容，而篇幅并不长。这种写法适合表达广大地区的多种变化。

思考题

1. 简要阐述西方新闻作品评析的方法与要求。
2. 试析普利策新闻奖评奖作品基本要求。
3. 请评析下例西方新闻作品：

东德儿童心目中的新世界

[美联社东柏林 1990 年 9 月 29 日电]　（记者马克・弗里茨）英格堡・尼希翻阅着一大堆作文本，不停地摇着头。这么多孩子笔下的作文充满着担心和不安。

这些都是东德的儿童对他们的国家、对一个新国家的诞生写下的字句，

---

① 李天道：《普利策新闻奖名篇快读》，四川文艺出版社 2005 年版，第 248 页。

这是下一代的呼声。

“我感到震惊……震惊,”东德教师尼希太太说,“我对我们的未来要比这些孩子们乐观多了。”

这些作文反映的是家庭动乱、国家变革和社会即将发生的巨大变化。

东德的儿童与新生德国的命运利害攸关,这是任何人都无法比拟的。历史的风潮大大改变了他们的未来。

美联社记者访问了第18语法学校,请尼希太太给她的一部分学生布置写一篇作文,以星期三的德国统一为题。

她选择了八年级和六年级各一个班,告诉学生写100到200字的短文。

但学生们写的特别多,表达了他们对遥远的将来的希望以及即将到来的现实的惊奇和不安。

“我告诉他们要‘短些、短些、短些’,但他们说:‘不,我必须写’,”尼希太太说,“500字,600字,有一名学生写了800字。在45分钟内。”

她说,这些内容使她大吃一惊。“他们担心自己的家是否能保住,父母的工作是否能保住,担心房租上涨。”她说。

她说,许多作文都反映了焦虑不安的对父母的担心,反映了新闻评论员所描绘的严酷的画面。

“一切东西都越来越贵……房租,电话费,等等,许多人失去了工作。”12岁的黛安娜·舒尔茨写道,“我父母也已经失业。”

“房租涨价,我父母失去了工作。”12岁的洛因·利本写道,“10月3日唯一的好处就是学校放假。”

有的作文支持德国统一,但又自相矛盾地对“德意志民主共和国”的消亡表示遗憾。

12岁的安卡·希拉姆写道:“德意志民主共和国是我的祖国,现在她再也不会存在了,这简直不可思议。”

从第18语法学校的操场,你可将足球踢到柏林墙跟前。原来盟军的边防检查站查利哨所离这里只有半个街段。

这一个居民区是东德肮脏的莱普齐格大街的一部分,大部分居民区现已成为社会残渣和罪犯的温床。星期二,来自西柏林的约200名左翼极端分子戴着黑色面具、手持钢管,捣毁了附近一家杂货店的大门。

尼希太太说,许多孩子从公寓的窗户里看到了这一场面。

许多作文对犯罪行为感到担心。

“现在柏林墙虽然倒了,但我却没有感到真正的安全。”13岁的朱丽亚·埃克斯曼写道。

第七章　中外新闻作品特色比较

● **本章要求：**

了解：中外新闻作品不同的生态环境；关于新闻价值的不同标准；中西新闻作品审美

掌握：中外新闻作品人物报道的差别；新华体特点；中国新闻作品的新形式探索

第一节　政治意识形态比较

一、中外新闻作品不同的生态环境

1.新闻作品与政治有着密不可分的联系

自国人办报活动兴起以来，以康有为、梁启超为代表的维新派人士开了“政治家办报”的先河，提高了报人、报业在社会中的地位。中国共产党成立以来，更是继承了“政治家办报”的传统，使新闻事业成为党、政府和人民的耳目喉舌。社会主义新闻事业党性原则要求新闻作品体现无产阶级的思想意志、政治要求、组织原则和行为准则。江泽民同志曾经指出：“我们的新闻工作是党的整个事业的一个重要组成部分。因此不言而喻，必须坚持党性原则。”①从而保证社会主义新闻事业正确的发展方向，不断地从胜利走向胜利。新闻事业隶属于一定阶级，就不可避免地受到一定阶级、政党或社会集团的制约，从新闻的选择开始，新闻作品就不可避免地具有了政治性。

1996 年 5 月，在北京平谷发现一批从美国运来的洋垃圾，带有毒菌和活虫，臭气熏天，给我国的卫生环境带来了威胁。5 月 10 日，新华社发表关于北京发现洋垃圾的新闻，文章直接点明洋垃圾进入我国公然违反了《巴塞尔条约》，引起很大反响。这充分体现了我国媒体在这一问题上的政治倾向性。

2006 年 12 月 26 日《环球时报》要闻版发出的消息《西方瞎传中国援津 20 亿》，仅

---

① 江泽民：《关于党的新闻工作的几个问题》，《学习马克思主义新闻观》，吉林人民出版社 2001 年版，第 353 页。

从眉题“编造离奇消息,诬我非洲政策”和主题上即可表现出中国在政治上的严谨性和鲜明立场。文章指出,自从中非合作论坛北京峰会以来,一直戴着“中国威胁论”有色眼镜评述中非关系的有关媒体找到了一个“绝好的攻击点”,但事实是,中方从来没有收到过津巴布韦有关方面的任何要求。中国媒体的这篇言论,有力地反驳了西方的“中国威胁论”,旗帜鲜明地表达了自己的立场,体现出鲜明的政治倾向性。

美国传媒大多是私营的。他们在经济上不受政府的直接控制,在法律上又受到宪法第一修正案的保护,享有相当的新闻自由权利。因此,一直以来,美国新闻媒体往往自认为是独立于美国既存的三大权力(行政、立法和司法)体系之外的第四权力体系,与政府之间的关系是代表民众监督政府的“看门狗”。但事实并非如此简单,在两次世界大战中,美国媒体均不遗余力地配合美国政府,积极接受新闻检查和报道战事进程,可以说,是美国世界大战中一个重要的方面军①。

美国《国际先驱论坛报》于2004年5月30日发表的一篇反思文章披露:“9·11”事件后,美国报界作出了一个集体决定:为了国家团结,必须压制对总司令的批评意见。为了表示不偏不倚,一些温和的自由派新闻从业人员(有记者也有评论员)经常要为保守派讲几句好话。这就更增加了保守派、开战派和主流派在美国公众中的误导、欺骗作用。由此看来,美国的主流新闻媒体有形无形地充当了政府的传声筒,政治倾向性不言而喻。

2.新闻作品与经济密切联系

在中国社会的转型期,新闻媒体正在进行有效的整合,新闻作品也开始从单一的宣传功能向社会认知、交流、信息和娱乐等多方面共存的方向发展。随着改革开放和社会主义市场经济的发展,中国新闻媒体进入了营销时代,新闻作品开始越来越看重市场和受众的需求,开始传媒化运作,其表现形式不单单是让新闻作品唱“主角戏”。一些运作好的地方报纸,每年广告收入都在数亿元以上。

市场经济时代,报刊竞争更加激烈,呈现多元化的发展态势。1981年之前,全国报纸基本上是以宣传为主的党报,并且形式比较单一,基本上都是4开4版的小报。1981年1月4日,《中国青年报》创办《星期刊》,开中国新闻界星期刊、周末版之先河。1993年1月5日,《中国青年报》实行第一次改版,推出《经济蓝讯》等。1999年,《中国青年报》实行第二次改版,提出“回归新闻”,扩大新闻版面的信息。

《南方周末》作为广东省委机关报主办的系列报,从创办的第一天开始,就自觉意识到“作为党报的补充”的使命。它的创办者把这种“补充”准确定位在“启蒙”上——做沟通知识分子和大众的桥梁,对读者进行科学与民主的启蒙。这一定位契合了改革开放的需要,满足了读者的阅读需求,使其在报业竞争中领先一步。独家的深度报道

① 参见明安香:《美国传媒与政府关系的角色转变》,《国际新闻界》2005年第4期,第17页。

和新颖的版面风格很快吸引了受众的目光，形成了“反映社会，服务改革，贴近生活，激浊扬清”的独特风格，成为立足广东、覆盖全国的大型综合性周报。从 1984 年创刊时的对开 4 版，到对开 8 版，对开 16 版，对开 20 版；从 1984 年发行 7000 份，到突破 40 万，突破 80 万，突破 100 万，突破 130 万；从实行二级核算第一年 1993 年上交 290 万元，到第六年即 1998 年上交 2540 万元。这无一不表现了《南方周末》创办以来跳跃式的发展轨迹。各地报刊纷纷以“特色牌”提升自己的市场占有份额，提高营销战略。报业集团在经济发展的广东率先组建，更表明了经济对传媒的巨大影响力。

3.新闻作品与各国的文化密不可分

传媒对社会的影响力与各国的文化密不可分，正如一位著名学者指出的：“没有无文化的传播，也没有无传播的文化。”因此，对于媒介、传播、文化的研究应该是融为一体的。新闻作品本身就是一种文化的传承。各国文化传统也是其新闻价值观形成的历史渊源，中西方在文化传统和新闻政策上的差异势必造成新闻价值观的差别，对伦理与社会环境等的不同侧重使各国新闻作品风格迥异。中华民族几千年以来形成的传统和道德观念已经在中国人心灵的土壤里扎了根。如典型报道表明了中国特有的文化观。

随着改革开放的深入，中国新闻信息传播的文化观越来越具有科学性、严谨性。主要体现在有中国特色的社会主义文化上，包括认真严谨的批判态度、丰富多彩的大众文化和市场经济下多元的文化观等。新华社北京 1990 年 11 月 30 日的消息《古老剧种重振精神》一文，满怀热情地弘扬了具有 200 年历史的巴蜀文化，体现了别具特色的中国文化风貌。自 2003 年以来，中共中央更加注重科学发展观和和谐社会的建设，反映到新闻作品中，则是大量讴歌社会繁荣和谐的典型事例。如在历届中国新闻奖一等奖获奖作品中，弘扬社会主义主旋律的典型作品占据了绝对优势，这一方面与“以正面报道为主”的新闻政策有关，一方面与中国社会的历史与现实相关。2003 年中国新闻奖的代表作品《筑起我们新的长城》①，满怀热情地讴歌了在“非典”战斗中形成的“万众一心、众志成城、团结互助、和衷共济、迎难而上、勇于胜利”的伟大精神，展现了民族精神在新时期的提升。

二、中外新闻作品的指导性与宣传导向性的差异

在中国，新闻宣传工作是党的工作的一个重要组成部分，因此强调把新闻作品的导向性和新闻宣传的艺术性结合起来。在中国大的新闻环境下，新闻作品旨在对客观事物进行报道，以马列主义、毛泽东思想和中国特色社会主义理论体系为指导思想，给广大群众指明方向、提供经验，推动和指引他们为更好地实现建设有中国特色的社会

---

① 《中国新闻奖作品选》(2003 年度第 14 届)，新华出版社 2004 年版，第 3 页。

主义服务，更积极乐观地面对学习、工作和生活。新闻虽然不等于宣传，但我们并不否认办报纸、办广播电视的一个重要目的就是宣传和引导。宣传工作者利用报纸、广播、电视、网络等不同的传媒手段，将内容传授给受众和宣传对象，达到"以正确的舆论引导人"的目的。新闻与宣传上的这种相互交叉渗透在各级党委机关报和其他主流媒体的新闻性节目中。以党委机关报而言，目前在一版或要闻版，"纯新闻"的稿件就很少，绝大部分都是新闻与宣传结合在一起的。之所以出现这种情况，基本原因在于：从目的来看，新闻报道虽然是传递信息，满足观众的新闻需求，但宣传党的路线、方针、政策，同样是主要的工作任务。即使是学理意义上的纯新闻，如科技信息、社会写真、事件报道等，单篇虽然看不出思想观点，但总体上仍然是有其明确的思想倾向的。如2002年5月8日《文汇报》上的文章《敦煌：也曾山清水秀》，表面来看，只是一篇以新闻背景为主的文章，从出土的3.5万余枚简牍说起，证明了当地曾经有大量胡杨和红柳的存在，同时也指出了当时简牍对生态环境的破坏。与当今敦煌的环境对比，体现了作者的环保宣传意识。因此新闻存在客观性的同时也有一定的倾向性。新闻的倾向性含蓄地表达着一定的观点。这种含蓄表达，已经内在地包含着宣传引导。

2004年4月15日，重庆天原化工厂发生氯气泄漏和爆炸事故，造成9人死亡，3人受伤，15万城市居民紧急疏散。对此，《重庆日报》以高度的社会责任感报道了事故，并展开了舆论引导，发挥党报宣传的重要作用，增强群众的安全和隐患意识。4月19日《重庆日报》一版头条消息：《天原厂污染与爆炸源清除》，下方是通讯《回家》，报道了疏散群众回家的情景；二版头条是以5幅现场新闻图片构成的专栏《回家的感觉真好》，下方是反映消防官兵抢险和公安民警搜救的通讯；三版头条主通讯是《"天原之战"惊心动魄10小时》，详细报道了清除爆炸源的全过程，给群众吃了一颗定心丸。仅在当天的新闻报道中不难看出，党报在突发新闻中利用深度报道手段体现出的大报风格和媒体宣传的导向性①。

在国外，有些新闻媒体向以客观公正标榜自己，但还是掩饰不住自己的倾向性。以伊拉克战争为例。当时，世界上多家媒体面对同一战事，却做出了迥然相异的报道，就是有力的说明。这种立场迥异的报道在法国、意大利、德国等多家媒体上都可以清楚地见到。

这一事实，甚至在一些美国传媒的文章中也不讳言。美国的新闻媒体为了给攻打伊拉克制造舆论攻势，整天鼓吹萨达姆是如何残暴，是刽子手。经伊拉克全民公决，萨达姆以100%的支持率连任总统。就在伊拉克人民欢呼庆祝的时候，美国的记者们跳出来说，100%的支持率是拿枪逼出来的，谁敢不投萨达姆的票谁就别想回家。100%的支持率反而成了萨达姆独裁统治的证据了，其中的倾向性由此可知。究其原因，就

① 参见任美荣：《以深度报道体现宣传价值——〈重庆日报〉灾难报道的实践及探索》，《中国记者》2004年第9期，第17页。

是各家媒体立场不同、利益不同、价值观不同。

三、新闻作品是新闻政策和新闻价值相结合的产物

新闻政策是国家和政党依据特定社会制度、政治纲领及其任务而制定的新闻宣传的准则和新闻工作的规范。世界各国都会根据当时当地的现实环境分别制定具有针对性、阶段性的各种新闻政策。我国的新闻政策以党和人民的利益为依据，是中国共产党领导中国革命和建设长期经验的结晶。新闻政策法规的价值标准体现出党和政府在新闻领域的价值取向。即使再有价值的新闻，如果不符合新闻政策和法规，或因涉及有关机密或国家全局利益，与国家的政策法规相违背，也是坚决不能报道的。

事实上，新闻政策和新闻价值是相辅相成的，二者互为制约，缺一不可。即对新近发生的事物，首先要看其是否具有新闻价值，然后看其是否符合新闻政策及法规，二者兼备才有进行大众传播的条件，否则当三思而后行。中国的新闻作品，既反对只偏重新闻政策，不顾新闻价值的情况，也不赞成只注重新闻价值，而不顾实际效果的情况。

第二节　写作方法比较

一、新闻主题判断的差异

中国的新闻经过长期摸索，已经形成了自己的特色。一篇好的新闻作品往往主题挖掘得十分深刻，事实展现得非常充分，作品显得很厚实，而且有深度。好新闻作品的关键在于主题的选择和提炼。

一般来说，主题重大、内容丰富，容易体现出作品的价值。比如第十五届中国新闻奖消息类一等奖作品《中国国家主席与艾滋病人握手》，即通过人物的显著和主题的重大体现出了独特的新闻价值，准确传达了党和政府在这一事件上的态度；作为国家领导人，在世界艾滋病日前夕做出这样的举动，体现了国家领导人亲民执政的理念，具有重大的历史和现实意义。但这样重大的题材并非随处可见。一些平凡的事件，由于作者站得高，看得远，立意不一般，并且作者通过独到的思考，能够深刻地揭示作品之外更深层次的内涵，同样使作品显得十分有深度和厚度。

1980 年 4 月 17 日新华社通讯《雁滩的春天》，通过洗练的语言、形象生动的比喻，将读者带到了中国 1980 年的农村，把党的十一届三中全会以后短短一年间中国农村的巨大变化展现了出来。这是一篇匠心独具，寓政策之威于闲谈笑语中的访问记。文中老社长朴实无华的语言，使读者深切感受到了雁滩农村的巨大变化：社员闹元宵、扭秧歌、打太平鼓、唱欢乐歌，让人如闻其声、如临其境。雁滩的春天，可以说也是整个中国农村的春天。记者对党的十一届三中全会的深入理解，由此可见一斑。

地方记者由于地域条件等多方面的原因,亲临现场采访重大问题、重大事件的机会很少,想在激烈的竞争中站住脚,要求记者必须将立足点放在本地,多在本地所发生的新闻事件上下功夫。要从大局出发,小处着眼,集中问题,深入现场,扎实采访,掌握生动感人的典型、细节材料,达到出奇制胜的效果。一般来讲,切口要小,小中见大,最忌大而全,面面俱到。如1996年《内蒙古日报·新闻周刊》一版刊登的通讯《种树"种到"联合国》①,获得了第七届中国新闻奖。文章通过生活在内蒙古自治区达拉特旗的一位地地道道的小人物王果香的特殊经历,体现了她带领妇女儿童植树造林,治理荒漠的酸甜苦辣,感人肺腑。作者通过她受邀去日内瓦参加会议的特殊经历和一些惟妙惟肖的细节,体现了世界对环境的重视这样一个大主题,起到了以小见大的作用。

中国和西方新闻报道的主题不同。总体上来说,中国的新闻传播重视道德教化,善于将事物的认识上升到一个新的理论高度。其新闻作品总是力图通过报道新闻来宣传一定的思想,表达一种意见,达到给人以启迪的目的。中国新闻价值的重要性表现在对关系国计民生、国富民强等事物的判断中。而在西方国家,新闻媒介刊播的内容常被当作满足社会需求的商品,新闻媒介的编辑方针中,都把满足读者需要作为重要的指导原则和评价新闻传播效益的重要标志。他们的"重大"多以个体为视点,聚焦于人的生存环境和生存状态,对个体之重要便是新闻价值之重要。如法新社帕莱1995年9月3日的消息《战火中的婚礼》开头写道:"星期天,趁着战斗的间隙,五六个波黑塞族军人同他们的身披婚纱的未婚妻一起在教堂里举行了结婚仪式,而此时,北约的飞机正在这个城市的上空做低空飞行。"生动的对比,表现了波黑塞族人在当时北约袭击下的生存状态,使整个消息与文章的主题相得益彰。

二、关于新闻价值的不同标准

上一章提过,基于中国特殊的国情,中国新闻的特殊性在于它更多地强调政治属性和社会效益。自王韬在1874年创办第一份以政论为灵魂的报纸——《循环日报》开始,我国的报刊无论以政论为主,还是以新闻报道为主,或是二者兼而有之,都体现出较强的政治属性,即具有较明确的政治立场、政治主张和政治倾向性。

现在,我国新闻事业的最高宗旨仍然是坚持党性原则,把社会效益放在第一位,目的是加强中国共产党的领导,促进现代化建设。新闻事业是党和政府的耳目喉舌,同时也是人民的耳目喉舌。例如新华社报道的《习近平强调以更大的政治勇气和智慧深化改革》、《李克强:改革为新兴生产力护航》、《中央文件首提纠正"唯GDP论英雄"查处假数字典型》等一系列报道都是政治性稿件,既传达党和政府的声音,也代表了人民的根本利益,体现出中国对新闻价值判断的特殊性。

---

① 《中国新闻奖作品选》(1996年度第7届),新华出版社1998年版,第73页。

不能否认的是，目前优秀新闻作品的评选并不仅仅停留在对新闻价值的评估上，而是将注意力更多地放在了作品的宣传价值和社会效益上。据统计，第十六届“中国新闻奖”获奖的30件特等奖和一等奖作品中，正面报道即宣传报道和舆论监督报道的比例达到26∶4，其悬殊和倾向显而易见。其中的两篇特别奖，一篇是《人民日报》的评论《在全面建设小康社会中充分发挥先锋模范作用——论保持共产党员先进性》，一篇是《经济日报》评论《提高自主创新能力推进经济结构调整》，无不是为社会主义鼓与呼，宣传性和倾向性显而易见。

西方的新闻价值观同中国的迥然不同。正所谓“狗咬人不是新闻，人咬狗才是新闻。”这种新闻价值观把追求异事趣闻作为新闻的本质特征和新闻传播的终极目的。以“好奇本能论”为西方新闻观的理论基础，以最大限度地追求商业利益作为根本的动力机制，导致猎奇新闻、负面新闻和揭丑新闻等从开始出现就未曾停止过。它们一直被西方媒体奉为打开市场的敲门砖①。产生于20世纪30年代的“黄色新闻”，极力追求猎奇，渲染凶杀、灾祸、犯罪、色情等刺激性内容，将煽情新闻看做是最有价值的新闻。负面新闻在西方新闻价值评判中一直占据着十分重要的位置。这里列举澳大利亚记者鲍勃·佳文在讨论新闻嗅觉时举的一个著名例子：报馆派一个初出茅庐的记者去采访一个婚礼，该记者按时赶到教堂后，发现教堂在一小时前被一场大火焚毁，他气喘吁吁地跑回报馆，报告说一场糟糕的大火使婚礼改期举行，所以没有新闻。老板拍案而起：“天啊，那糟糕的大火就是新闻！”②由此可见西方新闻记者对新闻价值迥异的评价标准。另外在世界著名的普利策新闻奖中，也是负面新闻占主要地位。获奖作品涉及凶杀暴力、经济危机、选举丑闻、政府腐败等有关社会环境的各个方面。以1979年起设立的特稿写作奖为例，在1979～1997年的19篇获奖作品中，有15篇通过个例来反映社会问题，占78.9%。其中1983年的《中毒性休克》和1993年的《跟踪克丽丝丁》更是以记者的个人经历为报道对象，前者通过记者的亲身经历介绍了有关中毒性休克这一病症的医学知识，后者记录了作者女儿遭遇的无辜谋杀，并呼吁司法系统予以关注，体现出西方社会不同的价值取向。

三、独特的叙事模式：中国的新华体

所谓“新华体”，具有代表性的解释是：“新华通讯社长期报道国内外新闻所形成的一种写作体式。”其特点为：“消息简洁，文字精练，篇幅短小，善于用事实解释新闻，很少空发议论；层次清晰，尽量做到一个事实一段，消息中段落过渡自然；文件中见权威，注重通稿的信誉；善于抓大问题，抓关键问题，重大事件的报道多让人耳目一新，主题

---

① 张威：《中西比较：正面报道和负面报道》，《国际新闻界》1999年第1期。

② Bob Jervis, *More News Sense* , Advertiser Newspapers Limited , Adelaide, 1988, p86.

开掘深刻”[①]。

原新华社社长穆青对“新华体”做过如下总结:其一,内容上是大家普遍关心的最重要的新闻;其二,事实上是大家信得过的,真实、准确、可靠;其三,政治观点上是正确的,是和党中央保持一致的,提倡什么,反对什么,态度非常鲜明;其四,文字上精炼生动;其五,时效上是及时的,最快的,不落在报纸电台后面[②]。

清华大学学者王君超认为,“新华体”实际上是我国新闻界在长期的新闻实践中探索出的一种具有中国特色的共同的新闻写作体式,一种优良的新闻文风。因此得出,“新华体”是一种新华通讯社所创立,在特定历史条件下产生、形成和不断改革发展的、符合中国国家通讯社传播特点的主流新闻文体。它是我国新闻事业中最为完备的一种文体,对报纸、广播、电视等大众传播媒介的文体影响深远。由于它随着时代的变迁而嬗变,因此在不同的发展时期呈现出不同的特点[③]。较为典型的新华体报道,一般是“导语—主体—结尾”三段式,这种写法有利有弊,表现为严谨但呆板,权威有余,生动不足。

当然,类似于初期的“新华体”,如毛泽东所写的《中原我军占领南阳》、《人民解放军百万大军横渡长江》那样大气磅礴的作品有,但毕竟是少数。“一般新闻写作上的最大毛病是枯燥和平铺直叙,其原因在于写作实践的功夫不够,以及平素缺乏研究,以致没有感情,没有波浪,也没有变化。”[④]此后,在文体和文风改革的潮流中,涌现出了一批“新华体”写作的范例,比较典型的例子如新华社沈阳1977年10月23日的文章《“飞蝗蔽日”的时代一去不返》,1964年4月20日《人民日报》发表的通讯《大庆精神大庆人》、1981年3月22日《人民日报》的文章《团结起来,振兴中华!》等就鲜明地体现了“新华体”的特征。

消息报道主题鲜明、文笔庄重,它们或者语言生动形象,或者主题借背景生辉,或者故事真实感人,与此前平铺直叙的传统“新华体”有很大差别。

目前,随着改革开放的深入和读者需求水平的不断提高,“新华体”也在不断的改革之中。在新闻改革和文风改革上,开始强调写更多有现场感的新闻、新鲜感的新闻。于是视觉新闻、散文化新闻、日记式新闻等多种样式随之兴起,对整个新闻文体的改革起到了强有力的推动作用。今日的“新华体”,已经不再要求导语和新闻写作的固有模式,选择角度和采写语言也开始异彩纷呈。来看1980年5月23日新华社消息《飞向太平洋》的描写:

> 太平洋上,波光粼粼。飘扬着五星红旗的一艘艘测量船、打捞船,宛如迎

---

① 刘建明主编:《宣传舆论学大词典》,经济日报出版社1993年版。

② 穆青:《新闻工作散论》,新华出版社1983年版,第308～309页。

③ 王君超:《是耶非耶“新华体”》,《报刊之友》2002年第4期。

④ 《新华总社在给各地总分社及分社的指示信》,《解放日报》1946年1月1日。

宾的仪仗队，整齐地排列在火箭预定落区的两侧。人民海军的一艘艘驱逐舰在船队周围巡逻。一架架遥测直升机飞上了蓝天，配合测量船上的各种测量设备，捕捉着它的踪迹。

火箭高速向预定溅落海域飞来。

"发现目标！"人们纷纷涌向甲板，目不转睛地向船队西北望去。不一会，一个亮点钻出云层，拉出一道耀眼的白光，直向预定海域飞来。亮点越来越大，在距离海面还有几十米高度时，装有火箭飞行重要参数的仪器舱，自动从火箭头部弹射出来，打开降落伞，徐徐飘落洋面。火箭头部则"扑通"一声入海，激起冲天的水柱。仪器舱落水时，荧光染色剂把蔚蓝色的海水染成绿色，像一条数百米长的锦带漂浮在洋面，绚丽多彩，好看极了！

消息点面结合，全面细致地表现了特定场景的完整形象。这种写作手法，使写作者首先如盘旋于高空的雄鹰，依次鸟瞰了广阔的海域，把整个海域尽收眼底，然后笔锋一转，回到船上的甲板，由下向上仰视，场面由海面集中到一点，很好地做到了点面结合，显示了新华体写作上的新气象。

自 20 世纪 80 年代以来，新华社也开始在深度报道上大下功夫，开始了新一轮的挑战。新华社 1986 年"全国新闻奖"一等奖《水？水？水》、新华社 1994 年 4 月 12 日通稿《菜价追踪》、新华社 1998 年 8 月 19 日电稿《长江上游仍在砍树》等一批凝重、深刻的报道跃然纸上，这是对"新华体"进行的又一轮的革故鼎新。

四、中西新闻作品审美

一篇好的新闻作品，并不局限于篇幅的长短和形式的差别，只要能写出美感来，一样能如文学作品流传千古，经久不衰。新闻审美对于提升作品的价值起着至关重要的作用。其中，新闻作品的主题、语言、结构等各个方面，都能体现出新闻的美感。在不同背景下发展起来的中西新闻写作，有着自己不同的特色。下面仅从主题和语言层面作简要分析。

中国的新闻写作主张主题应体现某种思想观点。在当今新闻写作中，人们在重视新闻信息含量的同时，仍然非常重视新闻的思想性，有人甚至提出"新闻的本质在于给出思想"、"思想的价值决定新闻的价值"等观点。原新华社社长穆青的新闻作品，主题能催发出一种上进的力量，体现出时代的主旋律，给人一种时代的快感和美感。他笔下的焦裕禄、王进喜、吴吉昌、赵占魁，都体现出强烈的生命力和感召力。西方的新闻人物报道，主题往往是塑造人的一个个鲜明的个性特点，表现人的常态生活，以个性作为把握人物的起点和终点，以细节、冲突、动作来表现人物性格，张扬人物的个性。

请看下例：

现代舞蹈创始人格雷厄姆逝世

[美联社纽约 1991 年 4 月 1 日电] 现代舞蹈的创始人之一——马莎·格雷厄姆今天在她的曼哈顿的家里去世，享年 96 岁。

格雷厄姆女士在 21 岁时开始跳舞，直到 76 岁才结束她的表演生涯。舞蹈界人士认为，她为 20 世纪现代舞蹈艺术的发展作出了巨大的贡献。

她的学生们虽然凭着他们的天才在舞蹈界获得了一席之地，但就对美国摆脱 19 世纪古典主义桎梏的独特艺术形式所作的贡献而言，没有哪一个能超过她。她的早期作品被比作毕加索的绘画和斯特拉温斯基的音乐。她的后期作品使她赢得了芭蕾舞蹈动作设计家的声誉。

格雷厄姆女士体态娇小，她那弯如新月的眉毛以及紧束的发髻，都使她的外表赋予了她所扮演的舞台形象以很强的艺术效果。她的舞蹈淋漓尽致地表现了人类的肉欲、贪婪、嫉妒、欢乐和爱恋之情。她的表演扣人心弦，入木三分。她的舞蹈吸收了多方面的素材，比如希腊神话、美洲的开拓者，其中还包括了对她自己的清教徒传统的叛逆因素。

……

这则讣文写得极美，通篇渗透着艺术的美感。通过对格雷厄姆的舞姿极具鲜明个性色彩的描写：粗拙的舞台上，一个娇小玲珑，有着弯月眉毛、紧束发髻的女人，光着脚在极不和谐的音乐节奏中疯狂地旋转、跳跃，配以各种夸张的动作和有节律的呼吸，爆发出人类情感中被压抑的、最原始的激情，表现出人类与大自然的抗争、对生存的迷惘、对人性的叛逆，以及对美好生活的向往……文章以充满激情的笔调刻画了格雷厄姆的舞蹈强烈的表现方式和极度张扬的个性特点。字里行间流露的淡淡的哀思和对格雷厄姆的缅怀之情，成为西方作品的典范。

另外，中西方在新闻语言的运用上遵循准确、具体、生动等共性来表现新闻的美感。如中国的新闻语言要求准确严谨，主张新闻报道是对新闻事件、人物等的客观的报道，要用事实说话，应尽量不加个人的主观观点。请看载于 2005 年 1 月 26 日《新闻晨报》的一篇报道：

上海：东航庞巴迪复飞　包头空难原因仍在调查中

东航 CRJ 庞巴迪飞机昨日复飞。东航日前表示，包头“11·21”空难原因仍在调查之中，东航已制订了防止违章操作，防止飞机冲出跑道，防止鸟击、雷击等情况的措施。

昨日，东航股份有限公司总经理罗朝庚透露，关于“11·21”空难事故的原因，目前正在调查之中，目前还没有确切的消息，另外尚有2名旅客的善后处理事宜仍在协调之中。不过，他表示此前民航总局和东航都已对东航其他5架与“11·21”包头空难飞机同型号的CRJ200庞巴迪飞机进行过检查，有些飞机设计等方面的细节正在和厂家进行协商探讨，不过并未发现其他的安全问题或隐患。因此，经过民航总局批准，东航的CRJ200型庞巴迪飞机昨日已恢复飞行，首次执行的是昆明与南宁间的航班。

罗朝庚表示，在去年底国务院下发了关于加强安全生产的条例，以及国家民航总局发布了关于进一步加强航空安全的决定后，东航根据自身情况已制订了具体的措施。同时对民航总局和东航自身检查中发现的隐患、漏洞，东航制订了逐条的整改措施。

记者昨日同时获悉，东航今年至少将购进20架新飞机，但暂无购进能容纳555位乘客的“巨无霸”飞机——空中客车A380的计划。

文章用语严谨，恰如其分地报道了新闻事件。

比较而言，西方国家的新闻作品更讲究篇幅短小、文约意丰。能用言简意明的文字把价值大的新闻信息报道出去的新闻，便是好新闻。来看下面一则消息：

肯尼迪遇刺丧命　约翰逊继任美国总统

[路透社达拉斯1963年11月22日电]　急电：肯尼迪总统今天在这里遭刺客枪击身亡。

总统和夫人同乘一辆车中，刺客连发三弹，命中总统头部。

总统被紧急送往医院，并经输血，但不久身死。

官方消息说，总统下午1时逝世。

副总统约翰逊将继任总统。

整篇文章只有5句话，就把肯尼迪总统遇刺的来龙去脉和约翰逊将继任美国总统的消息表达得清清楚楚，全文语言干净利索，字数少，信息量大，体现了西方新闻作品在写作中的特色。另外，西方新闻作品的语言讲究具体、实在、言之有物，不做空泛描述。《美联社日志》上的话很能说明问题，代表了西方新闻界对作品语言美的不同要求：不要去说“教堂集会的气氛很热烈”，要像某一篇稿件那样描写“大家拍手，脸上发光，人们的衬衫和外衣的胳膊下面和背上的部分由于出汗而颜色变深，脉搏跳动，脚趾和脚跟轻轻地敲着地板。”[①]随着中西方文化交流的推进，全球化趋势的加强，中西方的文化趋向融合，我们应在保持自己传统风格的同时，互相借鉴，取长补短，从而丰富新闻语言，丰富我们的传统文化。

---

①　程道才：《西方新闻写作概论》，新华出版社2004年版，第157页。

五、中外新闻作品人物报道的差别

典型塑造是中国特有的一种写作方式,这与中国国情密切相关。对于一个单位、一个部门,一个人或者在工作中具有普遍意义的经验和教训,新闻报道以解剖麻雀的方式进行详细的叙述和深入的分析,可以充分发挥典型的作用,便于引导和借鉴。

"新闻作品中的典型写作是从文学中引进过来的,但是与文学作品中的典型写作有明显的不同。即新闻作品的典型写作必须完全真实,真实地反映历史环境和现实的内在逻辑,不容许有任何哪怕是微小的合理想象。"①从中国新闻史上看,典型报道可以说是中国共产党主办的报纸的一种独创。在此以前,中国的报界虽然也有类似先进人物的报道,但毕竟偶尔为之,并不是报纸上的经常性内容。真正把典型报道当作报纸的重要内容,是从延安整风运动开始的,它给新闻工作带来了新气象。在延安整风运动期间,中共中央强调要把反映根据地军民艰苦卓绝斗争的报道放在报纸最重要的位置。《解放日报》率先改版。在1942年4月30日头版头条刊登《模范农村劳动英雄吴满有》,反映吴满有响应中共中央号召多开荒、多打粮的先进事迹;1942年9月7日发表长篇通讯《人们在谈论赵占魁》,盛赞赵占魁是"中国艰苦奋斗的产业工人的典型"。这两个典型立时轰动陕甘宁边区和各抗日根据地,各地掀起学习热潮,演绎成持续七年之久的劳动竞赛运动。从此以后,典型报道成为报纸上的经常性内容,也成为党报的一大特色和传统。

相反,西方的人物报道侧重反映新闻人物在特定历史条件下的人生经历和因此表现出来的性格特点。1980年获普利策新闻奖的马德琳·布莱斯说,她总是"对那些常常游离于社会生活边缘或难以捉摸的人的故事"感兴趣。1991年获得了该奖的谢里尔·詹姆斯说:"我喜欢表现普通人在特定的情况下怎样做出反应。"西方新闻报道中的人物,一般都是并未做出光辉事迹的普通人,作品中也并未试图通过人物描写表现他们的高尚品质和崇高追求。他们经常处于艰难的生存环境或社会底层,有的人甚至违反法律,违背道德,颇具矛盾色彩和争议性②。如美联社纽约1982年10月14日的文章《总统儿子也失业》,即反映了美国总统里根宣布"美国经济正在走向复苏"时候的总统儿子的生活状况,利用一种诙谐幽默的表达方式巧妙地反映出了美国当时的经济状况。

随着改革开放的深入和社会主义市场经济的进一步发展,人们的价值观和生活方式越来越多元化,一味地拔高和夸大典型形象已经不能满足人们的需求,于是"一种标准、一种模式、一种思维"的局面开始被打破。张海迪的事迹曾经感动了很多人,正是因为她平常人的特点和心理:升学、就业、理想、前途等方面面临着各种困难和矛盾,使

---

① 李良荣:《典型和典型报道》,《新闻战线》1981年第3期。

② 王倩:《中西新闻选择的差异比较》,《青年记者》2006年第9期,第63页。

她的人物形象更加丰满，与读者贴得更近，体现了这个时代的典型意义。关于人民的好公安任长霞的典型宣传报道，与以往不同，中央有关部门及时组织了包括新华社在内的几十家中央级媒体一起采访报道，各媒体互相竞争，尽出新招。这样，使有关任长霞的报道变得特别丰富多彩，一时在社会上掀起了学习人民好公安任长霞的热潮，造成一股巨大的声势。《人民日报》2004 年刊出的纪念任长霞的文章《百姓心中的丰碑》和《北京晚报》的典型报道《情系民心霞映长天》，以及新华社 2004 年的报道《霞映警花别样红》等，无一不体现了典型报道给人带来的巨大精神鼓舞，使人读来感到亲切、震撼。以上关于任长霞先进事迹的报道，也的确引发了对典型报道的新思考。深入实际、深入生活、深入群众，用第一手材料说话，用生动的情节和细节说话，讲述英雄人物的普通故事，这既是新形势下典型宣传的创新，又是老一辈新闻工作者优良传统的"回归"和发扬。让典型走下"神坛"，成为典型报道的最高呼声。改变以往人物靠刻意塑造的写法，而是"天然去雕饰"，用淡淡的白描还原一个人物的本色，用真实可信的故事展示一个普通人的"劳模"形象，用平视的目光写典型，注意寻找典型人物的个性化语言，注意把握典型人物的成长环境，注意写平常人的平常事。写他的苦与累，也写他的幸福与快乐，写他的理想与追求，也写他自身这样那样的人性弱点，使典型人物变得立体而丰满。

第三节　探索中国新闻作品的新形式

一、强化散文式笔法、视觉式新闻等新方式的运用

早在 1963 年，穆青同志就提出"尝试用散文笔法写新闻"，用一种新闻散文化的方式来表现。新闻作品散文化，或者说使用散文写作的某些手法写作新闻作品，不仅可以把新闻写活，更重要的是，这样写，可以把新闻事件中的新闻价值充分体现出来，从而达到所期望的社会效果。而这一点，正是新闻界提倡新闻作品散文化的目的所在。当然，对于用散文笔法写新闻也要具体分析。有不少新闻，仍然需要用传统形式写，将重要的事实放在新闻的最前面；而对于部分故事性强、趣味性浓的社会新闻，和提供大量新闻背景的解释性新闻等，则可以大胆尝试运用散文笔法，增强可读性，吸引读者。

如 1985 年 1 月 16 日的新华社稿件《古城南京的城墙变矮了》，即是一篇风格清新、形式活泼的新闻作品。消息对高墙的描写形象、生动。"墙的上半截大都还砌出各种镂空图案、花纹，一眼望去，一条街上花墙蔓延，宛如苏州园林。一家大医院用低低的铁栅围成院墙，又以绿色油漆涂饰，院内葱郁的花草树木与街上的绿意连成一片，生机盎然。"如此描写，与南京高墙的背景相联系，生动地反映了南京人民社会生活的显著变化，体现出普通新闻的散文化特色。

1983 年新华通讯社在讨论新闻改革时，社长穆青基于文字新闻同电视新闻互相

竞争,互为补充的需要,提出文字记者要学会写视觉新闻。“视觉新闻”即指电视、电影、录像等传播媒介,运用视觉艺术的表现手法,迅速、及时地传播新闻,它具有形象化、立体化、动态化和直观化的特点,使新闻内容和形式完美结合,能收到形式多样化、事件故事化、人物个性化、情节形象化、场面情景化的效果,从而增强新闻的可信性①。随着新闻“视觉传播时代”的来临,人们开始习惯选择最直接的新闻视觉方式来记录和呈现生活。在有线电视、卫星直播和网络媒体等多种媒体的冲击下,新闻报道对文字的要求日益提高:新闻必须可读性强,现场性强,吸引人才能在竞争中取胜。因此现场视觉性的描写显得尤为重要。记者通过视觉场景描写,通过文字可以在读者头脑里产生一幅幅生动鲜活的画面。如《中国青年报》2001 年 8 月 29 日“冰点”《不教黄土过阴山》(记者沙林)中的一段:

在西山湾村,有一位叫李海峰的农民谈起十几年前的多伦,似乎一下忘了日常的艰辛庸常,心驰神往:“哎呀,那时柳条遍地,大榆树忽悠忽悠的,坡上岗上全是槿条子和大树,我那时给生产队放 100 多头牛,牛跑进去就全被埋没了,我在梁子上看不到,还得去找牛去。那时洗脸盆粗的大树到处都是,现在一棵也没了。那时狍子成群,野鸡也成群,狐狸出没。那时我放牛,躺在树下,经常看到飞起来的野鸡铺天盖地,起码有 300 多只,而现在就剩黄沙了,什么都没了,地没法种了,羊没处养了,以前攒下的 1 万多元钱用光了。”

(原载 1989 年 11 月 21 日《解放日报》)

这种画面给读者印象深刻,它给读者带来的是有声有色的鲜活场面。

二、故事化和语言风格的探索

故事性新闻报道是目前西方报纸、杂志常见的一种报道方式。“故事模式”在西方新闻事件报道初期被认为是以世俗社会新闻为主的庸俗小报采用的报道方式,区别于严肃高级报纸的“信息模式”。然而这种具有贴近性、趣味性、娱乐性,迎合大众的普适心理需求的新闻写作模式日益得到重视和发展,成为眼下普遍适用的一种写作手法。请看美联社 1979 年 3 月 25 日消息《电子计算机当“保姆”》的开头:

诞生刚刚四星期的吉玛·查瓦茨基得到了一件独特的礼物——一位电子计算机“保姆”。这个“保姆”没有围裙和温暖的怀抱,却有磁带和打字键盘。

这个导语就是一个悬念式的开头。随后,全稿逐层回答这个悬念引出的疑问,讲

---

① 陶涵:《新闻学传播学新名词辞典》,经济日报出版社 1997 年版,第 130 页。

了电子“保姆”的发明者，讲了“保姆”的功用，讲了它的技术原理等等，于是就有了一篇比较标准的故事式经济新闻。

所谓故事性新闻，是在遵循新闻写作基本原则的前提下，将故事的创作技巧用于新闻的写作，使新闻作品具有通俗的语言、曲折的情节、严密的结构、鲜活的描写等故事性的特点①。故事性新闻更加贴近生活，使新闻报道更加具体、详尽。

比如2004年底印度洋海啸时，《环球时报》推出“海啸中的动物”专版，讲述许多类似于狗救小主人的故事。新闻从侧面向读者展示了灾后的悲惨景象，这远胜过记者煞费苦心的数字积累。自古以来故事是一种受人欢迎的文体，它是人生万象中一些有连贯性、有吸引力的事实。它以悬念、情节等具有时间变化的要素吸引读者。人类生活中从来不缺少作为新闻报道对象的故事。改革开放以来，我国经济生活中具有戏剧性变化的事件层出不穷。以记者日常采访的经验来说，在任何地方采访，与厂长、经理、工人聊天，也从来都不难听到一个个引人入胜的故事。从反映主题的角度来说，故事这种形式完全能够胜任，并且还更具有感染力。因此新闻有必要多吸收故事技法，在读者的阅读中激起更多的兴奋点。

平面化和现场感不强是纸质媒体的劣势，而故事化新闻写作引用了文学的表现手法，使得平面化的新闻报道变得丰满而立体，极大地提升了纸质媒体新闻报道的魅力。2004年11月21日发生东航飞机包头空难事件，各媒体大量运用故事化新闻写作手法，对空难的报道不像以往那样只有干巴巴的死难人数、原因调查等“硬新闻”，而是抓取空难中惊心动魄的镜头，将一些庞杂的突发事件分解成若干动人心弦的新闻故事。如《北方新报》的“事故现场两具烧焦的遗体紧紧拥抱在一起”，《内蒙古晨报》的“目击者详述坠机经过：事故现场升起蘑菇状浓云”，新华网的“包头空难一位遇难者家属因悲伤过度猝然离世”等。这样的报道形式不仅使读者对空难有了全局的了解，也使他们通过具体细节、个体事例，对空难有了更直观的认识，也激起了读者悲天悯人的情怀②。可见，故事化的新闻写作更易引起读者的兴趣，拉近读者与新闻事件的距离，可以把平凡的题材变成深刻的话题，也通过极具人情味的文字增强新闻的人本主义色彩。

新闻的特点要求所讲故事文字简洁，悬念和情节也要更集中、更突出。如1992年2月19日播发的新华社通稿《两斗俱胜群众得好——记山西两个企业的质量竞争》，讲的是生意场上争争夺夺的故事。故事需要这样一些“零件”：起因——太原食品公司独占的太原肉制品市场受到了大同肉制品厂的竞争与挑战；情节——大同厂在陌生地方推销产品的难处与曲折，太原市场上发生的变化，太原人的反应；结局——太原公司以各种办法收复部分市场失地；细节——大同厂的推销员“整天在太原市大小肉食摊点转悠”等等……有了这些“零件”，一个完整的故事写得跌宕多姿。当然，讲故事如果

---

① 王阿方：《让故事走进新闻》，《新闻爱好者》2006年第8期。

② 张晓素：《新闻故事化成因与现状》，《新闻前哨》2005年第2期。

有独特的题材优势,会使新闻稿件更加出彩。

现在,在新闻作品中,故事性和语言技法的使用很广泛。甚至是最难发挥记者水平的会议报道,使用故事手法也会收到意想不到的效果。有时候,会场上一个热烈独特的场面,单独撷取,运用精练的语言,也可以形成精巧的故事小品。譬如,某位发言人说话精彩,激起数十次掌声;譬如,与会者都吃庆丰包子;……都有可能是独特的新闻。

思考题

1. 对新华社 2006 年中国新闻奖一等奖作品《索玛花儿为什么这样红》(见本书第 238 页)从故事性、审美和对新华体的创新等层面进行综合性分析。

2. 比较中西报道在新闻选择上的差异。

第八章 期刊作品评析

● **本章要点：**

了解：期刊的基本知识；新闻期刊作品文体特点

掌握：新闻期刊作品评析方法、评析指要

第一节 期刊的基本知识

一、期刊的界定

期刊一词来源于英文的“periodical”，意思是定期的、周期性的出版物。国际标准化组织公布的ISO《文献工作——期刊刊名缩写的国际规则》对期刊的定义是：定期地或以宣布的期限出版或无限期出版的一种连续出版物。

从狭义上来说，期刊指的就是杂志(magazine)，这是图书情报学多年约定俗成的传统认识。称其为“期刊”，强调的是刊物的刊期及出版周期；称其为“杂志”，则在强调刊物内容的包罗万象。我国《辞海》对期刊的界定是：期刊又名“杂志”，定期或不定期出版物。

现代期刊融合了图书和报纸的长处，是一种介于书籍和报纸之间的出版物，同时又形成了自己的特征。一般来说，期刊应同时具备五种因素：一是有统一的刊名，有较固定的出版形式；二是通常定期出版，至少每年出一期以上，且连续出版；三是登载多作者的多篇文章；四是有较固定的编辑者；五是一般具有卷、期或出版年、月、日。[①]

这五个因素解释了期刊的基本特征：期刊是一种有固定名称，在一定时期内具有统一的出版形式和装帧，有一定出版规律(最少每年出一期)，每期载有两篇以上不同作者写的文章，按一定的编号顺序无限期刊行下去的连续出版物。

期刊有着共同的编排版式，其结构一般包括：

---

① 赵燕群：《期刊工作浅说》，书目文献出版社1980年版，第21页。

封面页　期刊外表装潢的重要部分，登载刊名、出版年、月、卷、期号。

封　二　期刊封面的背页，常登有目次、广告、刊首语、插图等。

目　录　期刊内容页码排列次序的标注，便于读者查找所刊载的文章。

正　文　期刊的主体部分，由多作者的不同文章组成的整体。

索　引　将某刊某一阶段(一年或数年)的若干期文章题名、责任者及刊期、页码等按一定顺次排列起来的索引。

封　三　期刊封底的反面，常登有启事、广告、图片、版权页等。

封　底　期刊的最后一页。

版权页　刊载该刊编辑出版的关键信息，包括刊名、责任者、卷期、出版单位、地址、出版时间、期刊代号、发行部门、联系电话及定价等。

刊　脊　封面和封底的连接部分。[①]

二、期刊的分类

期刊按照不同的标准，可以划分多种类型。

按出版周期划分，有定期期刊和不定期期刊两种。定期期刊的特点是年(卷)出版期数固定，出版频率均等，主要有年刊、半年刊、季刊、双月刊、月刊、半月刊、双周刊、旬刊、周刊。不定期期刊的特点是年出版期数不等、出版日期不定，包括各种无限期连续出版的丛刊、报告论文集等。

以出版机构划分主要有：

- 学术团体期刊：指各种科研机构、学会、协会、大专院校、国际性学术团体等编辑发行的刊物，代表了该团体的学术水平，反映了他们当前的研究任务；
- 商业出版机构的期刊；
- 政府部门及所属机构所出的期刊；
- 公司企业的期刊。

按内容性质划分主要有：

- 动态性期刊：以新闻的形式简要介绍学术动态、科技消息的期刊，常在刊名下冠以"消息"、"快报"、"动态"、"通讯"的字样。
- 学术性期刊：以刊载科研成果为主旨的学术性较强的期刊，包括各学科的核心期刊，各学会的学报，以及高等学校的学报。
- 通报性期刊：报道科研现状及成果的专门性期刊，内容的学术深度介于前两者之间。
- 知识性期刊：用浅显易懂的语言、生动有趣的形式、图文并茂的篇幅介绍综合性

---

① 杨秀君、孙继亮：《期刊管理与利用》，学苑出版社1989年版，第7页。

或专门性的科学、文化、生活知识的科普期刊。

- 编译性期刊:刊载翻译或编译的论文或文章的期刊,题名常常有“译丛”二字。
- 史志性期刊:专门刊载某学科或某方面的科研进展和史志资料的期刊。
- 检索性期刊:在原始文献的基础上进行加工整理而成的供读者查阅文献的期刊。

由于期刊数量繁多,类型各异,不同的期刊既有各自的特点,也有许多相似之处,因此期刊类型的划分不是孤立的,同一期刊从不同角度可以划分出多种类型。无论以哪一种标准划分期刊类型,都是以研究期刊、管理期刊、利用期刊为根本出发点的。

三、期刊定位与期刊作品的关系

和报纸相比,期刊的出版频率较低,其时效总是不及报纸,那么期刊对于读者的吸引力是什么呢?

首先,期刊虽然不能像报纸那样同步或者紧随其后向读者提供信息,但是慢也有慢的优点,那就是期刊可以把出版周期内所发生的事件,做一个一次性的全面综合和回顾,全面和系统是期刊的长处。

其次,出版内容和容量方面,报纸提供的主要是新闻,而期刊主要提供观点和知识;从单篇作品的篇幅来说,期刊的容量要大于报纸。因此,期刊既可以为新闻事件提供充分的背景与资料,分析昨天的历史,又可以前瞻性地预测明天的新闻,在反映现实生活方面具有一定的深度。

最后,在满足受众需要方面,期刊比报纸更能够满足少数人的特殊需求。期刊受众面较窄既是它的弱点,也是它的优势。期刊锁定某个群体的受众,为他们量身定制特定的内容,以使受众满意。

在竞争激烈的媒介市场,期刊成功的关键是准确定位。期刊只有定位准确,才能独具风格,自成一家,才能有竞争优势,脱颖而出。

那么,什么是期刊的定位呢?

“定位”这一概念最早来自营销界。1972 年,美国《广告时代》约请营销专家撰写一系列营销与广告新思维的文章,总标题是“定位的时代”。期刊的定位是指“期刊经营者根据读者的需求特性及竞争者在市场上的情况,对期刊的经营、服务确立目标,塑造形象,并把这种形象传达给读者,使读者了解、认知,从而确立期刊在读者心目中的地位”[①]。期刊的定位包括读者定位、内容定位、风格定位、营销定位等。期刊读者定位包括编辑主体对目标读者的预期分析与确定,期刊采编经营活动对读者定位的贯彻实施以及目标读者对期刊定位的反馈。由于期刊的直接消费者是读者,因此期刊定位

---

① 敖裕兰:《论期刊市场定位》,《中国出版》2002 年第 11 期。

中最根本的是确定期刊的读者群。期刊的读者定位决定了其内容定位、风格定位等。

从中国期刊近30年的发展情况来看,期刊市场面对着全球化和集团化的趋势,经历了四次浪潮,而这四次浪潮又分别以各自不同的定位为标志。

第一次浪潮发生在20世纪80年代初到90年代初,大众文化生活期刊崛起,涌现了《读者》、《知音》、《家庭》等一批大众品牌期刊。这次浪潮的主要特点是期刊发行量大、经济效益好,拥有庞大的受众群。大众文化生活类期刊根植于深厚的本土文化,或为大众提供中西兼容、雅俗共赏的佳篇美文,或以富有情感性、传奇性的纪实故事吸引读者。然而面对受众市场的小众化趋势,大众文化生活类期刊总发行量逐渐递减,期刊市场的第二次浪潮袭来。

第二次浪潮发生在20世纪90年代初到21世纪初,以时尚类期刊的繁荣为标志。所谓时尚类期刊,是指那些印刷精美、定价较高,内容侧重于服装、美容、情感、都市生活等方面的消费杂志,如《时尚》、《瑞丽》、《世界服装之苑ELLE》等。时尚期刊的目标读者锁定在都市白领阶层,常按年龄或性别细分,或是在时尚的旗号下分解出家居、主妇生活、健康、旅游、汽车等新的内容,以精美的图片与华丽的设计,引领读者享受高品质的生活,追求格调。

进入21世纪,财经期刊掀起了第三次浪潮,出现了《财经》、《新财富》、《中国企业家》、《销售与市场》等一批财经品牌期刊。财经期刊行业划分清晰,其目标读者是商界白领,内容在宏观上关注财经动向,追踪市场热点,在微观上提供权威、有用的信息,拓展到财经人物、商业故事和经营案例,期刊作品具有较高的专业水准和深度,对目标客户群有较大的影响力。

第四次浪潮目前已初露端倪,那就是新闻时政期刊的兴起。一个国家、一个社会的新闻事业发展水平是以主流新闻为标杆的,新闻时政期刊则担负着这样的重任。一批新闻时政期刊借鉴美国的《时代》(1923年创刊)、《新闻周刊》(1933年创刊),或德国的《明镜》(1947年创刊),成为期刊市场的一道亮丽风景线。在种类繁多的期刊作品中,由于新闻期刊作品有较强的新闻性与思辨性、说理性,因此我们选取它作为评析的对象。

第二节　新闻期刊作品评析方法

一、新闻期刊类型

新闻期刊是人们对以刊载新闻为主的期刊的统称,有广义和狭义之分。

在广义层面上,新闻期刊可以分为三大类型:

一是综合类的新闻期刊。这类期刊在内容上以突出时政新闻事件为主题,以时政报道为特色,兼顾经济、文化、生活等方面的新闻,并设置相关的栏目来划分相对固定的范围。这类期刊的主要代表为《半月谈》、《瞭望》、《南风窗》、《环球》。

二是细分化的专业新闻期刊。这类新闻期刊以财经、体育、娱乐等方面的新闻事件为主要内容，重点突出某一领域的新闻事件所引发的深度分析与综合述评，例如《财富》、《足球周刊》、《看电影》等。

三是有关新闻学与传播学研究的学术期刊，这类期刊关注的是新闻学术问题及深层次讨论，如《新闻大学》、《新闻与传播研究》、《中国记者》、《现代传播》等。

在狭义上，新闻期刊特指以刊载时政新闻为主的期刊。在西方，新闻期刊与报纸、广播、电视并称四大新闻媒体，因为新闻期刊有着更为充裕的时间、更大的版面对重大事件进行深入、详尽的报道与述评，是一种其他传媒无法取代的重要新闻传播载体。

我国最早的时政期刊可以追溯到20世纪初的新文化运动。如陈独秀创办的《新青年》。随后，知识分子创办了许多救国救亡的爱国刊物，其中最为知名的是1922年蔡和森主编的《向导》周刊以及1925年邹韬奋创办的《生活》周刊。

新中国成立后，新闻期刊一度消失，直至1980年，定位于"时事政策顾问，学习生活益友"的《半月谈》在北京问世。1984年，定位于"中国最早最详尽报道中国高层决策信息的新闻刊物"——《瞭望》创刊。1985年，以政论见长的《南风窗》在改革开放的前沿阵地广州创刊。这一时期的新闻期刊风格正统、严肃谨慎、政治意味较重。

自20世纪90年代中期始，一批风格迥异、被称为新生代新闻期刊的刊物陆续问世。1996年，在我国的经济、政治、文化中心北京，以及经济发达的沿海大都市，《三联生活周刊》、《新周刊》、《深圳风采周刊》等一批新闻期刊创立且获得成功。随后，《新民周刊》、《中国新闻周刊》、《凤凰周刊》等异军突起，新锐新闻期刊纷纷登上历史舞台。

新闻期刊的读者定位是正在新兴的中间阶层，他们具有较高的文化水平与经济收入，是社会的主流群体，在社会公共事务活动中起着重大的作用。这些目标受众具有较高的阅读期待和文化审美需求，需要更有深度、信息量更大、更有阅读美感的媒体。

新闻期刊正是应读者的需要而生。它集新闻资讯的广度和刊物内容的深度于一身，"既有整合的新闻资讯，又有深度的专家评论，既避免了报纸内容呈现形式上的粗糙和报道深度上的不足，又避免了一般杂志的时过境迁"①。新闻期刊以全方位的新闻策划把握时代脉搏，以具有现实针对性的深度报道挖掘新闻背后深层次的信息，以独到精辟的评论引领读者的思维方式，以精彩的图片剪裁给读者强劲的视觉冲击力，形成了新闻期刊的独特魅力。

二、新闻期刊作品文体特点

一般说来，新闻期刊作品和报纸上的新闻作品在体裁上并没有太大的差别。为了

① 孙燕君、康建中、梅园淭、刘再兴：《期刊中国》，中国社会科学出版社2003年版，第278页。

便于学生赏析期刊作品，下面特列出新闻期刊上较为突出和常见的四类作品，并加以说明。

1. 刊首语

刊首语，又称刊首寄语，是刊载在期刊首页，反映刊物的创办宗旨、主要内容、努力方向等的文章。一般来说，刊首语的文字较为简练精要，大约三四百字。刊首语可以加标题，也可以不加标题而直接以“刊首语”为题。

刊首语是期刊的旗帜，读者可以从刊首语中清晰地了解到这份期刊的主张和风格。期刊通过刊首语彰显自己的特色，为本期的内容定一个基调，从而吸引读者的眼球，激起读者的阅读兴趣和购买欲。例如《三联生活周刊》创刊号的刊首语：

> 一本杂志和他倡导的生活。
>
> 本刊的态度是好像每星期趁读者在星期日上午的闲暇，代邀几位好友聚拢来谈谈，没有拘束，避免呆板，力求轻松生动、简练雅洁而饶有趣味，读者好像在十几分钟至二十分钟的短时间内参加一种有趣味的谈话会，大家在谈笑风生的空气中欣然愉快一番。
>
> 且做且学，且学且做，做到这里，除在前进的书包上求锁阴(原文如此——作者)外，无时不惶惶然请益于师友，商讨于同志。
>
> 历史既不是重复，供应特殊时代的特殊需要的精神食粮，当然也不该重复。

这篇刊首语开门见山，以一句“一本杂志和他倡导的生活”提出本刊的定位和特色。针对自己明确的预期读者定位——城市中有文化的中青年，刊首语立论灵巧，阐明关注生活、顺应时代的办刊立场。文章引用了70年前韬奋先生创办《生活周刊》的一段话“每星期趁读者在星期日……”，展现出风格上对《生活周刊》的传承。全篇充满了知识分子的睿智，小品文般的文字使读者如沐春风，从而吸引读者拿起杂志继续读下去。

2. 深度报道

深度报道是新闻期刊作品中的重要类型。穆青曾说：“新闻周刊的看家武器，是分析性、评述性、立体性的深度报道。”新闻期刊内容的深刻性通过深度报道这种形式得到了充分的发挥，从而克服了其在时效性上的不足，在深度和广度上独辟蹊径；深度报道成为新闻期刊生命的一部分，是构成新闻期刊深层魅力的主要因素。

深度报道分为解释性报道和调查性报道，都是运用解释、分析、预测等方法，从历史渊源、因果关系、矛盾演变、影响作用、发展趋势等各个方面报道新闻。深度报道不仅仅满足于向受众提供简单的新闻事实，而且通过提供丰厚的新闻背景和充分的采访、思考，使新闻要素进一步深化，一方面剖析新闻事实的内容，另一方面展示新闻事实的宏观背景，从总体联系上把握新闻的价值，揭示新闻事实的原因、实质、影响及发展动向。例如2003年6月16日《中国新闻周刊》的封面故事《孙志刚死亡真相》的系列调查性报道，对因收容致死的中国公民孙志刚的死亡事件进行深入的调查，以客观公正的态度说明事件的来龙去脉，尽量真实地还原事实真相。在完整报道新闻事件的基础上，文章还把主要精力放在了五个W中的Why(为何)和另一个要素How(如何)上，对其进行了深刻的剖析：孙志刚之死，是人性之恶，更是制度之缺；媒体对孙志刚之死的报道，是公民对生命权意识的觉醒，并且呼吁全社会关注对公民基本权利的维护。

3.言论类作品

新闻期刊一般设有言论版，刊载一定篇幅的时论性文章，从而为期刊赋予个性的声音，也是新闻期刊的最大卖点。新闻期刊中的言论类文章针对其目标受众所关注的新闻热点表明自己的观点和看法，立论大胆精到，时有惊人之语，振聋发聩，启人心智。

言论类作品以说理为主要表现手段，着重从思想、政治或伦理的角度分析具有普遍意义的新闻事实或社会现象、社会问题，旗帜鲜明地表明态度、阐述见解和主张，借以指导当前的社会实践，影响和引导舆论。一些新闻期刊坚持在新闻与评论之间划定传统的严格界限，另一些则打破了单纯新闻、分析性写作与评论之间的区分，但它们都关注与社会发展息息相关的前沿问题，拓宽言论的自由空间，从而提供给读者整合过的有效信息和观察问题的新视角，影响人们观察问题、分析问题的思维方式。

以《南风窗》2002年第2期中的《上了轨道的腐败》为例：

> 这些年，中央反腐败、打走私可谓声势浩大，雷霆万钧，正是在此震慑下一个个大案才浮出水面。但必须看到的是，腐败者走私者的应对反抗方法也层出不穷，屡屡翻新。每当我耳闻目睹走私腐败的案情，阅读这些最坏的“政治经济学版本”时，真正令我愤慨与担忧的，并非走私腐败的金额之大，数量之巨，牵涉之广，而是在走私腐败的背后，另一套规则在运行，另一种文化在流行，另一种行为方式在畅通无阻。那仿佛是另一个社会，它运行在另一条轨道上，但又和你我共在的这个社会息息相关，并从这个社会里吸血抽髓以自肥。
>
> ……

作者以强烈的使命感，直面社会现实，大胆立论，认为现在的腐败是上了轨道的腐败。文章表明了鲜明的反腐败立场，辅以大量事实论据，由表及里、由此及彼地深入分析，以批判的精神进行独立思考。深刻的思想内涵极具感染力和说服力，使读者读来时有眼睛一亮、痛快淋漓的感觉。

4.人物专访

新闻以事件为主，事件的主体是人物。随着近年来新闻改革的深入，人物专访这种体裁蓬勃发展起来。新闻期刊常设“人物”专栏刊载人物专访,针对当前热点新闻人物进行专题访问报道,内容精彩,形式灵活,具有较大的感染力。

人物专访兼有人物访问记、人物特写和人物通讯的性质,可以用叙述、描写、议论和抒情多种方式更详尽、生动地描绘新闻人物。相对于人物消息或人物通讯,人物专访特别强调报道对象的新闻性和现实针对性,通常访问的是目前众所关注的人物;人物专访注重再现访问的过程和现场情况,给读者以身临其境的感受。此外,人物专访主要展示人物的一个侧面,有集中的切入点,突出最有新闻价值的内容,以入木三分的细节刻画再现新闻人物形象。

三、新闻期刊作品评析指要

新闻期刊作品评析遵循一般新闻评析的基本原则,说明、解释和分析新闻作品的价值意义。但是由于期刊这种媒介形态自身的特殊性,在评析其作品时又有特殊的角度和方法。

1. 新闻主题

新闻主题是新闻作品的统帅和灵魂,新闻主题的选择是对新闻期刊作品进行分析的重要内容。新闻期刊选题范围广泛,涵盖了政治、经济、科技、文化、娱乐等领域。因此,新闻主题是否重大,是否具有较强的现实针对性,是否能够充分把握住时代的脉搏,是评析新闻期刊作品的一个重要切入点。

一般情况下,每期新闻期刊都会进行专题策划,或者是挖掘别人未能挖掘的层面,在“深入”上胜人一筹;或者是寻找别人未曾想到的主题,在“独到”上高人一等。经过全方位策划后,每期新闻期刊会确定一个重点选题,由若干主要文章组成,形成该期报道的中心;将一篇最重要的文章,在封面上用图片指代,并将标题在显著位置标出,作为“封面专题”或“封面故事”,有些也称其为“本期特别报道”、“本刊独家策划”。在分析新闻期刊作品的主题之前,一定要先仔细阅读作品几遍,了解其要表现的主旨,以便能够进行准确评析。

2. 叙事风格

新闻报道是现代社会中一种非常重要的叙事形态,独特的叙事方式是形成新闻期刊个性风格的重要因素之一。在新闻“同质化”现象严重的今天,新闻期刊更加强调追求差异化的语言表现方式,因此叙事风格是从表现手法的角度对新闻期刊作品进行评析的方法之一。

抛开期刊作品本身的故事性、所持的观点不谈,许多文章因其本身特有的叙事风格而成为美文。新闻期刊关注的范围不再局限于硬新闻,即使是较硬的新闻也常常会软化包装,在精、深等方面下功夫,通过议论和抒情传达感情色彩与价值取向,从而形成亲切、平易的行文风格。有的文章采用特写的叙述手法，从平民化的视角将新闻故事化，娓娓道来，注重细节的刻画，设置层层悬念和跌宕起伏的情节，令读者欲罢不能。有的文章则采用西方客观报道手法，追求语言简洁传神，段落清晰明了，文如行云流水。

3. 与读者的贴近程度

每一本期刊都有自己较为稳定的读者群，每一个读者群都有自己的兴趣、利益和代言。面对阅读需求日益分化的读者，期刊必须献上分类更为清晰、个性更加鲜明、特色更为突出的服务；不断满足读者的需要，是创刊的出发点，也是创刊的归宿点。新闻期刊作品很重要的一个评析标准是与读者的贴近程度。

与读者的贴近程度是一个综合的考量，同时表现在新闻作品的内容与形式两个方面。在主题内容上，新闻期刊作品是否注重新闻价值观中的接近性原则，反映目标读者的关注焦点；在作品形式上，是否能够满足读者日益增长的文化审美需求。具有冲击力的选题、大胆鲜明的新观点、生动亲切的语言风格，是许多期刊读者对期刊的期盼。

第三节　新闻期刊作品评析实例

一、《南风窗》

1985 年广东市委创办《南风窗》，目的是通过《南风窗》架设理论与实践、政治和经济、领导者和被领导者、几代人之间的桥梁，宣传改革开放新观念、新事物、新思想、新潮流。1998 年，《南风窗》全面改版，在国内首次鲜明提出了“有责任感的政经杂志”的定位，以透视时事经济热点、传播进步观念为已任，以公正、深入、理性、前瞻的姿态对时政、财经、社会热点进行深度分析，体现社会正义，反映百姓呼声。强调专业分析、独家报道，帮助读者把握趋势潮流。

《南风窗》的名牌栏目“窗下人语”常常敢于抓住沉重而又敏感的话题发表言论，字里行间充满着对祖国、对人民、对未来超乎寻常的责任感和具有现实意义的反思。1998 年 9 月，针对广州标致汽车、乙烯等政府主导项目近百亿元的无效益投资事件，总编秦朔秉持不渲染、不炒作、实事求是、讲究分寸的原则撰文《标致·乙烯纪念碑》：

……

以广东之大，像标致、乙烯这样的事情绝不止于此一例；以中国之大，决策型浪费所导致的灾难更不止于此一时。每当我看到报纸上为一些芝麻大的社会新闻炒得沸沸扬扬，总是不禁悲从心来：以为祸民间论，究竟是桑拿为大？还是不负责任的决策、投资与管理体制为大？以为罪社会论，是收受一个万元红包为重？还是整个司法执法体制的漏洞为重？

标致已经烟消云散，乙烯尚不知何处是岸。但是有一点是肯定的，如果我们不能从自身素质到投资体制进行深刻反省，广州还可能有“乙致”，有“标烯”，还可能再付一个200亿！

因此，我建议，广州应该建一座标致·乙烯纪念碑和一座博物馆，让它们记下这座城市的耻辱，而且每年都补充上那些不讲科学、不讲理性、不负责任、不顾客观规律的失败案例。失败比成功能告诉我们更多，为的是让我们不要总是在老地方摔同样的跤。

……

而当纪念碑落成的那一天，习惯于经验交流、热衷于开业剪彩的人们都应该出席。

那座碑，应该成为每一个肩负党和人民重托的决策者的“心碑”。

那一天，应该确定为政府部门的“反省日”，或者，更严肃一点，是“忏悔日”。

文章从严谨的学者视角，用负责任的态度，冷静分析并反思中国现状，文字有穿透力，锐利的思想流于笔端。全文结构逻辑严谨，旗帜鲜明，观点明确，有着“位卑未敢忘忧国”的政论风格，令读者掩卷沉思，以一种更有责任感、更富建设性的姿态介入经济生活，关注国家体制完善和社会转型。该文引起了巨大的社会反响，最终促成广州市人大通过了确立重大市政工程责任人制度的提案，从而起到了良好的舆论导向作用和监督功能。

二、《新周刊》

由广东新闻出版局和三九集团主办的《新周刊》，从1996年8月创刊至今一直备受瞩目。“新锐”是《新周刊》的独特风格，“中国最新锐的时事生活周刊”是它的宣传口号。它的目标读者群定位在25岁左右的关心时事时尚、追求个性表达、有主见、有思想、有一定消费能力的阅读人群。《新周刊》的新锐表现在这本杂志定位于在整合新闻资讯的基础上提供新锐的观点。它的整合资讯的方式是以盘点为报道模式。这种盘点，不是简单意义上的描述，而是注重强有力的专题策划。

每期重推一个长达30页的专题，以其对新闻价值的独特发现和对市场的准确把握，整合出一个新锐观点，是《新周刊》非常明显的特征。《飘一代》(《新周刊》总第85期2000年6月15日)就是其中的一个典型例子。“漂泊者还在地上跋涉，飘一代已在空中飞翔。”《新周刊》敏锐地观察到现代人具有的特殊精神气质，以犀利的语言提炼出一个精准的概念“飘一代”——“特指那些内心迷惘躁动不安喜欢从一个城市游走到另一个城市寻找一种特立独行的快感却被铺天盖地的孤独和无所适从的惊恐所湮没的另类生存者”。《新周刊》用哲学家般的理智和文学家般的敏感叙述“飘一代”的50个特征，例如：

1. 只喝包装水

想喝水的时候立刻就能喝到，不用等水烧开，不用等水放凉，这是包装水胜出的地方。就凭这一点点方便，包装水全面占领了飘一代的生活，而不再是旅游或外出时的代用品。当然不能泡茶泡咖啡，好在飘一代这方面的需求不多，更多的喝法是往纯净水、矿泉水里扔半片柠檬两块冰。

2. 不订报只买报

飘一代如果看报的话，只可能零买绝不可能订阅，因为订阅者不仅必须知道自己明天、下个月、半年后住在哪里，还极有把握地知道自己的口味、兴趣、习惯……都不会在一定时间里改变。飘者没有这个把握，也从来没打算培养这种把握。同理，飘一代如果购买了俱乐部会员卡，往往是浪费金钱——忽然离开本地了，或者忽然失去兴趣了。

3. 只租房不买房，只打的不买车

房子和车子有时候是一种需要，有时候是一种装饰，有时候是一种束缚。租房不买房，打的不买车，就实现了房子和车子的第一种功能。其他功能，不属于飘。

……

无厘头式的调侃，跳跃的文笔，轻松生动地勾勒出当代城市中的一个社会族群，其中又夹杂着无情的解构和批判，张力十足，引起读者的共鸣。作者把握了读者的阅读心理，通过对语感的玩味提升出精彩概念，别具匠心地找出了与时尚一族的读者进行情感沟通的途径。“飘一代”成为《新周刊》最著名的原创概念，并成为新世纪新中国相同精神气质和生活态度群体的时尚标签。

三、《中国新闻周刊》

《中国新闻周刊》创办于2000年，由中国新闻社主办，定位于新闻时政杂志，办刊宗旨是“为广大读者提供国内、国际重大新闻报道为主，内容涉及广泛且富有深度，重点在于挖掘新闻背景和内涵”。《中国新闻周刊》是一本既有新闻权威性，又富有知识和趣味性的大众读物，内容涵盖政治、经济、科技、文化、体育、时尚、娱乐等领域。

《中国新闻周刊》利用中新社独特的资源背景，强调独立调查的原则，贡献有影响的原创报道，将新闻和评论分开，保证新闻报道的客观性。2000年8月18日第18期《中国新闻周刊》独家报道策划了《国难当头》封面文章，强有力的策划使得文章充满了关注民生的人文色彩。这篇文章首次点名报道了中国的艾滋病村：

"艾滋病人报复县里不管他们,把自己的血液注射到西瓜里。"

自今年夏天始,这个谣言在河南省上蔡县广为流传,至今未散。

谣言起源于该县芦岗乡文楼村。

在这个距县城不过三里地的村庄,近3000人生活在艾滋病的阴影中,并且已有十几人陆续死于艾滋病。

8月17日,《中国新闻周刊》记者来到这个据称已震动高层并且还将震惊世界的"艾滋村",耳闻目睹,超乎想象。

那　病

面色蜡黄,口部生疮,脸上、手上、胳膊和腿,凡是能看见的部位,无不黑斑点点,像一群苍蝇吸附在上面。

这是李娟留给本刊记者的第一印象。

29岁的李娟远远地站在自家门前,看我们跟他公公老陈说话,两只眼睛骨碌碌地转。没一会儿,两条瘦得像芦柴棒一样的腿,折了下去。

"她站不住。"老陈解释道。

对艾滋病并没有太多忌讳的老陈,抱起小孙子,有些惨淡地笑:"我这小孙子才两岁零四个月。"

孩子的腿出奇地细,无骨一般。擦满粉的头上满是疙瘩,李娟紧张地说是"痱子"。

这个因为超生还被罚了款的孙子,是爷爷心中的最痛。

刚刚满月,孩子就发烧、咳嗽不止,到县医院一检查,说是先天性心脏病,医生让吃了一千元的药。稍稍有些好转,孙子的病又犯了……

简洁传神的语言和简短清晰的段落,形象地描绘出现场细节,捕捉到更具个性特征的人物形象,从而生动地还原了艾滋病村里村民的生活状态。文章以客观叙述手法披露了事件发生地点的严重现状,给读者以强烈的情感刺激。这篇报道引起国内外媒体的广泛关注,被美国《新闻周刊》誉为"有国际影响的报道"。

四、《三联生活周刊》

生活·读书·新知三联书店创办的《三联生活周刊》于1996年1月正式出版,它的前身是邹韬奋创办的《生活周刊》,办刊宗旨是"以敏锐姿态反馈新时代、新观念、新潮流,以鲜明个性评论新热点、新人类、新生活,以最快、最丰富、最好看的标准梳理一周新闻"。《三联生活周刊》习惯性地站在知识分子的位置上展现他们的富有亲和力的睿智和率性。它成功地融合文化、新闻和生活,以新闻为由头开掘深藏的文化意味和生活底蕴,以文化为工具阐释新的生活观念,以生活为灵魂,把关注现实生活、倡导理想生活方式作为根本理念。

《三联生活周刊》擅长于用自己的文化视角和人文关怀的思路对新闻事实进行再加工，形成一种知识分子所欣赏的温文尔雅的独特说话态度。以 2002 年 5 月 20 日第 20 期《李真：秘书的权利》中的段落为例：

> 见到记者时，李真首先表达的是对记者的愤怒。愤怒的理由来自一篇报道说："李真出生于一般家庭"。"怎么能说我们是一般家庭呢?"李真的情绪最直接地表现在他的语气上，"不一般"在于，"我的父亲是正处级，行政 15 级，享受行政 14 级的行政待遇。在你们北京可能不算什么，在我们张家口，至少是中上等家庭吧。"
>
> 李明是李真的姐姐。李家有五个孩子，李真最小，他上面有三个哥哥，一个姐姐。现在已经显得消瘦的李明说，在他们的家里"我和李真最像"。两者之像，在于长相、性格与脾气。坐在李明家三室两厅的房子里，与记者一道谈论李真的，除了李明，还有李真的三哥李勇军与母亲杨淑娴。在这种结构中，显然李明最具"话语权"，她主导着话题方向。李明自我介绍说，她先前是天津行政学院的副教授，教思想政治课，后调河北一家企业做培训工作。她的丈夫报考并最终应聘为河北省交通厅副厅长。在李家，这是仅次于李真的职位。但由于李真案牵连，李明被双规 108 天，而其丈夫也因受贿而被判三年徒刑。不过，这后来由李明介绍的种种背景，并没有丝毫影响她的情绪。快节奏的语序，不容置疑的叙述，李明更类似在教授中国行政级别课程，"能够进到我们家里来的人，至少也要是个处级吧；到李真家里去的人，总得有厅局的级别才行啊"。由此切入谈论李真，是个有趣味的开始。
>
> ……

在报道新闻事件之前，文章对采访场景娓娓道来，充满了记者对现场气氛的细腻人文感知，这是《三联生活周刊》对新闻现场的惯有叙述方式。温文尔雅的态度和人文关怀的底蕴使得读者更加关注新闻事件中人的因素和事件中间的丰富性和复杂性。在真实详尽的事实材料基础上，文章犀利地揭露出秘书弄权的运作方式和游戏规则，借李真案揭开"中国秘书权利部落"这一社会丑恶，具有极大的杀伤力和社会意义。美中不足的是行文过长，有点拖沓的感觉。

思考题

1. 从体式、语言、思辨角度评析下例深度报道的特点：

“80 后”创业:年轻,没有什么不可以

姜楠(大连)/文

当韩寒和春树用“叛逆”、“浪漫”定义文学的时候,当谢霆锋和李宇春用“潇洒”和“率真”赢得尖叫的时候,当姚明和刘翔用“自信”和“速度”征服世界的时候,另一群“80 后”正用“创新”和“梦想”挑战着财富。康盛世纪首席执行官戴志康、163888 翻唱网首席执行官郑立、PCPOP 首席执行官李想、MaJoy 总裁茅侃侃、“创智赢家”畅网科技首席技术官陈曦…… 当这样一批“80 后”的商业才俊出现在人们的视野,无论是批评还是赞扬,他们的到来,都是一种必然。

时代,给了他们权利

创业不是“80 后”的专利,只不过历史的车轮给了他们一种叫做“年轻”的财富,就如同 19 岁的比尔 · 盖茨创办微软,26 岁的丁磊创办网易一样,年轻人历来对创业情有独钟。“80 后”自豪的是他们处在了年龄的“黄金期”,理所当然担当起了创业的先锋。当然,他们也要感谢自己所处的时代,“改革开放”和“独生子女”给了他们更多的物质条件,“高考扩招”和“互联网”更改变了他们的命运。

美国的“X 一代”(生于 60 年代中期至 70 年代末)曾经被他们的父兄辈定义为:自私、懒散、不忠诚、没有理想、没有责任感和我行我素的人。而今,他们用成绩证明了他们存在的价值,盖茨和戴尔是他们的代表。

对于中国来说,“60 后”作为新中国成立后的新生代,曾经的努力为他们成为今天的中流砥柱奠定了基础。“70 后”在刚过去的 10 年,迎来了国际化的浪潮,他们的表现同样赢得了世界的尊敬。而今 80 年代出生的中国人所处的社会环境似乎跟美国“X 一代”有许多相似。从父母离异到就业压力,这一代人面临着许多考验,“自我、独立、叛逆”成为这一代的关键词。

1992 年,曾经有一篇轰动一时的文章——《中日夏令营的较量》,作者警醒中国孩子的实践能力和动手能力太差。而今,这群孩子已然成为今天“80 后”的主角,社会对他们的评价似乎并未改变——实践能力成为他们就业的最大障碍。“‘60 后’下海是被生活逼的,‘70 后’下海是被老婆逼的,‘80 后’下海是被自己逼的。”这是北京微互动科技有限公司 CEO 段彬对于“80 后”创业的形象的描述。

然而“80 后”遇到更多的是机会。创业的最大特点,是实现从“一无所有”到“一切拥有”。互联网的“草根经济”无疑成就了这些年轻人,使更多人看到了梦想实现的可能。这是被互联网激发的一代,无论是否从事着互联网

行业,他们的行为中都注入了互联网的影子:分享、专注、技术。他们不用再为生存担忧,也不用再东奔西跑去打通各种关系,他们足不出户就可以跟各种各样的人交往,他们无所畏惧,更懂得了合作,他们可以坚定地执行自己的创意,证明着自己的实力。作为机会型创业,他们的领域主要集中在IT、文化等新兴行业,当互联网拉近中国和美国的距离的时候,这群年轻的一代也有了更多赛跑的权利。

成长,最好的答卷

长辈们习惯按照自己的轨迹去规划孩子的未来,但年轻人的本性往往在这个时候爆发、反抗,要么成为一种决裂,要么相互妥协。而研究成功创业者的历史,往往会发现宽容和引导是他们最宝贵的牵引力。

目前已经突出的“80后”几乎无一例外感受着这种家庭的恩惠。作为教师的祖辈和父辈从来都任着戴志康使性子,只要自己想干,就“不惜代价”。茅侃侃的家庭“从不拿学历和文凭当回事”,母亲告诉他,你自己的路,自己选。搞艺术的父母给予李想“最重要的素质”,就是“独立思考和判断的能力”。

家庭如此,社会亦然。批评也许是一种动力,但质疑并不能阻碍时代的发展。每一代人都有自己的行为方式,最终当他们成为主流的时候,其他人只能是去适应而非改变。事实上,美国社会在经历了对“X一代”短暂的批评期后,很快全社会就开始了对“X一代”的适应与调整。

近日媒体大肆炒作的“高燃出局”以及“吴莹莹事件”似乎揭示了国人普遍的“仇富”心理,“嘴上没毛,办事不牢”,“等着看笑话的人太多了”,这是像李想一样的“80后”们遇到的典型尴尬。

现在还不能用成功与失败来衡量“80后”创立的事业,也许几个月后又会有出局者,又会有复出者。但对每一个创业者来说,他们都是成功者。这种创业的经历给了年轻一代最宝贵的财富;这种成长的教育,也是任何一所大学所不能提供的。

除了被媒体曝光的,实际上还有更多的“80后”,他们放弃了就业、甚至是学业,走上了创业之路。他们很多都是没有大学毕业的,但学历并不代表着学习的能力。他们知道自己缺少什么,他们通过网络和交往吸收的讯息和知识,远远超过同龄人,这让他们显得早熟和老练。相比那些整天在大学里无所事事,或者拿着铁饭碗的人们来说,他们是最值得鼓励,也是最聪明、最有价值的年轻人。

创造,新经济的商业中国

相比2000年的网络泡沫,"80后"创业产生了更多经得起推敲的网络商业模式。一方面,他们满足了同龄人的需求,例如郑立的163888翻唱网满足了草根歌手表现的欲望,高燃的MYSEE满足了年轻人在网上看电视的欲望,而戴志康的社区则满足了兴趣圈内人们交流、发泄的欲望。另一方面,他们将越来越多的传统行业打上了互联网的标签。虽然"80后"们对传统产业还涉足不深,但传统行业与互联网碰撞的火花让他们眼睛发亮。他们会"把最喜欢的事情当成事业"。因为喜欢车,李想2005年又搞了一个"汽车之家"网站,目前在独立汽车门户方面进入前三名;而茅侃侃则干脆把喜欢的电子游戏变成真人秀。

新经济催生出了无数新的商业模式,虽然目前并未形成主流,但伴随着新经济企业家和新经济用户群的崛起,他们必将缔造中国主流的商业文化。从短信到网上购物,从网络游戏到网上交友,这一代人选择了完全不同的生活方式。

首先,这是一种"草根经济",网民不再是被动的消费者,他们成为网上内容的创造者,草根的力量勃然而发。其次,这是一种逆向经济。它是将传统经济活动的终点作为起点,网民需要什么,他们就提供什么。最后,这是一种搜索力经济。搜索将目标客户缩小或者说放大到了"关键词"的级别,改变了传统的营销方式、消费方式。

美国有本畅销书《极客与怪杰》(Geeks and Geezers),书中定义了这样一群叫做极客的人,他们带来了一种蔑视常规的商业力量,比尔·盖茨、乔布斯、迈克·戴尔、杨致远,都是他们的代表。极客并不是每一代都能有机会大量产生,而"80后"有幸遇到了极客批量生产的时代。人类经历了农业时代、工业时代,现在正迈入信息时代,信息革命浪潮汹涌而来。作为网络新经济的核心,数字内容产业、电子商务、社会化网络正催生着数以万亿计的市场,处于这场革命的风口浪尖,他们,必将带来一种颠覆传统的力量。

赛跑,才刚刚开始

靠着800块的创业成本,戴志康几乎一个人收入几百万,把Discuz做成社区软件的老大;1999年,18岁的李想的个人网站靠送上门来的网络广告就赚了10万;远东控股集团董事长蒋锡培给了相识不过数月、大学毕业不到1年的高燃100万。赚钱对于他们来说似乎是天经地义的事情。他们的神话也让越来越多的年轻人投身到创业的大军中。

但艰辛与创业与生俱来。创业者的素质并不是每个人都具备的:独立思考，野心，想象力，勤奋，商业目光，好学，耐得住寂寞……如果仅凭借一个想法，年轻的创业者们所谓的激情便毫无意义，创业更是一种执行的过程。

网络的泡沫依然存在，无论对于暂且风光的或是苦苦挣扎的，这群最聪明的人必然要经历跌倒再爬起来的过程。成功的理由有千万种，而导致失败的因素往往都惊人的相似。李想说："创业者首先要有梦想，但创业过程是在做事，而不是在做梦。""80后"最大的挑战也正在于如何以20岁的心态，做30甚至40岁人的事，而做事的前提，首先是做人。

相比较而言，目前"80后"最缺的不是野心，不是智慧，不是经验，更不是财富，而是行动。行动可以去实现野心，赢得智慧，积累经验，创造财富。年轻人最大的优势在于，做错了事，会有机会去改正，所以，每个人都应该把握住这种犯错误的机会。当一小撮"80后"的创业者们勇敢地证明他们的存在，挑战着传统的时候，还有更大一批年轻人仍然为找不准自己的位置而茫然，更有甚者根本就没有茫然，因为没有去找自己的位置。

无论是几千万，还是几百元的生意，无论是自己做还是给别人打工，无论是刘翔的跑道还是李想的互联网，对于即将或刚刚踏上社会的"80后"来说，都是一种创业，每个人都面临着堆满栅栏的长长跑道。梦想，对于每个人也都是绚丽的，但他们需要证明自己存在的价值，证明他们梦想的可能，证明他们并不是眼高手低。

江山代有才人出，各领风骚几十年。无法预料5～10年后，当"90后"开始兴起的时候，这些不再年轻的人们会以怎样的方式去诠释他们曾经的"年轻"。但是毫无疑问，那些事业有成的35岁左右的人们，必将为他们年轻时候的勇敢而自豪。

(《软件工程师》杂志2007年第2、3合期)

2. 从选题、体式、语言角度评析下例刊首语：

幸福在哪里？

周智涛

年轻的产业，年轻的人。一颗颗年轻的心灵，在收获成功的时候，也在品尝成长的烦恼。"郁闷"与"累"，成了IT人用来形容自己的高频词汇。

"幸福"似乎遥不可及，更像一种奢侈品。如果"挨踢"人在外行人面前谈不幸福，那他们会睁大眼睛反诘你，你为啥不幸福。然后，会振振有词地举出很多例证，比如每年不菲的收入、舒适的办公环境、令人向往的白领生活等。你没有理由不幸福。

有时，他们中甚至有人会给你哼唱一首幸福的歌谣：如果感到幸福你就拍拍手,如果感到幸福你就拍拍手,如果感到幸福就快快拍拍手呀,看哪大家都一齐拍拍手……这时,你会与“大家”一起拍拍手、跺跺脚吗?这时,也许你更多的感受是无奈,也许你会独自感慨,隔行如隔山,吾之心事何人知。

这时的程序员,可能会说:生活没有阳光,因为晚出早归;聊天没有情绪,因为人机对话;感情比较单调,因为工作繁忙……这时的销售人员可能会说:面对千百客,脸上绽开花;酒肉穿肠过,利润心中留;身体渐渐差,还得顾妻小;返款无着落,奖金何处来……这时的行政保障人员,可能会说:人员变化快,保障跟着忙;面对人怨气,何处诉肝肠;身心备受损,何时有补偿……这时的CEO,可能会说:我需要时间,因为试图在匆忙做完日常工作的同时,还要承担更多的、新的、不熟悉的责任。我是否陷入到了“新的时间困境”,感觉时间都跑了,似乎能够挤出时间成了一个梦想……这时的企业,可能会说:我需要大量的人才,需要更多的创新,需要集聚的资本,需要更多的利润,需要更快的发展,需要无穷的资源……

如此说来,大家都有一本难念的痛苦经。可谓幸福的经历都是一样的,但不幸的经历却千奇百怪。为什么在物质如此丰富的年代,人们的幸福感却不强。顿时,我们一下找不到答案。其实,几千年前,孔夫子的言论就给了我们一个很好的回答。在《论语·雍也篇》中,有孔子赞扬得意门生颜回的一句话:“一箪食,一瓢饮,在陋巷,人不堪其忧,回也不改其乐。”

颜回的生活如此幸福,并不是他有多么的富裕,而是在于一种生活的态度。我们的不幸福之源是看外界太多,看心灵太少。面对过多的选择,我们就困惑了。这就像“聋青蛙成功”的故事一样。

有一群青蛙组织了一场攀爬比赛,比赛的终点是一个很高的塔顶。一大群青蛙围着铁塔看比赛,给它们加油。围观的青蛙同时议论:“这太难了,肯定到不了塔顶!”“绝不可能成功,塔太高了!”听到这些,一只接一只的青蛙开始泄气了,除了几只情绪高涨的还在往上爬。围观者继续喊着:“这太难了!没有谁能爬上顶的!”越来越多的青蛙累坏了,退出了比赛。但有一只却越爬越高,一点没有放弃的意思,终于成为唯一的一个到达塔顶的胜利者。比赛结束后,有青蛙问胜利者哪来的力气爬完全程?结果发现这只青蛙是个聋子!

无疑,聋青蛙是幸福的。他没有更多的选择,不需要面对更多的诱惑,他的内心是安宁的。

在2006的年末,我们不妨当个聋青蛙,拍拍手、跺跺脚一起唱起来:“幸福在哪里呀;幸福在哪里?幸福就在你的心灵里——这里有空气,这里有阳光,这里还有你的新希望……”

(《软件工程师》杂志2006年第12期)

第九章　副刊作品评析

- **本章要点：**

了解：副刊的形成与发展；各类副刊文体特点；

掌握：副刊评析方法与要求

第一节　副刊文体及特征

一、副刊的形成与发展

按《辞海》的解释，副刊是“一般报纸上刊登文艺作品或理论文章的固定版面，每天或定期出版，多数有专名。最初称副张或附张，大都刊登‘清闲’文字。报纸的副刊一般要求与新闻、评论起配合作用。”①现在，随着媒体种类的增加，副刊已经扩展到了期刊、电视、广播、影视和网络中，本章单讲报刊副刊。

所谓副刊，其实是中国一个特有的现象。从严格意义上来说，副刊是加在正刊以外，独立成章的一张报纸。我国的报纸从近代出现起，至今已经有100多年的历史，报纸副刊的发展也经历了孕育、形成、发展等不同的阶段，由最初报纸补白性质的文字演变为随报纸正张赠送的“附刊”，最后发展成报纸上占有固定版面的“副刊”，从内容上和形式上都发生了很大的变化。② 19世纪末，我国报纸副刊的雏形问世：人们公认的我国报业史上第一个副刊是《字林沪报》的副刊《消闲报》，于1897年11月20在上海诞生，对副刊的定型起了很大作用。

辛亥革命时期，副刊被资产阶级革命派用来进行革命宣传。这一时期有些报纸分为庄、谐两部，促进了报纸文艺副刊的发展。如《申报》的《自由谈》，《新闻报》的《快活林》等著名的文艺副刊都在这一时期诞生。

① 《辞海》，上海辞书出版社1979年版，第190页。

② 罗贤梁：《报纸副刊学》，百花洲文艺出版社1991年版，第6页。

五四运动时期,进步的、革命的报刊如雨后春笋般出现。它们大造舆论,反对封建专制,提倡民主科学,在新文化运动的报纸宣传中起了巨大的作用。最早对副刊进行改革的是上海的《时事新报》,该报于 1918 年创建《学灯》。主要介绍资产阶级的学术文化,也登过讨论社会主义的文章。北京《晨报》自 1919 年 2 月 7 日起,由李大钊指导进行改革,增加了介绍"新修养,新知识,新思想"的栏目,使其具有副刊性质的第 7 版成为积极推动新文化运动,传播社会主义思潮的领地。另外还有 1919 年 6 月 16 日起,上海《民国日报》改办的《觉悟》副刊,同样宣扬反封建的民主主义思想,介绍社会主义,由邵力子主编。这一时期的报纸副刊主要成为提倡新文化、宣传新思想和最早传播马克思主义的重要阵地。

20 世纪二三十年代,报纸副刊出现周刊化热潮,如《申报》30 年代周刊扩大到 40 多个版。到了 20 世纪 90 年代,全国报纸掀起了"周刊"复兴热,报纸副刊格局发生了显著的变化。譬如,《文汇报》的《笔会》、《中国青年报》的《冰点》、《人民日报》的《大地》、《光明日报》的《东风》等副刊均得到进一步充实和提高,不但调整、巩固了原有的副刊版面,而且推出了一些别具特色的专刊、特刊、周刊乃至半月版式的副刊。各地不同类别的报纸也分别在副刊上大做文章。历经这几次大发展,我国报纸副刊从形式到内容都发生了巨大而深刻的变化。

二、副刊各类文体特点

我国的报纸副刊文体广泛,大多是文艺性的综合副刊。在这块精神家园中,既有散文、诗歌、小说、随笔等传统样式,也有近几十年才出现的报告文学、杂文、纪实性文学和科普文学等。它植根于中国古典文学的传统样式,在发展的过程中逐渐与报纸上的新闻相融合,创造出日益丰富的副刊文体。大致上,把副刊文章分为纯文学体裁、报告文学和大特写、理论文章和实用性文章,以及其他一些短小灵活的作品如寓言等四类。下面具体谈谈副刊各类文体的特点。

1. 纯文学体裁

(1)杂文

杂文是一种带有文艺色彩的政论,以泼辣、锋利、短小、活泼为特点,能直接而迅速地反映现实生活,具有强烈的战斗性。革命战争年代,鲁迅、瞿秋白等先辈的杂文大多是以凸显批判精神见长。它们针对现实生活中的一切假丑恶现象进行批判和揭露,体现出投枪或匕首的批判意义,总体上呈现出呐喊、冲锋、搏杀的战斗风格。而新时期的杂文,无论在体裁和语言风格上都更加广泛多样。它并不是单纯发挥搏杀的功能,而是兼及其他功能,或批判或暴露、或鞭挞或嘲弄、或讴歌或颂扬,体现出各自不同的风格，使得新时期的杂文创作更具时代特征与魅力[①]。

优秀杂文的写作首先应该是长期深入生活实际，以新闻的敏感广闻博采，收集大量的素材，然后用艺术的手法进行加工，以新闻评论式的语言来干预生活，在叙述或评说中亦庄亦谐，于幽默讥讽中揭示出深刻的主题思想。《解放军报》2005 年 10 月 10 日的杂文《读刘白羽遗嘱及其捐赠单》，通过对刘白羽遗嘱的解读，以丰富翔实的论据和饱含激情的文字表达了刘白羽对祖国对人民的热爱和对物欲名利的淡薄，同现代不断滋生的腐朽现象作了鲜明的对比，在颂扬先辈的品格风范的同时针砭时弊，具有深刻的现实性和广泛的社会意义。

(2)散文

散文的篇幅较短、笔法灵活，长于叙事、抒情和议论，能迅速反映现实生活，被誉为“文学的轻骑兵”，是综合性副刊和文艺副刊中常用的一种文体。散文是“情文”，是一种至真至性的语言艺术。散文作品中积淀着作者的经验、智慧、修养或同命运休戚相关的一段人生经历，比起其他文学样式，它更多地表现出自身独特的视野和主观的情感。季羡林在 1997 年 11 月 13 日的《大地》副刊上发表的散文《清塘荷韵》，获得第八届中国新闻奖一等奖。文章清新俊逸，脱尽浮华，行文平易晓畅，直白中蕴含着绵长不尽的韵味，使读者似乎从这种自然法规中悟出了一种深邃的哲理，获得了“生”的感悟。另外，文章动静结合，从“莲子在水中静卧一年两年甚至三年”到“一下子绿透了全池塘，红染了半边天”，这一静一动的反差更显示了自然界难以抗拒的求生的力量，体现出强烈的艺术感染力。

(3)诗歌

诗歌语言凝练，富有节奏韵律，感情丰富，想象力丰富，能高度集中反映现实生活，颇受读者的喜爱。1926 年是我国新诗发展的鼎盛时期。《晨报》副刊上发表的闻一多的《死水》、朱湘的《采莲曲》，堪称新格律诗的经典之作，均出自这一时期。

艾青说过：“一首诗是一个心灵的活的雕塑。”[②]诗是对心灵的诉说，而这个活的雕塑则是心灵的对象化。在诗歌的世界里，这个对象化即称为“意象”。诗总是借助意象这一符号来表达诗人丰富的内心世界。就像在这个世界上没有两片完全相同的树叶一样，诗人的诗歌语言以其情感的个体性以及表达方式的个性化构筑成其独特的意象世界。五四新文化运动时期的徐志摩，是新诗界的生力军，他的诗歌将音乐和中国文化的精髓纳入其中，体现出恒久的艺术魅力。请看下例：

为要寻一颗明星

我骑着一匹拐腿的瞎马，
向着黑夜里加鞭；——

---

① 莫顺斌：《论新时期杂文文体的创新态势》，《湖南科技学院学报》2006 年第 9 期。

② 艾青：《诗论》，人民文学出版社 1980 年版，第 193 页。

向着黑夜里加鞭,
我跨着一匹拐腿的瞎马!
我冲入这黑绵绵的昏夜,
为要寻一颗明星;——
为要寻一颗明星,
我冲入这黑茫茫的荒野。
累坏了,累坏了我胯下的牲口,
那明星还不出现;——
那明星还不出现,
累坏了,累坏了马鞍上的身手。
这回天上透出了水晶似的光明,
荒野里倒着一只牲口,
黑夜里躺着一具尸首。——
这回天上透出了水晶似的光明!

文中精致的安排,轻微的点缀和变动,诗歌语言的情感起伏显得错落有致,体现出“大珠小珠落玉盘”的音乐美感。

(4)小说

作为纯粹的文学作品,小说是一种特殊的文体。它有曲折动人的故事,鲜活可感的人物形象,通过塑造人物来反映社会生活,因此较其他文体更具有可读性。小说是我国副刊中的传统文学样式,来源于古代短篇小说和传奇,明清以来的章回小说对小说副刊影响很大,报刊中的长篇小说多以连载的形式出现。现在,报刊连载小说仍然是读者喜欢的一种副刊体裁,如作家赵云生的《打倒爱情》等作品,很多都被报刊连载,颇受广大读者欢迎。

2. 报告文学和大特写

而今,以现实生活为内容,以文学的思维和手法服务读者和社会,使副刊有了新的天地。新闻与文学相结合的边缘体裁如报告文学和大特写等,常为副刊所用。它们能及时反映国际国内形势,提供指导性意见。报告文学和纪实性文学可以说是对报纸新闻正刊进行的扩充和延伸,这种形式的副刊更是从受众需求角度出发安排内容与形式。使宣传和说理具有坚实的事实依据,从而避免空洞说教。需要强调的是,真实性是报告文学和大特写等作为新型独立文体存在的最大价值。在文化消费时代,报告文学并不等于“事实”罗列,“客观”报道也绝不是报告文学。报告文学必须经过作家的艺术选择、文学提炼和审美整合。通过“文艺作品反映出来的生活可以而且应该比普通的实际生活更高,更强烈,更有集中性,更典型,更理想,因此就更带普遍性”。1998年9月18日《工人日报》发表的文章《车到柳园》,是一篇关于勘探开发塔里木油田的文章，文章从小人物入手，用琐碎的生活细节表现出了普通中国人的家庭亲情和对事业的奉献精神，情节曲折生动，催人泪下。

3.理论文章和实用性文章

副刊中的理论文章主要起高屋建瓴的指导作用。新文化运动时期，进步的知识分子发表了一系列理论文章来宣传新道德和新文化，对社会的进步起到了巨大的推动作用。而今的理论文章，最终的目的就是"为人民服务，为社会主义服务"，为改革开放营造一个良好的氛围。因此这类作品要正确地处理学术性与指导性、理论性与现实性的关系。《人民日报》的"仲言系列文艺点评"即是该报文艺部精心推出的一个品牌，系列文章以马克思主义文艺观为指导，追踪创作热点，辨析文艺思潮，以理服人。如《人民日报》2005 年 1 月 20 日的理论文章《为"媒体批评"辩言》，针对新闻媒体兴盛的文艺评论的现状与问题，由表及里，条分缕析，对开展积极健康的文艺批评提出了中肯的建议，对正确引导文化消费起到了积极的推动作用。

副刊中的实用性文章则贵在实用，提供较强的信息和经验，可为读者提供服务，如生活百科、汽车、财经等类文章。

4.短小灵活的其他品种

专刊、副刊为填充内容、调剂情趣、活跃与美化版面，都需要一些短小的作品，如言论集锦、寓言、对联、谜语、笑话等，限于篇幅，在此不赘。

第二节　评析方法与要求

一、思想性与艺术性

当前的副刊是社会主义精神文明建设的宣传阵地和舆论工具，同样要求它有强烈的读者意识。既要满足读者的动态需要，又要注意培养提高读者的欣赏水平①。副刊要为多层次的读者提供多层次的文化产品。对于读者而言，他们既需要博闻强识，又需要陶冶性情，这就需要副刊作品具有思想性和艺术性，从而使读者各取所需，营造出副刊浓厚的文化氛围。新中国成立以来，各级报纸都十分重视文艺副刊，发表了大量反映生活、催人奋进的文艺作品。其中《人民日报》的《大地》副刊在作品的艺术性和思想性上最有权威性。以"仲言"为笔名的文艺点评栏目，根据当前文坛的热点问题发表的一系列理论文章，在思想深度和艺术性上都很具有典型性。如 2003 年 7 月 1 日发表的文章《"重赏"之下》，就是在深入分析了文艺评奖现象过滥的基础上做出的缜密的论说，观点鲜明，启迪人们对于完善评奖方式的深度思考，从而进一步提出了规范性的建议

① 董言：《梁衡谈报纸副刊三》，《传媒》2003 年第 3 期。

和措施，引起很大反响。

二、实用性与趣味性

“新闻招客，副刊留客。”这在某种程度上体现了报纸副刊的重要意义。

在媒体竞争日益激烈的今天，报纸副刊要如何“留客”呢？恐怕也要从副刊的实用性和趣味性上下苦功夫。报纸副刊要想在竞争中立于不败之地，就应该服务于广大群众，对社会生活进行广泛渗透，对社会的热点、焦点、难点及时参与、评析与指导，多说身边事、身边人，多反映与当地读者密切相关的内容，这样才能使读者产生亲切感。

以浙江省《海宁日报》副刊为例，此报2006年开设的理财、生活、健康专版等，就改变了以往缺少主题集纳、与时效脱节、为读者服务不强的状况。如，海宁为全国最大的皮革生产加工、销售市场，《海宁日报》生活版就每年秋冬季世界皮革流行趋势，组织图文并茂的主题版进行刊发，不仅为中小企业提供信息，也给读者留下了深刻的印象。这些版面使原来专、副刊的服务性内容，用新闻性的手法来操作，既保持原来常规新闻版的时效性，又兼容原来专、副刊的实用性，新颖地体现出新闻和服务渗透、融为一体的概念。

天津《今晚报》副刊第12版健康专版，专门介绍一些关于健康和医药的基本常识，成为群众日常生活健康小百科，深受广大读者的喜爱。如2007年3月16日的《今晚报》副刊刊登了《老年冠心病防治及用药》一文，详细介绍了冠心病的发生、症状、预防、治疗办法，成为了广大读者的“健康咨询中心”。

另外，报纸所办副刊，趣味性也是其特色的重要方面，这是副刊办报以来的传统。副刊应该让读者读起来感到有兴味，能引起会心的微笑或愉快的情绪，并从中获得教益。可以肯定，大多数读者阅读副刊，是希望得到放松和娱乐，希望从沉重的工作和生活压力中解脱出来，副刊的娱乐性基本上适应了读者的这一需求。

三、新闻性与社会性

与纯文艺性期刊不同，副刊所发表的文艺作品，必须考虑时间和背景。报纸副刊上的作品虽不同于正版上的消息、通讯和评论，但是无论是杂文、小说，还是散文、报告文学，都应配合整张报纸的宣传中心，都要求富有新闻性，否则也就不能称为报纸副刊了①。好的杂文都是有感而发的，针对性和战斗性都特别强，选材和议论都离不开现实生活中的事件。即便是说过去的事情，着眼点也是或借古讽今，或借古颂今。虽然它不是新闻，但有时候的作用之大甚至超过新闻。

如2000年7月15日《人民日报·大地副刊》的一篇杂文《“刘邦文化”是什么》，文章以江苏省沛县举办的“刘邦文化”节为切入点，批评近年来的一种“泛文化现象”，什么

---

① 岳金鹏:《报纸副刊的独特性》,《辽宁工程技术大学学报(社会科学版)》2002年第3期。

都与文化挂钩，饮食文化、酒文化、娱乐文化、甚至是性文化，……将文化简单化、庸俗化，并以此呼吁要还文化以本来面目。文章尖锐泼辣、痛快淋漓，在读者和社会中引起强烈的反响。

在经营文学副刊时，也应该以独特的新闻敏感到众多的新闻事件中去捕捉题材，围绕人们最关心的社会现象和社会问题去筹划副刊选题，把读者渴望了解的现实生活中的内容以文学的方式实现嫁接与交融，以独特的文学性达到新闻所不能达到的效果。在"非典"肆虐期间发表的副刊代表性作品《神医哪儿去了?》就独辟蹊径，以小见大地赞扬了唯物论和党的抗击"非典"政策的科学性和正确性，不动声色地对伪科学进行了有理有据的抨击，是抗击"非典"宣传中一篇颇具特色的好文章：

> "神医"者，包治百病也。平日里，何其多啊。街头矮墙上，电线杆子上，小报屁股上，总能看到他们的告白。什么病都敢治，什么病都能治，愈是疑难绝症，愈能妙手回春。……可惜得很，抗"非典"三五个月了，却没听哪位"神医"敢出来试试身手。要说疑难，"非典"最疑难。要说绝症，"非典"还没被攻克。在"非典"面前，什么"神医"，什么"大师"，自称的没有，他称的也没有，全都不动声色。这怪不怪?

文章最后引出什么邪的怪的东西，最终还得靠负责任的政府、有序的组织、稳定的社会、警惕的群众来与之斗争。文章由此产生了很好的社会反响，有力地宣传了相信科学的重要作用①

有关副刊的社会性方面，也主要体现在副刊作品的教育和认知功能。通过作品来感染读者，从而寓教于乐。或通过引人入胜的故事，或通过生动感人的情节和形象来宣传党的路线、方针、政策，弘扬真理，启发思维，陶冶性情。如湖南《学习导报》2005年第 12 期的副刊栏目"百科文摘"中有一幅叫做换位的漫画，把"计划"与"规划"换位，形象生动，寓意深刻，对"十一五"规划做了生动的诠释，社会意义鲜明可知。②

四、导向性与教育功能

副刊作为报纸的一个有机组成部分，同样担负着以正确的舆论引导人、以优秀的作品鼓舞人的任务。坚持正确的舆论导向，无条件地宣传党的路线、方针、政策，是办好文学副刊无需争辩的前提。文学副刊主要发表的小说、散文、随笔、杂文、小品文等文学作品，具有言论、审美、价值观等多方面的导向性。它们将健康、积极的人生观、世界观、价值观等融入作品，从而使读者在阅读中，潜移默化地受到教育。

但是，由于文学副刊的特殊性，它的导向性是和副刊作品的写作手法和表达方式

---

① 张雨生:《神医哪儿去了》,《解放军报》2003 年 5 月 22 日。

② 蒋方才:《副刊初探》,《怀化学院学报》2006 年第 6 期。

联系在一起的。在当前社会主义市场经济条件下,报纸走向市场,使报纸和副刊趋于多样化,因此我们应该严格把关,摒弃低级、庸俗的文学副刊的影响[①]。报纸的副刊与纯文学作品相比,它与时代精神结合得更紧密一些。

曾有这么一篇短篇小说作品《抓阄》,内容是在土地二轮承包这一过程中,由于某村的土地肥瘦不均、远近不均而造成承包土地出现种种矛盾,农民的种种自私思想及陋习得以充分暴露,无奈之下,村干部最后以和稀泥的办法让大家抓阄了事。单从篇章结构和文字表达来看写得颇为精彩,在眼下农村也确实存在这些问题,但是,作为报纸的文学作品专栏,它同样要体现出报纸的使命,做到以正确的舆论引导人,以优秀的作品鼓舞人。从导向性角度来看,这篇文章反映了农民的劣根性,不适合进一步调动农民发展生产的积极性,因此不符合时代的主旋律,一样不能算是好的副刊作品。[②]

第三节 评析实例

一、散文作品评析

说说儿子向群

李德清

我的儿子李向群是一个普通的孩子。

我家过去很穷,托国家改革开放和党的富民政策的福,我带领全家做服装生意,终于过上了富裕的日子。向群初中毕业后,和他哥姐一样,随我一起做生意,很快就成为一个带车跑运输的小老板。可是,向群自己并不满足,他想当兵,想报国。

经过连续两年报名体检,他终于如愿以偿,于1996年12月7日接到入伍通知书,成为一名光荣的解放军战士。他高兴得手舞足蹈,一进家门就抱着他妈妈猛跳猛转。儿子要出远门了,我和他妈妈真是千言万语,想叮嘱的话儿很多很多,最后只归结为一句话:共产党是代表人民利益的,咱家祖孙三代承受着共产党的恩情。可是,家里还没有一个共产党员,你到了部队可要好好干,一定要干出个好党员回来!

1998年6月,一身戎装、胸挂一枚三等功奖章的向群从部队回来探亲。就在人们称赞他,当兵一年多就荣立三等功的时候,他妈妈悄悄问他,入党没有,向群一下子脸就红了,他郑重而又满怀自信地说:“妈,您放心,下次我一定入了党再回来。”他妈妈便鼓励他说:“今年不行,明年再争取,再不行就转

---

① 张莹:《文学副刊如何赢得读者》,《新闻爱好者》1999年第22期。

② 吴明明:《“进”“出”那一种语境》,《传媒观察》1999年第10期。

志愿兵，当10年兵总可以入党吧。”

同年8月，向群在抗洪第一线光荣地加入共产党，实现了他自己、也实现了我家几代人的心愿。然而，仅仅8天之后他就离开了我们。他还没有来得及亲口把这个喜讯告诉我们啊！他所在部队的领导带我们去同向群的遗体告别，我们一眼就看见儿子的身上覆盖着鲜红的党旗。

我听说向群参加抗洪时，将身上带的钱悉数捐给了灾区，还没来得及交党费，就找到团领导，递上2000元，我说：“这是向群的党费。”

向群到部队不久，给我们来信说，部队生活很紧张，他有点不习惯：军事训练搞不上去，心里很着急。有一次，我利用出差机会到部队去看他，连队批给向群一天假，要他陪我玩一玩。可他跟我说：“阿爸，今天陆军学院的教官到我们营上课，讲部队新装备知识，若耽误就很难补回来。”

我回家不久，收到向群的信。他说：“阿爸，您千里迢迢来看我，没有陪您玩一玩，我心里很过意不去。下次有机会，一定陪您老人家好好游游桂林山水。”

读了向群的信，联想到亲眼所见的他在部队的表现，使我感到儿子进步大了。他把亲情藏在心底，把在部队的学习训练摆在第一位，遇事分得出孰轻孰重，真是懂事了。当兵要当个好兵！争取早日入党，当上先进分子。这个意愿使他以英雄模范为榜样，严格要求自己，处处争上游。我分明感觉得到儿子内心的充实，儿子思想境界的升华。他的觉悟和素质的提高，超越了我们的期望值，我们做家长的，真正把心放下了。

去年6月间，向群回家探亲没几天，就从电视新闻中看到，广西等地接连发生洪涝灾害。他开始坐不住了，心神不宁。一天晚上11点多，他急匆匆地对我们说：“阿爸，阿妈，部队肯定有抗洪任务，我想明天赶回部队去。”我们知道儿子的脾气，平时邻里乡亲有什么事他都要帮一把的，他帮人解危济困是奋不顾身的，何况眼下人民受灾、国家有难?!

我问他怎么走，他说坐船过海，再转乘火车到桂林。我知道他巴不得马上就回到连队——人都说探亲的时候会归心似箭，可他往连队赶，同样“归”心似箭。于是我建议说，抗洪抢险跟打仗一样，你还是坐飞机走吧。他一听，正中下怀，露出孩子般欣喜的笑脸，连声说“好！好！”

第二天，我开车送向群去飞机场，途中绕道海口服装市场，匆匆与正在那里忙碌着的他妈妈告别。后来，他妈妈常常为此责怪我说，要不是急着送儿子上飞机，儿子就可以和她多讲几句话了。这一走，竟成了永诀。

那天下午，我正在服装厂处理一些事，有人急忙跑来喊我接电话。原来，是向群所在团的领导打来的，告诉我说向群病重，住在武汉总医院，要我和他妈妈马上赶去。我的心一下提了起来，隐约感觉向群出事了！天快黑的时候,我又接到向群战友的电话,说向群牺牲了。我腿一软,一屁股瘫坐在藤椅上,眼泪跟开闸似的直往下淌。当时,向群他妈妈在外忙活着还没回来,向群还有七八十岁的奶奶和姥姥,她们怎么承受得住这个打击呀!我悲伤地走出家门,在街上晕头转向地转来转去。我已经10年没有抽烟了,这时却忍不住走到烟摊前,买了一条香烟,拼命抽起来。如果没有什么东西含在嘴里,我怕会难以控制地放声大哭。

晚上,我支支吾吾地对老伴说,阿群病了,部队领导让我们明天去武汉看一看。他妈妈先是一惊,再一看我的脸色完全不对头。眼泪就刷地一下涌出来了,此后,她的眼泪再也没法儿断线。她一遍又一遍地追问:"阿群到底得了什么病?有没有危险?会不会出什么事?"我没法回答她,我除了使劲咬牙,就是使劲抽烟,我们一夜没睡。

第二天,我和他妈妈坐飞机赶到武汉,一出机场,早已迎候在那里的团领导就跑过来,紧紧握住我们的手,一句话还没说,眼泪先哗哗流下来了。向群他妈妈全都明白了,顿时伤心欲绝,几次哭昏过去。

当时,长江第七次洪峰就要到了。形势依然严峻,抗洪抢险任务依然十分紧张。我想,儿子走了,洪水还没走。我应该替儿子继续抗洪,了却他的心愿。我向部队首长再三请求:"让我们到儿子牺牲的地方去参加抢险,完成他没有完成的任务吧!"部队首长答应了我们的要求。8月26日晚上,我穿上儿子的迷彩服、救生衣,并在救生衣上写下我的名字:李德清。我决心和儿子生前战友一起,战斗到取得抗洪抢险的最后胜利。这就是我和我的全家,对儿子、对亲人的爱的表达。

出发之前连队集合,我站在队列里,只听连长大声点名:"李向群!"又听全连官兵齐声回答:"到!"那一刻,我内心充满庄严感觉,儿子没有死!向群他活着!他的挚爱情怀,已经和他的战友,和他的事业,和祖国人民的利益融为一体!我真想大声说:谢谢了!可是心里一热,眼泪一个劲儿流,什么也说不出来了。那天晚上,我一直在大堤上干到12点多钟。第二天上午,我继续和连队一起,投入加固堤坝的战斗。我一袋一袋地扛着沙包,一趟一趟地奔跑,整整干了一个上午。向群的战友们劝我休息,我不肯;装土的少给我装一点,我也不干。我说:"向群扛多少我就扛多少,向群是怎么干的我也怎么干。"

向群的妈妈怀着对儿子的无限追念,来到向群生前所在班,把全班战士的脏衣服、鞋子、袜子抢过来,一件件洗干净,晒干后又一件件叠好。

我们还把荆州市、公安县给我们的两万元慰问金就地捐给了灾区。

我们爱儿子。我们也要像儿子一样,爱祖国,爱人民。

(原载1999年4月20日《解放日报》)

评析

第一，文章是新闻与文学的表现手法相结合的佳作。

《说说儿子向群》是一篇根据抗洪英雄李向群的父亲李德清在儿子英勇牺牲后的讲话整理的一篇散文。本文用第一人称的叙事方式讲述了当时发生的事情，使文章具有更强烈的平民意识和接近性。这种新闻和文学相结合的手法使得笔下的人物形象“有血有肉”，真实感人，讲述的故事曲折跌宕，悬念起伏，如临现场。比如，关于听到向群出事时父亲的一段感情表述：“（电话）是向群所在团的领导打来的，告诉我说向群病重，住在武汉总医院，要我和他妈妈马上赶去。我的心一下提了起来，隐约感觉向群出事了！天快黑的时候，我又接到向群战友的电话，说向群牺牲了。我腿一软，一屁股瘫坐在藤椅上，眼泪跟开闸似的直往下淌。当时，向群他妈妈在外忙活着还没回来，向群还有七八十岁的奶奶和姥姥，她们怎么承受得住这个打击呀！我悲伤地走出家门，在街上晕头转向地转来转去。我已经10年没有抽烟了，这时却忍不住走到烟摊前，买了一条香烟，拼命抽起来。如果没有什么东西含在嘴里，我怕会难以控制地放声大哭。”来源于生活中的场景设置和细节描写等，都拉近了读者和文章的距离，使文章达到了文学性和新闻性兼得的效果。这种叙事，挖掘出了新闻事实中最具人性、人情的因素，显示出了琐碎中的崇高。

第二，文章很好地表现了艺术性和思想性的统一。

本文用平淡自然的语言表达了一个父亲发自肺腑的心声，没有半点矫情和渲染，这是文章的独特魅力。李向群是一个普通的人物，然而又在平凡中透着不平凡：散文用事实表现了向群重训练而把私事放在一边，乘飞机急回部队参加抗洪，将身上带的钱悉数捐给灾区……其实，普通人的生活是具体的，平实的，充满酸甜苦辣的，读者在阅读副刊作品时，最想获得的是与自己生活最贴近的散文和随笔，最希望得到的是与自己实际最贴近的生活感悟。《说说儿子向群》正是表现出了一种大爱无言的感动。文章读来自然、亲切而又耐人寻味，具有恒久的艺术生命力。

二、杂文作品评析

打肿谁的脸

朱铁志

这些年，关于某些领导干部吹牛浮夸的报道不绝于耳。有些地方的统计数字像冒气泡，想怎么冒就怎么冒，想冒多少就冒多少；有些干部的政绩像捏面团，想怎么捏就怎么捏，想捏多大就捏多大。捏来弄去，统计数字上去了，领导政绩出来了，干部自己提拔了，而直接面临的结果是：产值既然那么高，利税当然也水涨船高；产量既然那么大，摊派给农民的各种税费自然也同比增长。群众把某些干部这种不负责任的吹牛浮夸行径形象地比喻为“打肿脸充胖子”。

问题的关键在于,打肿谁的脸?是这些干部自己的?还是他们三亲六故的?全都不是!而是他们所辖地区工人农民和无数普通百姓的!领导的政绩,往往以群众的受苦为代价。前任领导把数字吹上去了,把自己也吹上去了,继任者十有八九不能不吹。不吹,就显得自己没本事,就晋升无门,因而必须接着吹,把已经脆弱不堪的肥皂泡继续往大了吹,直到吹破为止。不幸的是,每吹一次,老百姓的各种负担就加重一次,人民群众对政府的信任就减少一次。

2002 年初,河北省审计、财政等部门共抽调 300 人,分赴 11 个市,对 94 户国有工业企业实施市际间的交叉审计。结果令人大吃一惊:这次审计共查处各种违规金额 17 亿多元。根据企业报表,94 户企业中有 65 户盈利,29 户亏损,然而经过审计核实,实际盈利企业只有 40 户,企业实际盈利额只是自报盈利额的 77%。共有 68 家企业提供的会计资料不可靠,基本准确的仅占 28%。94 户企业的平均资产负债率达到 150%,21 户企业已经资不抵债,然而只有 9 家企业在自报材料中承认了这一点。

打肿的是别人的脸,捞到的是自己和亲朋的好处,这样的买卖,真是算得精明、干得漂亮、来得实惠。

这类干部之所以敢“打肿”百姓的脸,是因为不必为此承担任何风险。不仅不承担风险,打好了还有晋升的机会,还可以得到无尽的好处。只要我能“上去”,管你企业关门倒闭,管你百姓穷困潦倒。

这类干部之所以敢“打肿”百姓的脸,是因为他们只需向上负责,不必向下负责。在相当长的时间里,我们的干部考察工作是很看重数字的。数字即政绩,政绩即数字,正所谓官出数字,数字出官。

在不少人的心目中,吹牛浮夸是无法根治的顽症。从 1958 年到现在,一会儿“土跃进”一会儿“洋跃进”,跃来跃去,无非违背客观规律,吹牛浮夸。新时期以来,情况有好转,但并没有根本好转,玩弄数字游戏的干部依然大有人在,热衷制造假政绩的领导还经常可以得逞。这种情况不改变,就很难取信于民。

在我看来,根治吹牛浮夸说难也难,说易也易,把评价统计数字和干部政绩的权力真正还给百姓、还给群众,一切都简单了。领导真要知道一亩地里究竟能打多少粮食,不必去问书记、市长,也不必去问什么缺乏良知的所谓“专家”,只需问问田间地头的普通农民就行了。任何一个老实巴交的农民都不会说出“从理论上讲,一亩地应该可以打两万斤粮食”这种祸国殃民的屁话。问题是,究竟让谁来问百姓、问群众?问了自然好,不问又如何?又当付出怎样的代价?所谓“群众满意不满意、高兴不高兴、拥护不拥护”究竟应该怎样落在实处?能不能先做做一票否决假数字干部、假政绩干部?

(原载 2003 年 1 月 3 日《法制日报·周末专刊》)

评析

第一，思想性与艺术性。

单从《打肿谁的脸》这篇杂文的题目来看，本文文笔锐利，比喻形象，运用个性化的语言将“这些年，关于某些领导干部吹牛浮夸的报道不绝于耳。有些地方的统计数字像冒气泡，想怎么冒就怎么冒，想冒多少就冒多少；有些干部的政绩像捏面团，想怎么捏就怎么捏，想捏多大就捏多大。”这种现象被生动形象地称为“打肿脸充胖子”。这个生动形象的比喻深刻地揭示出了某些浮夸政绩的共性。

然后，文章抛出“炸弹”：“打肿谁的脸？是这些干部自己的？还是他们三亲六故的？全都不是！而是他们所辖地区工人农民和无数普通百姓的！领导的政绩，往往以群众的受苦为代价。”重点部分是作者鞭辟入里地分析那种敢于打肿老百姓脸的人之后的根治之策：“在我看来，根治吹牛浮夸说难也难，说易也易，把评价统计数字和干部政绩的权力真正还给百姓，还给群众，一切都简单了。”使文章具有了强烈的战斗性和深刻的思想性，体现出杂文的特征与魅力。

第二，导向性和教育意义。

《打肿谁的脸》选择的是当前我国社会生活中存在的某些领导干部吹牛浮夸的事实，选材就很有价值，具有很强的典型性和现实意义。文章从“吹牛浮夸行径形象比喻为‘打肿脸充胖子’”引出题目，进而剖析究竟“打肿谁的脸？”再揭示出“打肿的是别人的脸”，最后点出“打肿别人的脸”给吹牛浮夸者所带来的好处及其对老百姓和国家的危害，并指出纠正和防止这种腐朽作风的措施，使读者在这种丝丝入扣的分析中爱憎分明，起到了很好的教育和警示作用。

三、报告文学作品评析

有一种表情叫“不屈”

陈赛文　滇　敏

冬雨心事重重地飘着，在蓝色的帐篷顶上织成沉沉的烟雾。行走在雨中的瑞昌，成片成片的救灾帐篷静默着提醒灾情，让人沉重。然而，掀开雨幕走进去，你会感受到一种刚强和不屈。面对灾难，瑞昌人用一声声铿锵的“不”，唱出雨后阳光——

震后40分钟，“帐篷广播电视台”就把党和政府温暖的声音送到了灾民耳边

——震不断的电波

12月3日12时55分，瑞昌市建设路。

5座蓝色的帐篷一字儿排开，这就是这段时间人们常说的“帐篷广播电视台”。走近其中一座普通的帐篷,门帘高卷,门口的小黑板上写着“瑞昌市广播电视台采编室”。里面除了4台电脑、1台编辑机外,还挤了七八个人。县委副书记谢石林正在向台长汪新锋布置什么新任务;副台长刘晓明在一旁逐字逐句地推敲文字稿;身兼编辑和主持人的周玲玲专注地盯着编辑机画面;新闻部主任刘友敏鼻子红红地裹着一身寒气进来,操起一盒方便面火急火燎地找开水泡面。

帐篷的后面就是他们的办公楼,墙上画了个巨大的“拆”字。大厅里放着一台微波炉,旁边纸箱里是“鲜徕客”捐赠的包子、花卷,再往里满屋狼藉,墙壁被地震撕裂得像蜘蛛网,斗砖型建筑的老墙参差地裸露着。

新闻部副主任柯玉清拿着一摞新闻稿播出统计表,一天一天地算着,一边感叹:“这一个星期的工作量超过了过去两个月。”

11月26日那天,柯玉清和7个同事正在台里值班,山崩地裂般的一声巨响之后,办公楼先是剧烈地抖动后又强烈地晃起来。那一瞬他们的反应是:抓拍新闻、抢救设备。电话不通、手机失灵,柯玉清正焦急着,在家休息的其他同事陆续风风火火地赶来了,半小时内,全台30名职工全部到达自己的工作岗位。

简易的露天工作台很快搭建在紧靠着办公楼的人行道上。临时成立的机构开始高速运转起来。9时30分,瑞昌广播电视台的电波从露天工作台上发出了灾后稳定人心的第一声,由政府一系列通告制成的光碟同时由宣传车载着开往灾区的各个角落。此后,广播电视新闻在帐篷里随到随编随播,每天两个时段30多条新闻和政府通告16小时滚动播出。这束震不断的电波很快让灾民的心稳定下来,踏实起来。

台里有些相对固定的设备一时转移困难,三楼的录音室和播出室仍然坚守着。周玲玲说,她每天都要在这幢危楼里上上下下几十次,一个人坐在空旷的播音室里,面对着频频闪烁的荧光,有时脑中会有一闪而过的恐惧,也会不时地出现《永不消逝的电波》中李侠的形象,她觉得自己像个孩子。尽管休息不好,周玲玲特别注意保护自己的嗓子,她说,她必须让自己的声音保持轻松、平稳,透出往常的沉着和大气。她知道,这个时候自己的声音也是信息的一个重要组成部分。“好在非常时期不用出图像,否则这一双黑眼圈还真会让人产生恐慌呢!”连续工作了48小时?60小时?她自己也记不清楚了,只是现在眼睛盯着电脑不一会就开始流泪,右胳膊也抬不起来了。可她说:“我算好的了,你看看刘台,地震后就一直没回家睡过觉,经常只是在帐篷里临时支起的床上打个盹。”

从11月26日起,台长汪新锋的手机就一直忙个不停,上级布置任务、指挥记者采访、下属汇报工作、灾民打听消息……有一次,广播电视台电源连接的高压线出故障，广播电视信号传输突然被切断，汪新锋的手机几乎被焦急的观（听）众打爆了。“在灾情严重的时候，信息对于百姓意味着生命，我们哪敢有丝毫的懈怠？”汪新锋给全台工作人员提出了两点要求：自己照顾好自己，抓紧一切空余时间休息；所有人手机24小时开机，随时接受任务。不过看着同事们这般辛苦，他也心疼。28日晚上，瑞昌市区的小餐馆刚一恢复营业，他就亲自跑到附近的小餐馆里订了一桌饭，想让啃了几天方便面的同事们稍稍改善一下。可是，因为大家手头都有工作，时间一拖再拖，最后订好的一桌饭还是给别人抢先吃了。

汪新锋说，在帐篷里工作，虽然是没日没夜的，却有一种浪漫的感觉，看到墙上的“拆”字，他心里又总是隐隐作痛。但是，这一切都只能在心里压着，他们的唯一目标是保证信息时时刻刻畅通。

打开电视，调到瑞昌台，正是新闻播出的间隙，画面上滚动着一些宣传口号，背景音乐选的是一些欢快跳跃的曲子。在这灾后阴雨的土地上，因为有了这束电波，人们能及时听到来自各方温暖的声音，感觉是踏实的，甚至还有些浪漫。

在地动山摇中，“帐篷医院”笑迎新的生命降临，赶走死、留住生

——震不垮的生命

11月26日上午，瑞昌市人民医院。

透析室里，8时30分刚过，护士敖水兰像往常一样开始给病人做血透。殷红的血在中空纤维管里从容地流着，敖水兰和患者随意地拉着家常。突然，一声巨响，房子摇晃起来，紧接着，电停了，机器停了。敖水兰的头“嗡”了一下，本能地操起手摇泵有节奏地用力摇，继续给病人做血透。门外是杂沓的脚步声和纷乱的叫喊声，而一门之隔的透析室里却像时光停止一样寂静。她不能叫，更不能跑，病人的血还在她手上的机器里循环。她甚至不看患者的眼睛，只是死死地盯着中空纤维管里徐徐流淌的血。她也曾试图自己一个人把所有的程序完成，尽快帮患者回血，但是，少了机器的帮助，这种可能性只是零。这时候她多么盼望有人推门而入，多一个帮手，让患者早一点脱离险境……短短半个小时，敖水兰就像过了一个世纪。她有些绝望了，可是她告诉自己，手不能软泵不能停，病人的生命全在自己的手上。门外的嘈杂终于弱了下来，电也来了。不一会有人推开了透析室的门，科主任罗跃进走了进来。敖水兰悬着的心放了下来，一脸苍白地笑了。在罗主任的帮助下，她镇定地给患者回血、加压、包扎，然后从容地搀着病人撤离……

那惊天动地的一震，把五层的妇外大楼变成了一个不折不扣的战场。患者慌了,家属乱了,哭的,嚷的,有的病人拔下吊针就跑,有的家属拉上自家的亲人就往外冲……慌乱中,他们齐刷刷地站出来了,着白衫的、着粉衫的,像战士、像将军。“请大家镇定,别慌!”有的边喊边抱起患儿,有的用床垫抬着重病号,有序地将患者转移。下楼又上楼,一趟再一趟……只半个多小时,138名患者全部从病房安全转移到医院操场和其他空旷地。

长期被格林巴列综合症折磨,42岁的余军这一段时间以来,在内二科一直靠着呼吸机与死神搏斗。因为地震,因为停电,维持他生命的呼吸机被迫临时切断。当余军被转移到病房外空地上时,心跳和呼吸都停止了,家属们甚至从家中取来了寿衣。“不能就这样让一个生命离去,快上气囊呼吸器!”医生、护士们轮流捏着气囊呼吸器。终于,生的力量通过一双双手,将一个将掉头远去的生命拽了回来。

望着操场上躺着或坐着的病人,院长刘成思虑着:天凉了,不能让病人在操场上露宿,更何况四周全是五层以上的楼房,得另想办法。简单安顿患者后,刘成带上几名管理人员走出了医院大门。很快,他们在医院马路对面找着了正告示转让的新龙园酒店。这里周围没有高大建筑,里面又有一宽敞的停车场,正好搭置临时病房。十分钟后,又一场壮观的迁徙开始了。138名住院病人,重病号转移到九江市相关医院,动员一些差不多痊愈、家中房屋又没受损的病人回家,剩下的85名患者全部转移到新龙园酒店驻扎下来。

在26日隆隆的地震和余震中,瑞昌市人民医院妇产科还迎接了7个小“震生”的诞生。8时05分顺利结束一例正常分娩后,护士长温乔荣写完记录,护士们收拾好产房,产妇何华英又出现了宫缩痛。当护士们刚把何华英送进产房,地震发生了,立在墙边的空调轰然倒地,四周墙体被撕开近一厘米宽的缝。产房不能再用了,产妇又不能等,可是往哪儿转移?她们想到了相对安全的中药房,一阵紧张的消毒、布置后,又一个小生命在医生护士们紧张的期盼中,在隆隆的余震声中诞生了。产妇柯元珍从乡卫生院转送到市人民医院时,已经是下午2时30分。温乔荣一看就犯愁了:产妇属悬垂腹,必须剖腹产,可是没有手术室,往外地医院送又来不及。她们撬开了新龙园酒店的008号包房,以最快的速度消毒、布置后,准备手术……当柯元珍6.5公斤重的大胖儿子顺利地来到这个世界时,在这间“008号产房”里已经迎接了4个“震生宝宝”。

灾难中那一声声新生儿的啼哭,是一首礼赞生命、直面灾难的不屈的歌唱!

冒着雨,我们走进这所“帐篷医院”。20多顶蓝色帐篷有些挤却整齐有序。帐篷的门口分别贴着科室的名称以及患者和医护人员的姓名。旁边的原酒店包厢被一一改造成了手术室、X光室、化验室、治疗室、医生办公室等，让我们真实地感受到这就是战争影片中常看到的战地医院。

教学楼震裂了、移位了，“帐篷学校”里仍然不时传出朗朗的读书声。

——震不散的学校

11月28日7时30分，瑞昌市求智路口。

瑞昌市实验小学校长魏恒山像往常一样早早来到路口迎接他的学生们。魏恒山担任瑞昌市实验小学校长已十余年了，十余年来，他每天上下学的时候都要到路口迎送学生。以往迎送学生的时候，他的心情总是晴朗朗的，可是今天，他站在那里却忧心忡忡。

26日地震发生后，魏恒山立马就从码头镇家中往学校赶。来到学校，和他搭档了十多年的两位副校长眼泪汪汪地在等着他。校园依然漂亮，几乎看不出地震的影子，可是走进综合楼，他呆住了：墙体移位四五厘米，被震裂的墙面惨不忍睹，整栋楼让人触目惊心。这栋楼是去年暑假刚改造完的，彩色的墙面，铝合金窗户，开学时，孩子们开心极了。这一震，37间教室全完了，孩子们到哪儿上课呢？

紧随着魏恒山的脚步，老师们也都来到了学校。接到了县里复课通知后，他们紧急研究开设露天学校、帐篷学校的具体事宜。魏恒山虽已把所有事项都布置妥当，包括下课时孩子们上厕所都安排了专人负责，可是他心里还是惴惴的。

28日8点，孩子们由家长陪着陆陆续续到了。面对孩子，魏恒山像往常一样，脸上露着微笑。这么小的孩子经历着这样一场灾难，心理会不会留下阴影？魏恒山要用自己的镇定沉着给孩子们上灾后第一课。冬日的阳光里，孩子们专心地聆听着老师给他们绘声绘色地讲授“地震是怎么回事”、“地震中怎样保护自己”……

29日凌晨3点钟，外援的帐篷来了，魏恒山领着值班的老师们连夜领回帐篷。休息的老师得到消息后，也纷纷从各自的家中或帐篷里来到学校，有的从震裂的教室里搬桌椅，有的联手搭建帐篷。在武警官兵的帮助下，当日下午全体学生搬进帐篷上课。

魏恒山仍然不停地逡巡在校园的各个角落，孩子们天真的笑脸愈发让他掂出责任的分量：3000多学生呀，场地太小发生事故怎么办？余震再来造成恐慌怎么办？这十多年来，在这所学校可是连一起学生磕伤碰伤的事都没有发生过。所有的细节一遍又一遍地反复考虑，所有的措施一遍又一遍地细化，一切的一切都是为了确保学生万无一失。

城东的阳林湖小学教室全部损毁，危楼全部用绳子围了一圈，旁边还竖着牌子,上面写着:请勿靠近。小小的操场上搭满了帐篷。虽是周日,很多老师都在学校。

阳林湖小学虽然受灾严重,但是28日那天,他们也复课了。校长邹联峰说,他希望学校的正面教育能让孩子们少一些心理的阴影。

因为是周末,我们没能看到学校上课的情景,没能看到灾后校园里快乐依旧的孩子们,可是,我们看到了教育工作者们用爱心和责任织成的一顶顶安全的、温暖的帐篷,孩子们置身其中学习、玩耍,一定笑靥如花。

在采访中,我们曾经问接受采访的他们或她们:家里的房子受损了吗?自家的孩子怎么办?那一抹抹轻轻扫过的笑容里看不出是无奈、无畏或是无所谓。电视台副台长刘堂河和人民医院妇产科护士长温乔荣是两口子,地震后,他们都没怎么回过家。问他们家里怎么样了,温乔荣只是笑着说了声"房子也裂了",没有多言。

天气越来越冷了,在帐篷里患者受不了、孩子受不了、设备也受不了。人民医院一方面尽可能地腾出可用的房子安置病患,一方面加紧医技楼的建设和地震后可用房的维修;实验小学在一中借了16间教室;市政府出资10万元借了市早期教育学校的教室,阳林湖小学很快就可以搬进去了;广播电视台正在寻找合适的地方,准备搬迁……

离开瑞昌时,艳阳高照。广场上、帐篷外,孩子在写作业,大人们有的在打羽毛球,有的在下象棋,有的在听广播,电视里不时传出欢快的音乐声……此时此景,让我们想起采访中听得最多的一句话:阳光总在风雨后。

(原载2005年12月9日《江西日报》)

评析

第一,新闻性与文学性的结合。

文章是在纷繁复杂的新闻素材和不绝的余震中"挖"出来的,是作者穿行在南昌市的城镇乡村、在帐篷和废墟中写出来的。文章紧密结合当时的新闻现实,用文学的笔法提炼出了灾区干部和群众最具有代表性的表情:不屈,从而达到了文学性和新闻性的完美结合。

第二,导向性和教育意义。

《有一种表情叫"不屈"》捕捉的是鲜活且有新闻价值的新闻事件,为读者提供了"三贴近"的雅俗共赏的作品。作者以独特的视角表现了灾难面前干部群众的精神风貌,正确引导了舆论,从"震不垮的生命"里,让读者感受到了众志成城下,任何灾难都是可以战胜的。

思考题

评析第十届中国新闻奖副刊获奖作品《乡里乡亲》：

乡里乡亲

丁邦文

冷不丁地，会有个人影戳到办公桌前，瓮声瓮气地叫一声“叔”或“哥”，不用抬头便知，那准是我的乡亲；有时，家里的电话响过之后，摘下话筒，先是半天没声音，接着忽而一声震耳欲聋的呼喊，而且多半是直呼我的小名，那也是我的乡亲；或者是，中午下班回家匆匆忙乎一番，刚刚端起饭碗准备“将就”一下，忽然呼啦啦涌进三五甚至七八位，令你望着不多的饭菜进退两难，尴尬万分，那来者，还是我的乡亲。

老家在如皋西乡一处唤作丁家庄的地方，整个村里多半是丁姓，不多的几种别姓也大都与丁姓人有姻亲之类的关系，一个村就颇有些一大家族味道。我父亲在村里本就辈分不低，加之，我又是家里最小的一个，在同龄人中辈分就显得高了点。于是，在我们那个庄子里，对我称爷呼叔的多是我同龄人，有的甚至年纪比我大得多。不过，辈分高，有时是一种荣耀，一种自豪，有时却是一份责任，一份无奈。

我们那个村子里从未出过什么大官显宦，甚至连个像样点的乡干部都没有。记得还在我上中学的那会儿，前村后庄都拉上了电，就我们庄上还是煤油灯。解决用电问题的关键是变压器。直到 20 世纪 80 年代初我当兵之后，村里张姓人家有个女婿从部队转业到县供电局做事，几经努力帮村里买了台变压器，才使全村从此告别了煤油灯。这事，很为张姓族里人挣了些脸面，同时也就让村里所有丁姓的人心里很“醋”了一阵子。因此，等我从部队转业回来在县公安局里谋了份差事，就算给村里乡亲们争下不少的光了。从此，大凡村里人遇上什么难事急事啰嗦事，多半是屁股一拍手一摊：去县里找某人吧！

乡亲们对我期望很高。在他们的心目中，我应当而且必须是一个无所不能的人物。不要说在我工作的公安局，就是在整个县城甚至更大的区域内，我必须无人不识，无事不能。因此，上至打官司、谋工作、批地建房这类的大事，小到邻里矛盾、家庭纠纷之类的小节，我几乎全得大包大揽。在他们看来，我哪里是个名不见经传、整天听人差遣的小小“股官儿”，“科官儿”，简直就是个居高位、握重权的一品大员。有一阵子，我在如皋城的家里总是乡亲盈门，让人疑是开着民间乡政府、派出所什么的。当其时，我绝对拎得清，自己身上那一套官服，紧紧维系着我那众多的乡里乡亲，肩上那一副担子沉着哩。

很多人,特别是我妻子那样的城里人都以为农村人天生事多,爱找人的麻烦。其实不是这么回事儿。我的那些乡亲长期生活在社会底层,经历了太多办事难的辛酸,每当遇到点难事就犯怵。尤其是碰到有些衙门里不易通融的主儿,一件小事往往跑断了腿也办不成。记得老家有位堂侄来城里买车子,被强制在某保险公司保了险。后来车子在外地出了个小事故,堂侄前后往某保险公司跑了十几趟,最终还是我出面找了总经理才算了事。看到侄子对着总经理千恩万谢的样子,我顿生万千感慨,也知道乡亲们不是万般无奈,是断然不会求到我这儿来的。

乡亲们来城里找我大都不空着手,而我最怕见的就是他们手里提着东西。在我们老家的很多普通人家,倘若没有人在城里拿着薪水、打着工,或是家里开着小厂、做着生意一类,养鸡生蛋依旧是一家人换取油盐酱醋的重要来源。眼睁睁看着他们拎着自家的"小银行",来求你办那么一点微不足道的小事情,除非你铁石心肠,方才安心收受。可是笃实的乡亲们不论你劝说千回万回,下次来城里办事仍然是免不了要提着东西。那些东西,对我来说虽不是什么值钱的物品,可它来自我那些本就清贫得令人心酸的乡里乡亲,提在手里、品在口中就难免有些沉甸甸、酸涩涩的。好在善良的妻颇能理解我的心思,常常做些以物易物的补偿,也才使我得到些许安慰。

纯朴的乡亲很善良,善良得那般浑然天成,不带一丝做作。前些年父亲在世时一人住在乡下,乡亲们对他很关照。平常谁家有点好吃的,总要将父亲请了去,或是送上门来。父亲偶尔有点小病小痛,乡亲们也多半不需惊动我便帮助料理了。大前年,我父亲从病危到去世前后两个多月,我们在外工作的几个姐弟一直在老家服侍。白天,乡亲们你家送来剥好的毛豆,他家送来拣好的青菜甚至宰杀干净的仔鸡,生活上几乎全都替我们想到、办妥。晚上,乡亲们早早便来到我家,陪我们聊天解闷,有的甚至陪我们坐在父亲的病床前直到天亮。有时,遇到找医生、抓药、寻人一类的急事,不用吩咐,早有乡亲帮着锄草、清扫,令我们每每回到故里,总能耳目一新。乡亲们就是默默地以这种特有的方式,来回报我对他们的那一点帮助。

对城市,我的乡亲永远有一种本能的抗拒。从某种意义上讲,城市对他们是一道精神的樊篱。乡村旷野,呼爹唤儿,唱惯了号子的那一声粗大嗓门是何等酣畅淋漓。可是到得城里,大嗓门常常招致城里人的白眼甚至讥笑。于是,在城里憋闷过一天半天回到田间场头,他们也会捏着嗓门、扭着腰身对城里人来个反戈一击。在城里,乡亲们有太多看不惯的物事。他们看不惯城市人的小气、傲气;弄不明白城里人哪来那么多无名的火气;对城里人邻居间那份老死不相往来的冷漠更是嗤之以鼻;他们甚至对城里人餐桌上吃饭夹菜的那一种假斯文，也是不屑一顾。因此，进得一趟城，会使他们别扭好长一段时间。

我在农村生活的时间长，深谙乡亲们的这些心理，每逢乡亲临门就处处留心让他们多一份自在，少一点拘束。譬如吃饭，乡亲们看着我与城里出生的妻总是吃那么一小碗，也就不肯再盛第二碗，生怕被人小瞧了。其实，他们哪里知道，我们这些人平时体力劳动量小，吃菜又多，饭前还断不了吃些零食，所以饭量不大。于是，平常我家里总是备着大小两套碗，每次来了乡亲大碗上饭不说，我还得陪着撑个半死。再譬如，几次搬家装修房子，我家的客厅总是难以“豪华”起来，那是为的免除乡亲们的脱鞋之窘。你想想，倘是人家一推门，面对着油光锃亮的地板，或是一尘不染的地毯，该是多么为难：不脱鞋吧，生怕弄脏了地面；脱吧，一路几十上百里走下来，汗臭断然难免，说不定那双袜子不是露了前趾，便是破了后跟，你这门叫人家进还是不进?！就冲这，前些年我与妻可没少“磨合”。

故乡乃无名僻土，乡亲皆是土得掉了渣的诚实、厚道之民。这些年，家乡也修了路，也盖了楼，路上跑着摩托，柜子摆着彩电，家家都有了不小的进步。可是，富了的乡亲并不曾沾染一丝一毫浮躁、骄奢之气。有钱他们不夸富，没钱他们不哭穷，进城找你办事依旧直道其详，并不曲里拐弯玩虚伪、装深沉。他们乐观，他们豁达，他们透明得就像一池清水，实在得浑如一砣铁。同他们在一起久了，你会觉得天地更明亮，心胸更开阔。

农家出身土里滚大，从小沐浴着乡里乡亲们的呵护长大，无论走往何处，去得多远，总也走不脱他们关爱的目光。在他们的心目中，你的地位再变，身价再高，永远不变的是你从小光着屁股疯闹的形象，永远揩抹不去你那些爬墙上树的顽皮故事。假如有一天，我困了，我累了，我老了，想找一个休养生息、安度余生之处；假如有一天，外边偌大的世界已容不下我，人世中的风刀霜剑逼得我已了无藏身之处，这时，我最终的去处，是故乡，是生我养我的那片故土。那里，有一个永远不会舍弃我，永远会给我温暖的群落——我的乡里乡亲！

（原载1999年11月20日《南通日报》）

第十章　广播电视新闻作品评析

● **本章要求：**

了解：广播电视新闻作品特点；广播电视新闻作品分类及特征

掌握：广播新闻作品评析方法与要求；电视新闻作品评析方法与要求

第一节　广播电视新闻作品基础知识

一、广播电视新闻作品的特点

作为电子媒介的广播和电视的出现，推动人类社会步入了现代化的传播阶段，生动的声音与灵活的影像使之区别于此前占统治地位的印刷媒介。正是传播手段的不同，广播电视新闻作品有了区分于其他媒介新闻作品的特点。

1.时效性强

电子技术的发展实现了广播电视新闻的传播几乎与新闻现场“零时差”，最大限度地提高了新闻的时效性。随着直播这种形式广泛运用于广播和电视，无论在何处发生的新闻事件，坐在家中的受众都能第一时间见证事件的进展。1997 年 7 月 1 日零时，五星红旗缓缓升起于香港的上空，电视机前的中国人共同见证了这一历史时刻。中央电视台对于香港回归所做的一系列直播，带给中国观众情感上的震撼丝毫没有因为直播经验不足而减弱。

2.现场感强

广播电视新闻作品的传播是一个线性结构的过程，声音和图像稍纵即逝，受众接收到的信息只在此刻。报纸新闻和网络新闻，受众可以决定先读哪一条新闻，仔细读哪一条新闻。与之相比，受众对于广播电视新闻的接收是被动的。如何在短时间内将一则新闻输入受众的脑海？广播电视应利用声音和影像的优势，重现新闻的现场。比如在体育新闻中，不仅有解说员的声音，更有球员进球的精彩瞬间、球迷的眼泪与加油的呼喊，这些要素能让受众对于这则新闻有更直观的理解。

3. 受众面广

相对于报纸和网络要求受众具备一定的阅读能力，广播和电视可以称得上是"无门槛"的媒介了。受众只需要动用原始的听觉与视觉就可以从广播电视中获取新闻信息。听广播新闻和看电视新闻可以是一个伴随性的行为，受众不需要专注地坐在沙发上听、看，他们完全可以进行其他活动——开车、吃饭、做家务、聊天，等等。轻松的接收方式也使得广播电视拥有极广的受众群体。同时，发射和接收技术的不断提升，使广播和电视的覆盖率得到极大发展。广播影视公共服务方面，截至2012年底，广播电视综合人口覆盖率分别为97.51%、98.20%。[①] 在高覆盖率下，广播电视的受众群体进一步扩大。

二、广播电视新闻作品分类及特征

随着广播电视事业的发展，新类型新闻节目的出现，广播电视新闻节目的形态增多了，出现了如深度报道、新闻访谈之类的节目。这些新的节目类型既有不同之处，也有重合的地方，若按照节目形态对广播电视新闻节目来进行类型划分则略显混乱。因此本书将依据体裁的不同，将广播电视新闻作品划分为：消息、专题和评论。

1. 广播电视消息

广播电视消息是一种迅速、简明报道新闻事实的广播电视新闻体裁。作为消息的分支形式，它具备了消息所要求的"最直接"、"最简练"的报道方式。同时作为广播电视新闻的一种形式，它又遵守广播电视的传播规律，用声音和图像描述新闻事件。

广播电视消息具备如下特征：一是取材精粹。消息的简明与快捷要求取材方面更精更细，舍弃不必要的材料。通常选取新闻事件的关键环节、最新进展和最终结局。在最短的时间里讲述受众最关心的部分。二是结构紧凑。与广播电视的线性传播相适应，广播电视消息在组织内容时需要环环相扣、结构紧凑，叙述顺畅，以便于受众理解。

2. 广播电视专题

广播电视专题是运用声音和图像的表现手段，以全面、独特的视角对意义重大的新闻题材进行详尽报道的新闻形式，为受众提供更具备深度和广度的新闻信息，是消息类新闻的延伸和拓展。

广播电视专题的特征可以概括为如下几个方面：一是题材的重要性。广播电视专题更注重对于热点新闻事件的关注，既包括重大新闻事件，也包括与百姓生活息息相

---

① 数据来源：国家新闻出版广电总局发展研究中心：《中国广播电影电视发展报告（2013）》，社科文献出版社2013年版。

关的新闻点。二是,报道内容的深入性。广播电视专题不仅注重对新闻事实的报道,更将焦点放在事物或事件的原因与影响上,突出"为什么"(Why)和"如何"(How)这两个因素[①],为受众提供新闻事件的深度信息。三是表现手段的综合性。在广播专题中,采用叙述、描写、议论、抒情的方式,运用记者与被访者的访谈、记者的解说、主持人的串词等丰富的表现手段,将一个完整的新闻事实呈现给受众。在电视专题中,多种表现手段的结合更为明显。不仅有同期声、解说、配乐的听觉要素,还配合外拍短片、照片、动画、字幕等视觉手段,多样性的表现手段更能吸引到受众。

3. 广播电视新闻评论

广播电视新闻评论是广播台和电视台用声音和图像向观众阐述对于新闻事件态度和看法的新闻作品形式。评论员围绕社会和大众普遍关心的热点事件或社会现象进行分析、探讨和研究,最后引导出科学的、能为受众所接受的结论,进而引导社会舆论,指导社会实践。

广播电视新闻评论的显著特点体现于——通过对声音符号和影像符号的运用来发挥新闻评论必须具备的新闻性、社会性、政论性和指导性。评论员的观点不仅代表他(她)自己,更是他(她)背后的节目组、媒介机构乃至政府需要表达的态度。

第二节　评析方法与要求

广播和电视因为技术手段的不同,新闻呈现的方式并不相同,所以具体的新闻作品评析方法有所差异。

一、广播新闻作品评析

1. 评析语言是否通俗易懂

广播的信息传播只能诉诸听觉,不像报纸的文字可以反复研读,也不像电视的画面那样直观生动,广播所倚仗的只有声音的表达。它更像是一种"伴侣"性的媒介,受众可以在开车、吃饭、谈话、运动的同时收听广播,只要有便携式的收音设备,听广播完全可以不受时间、空间的影响。对于受众而言,广播所说的话是否能够通俗易懂,直接关系到其对于新闻的理解。相对于专业、晦涩的语言,口语化的表达在广播新闻中非常关键。请看一则广播消息:

黑龙江大小兴安岭林区全面停止主伐

【下面宣读国务院批复:发展改革委,关于……压混】

① 王振业主编:《广播新闻与电视新闻》,武汉大学出版社2001年版,第206页。

主持人女：今天上午，在哈尔滨国际会议中心召开的“《大小兴安岭林区生态保护与经济转型规划》宣传贯彻会议”上传出消息：

【可采资源基本枯竭的黑龙江大小兴安岭林区要全面停止主伐，利用10年左右的时间，恢复东北亚乃至全球生态屏障。】

主持人女：就在会议进行的同时，远在会场以北600多公里的大兴安岭深山里，我们的另一路记者正在松岭林业局绿水林场作业点，他们见证了这个林业局成立50多年来的最后一次主伐。伐木31年的老油锯手李维富，伐下了一棵碗口粗的樟子松。

【电锯声，号子：顺山倒，树木倒下声……】

【李维富：我伐了一辈子的树了，今天这也是我伐的最后一棵树，也是我们全林业局(主)伐的最后一棵树。年轻的时候，伐的那个树都跟水桶那么粗，等到老了呢，伐的就跟胳膊那么粗了。这树是越砍越细了。

记者：不再伐树了，那您以后打算干点什么呢？

李维富：植树造林啊！我争取在退休之前，把我过去砍过的那些林子全都栽上树！】

主持人女：大小兴安岭保护了全国十分之一以上的耕地和大片草原，抵御着西伯利亚寒流和蒙古高原寒风的侵袭，吸收大量二氧化碳，减缓全球气候变暖。建国以来，大小兴安岭已经累计贡献了10.5亿立方米木材。这些木材如果全部装上火车，可以绕地球赤道12圈。长期高强度开发，大小兴安岭已经不堪重负。东北林业大学教授付玉洁说：

【付玉洁：半个世纪以来，(大小兴安岭每年)可采伐量从最开始能提供的是4.6亿立方米，现在呢(每年)就只有0.21亿立方米。森林边缘退了有100多公里，湿地呢减少了大概得有一半以上。拯救大小兴安岭刻不容缓！】

主持人女：2009年，胡锦涛总书记在联合国气候变化峰会上提出，中国要大力增加森林碳汇。国家发改委副主任张国宝说，黑龙江大小兴安岭全面停止主伐，正是中国政府实现庄严承诺的具体体现。

【张国宝：停伐以后啊，可以形成二氧化碳碳汇7.32亿吨，这个数量是相当大的，也可以说是对我们国家减排做出重大贡献的一项举措。】

主持人女：据测算，停止主伐后，黑龙江省木材销售收入每年将减少9.7亿元，将有20万人的就业受到影响。受影响最大的大兴安岭、伊春、黑河三个地区，在有效利用国家天保二期工程、接续替代产业专项资金等扶持政策的同时，将大力发展旅游、特色野生动物养殖等接续替代产业，力争到2015年，实现经济总量、财政收入、人均收入三个“稳步增长”。黑龙江省省长王宪魁表示：

【王宪魁：尽管现在我们转型阶段难一点，我想这个困难一定会度过去

的。保护绿色的生态，给后人、给我们的子孙后代将来创造多少价值，任何一项重大的投资都无法和它来比。】

（2011年1月9日黑龙江人民广播电台《整点新闻》播出，作者：赵鸿洋、任广镇、郭亚洲、于清江。）

这则广播消息以会议为依托，但是并没有拘泥于会议，没有用大段的会议语言构成新闻，造成生涩难懂、行文刻板的弊病，而是用通俗易懂的语言讲述一个会议的主题。在报道会议消息的同时，展示了另一路记者来自主伐一线的采访，从老伐木工人口中说出的朴素、平实话，配合以伐木现场的音响，表现了老伐木工人对于大小兴安岭停止主伐的支持。受众在收听这样口语化的广播新闻时，更容易接受新闻所要传递的信息。

2.评析音乐音响运用是否得当

广播作为用声音表达信息的媒介，除了人声的使用，音乐音响在广播新闻中的运用也极为重要。音乐一般只在广播新闻专题中出现，而音响则广泛运用于广播消息和专题中。音乐音响在广播新闻中的使用一方面能够渲染气氛，另一方面能够用声音的特色描绘出一幅生动的场景。音乐音响的使用是否得当，对于广播新闻的传播成功与否有很重要的意义。我们来看一则广播消息对音乐音响的运用：

“福分书记”周广智

【《格桑花开》歌曲压混】

西藏在我心中有特殊的地位，援藏是我最大的心愿。就年龄而言，这次援藏也是我最后的机会，如果组织上能批准我的请求，我一定尽自己最大的努力，让西藏曲水人民满意，为江苏干部增光……【渐止】

这是周广智2007年5月9号递交的援藏申请书中的一段话。

【出音乐压混…】

色彩斑斓的九月，记者追寻着这位援藏县委书记的脚步，更带着对他再次留任的敬重开始了高原采访之行。

和煦的秋阳里，高原也迎来了属于它的收获季。

【土豆收获现场：笑声、拖拉机声压混……】

这是拉萨市曲水县达嘎乡色达村，村民正忙着收土豆。这些还带着浓浓泥土气息的土豆在田头分装后，将被直接送往拉萨市场。村民格龙带着一大家子人在田间高兴地忙活着。格龙说：

【出录音】

格龙：今年6.3亩，（收入呢?）2万元收入！非常感谢周书记！【录音止】

【现场压混…】

格龙要感谢的周书记就是援藏干部周广智。顺着格龙手指的方向，记者见到了蹲在土豆堆里的周广智：一双黑布鞋，一顶藏式圆毡帽，说话略带江南家乡口音，时不时还夹杂着几句藏语。

……

【孩子们读书声压混…】

这是拉萨市曲水县南木乡小学的教室里传出的琅琅读书声。2007 年，当周广智第一次看到当地孩子的读书环境时，心情很沉重：

【出录音】当时在沟里，他们都是一个老师，很多学生，许多年级。外边放个凳子。老师坐在那里，我就感觉有点像放羊一样。吃饭也没地方吃，午睡也没地方午睡，要跑很多的路。作为一个县委书记，确实是心里头感到有点酸酸的。【录音止】

【音乐压混…】

学校没有像样的教室，没有足够的师资，有的孩子上学甚至要走上五六个小时的山路。周广智暗下决心：再也不能这样苦孩子！他带领着当地的干部花了整整两年时间把中学生集中到县、小学生集中到乡。给学校配了校车，离学校最远的孩子也能一直坐到家门口。

藏族女孩次旺普赤在南木乡小学读四年级，如今她不仅可以坐在宽敞明亮的教室上课，每天中午还能吃上热腾腾的免费午餐：

【出录音】每天中午回家吃饭的话，自己不懂的都不能及时背，周书记知道后，中午饭就让我们在学校吃，我们觉得在这个学校里很幸福。(记者：如果让你形容现在的学校，是什么?)就是一个家吧，有家的温暖！【录音止】

【上课铃声压混…】

赶着上课铃声进教室的次旺普赤说：所有的同学都很喜欢现在的新学校，更感谢那个给了他们“家”的温暖和热腾腾午饭的人。

曲水县茶巴拉乡查巴拉村，德琼家院子一角的格桑花开得格外的显眼。

【德琼家现场＋藏语压混】

德琼一直在用汉语说着周书记这三字。这是她唯一会说的一句汉话。每次提起周书记，德琼都会激动地双手合十，接连说上四五遍“拖切拉”，就是“谢谢”的意思。德琼的丈夫十几年前去世，她带着儿子艰难生活，做梦也没有想过自己能住上 480 平米的新家：

【藏语压混＋翻译】我们的周广智书记 08 年资助 1 万块钱，结合我们的安居新盖了这间房子。以前住的那种房子是几十年之前盖的，又简陋又黑暗。周广智书记给予了很大的帮忙，周广智书记是心地善良、平易近人的一个人，感谢书记！【录音止】

（节选自江苏新闻广播 2011 年 10 月 11 日《新闻晚高峰》，作者：张祖名、朱萍）

这篇报道讲述的是援藏干部周广智的事迹，背景在藏区，在音乐和音响的使用上都具备鲜明的藏区特色。无论是对于歌曲《格桑花开》的多次使用，还是藏族群众接受采访时的藏语讲述，都能够让听众听出事件发生于何地。此外，上课铃声和孩子们读书声的出现，对于讲述周广智书记对所在的藏区教育的关注有突出作用。

3. 评析新闻是否具体形象

不像报纸新闻、电视新闻、网络新闻那样有文字、画面等诸般视觉手段，广播新闻只能依靠声音给受众报道新闻。广播作为一种"伴随性"的媒介，如果用声音传达的信息隐晦、难懂，那么这样一条新闻的传播就很难成功。广播新闻的具体形象关系其最终的传播效果。我们来看这样一则广播新闻：

从奥运到世博——生命的约定

各位听众，在上海世博会开幕100天和北京奥运会开幕两周年的特殊纪念日，世博浦西园区的信息通信馆昨天迎来了一批特殊的参观者。据了解，此次"生命的世博"活动由上海癌症康复俱乐部举办。请听本台记者赵旻发来的报道。

实况：感动，第一个字，我首先进入到这儿……

这段实况是两年前的8月，记者在上海火车站送200名癌症患者去北京为奥运助威时录的，这些抗癌勇士们在当时的五年之前，就开始每天存两块钱，把存了5年的两块钱作为去北京看奥运的费用，把活到08年奥运作为生命的一个目标。上海癌症俱乐部会长袁正平说，奥运之后，在回来的路上，就有人说，好不容易盼到奥运了，接下来一定要再活两年，等到世博。

实况：记得当时在北京回上海的火车上，我们中有位叫蔡剑英的病人，她叹息一声，讲了这么一句话：两年以后的世博会，我还在么？因为她患肠癌，肝转移、肺转移。然后当时在座的朋友们都鼓励她，说你不许胡说，到时候，我们一个都不少，相聚在世博会的园区里。

90岁的奥运助威团成员王汝霖说，尽管随时可能收到死神"请柬"，依然觉得很幸运能看到奥运世博两大盛会，尤其世博会就在家门口，准备多看几次。

实况：阿拉也准备买了点票，阿拉也要一趟一趟仔仔细细来看。8月太热，9月份准备好好看七趟八趟，阿拉票也好买，排队阿拉75岁以上，绿色通道，不怕了。

遗憾的是，昨天，当他们再次相聚，在去北京奥运的200名病友中，已经有6名永远离开了。当时队中最重的病人邱海娣，是带着氧气瓶去北京的。她，没能等到世博会开幕。两年前陪这些抗癌勇士去北京的志愿者昨天哭了，当时他们为了让邱海娣看一眼长城，几个人抬着轮椅爬长城。

实况：那时候那个缆车已经到不了上边了，我们就把她一步一步抬上去，到了上边的时候，她做的第一个动作是帮我们志愿者擦汗。

她说，从长城之行到世博之行，不亲身经历，无法体会“08 年之后是 09 年，09 年后是 10 年”这些对健康人再简单不过的事情，对癌症患者有多难。世博园片区部长陈东昨天也哽咽了，她说，从这些特殊的游客们身上，她感受到了更高、更快、更强的奥运精神，以及坚持到底、积极向上的世博精神。

实况：在高雄路值勤的一个武警战士，21 岁，刚刚发现白血病，现在在住院治疗。这个小伙子生病以后，住院之前提了个要求——再站一个小时的岗，他真的去站了这一个小时的岗。这些人让我们看到了其实世博会除了传递技术的进步，我觉得很重要的，就是传递一种积极向上的人生观。

（2010 年 8 月 9 日上海人民广播电视台新闻广播《990 早新闻》播出，作者：赵旻）

这则新闻讲述的是上海癌症康复俱乐部的患者们，以观看北京奥运会和上海世博会为目标，勇敢地面对疾病，用坚强延续了自己的生命。报道中有俱乐部成员的采访，他们真实地讲述身边病友的故事，也有从主持人口中讲述的其他人的事例，实况采访的同期声夹杂着后期解说，为听众描述了一群乐观面对疾病的人，他们将生命作为约定，互相鼓励、彼此支持，度过了在健康的人眼中再普通不过的两年时光。非常具体地给收音机前的听众塑造出一群勇敢而坚强的特殊群体的形象，引发听众的感触。

二、电视新闻作品评析

1. 评析声画配合是否得当

电视与广播同为电子媒介，在现阶段，电视受众比广播受众更广的原因之一是它在声音的基础上加入了画面的配合。画面与声音互为补充，用视觉与听觉的配合给观众报道新闻，运用二者的综合表现力提升信息量。一则电视新闻的优劣与其运用的画面和声音密切相连。除现场音效外，画外音与画面的配合更考验编辑的技能。以常见的政治性新闻为例，领导人去某处视察或出席某个活动时，对于此行的描述与现场画面要配合得当；对于领导所说的关键性话语则应以现场同期声的形式呈现。下面以斩获第二十二届中国新闻奖特等奖的中央电视台《胡锦涛主席在中南海会见美国佩顿中学访华师生》为例，分析该则新闻的声画配合成功之处。

胡锦涛主席在中南海会见美国佩顿中学访华师生

【导语】

7 月 15 日上午，国家主席胡锦涛在北京中南海亲切会见了一批来自大洋彼岸的特别客人，他们是应邀来华访问的美国芝加哥市佩顿中学师生。

【正文】

7月11日,佩顿中学20多名师生开始了中国之行。到中南海做客,是他们这次行程中最感荣幸的安排。

一场夜雨,使盛夏的北京空气格外清新。中南海里,草木更加葱茏,湖面荡起涟漪。碧波环绕的瀛台上,殿堂楼阁鳞次栉比,亭台水榭错落有致,掩映在绿树浓荫之中。佩顿中学师生被瀛台如画的美景深深吸引。他们兴致盎然地观赏这古典情调的园林景致,听工作人员讲这些景观的由来和发生在这里的故事,不少人还拿出相机拍照留影。

……

【同期】

胡主席:很高兴再次见到你们!

学生:很高兴!

胡主席:欢迎你们到中南海来做客。

学生:谢谢!很高兴!

胡主席:在北京和西安访问,你们最难忘的是什么?

学生:故宫很漂亮!

胡主席:是第一次来北京吗?

学生:是的,我很喜欢(北京)!

【正文】

随后,胡锦涛和大家一起来到瀛台南端的迎薰亭。在迎薰亭里,佩顿中学师生代表向胡主席赠送了芝加哥市画册、胡主席访问该校时的照片和学生自己创作的一幅水彩画。这幅有全体来华学生签名的画上,画着中国的万里长城和熊猫,画着美国的城市景象和大熊,还特意写上"胡爷爷,我们爱您"几个汉字。胡锦涛表示非常喜欢这些礼物,随后向佩顿中学师生回赠了《中南海》画册、精装毛笔和汉英双语词典。

得知10年级女生麦肯茜恰好过生日,胡锦涛祝她生日快乐,并向她赠送了一个小礼物

三面临水的迎薰亭外平台上,佩顿中学学生表演起精心准备的汉语节目,向胡爷爷展示他们汉语学习的成果。一首唐诗《过故人庄》,学生们朗诵得韵味十足。一曲北京奥运会歌曲《北京欢迎你》,大家唱得声情并茂。

【同期】

胡主席和学生们一起背诵《过故人庄》,学生们演唱《北京欢迎你》。

【正文】

表演结束后,胡锦涛对大家说

【同期】

老师们、同学们，大家好！很高兴与大家再次见面，也欢迎你们来中南海做客！……

【正文】

临行时，佩顿中学师生们依依不舍地向胡主席告别。胡锦涛挥手向大家作别，祝愿他们在中国过得愉快。

刘延东、戴秉国等一同参加会见。

（中央电视台 2011 年 7 月 15 日《新闻联播》）

这则新闻用多角度写实的拍摄手法，精巧的编辑手法以及大量现场音效和同期声的使用，再现了胡锦涛主席与佩顿中学师生互动交流的场景。无论是解说词还是同期声与现场画面的配合都非常精彩。选取胡锦涛主席与学生互动的画面时，远近景交叉使用，同期声与背景声共同营造效果。无论是胡主席与学生们一同背诵《过故人庄》的同期声，还是给过生日的中学生送礼物的画面配合后期的解说词，都无一例外地体现了中华民族热情好客的传统美德，更体现了我国领导人的真诚与宽广胸怀。

2.评析现场感是否强烈

无论是对正在发生事件的记录，还是对于突发事件的后续采访报道，电视新闻都应该以“在现场”的视角去采访和讲述，还原一个新闻现场，让观众“身临其境”，感知新闻事件。现场感的获得与真实的画面，与音效有关，与记者的采访有关，与后期的编辑有关。强烈的现场感能够给观众更清晰的事实呈现、更深刻的印象，使其更持续地关注。在 2012 年 11 月 28 日央视新闻频道《朝闻天下》报道埃及首都开罗数万示威者聚集市中心引发暴乱的新闻中，记者杨春在动荡的现场采访当地卖吃的以及卖国旗的小商贩，探究当地人对于暴乱的态度，并向观众解说应该怎么逃离暴乱现场。记者在暴乱现场的出镜报道给观众营造了强烈的现场感。再以地震灾后的电视报道为例，新闻中体现出的现场感会让坐在电视机前的观众感同身受——倒塌的房屋、杂乱的街道、疲惫的人群、悲伤的神情，对于地震中典型人物的或英勇行为或悲怆经历的真实刻画，都有可能引发观众的眼泪。观众这一刻虽不在现场，却依然感受真切。此外，电视新闻中对于台风来袭的报道，现场感可以体现得非常突出。观众可以看到摇摆的树木、狂暴的风雨，以及正处于危险之中依然为大家进行实况报道的电视记者。当然，对于是否需要记者亲自站在台风中去描述现场，值得进一步探讨。

3.评析节目主持人表现

新闻节目主持人，是媒体在实施传播过程中负责主持播报、串联新闻节目和发表一定言论的专职人员。[1] 如今的电视新闻节目主持人要求的不再是只能播音、念稿而已,更需要具备全面、扎实的新闻专业素质:是否能够迅速判断出一则新闻的价值;是否具备机敏的临场反应能力——面对新闻现场连线时,如何提问、又如何总结;以及是否具备一定的新闻评论能力等。电视新闻节目中主持人的位置愈发不可代替,不但要向观众播报新闻;还要代表观众向新闻事件亲历者、当事人或专业领域人士及专家发问,他们提问的水平关系到新闻的深度。

第三节 评析实例

一、广播新闻作品评析实例

公安微博危机公关十小时

昨天下午,山大南路上,一起普通的治安案件引发千人围堵的群体事件。济南公安微博第一时间公布权威信息,将这场风波顺利平息。请听济南台记者采制的录音报道:《公安微博危机公关十小时》。

(录)昨天17点,在山大南路,一名女警察与一对修车的老人突发争执,市民李先生:(录音)“她嫌人家老头老太太修得慢了,就跟人家争吵起来,然后就开口骂人。”

争吵中,女警察叫来一名男子,将两位老人打倒,并迫使老太太跪在地上。周围群众看不下去了,纷纷要求他们给老人道歉。

17点17分,历城巡警闻讯赶到现场,刘警官:(录音)“经过了解,是一起治安纠纷。由于现场人太多,我们准备把双方带到就近的派出所作进一步处理。”

然而不明就里的群众误以为警车是想掩护女警察逃走,于是将警车也团团围住:(录音,现场)“出来! 出来! 出来!”

18点32分,网上出现了“刘三好学生”的一条微博:“山大南门东边,据说发生警察殴打老太太致老太太下跪的事!”

这条微博被迅速转发。更多市民赶往现场,在很短的时间内就聚集了一千多人。(录音)后来人越聚越多,大家很气愤嘛,就把这个车拥到路中间,这个山大南路就不能走了。

19点31分,济南市公安局微博警察孙海东发现了这一情况,立即通过“济南公安”官方微博介入:“历城分局,怎么回事?”

---

① 壮春雨、崔健:《新闻主持概论》,浙江大学出版社2009年版,第36页。

19点45分，孙海东随市公安局领导一同赶到现场参与处置：（录音）“现场很多人举着手机，不断地拍照，发微博。但大部分群众都没有看到第一现场。如果以讹传讹，事情会越闹越大。所以我们必须和时间赛跑，在微博上将真相尽快发布出去。”

（键盘声，压混）

20点15分，“经调查，一名省司法厅女狱警在修车过程中与群众发生冲突。”

20点20分，“经核实，省女子监狱民警林某着警服修电瓶车时发生纠纷，叫其丈夫将受害人打伤。”

20点26分，“现场的警车是历城巡警的处警车，是为了先期处置。”

20点36分，“目前打人者已被扭送山大路派出所。现正在接受处理。”

这些微博被转发了7163次。网上的声浪渐渐平息，现场的群众也因为了解了真相而陆续散去。

今天凌晨4点07分，“济南公安”微博再发最新进展：“打人者林某和朱某被处以十五天行政拘留。两人已被连夜拘留。”

众多网友对“济南公安”微博的做法表示了赞许：网友“多多”表示“‘济南公安’微博辟谣真快，真给力。”

网友“大晴天”：“从处理结果来看，政府没有偏袒。赞一个。”

济南市公安局副局长徐春华：（录音）“微博传播谣言非常快，传递真相、消除谣言同样快。在突发事件中，一定要及时地将信息公开。你不说，别人就会乱说。相反，信息越公开，民众的情绪就会越稳定。”

山东大学教授王忠武：（录音）“在这个事件中，林某的特权意识和对争执对象人格的不尊重，触及了警民非正常互动的底线，这样就引发了旁观者对自身权利和安全感的一种焦虑和不安。济南公安局以微博应对微博，效率、公正性可圈可点。这应该是政务微博发展的一个方向。”

（济南广播电视台2011年8月18日《交通雷达网》播出，系集体创作。）

“警察”这个职业因为其特殊性受到人民的关注，“警与民”的关系从老百姓的角度来说，一方面警察保障了社会的安定、生活环境的安全；另一个方面老百姓也在时时刻刻监督着警察的行为。上述“警察打人事件”，报道的视角是讲述济南市公安局如何处理这一网络舆论事件。新闻的重点不在于这次“警察打人事件”，而是处理“警察打人事件”的过程，这比直接讲述具体新闻事件的报道更有难度。而这则广播新闻仅仅用声音的手段就活灵活现地展现了济南公安局平息这一网络舆论事件的全过程。纵观这则报道的文字，时间节点出现的次数非常多，连续出现9次某时某分的形式，凸显了事件的紧迫感，更体现了济南公安部门解决问题的高效率。借用新兴的科技手段——

微博,济南市公安局将这场在网络上引发公众关注的事件,及时、真实地反映在网友面前。以时间为主线,通过多人分饰角色、配音情景再现、模拟特种音效等手段,将汹涌的网络声浪、紧张的现场情景以及政务微博不断公布的真相有机地融合在一起,让整个过程丝丝入扣、引人入胜,营造了强烈的现场感,在新闻传播手法上进行了有益的尝试,非常成功。

二、电视新闻作品评析实例

张春贤"逛"夜市

【导语】昨晚,正在乌鲁木齐大湾夜市,七一星光夜市吃着小吃的市民和游客们惊奇地发现,自治区党委书记张春贤来逛夜市了!

【正文】晚上近10点,乌鲁木齐大湾夜市,正在这里消夏、纳凉的各族市民们一阵喧腾,张春贤书记来逛夜市了!

【同期现场】"张书记,张书记来了,书记好!"

【正文】夜市是乌鲁木齐市民入夜后最喜欢去的地方。昨天,这里与往常一样,各色小吃一应俱全,一片热闹景象。一个烤肉摊位前,香喷喷的羊肉串吸引了不少食客。维吾尔族摊主阿合买提见到张春贤是又惊又喜。

【同期现场】"一天能卖多少?""一天卖一千多。"

【正文】看到张春贤书记也来逛夜市,大家都围了过来,摊主们都告诉张春贤,今年是他们生意最好的一年,到了旺季忙都忙不过来。你看,整个夜市有100多个摊位、300多张桌子,维吾尔族、汉族、哈萨克族、回族哪个民族的客人都有,每天能接待两三轮呢!

来到另一个烤肉摊前,摊主吐尔逊·买买提一下子就认出了张春贤。

张春贤对吐尔逊·买买提说,我有一个兄弟阿里木也是卖烤肉的。正在吃饭的阿地里江走到张春贤身边说,我们都知道,您是阿里木的大哥。

【现场同期】"我们也是你的兄弟!是兄弟。"

【正文】这时,市民们都围拢过来,争相用手机、相机与书记合影。

在附近蛋糕店工作的姑娘杨梅用力挤到张春贤身边,把两个彩色气球塞到书记手中。她说,这可是自己刚在夜市游戏摊上得的奖,请张书记一定收下!

随后,张春贤来到位于乌鲁木齐七一酱园的七一星光夜市。一进市场,就有眼尖的市民立刻认出了张春贤。

七一星光夜市是乌鲁木齐最大的一个夜市,有着130多家摊位、800多张桌子,许多外地游客也都慕名而来。夜市每天营业到凌晨1点半,生意十分兴隆。

庄记铁板烧的女老板黄文宣端上一碗热气腾腾的馄饨请张春贤品尝。

【现场同期】“味道很好，我不收广告费！”

【现场同期】“张书记，新疆的羊肉吃得惯不？”“吃得惯。”

【正文】正在聚餐的七八个年轻人邀请张春贤一起吃排档、喝啤酒。坐在他们中间，张春贤与大家唠起家常。原来，今天是新疆网友“做东”的网友聚会，几位年轻人来自全国各地，有四川的、广东的。大家七嘴八舌地聊起了“新疆印象”，新疆风景好、饭菜好、人更好，啥都好！

【现场同期】“我们都来热爱我们新疆，热爱我们的国家，各自搞好自己的工作，提高收入，提高各方面工作水平，将来新疆一定会是很好的地方，新疆一定是亚克西。我们一起为新疆而努力，大家有这个劲头没有？”“有！”“干杯！”

【正文】“我请大家吃羊肉串！”张春贤把手中的羊肉串递给身旁的市民。

在一片笑声中，张春贤与大家一起再次端起手中的啤酒，共同举杯祝愿：“给力新疆！新疆亚克西！”

（新疆电视台2011年7月5日《新闻联播》播出，作者：周一凡、熊超、孟宪梅。）

7月5日是个特殊的日子，2009年的这一天新疆发生了一场让全国关注的打砸抢严重暴力事件。时隔两年，在这个敏感的日子，新疆电视台播发了这条新疆维吾尔自治区党委书记张春贤于前一天“逛”乌鲁木齐夜市的新闻。讲述的是张春贤的一次“微服私访”，对于细节的把控非常到位。从一个微观的视角，展现了新疆和谐繁荣稳定的生活全景。新闻发生的场景是新疆乌鲁木齐的夜市，在这样平民化的环境中，张书记亲切地与夜市摊主、与食客交流。镜头多运用近景和特写，展现人物的表情，既体现了张书记的平易近人，同时也传达了在场群众见到张书记的热情和欣喜。除了真实的现场音响——夜市中各种嘈杂的声音，张书记与群众交谈的同期声也体现了张春贤与在场群众的良好互动。比如群众看到张春贤发出的“张书记好！”，一位女同志问张书记“羊肉吃得惯不”，以及张春贤询问烧烤摊摊主一天的盈利情况。在这些真实的生活场景中，声画配合恰到好处，塑造了新闻的现场感。在敏感的日子附近，张春贤在夜市这个生活化的场所，与各族群众亲密无间地聊天、喝酒，反映了新疆人民安居乐业、充满信心的生活状态。不仅向新疆，更向全中国乃至全世界展示了新疆的美好生活，正如新闻最后张春贤所说的“给力新疆！新疆亚克西！”

三、纪录片作品评析

1.我们的留学生活——在日本的日子

1999年北京电视台播出的系列纪录片《我们的留学生活——在日本的日子》是中国纪录片市场化的开端。与往常"得奖不叫座,叫座不叫好"的情况不一样,它获得了国际评奖专家、国内受众和行业领导的一致好评;它的市场化运作非常成功,回收成本快而且颇有盈利。导演张丽玲完全是纪录片的新人,她曾在国内做了6年演员,没有任何纪录片的理论和经验。她将纪录片当成故事片来拍。《我们的留学生活》在内容方面,把焦点放在留日中国人的奋斗历程上,注重故事情节,注意起承转合、跌宕起伏,强调对人物心理的剖析和刻画,重视对个体的深挖,使得影片生动感人。另外,《我们的留学生活》与日本富士电视台和北京电视台合作,在创作理念上的交流和拓展使得它成为一部不按传统的纪录片套路出牌而特别注重故事的纪录片。在发行方面,它请专业文化公司运作,首先用电视预告片、报纸采访吸引受众关注,然后坚持在各省台、市台黄金时段播出,形成规模效应,播出一个月后推出音像、书籍,并举办签售和话题炒作活动。这些模式在过去的国产纪录片中都是从未有过的。

2.故宫

2005年中央一台播出的纪录片《故宫》是央视史上最赚钱的纪录片,其收视率与当年电视剧收视之冠《京华烟云》持平。它的国际播出权被美国国家地理频道收购,国际版在世界100多个国家播出。它的正版DVD到现在还在销售。之后,央视沿着《故宫》成功的道路马上投入到《颐和园》的拍摄。三年内,《颐和园》已经发行到了30多个国家,并在100多个国家播出。2010年,它在NHK的黄金时段播出,甚至还作为开台大片在马来西亚高清频道播出。《故宫》之所以取得前所未有的销售业绩,最重要的是因为在制作内容方面学会了在纪录片中讲故事,讲精彩好看的故事,而且用镜头语言讲故事的能力和国际的制作标准接轨了。在制作技术方面,采用了最新的高清设备,还使用了美国拍摄电影的特技航拍手法,这些高端设备甚至是很多央视资深老摄像都从来没见过的。投资逾千万,耗时三年。《故宫》的方式给国产纪录片提供了新的选择。

思考题

1.广播新闻作品与电视新闻作品评析的主要差别在哪里?

2.电视新闻作品中现场感的评析可以通过哪些方面体现?

3.评析第二十二届中国新闻奖一等奖作品《请跟我回家》。

第十一章　网络新闻作品评析

● **本章要求：**

了解：网络新闻的特点；网络新闻的分类

掌握：网络新闻评析方法与要求；评析实例

第一节　网络新闻作品基础知识

一、网络新闻的特点

中国互联网络信息中心（CNNIC）2014 年 1 月发布的《第 33 次中国互联网络发展状况统计报告》显示，截至 2013 年 12 月底，我国网民规模达到 6.18 亿。互联网作为新媒体的代表，承载着相应的社会责任，网络新闻伴随着互联网的发展应运而生。那么如何去定义网络新闻？从新闻学理论的角度来说，网络新闻就是“各种机构和个人在互联网上利用网络技术和网络功能对最新发生、发现或正在发生的事实的报道”[①]。与传统媒体上的新闻相比较，网络新闻具有如下特点。

1. 传播信息高效迅捷

依托于互联网的平台，网络新闻的传播有着其他传统媒体不可比拟的迅捷。刚发生的新闻事件，在网络上的报道的时间间隔甚至可以用秒计算，时效性特点显著。仅就传播速度而言，传统媒体与网络相较落后很多：报纸按天出版，采访、写作、印刷、投递的各个环节所需要的时间是难以进一步压缩的；广播新闻和电视新闻虽然可以采取直播的形式加快突发新闻事件的传播速度，但是稿件从记者传到播音员、主持人手中仍然有一定的时差。依赖于互联网技术的迅捷，网络新闻能够最快速最及时地传播新闻。比如 1999 年 5 月 8 日，北约轰炸中国驻南斯拉夫大使馆的消息在国内是由新浪

---

① 金梦玉主编：《网络新闻实务》，中国传媒大学出版社 2005 年版，第 8 页。

网最早报道的。以新闻时效性来说，网络媒体已经远远超过了传统媒体。

2. 互动反馈迅速及时

与传统媒体的新闻不同，网络新闻得到的受众反馈迅速且及时。目前各大门户网站如新浪、网易、腾讯、搜狐，在每一条新闻里都有留言的设置，供网友在浏览新闻之后发表对新闻的见解。网站新闻的留言成为了网友发表个人观点的平台。以网易 2014 年 11 月 13 日的一则新闻《十年远航，人类探测器首次成功软着陆彗星》为例，(详见 https://www.163.com/tech/article/AAT4T8Q9000915BD.html)在新闻正文的下端有如图 11－1 所示的文字框。网友可以随时登录并发表对于这则新闻的看法，如图 11－2 所示。

图 11－1

图 11－2

如图 11－1 和图 11－2 所示，网友在看完新闻之后，可以即时发表意见，作为一个公开的平台，也会让其他网友看到自己的观点，并且别的网友可以在这个平台上表达对于自己的观点的赞同或反对。网络新闻时代，新闻不再仅仅是“你听我说”，而变为“你说我说”。在网站发布新闻后，受众能够即时地反馈对于这则新闻事件本身的态度，甚至对于新闻发布者的意见和建议。

3.新闻信息来源广泛

“自媒体”时代，新闻的发布者不只是大众媒介，已经延伸到曾经作为受众的每一个普通人。论坛、微博等平台的个人发布，往往能够及时地被各家网站编辑捕捉，并且迅速地发布于自家的网站新闻中。这与传统媒体记者赶到现场再报道相比，大大拓展了消息源，使得新闻网站信息更丰富、更全面。然而，正如硬币一体两面，目前国内网站编辑采用的大量稿件是以转载的形式，自主采访的稿件尚占少数。没有亲临现场、亲自采访，转载其他媒体的稿件就意味着要承担一定的风险——海量的信息来源中夹杂着很多不实消息。虽然这一问题正在逐步改善，网站编辑的审核更严格，但是依然难以完全杜绝这样的弊端。

4.传播手段多元化

在网络新闻的呈现样态中，除了有纯文字、纯视频的形式；还有二者结合，并且加上编辑自己的思路与语言的形式。以腾讯网 2013 年 5 月 15 日的《今日话题》为例，标题为《是什么给了校长带幼女开房的胆量》。在这则专题中，使用了多媒体结合的手段。既有文字报道，也有视频新闻，同时加上了编者自己的逻辑与评论。利用与受众实时互动的优势，这则网络新闻专题的最后设有一个投票“你认为奸淫幼女罪的适用范围需扩大吗”，受众在阅读这则新闻的时候不仅看到编辑的观点，同时也看到其他受众的态度。除了投票，页面末端还有类似图 11－2 所示的网友跟帖部分。多种手段的应用使得这个网络专题丰富、完整，呈现的不仅仅是新闻事件的来龙去脉，同时对于相关法律的探讨和其他类似事件的链接，能够让受众以更全面的视角去看待这则新闻，从而形成自己的观点与态度。

二、网络新闻的分类

1.网络新闻评论

网络新闻评论是“网络传播环境中与传统媒体新闻评论类似的评论形式，即网络媒介大众传播领域对新近发生的事实或信息进行公益性的主观意见表达”[1]。网络新

① 张玉川：《新闻评论教程》，四川大学出版社 2011 年版，第 268 页。

闻评论不同于网络评论,网络评论可以来自于传播者,也可以来自于受众。而网络新闻评论是网络媒体对于新闻事件所表达的自己的立场与观点。以四大门户网站为例,新浪、搜狐、网易、腾讯分别有专门的新闻评论频道,既有对于其他媒体的评论内容的整合,又有网站制作团队对于某些事件的独家评论。这反映了网络媒体对于新闻评论这一领域的重视。毕竟新闻内容总有重合,而各家观点更能体现网站的思想和风格。

2. 网络新闻专题

网络新闻一方面确实具备传播速度快、时效性强、互动频繁的优势,然而另一方面互联网充斥的海量信息会让人无所适从。如一个紧急事件的发生,网络新闻会抢时间发出,甚至一条新闻仅仅是一个标题加上一两句话。这样的碎片化信息会让受众不知如何看待。网络专题是充分利用互联网的科技优势,将文字、图表、声音、视频等多媒体手段整合使用制作出的专题。目前几大门户网站也纷纷将网络新闻专题作为突显其新闻风格的代表。腾讯的《今日话题》,网易的《另一面》,新浪的《新观察》,搜狐的《点击今日》等等,都是编辑团队挑选最新、最重要的新闻事件,对于多个信息源进行整合梳理,通过独立的思考做出的专题栏目。各门户的网络新闻专题栏目也是各有千秋。

3. 网络访谈

网络访谈是借助于互联网的平台,邀请嘉宾针对某一事件或主题进行的访谈。与广播访谈和电视谈话类节目不同的是,网络访谈具备多媒体的特色。既有视频实时播出,同时又有访谈文字的整理,并且网页上还会有专门区块供网友留言、讨论,具备很强的互动性。比如获得第二十二届中国新闻奖二等奖的网络访谈作品《天宫会客厅·四地专家现场连线同步解读天宫一号发射》(http://scitech.people.com.cn/GB/25509/55912/228163/228460/230826/index.html)中,人民网独家推出后方演播室、酒泉、北京指挥中心三地视频有机融合的访谈形式,并与远在太平洋上的远望号测量船进行现场连线,最后四地专家记者、现场观众和强国论坛及人民微博近260万在线网友联动,成为报道的一大亮点。

第二节 评析方法与要求

一、页面设计是否美观

受众在浏览新闻网站时,对于整个网页首先有个第一印象——排版、色彩、头条等等,这些与传统的报纸阅读类似。报纸的版面设计是影响读者阅读观感的重要因素。同样,网站页面设计的美观与否也是决定网络新闻是否好看的重要环节。互联网技术的先进,使得网页设计可以灵活而多变。例如获得第二十二届中国新闻奖二等奖的网页设计作品《振兴中华　民族复兴——辛亥革命百年纪念专题》(http://news.eastday.com/china/xhbn/index.html)，首次采用卷轴样式将辛亥百年历史娓娓道来。用横版的滚动方式，两侧画轴，犹如一幅历史长卷诉说着辛亥革命的百年历史。页面整体性强，在红色的底衬上采用做旧的色彩，全方位地回顾历史。整个专题长达 14 屏，每屏都各具特色，图文并茂，使专题具有很强的可看性。除了这种专门有艺术感的设计，大多的网络新闻专题呈现的是新闻的专业性，如图 11—3 所示。

图 11—3 是网易新闻专题栏目《另一面》的第 428 期(http://view.163.com/special/reviews/cellphoneplane0427.html)《飞机上用手机风险很小但确实存在》一文。从图示可以看出：页面风格简洁大方，标题、导语、正文、用户互动区划分清晰，几组副标题用红色字体，醒目，同时起到分段和逻辑转折的作用。副标题的右侧有红色矩形，其中提示的文字是该段落的主旨。页面的布局与色彩选择能够让用户一目了然地看出编者的逻辑与要表达的重点，兼具美观与实用的功能。

图 11—3

2. 逻辑链接是否合理

在阅读网络新闻时，很容易发现它的一个特有属性——超链接。从一起新闻事件出发，链接出多个与之相关、类似的事件，以及新闻事件中涉及的相关专业知识和理论。受众在阅读一条新闻的背后，链接着数条相关新闻与背景知识。以凤凰网的专题《尊严与梦想：农民工离“新市民”还有多远?》(http://city.ifeng.com/special/nongmingong/index.shtml)为例，如图 11—4 所示，导语中所言“要促进农民工融入城市，让他们成为‘新市民’，不仅仅在于改变一个称谓，而是要给予他们同等的市民待遇，让那些基本公共服务能够惠及每一个进城务工人员!”在正文中，将与农民工有关的新闻整理总结，每个观点性的二级标题都对应着一则新闻，用户可以点击标题的链接或者文字后“详细”所指的链接，都会转至相应的新闻页面。这样的新闻专题制作看似简单，实则不易。要利用现有的材料重新组合整理为一个新的逻辑,将原有的新闻标题改编为专题相应的二级标题,并且能够保证条理清晰,观点明确。也许受众平日会看到很多有关农民工的新闻,但是信息的碎片化难以在受众的心中形成一个明晰的态度与立场。通过这样的新闻链接组合,能够引发受众对于农民工在城市生存这一问题的思考,正视这一群体的利益与保障。无论是简单的一则网络新闻消息,还是网络新闻专题,它们所附带的相关新闻链接能否给受众提供有效的信息,需要新闻作品评析者进一步考量。

图 11—4

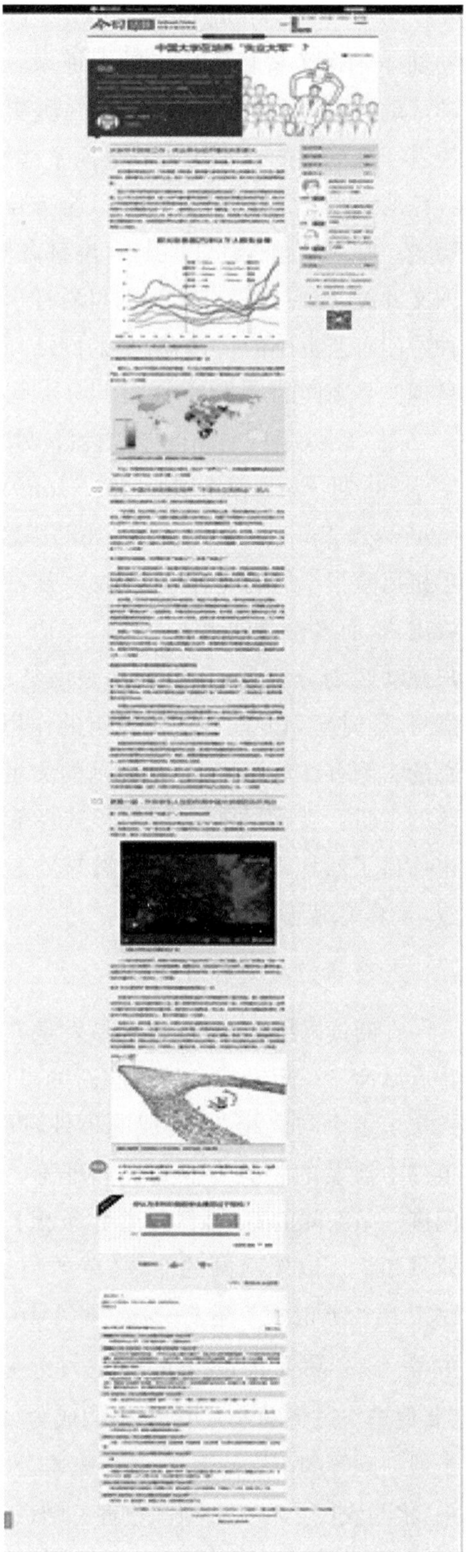

图 11—5

3. 多媒体配合是否适当

网络新闻的呈现是一个多媒体的整合，运用图片、文字、视频等多个手段对于新闻事件进行多层次、多视角的观察，从某种程度来说，是对传统媒体中报纸、杂志的图文，广播、电视的音视频的综合。多媒体配合是否得当一直影响网络新闻的呈现效果。

以腾讯网《今日话题》栏目第 2449 期《中国大学在培养“失业大军”?》为例(http://view.news.qq.com/zt2013/uniworth/index.htm)，见图 11－5 所示。从这则新闻专题的页面可以看出，专题内容的组成既有文字，又有图片、图表，同时还有视频，以及互动投票区和留言区。表现手段的丰富使得专题更具可看性与趣味性。新闻专题中“欧元区各国 25 岁以下人群失业率”与“2010 年世界各国失业率分布图”两个图表使受众能够清楚地了解到其他国家的失业问题。专题中穿插了一条“耶鲁大学学生自己拍摄的招生广告”的视频，让受众了解到国外名校的文化与人才培养的模式，也引发受众对于国内高等教育的思考。用户互动区依然遵循《今日话题》栏目的惯例，既有投票区又有发言区。投票区用简洁的方式了解受众的态度，而发言区则是各种言论并存，是一个开放而公开的言论平台。

第三节　评析实例

一、网络新闻评论评析实例

“老何说和”说了些什么?

宁波市宁海县出了个“老何说和”，成为近期网上人们议论的话题。“老何”是指人，“说和”是指事。最初，大佳何镇退下来的何姓村干部，自愿进行民间矛盾调解，受到老百姓欢迎。后来，县里发现这个做法好，在全县进行推广，成了一个品牌。据 5 个乡镇统计，在不到一年的时间里，像老何这样的调解室调解民间案件 300 余件，涉案金额 300 余万元，没有一起因调解不当而转为刑事案件或群体性上访事件。

当前，农村乡镇(街道)的经济社会发展较快，相伴而来的因土地纠纷、宅基地纠纷、山林承包纠纷、家长里短、邻里矛盾等也随之出现，有些还很激烈。而很多群众对法律知识和司法程序不是很清楚，打起官司来还会产生费用，因此希望通过调解加以解决。而在基层确有一批像老何这样有威望、人缘熟、懂法律、热心肠的老同志。他们出面，很多矛盾会迎刃而解，避免了乡里乡亲的伤和气，节省了时间和由此而产生的费用。宁海县注意到了这一点，积极扶持这一新出现的事物,发挥"老何"们的作用,收到意想不到的效果。截至目前,全县18个乡镇(街道)已全部建立了"老何说和"专职人民调解室。

那么"老何"到底说了些什么呢?

"老何说和",首先是说出了"公平公正"。"老何"们都是当地有一定威望的人,了解周围的人和事,矛盾面前能够有的放矢。在调理过程中,通过说事拉理,给群众一个诉求的机会,倾听他们的心声,并站在公正的角度,不袒护,不偏向,没有个人的私利,群众打心里信服。

说出了存在于基层,外人又难以触摸到的矛盾点。农村"鸡毛蒜皮"的琐事,一般不为外人所知。农村群众相对文化知识有限,遇到问题时,更加渴望得到政策指导、法律服务,需要有针对性的办法。问题面前,"老何"们一看便知,能对症下药。今年年初,溪下王村养殖户王某反映,因承包塘管闸门的人脱岗,导致潮水无法进入而冻死全部白蟹,要求镇政府赔偿。镇农办多次与王某协商,愿做一定补偿,但王某提出过高要求。"老何"根据调查指出,那天的低潮位就是开闸也进不了水。王某被点中要害,自觉理亏,接受了镇里的赔偿。

说出了群众想听的话语。他们与矛盾双方同生活在一块土地上,面孔熟悉,说话不生分,不板着面孔,不居高临下,没官腔,没套话,群众好接受,几句家长里短就促成了问题的解决,用不着非要对簿公堂,出气消怒。有时,他们也可以用一用长者的身份,说些心里话,批评几句、教育几句,群众能接受,有助于问题的解决。

说出人们渴望和谐的心愿。在农村,发生各类纠纷,在所难免,同时,谁都不愿意惹事,都想过安生的日子。"老何"的调节既有法律上的知识运用,更有构建和谐社会的道理,他们了解每个家庭的实际情况,知晓困难在哪里,出路在哪里。调节者和矛盾当事双方的愿望是一致的,老百姓听着信服。所以,解决几百起,没有一起反复的。

有网友评论说:"老何说和"是在"鸡毛蒜皮"中挖到了"金子",一个个矛盾,被解决在萌芽状态,就大大减少了铸成大矛盾的可能,把矛盾解决在萌芽状态,这是用金钱所买不来的。

那么为什么要"老何"来说呢?

现阶段社会矛盾多发,农村的有些情况更加复杂,解决起来也比较棘手,实践证明"老何说和"无疑是一种有效的解决方法。"老何说和"是社会发展过程中所出现的新事物,其社会意义在于它的群众性,基层群众间发生的矛盾,最终由群众自行调解解决,有利于促进社会的和谐发展。调解过程在于大事化小,小事化了,解决在基层,没有发展成为群体事件,也没有形成网上热点事件,是农村社会管理工作的创新,是社会所需,民心所向。

18年前,西店镇王家村两个王姓村民,因承包地问题产生纠纷,关系逐渐僵化，矛盾很深。“老何”在受理该纠纷后，一遍遍地做双方的工作，同时利用自己在村中的人脉和威望，请一些老村干部、老党员、双方当事人的好友一起协调处理，在反复调解六个月后，双方终于做出让步，一桩18年的积案得到解决。

构建和谐社会，重点在农村，难点也在农村。很关键的一点在于创新农村社会管理机制，强化农村社会矛盾的调处力度，正确处理各种纠纷和矛盾，及时恰当地回应和疏导，把问题解决在基层、消灭在萌芽状态。如果不采取切实措施缓解和解决群众中的矛盾，就容易使小问题变成大问题，使矛盾不断发酵激化。近年来，农村不断出现的因邻里纠纷导致的恶性事件，因土地纠纷、房屋拆迁引发的群体性事件，不得不让我们对农村的社会管理工作更加重视。

社会管理创新，农村是个大舞台，没有农村的和谐稳定，就不会有全社会的小康生活。宁海的“老何说和”针对性强，运行成本低，解决实际问题，这一做法是新时期出现的新鲜事，值得提倡。正如同有的网民在留言中所说：“是一种发扬民间智慧的创新”。“老何”说的以及做的，恰恰是当前社会管理工作中所探索出的一套有效办法。①

（来源：中国宁波网　作者：李广华）

文章第一句“宁波市宁海县出了个‘老何说和’，成为近期网上人们议论的话题”，表明这则网络新闻评论的主题来源于网络，并且文中引用的“网友评论”和“网友留言”都表明网络新闻评论对于网友言论的重视。“老何说和”是出现于宁波市宁海县民间的调解组织，它以民间调解的方式把矛盾化解在基层，对现阶段矛盾纠纷多元化、复杂化的实际情况非常具有针对性。社会管理创新是2011年中央抓的重点工作之一，浙江省被确定为试点省，而宁波又是试点地区。当前社会矛盾频发，如何探索这一新的社会管理机制，为改革发展服务，是摆在各地面前的一项重要工作。该评论针对“老何说和”这一民间新出现的调解方式进行客观评述，指出这一做法之所以受欢迎，最重要的原因是坚持了“公平公正”原则，符合基层实际，找到了矛盾点，回答了老百姓渴望解决的难点问题，说理性强，论据充分，对基层的社会管理工作具有很强的指导意义。评论结合系列报道回答了“老何说和”这一民间调解组织，在调动基层资源，维护社会和谐稳定方面的典型示范意义，起到了引导的效果。有网民留言表示“‘老何说和’是一种发扬民间智慧的创新”。文章结构清晰，条理通顺，有理有据地说明民间调解的重要意义。

---

① 原文网址 http://news.cnnb.com.cn/system/2011/08/02/007023263.shtml

二、网络专题评析实例

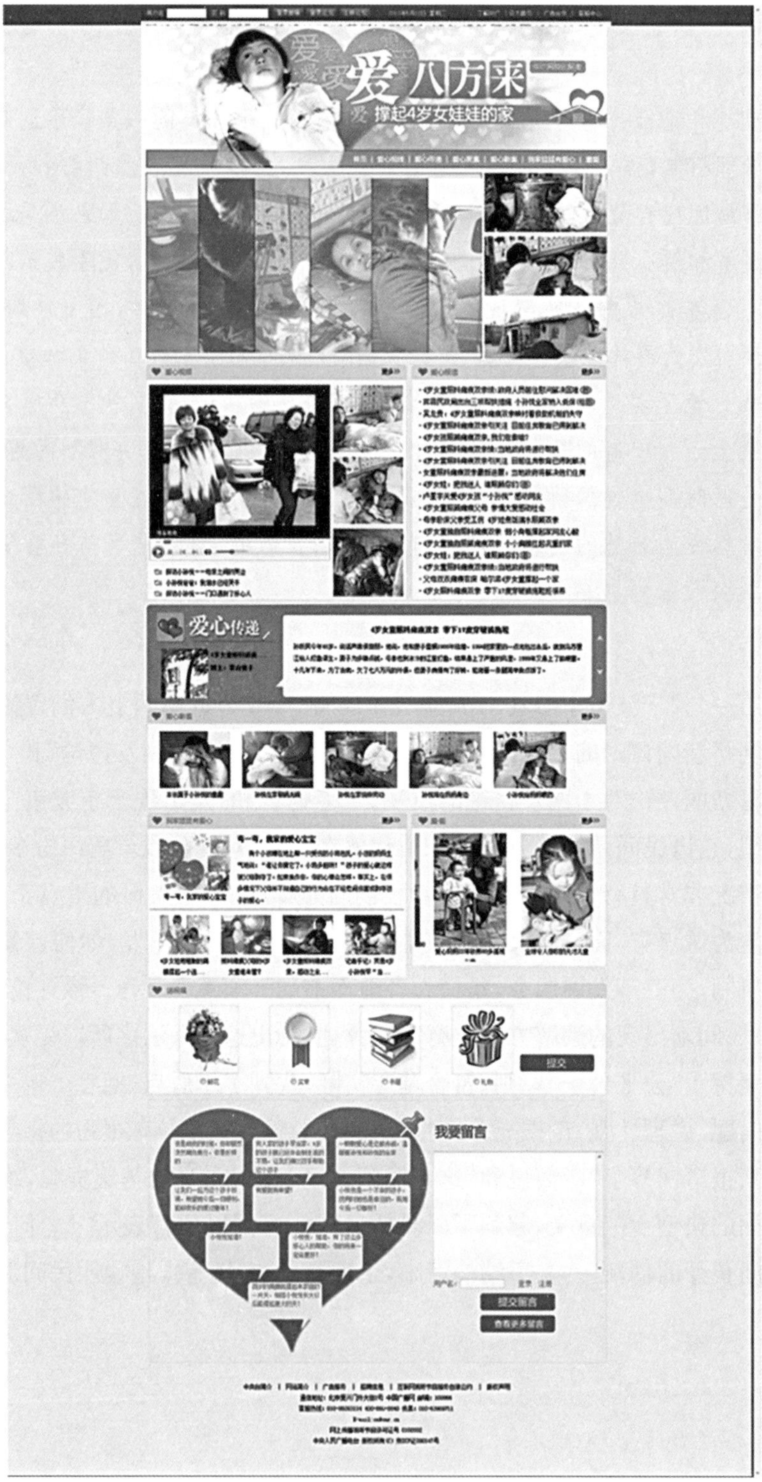

图 11－6

《爱，八方来——撑起4岁女娃娃的家》

《爱，八方来——撑起4岁女娃娃的家》是中国广播网获得2012年获得中国新闻奖二等奖的网络新闻作品。是一则让人心碎同时也感到温暖的网络专题。专题以记者深入基层得到的第一手资料，用文字、图片、视频等多种方式，全面、翔实、及时地报道了四岁女童孙悦用稚嫩的小身躯照顾残疾双亲的故事。更重要的是，这些报道感动了社会上无数好心人，他们纷纷伸出援手，自发地救助这个贫困的家庭。当地政府看到报道后，也及时启动贫困帮扶机制，对小孙悦一家提供了低保等必要的帮助。专题向人们揭示出，即使互联网上曾经出现过质疑中国红十字会和慈善事业不透明等负面新闻和声音，但是，在现实社会中，社会主义核心价值观和中华民族的优秀道德传统仍然是主流价值观，扶弱济贫、帮穷救困的社会氛围越来越浓厚。而对于互联网的善加利用，可以推动这种社会良好氛围朝更健康的方向发展。专题以温暖的粉红色为主色调，以记者的报道和网友的互动为主要内容，以图文、视频报道的方式，全面、详实地展现了“一家有难，八方支援”的故事。专题设计风格大方、简洁，内容丰富，互动形式多样，充分运用了互联网信息量大、互动及时的特点，将一个感人的事件呈献给网友。①

思考题

1. 试析网易与人民网首页的区别。
2. 分析腾讯《今日话题》的页面设计特色。
3. 网络新闻与报纸新闻的区别有哪几点?

① 来源：中国广播，作者：集体创作，原网址：http://www.cnr.cn/2011zt/aibafanglai/页面展示。

第十二章　自媒体新闻作品评析

● **本章要求：**

了解：自媒体新闻作品定义；自媒体新闻作品分类

掌握：自媒体新闻作品特点；手机新闻、手机新闻评析

第一节　自媒体新闻作品基础知识

一、自媒体新闻作品定义

近几年经常有学术论文和媒体作品提到“自媒体时代”的字眼，那么自媒体究竟指的是什么？根据美国新闻学会在 2003 年 7 月出版的由谢因波曼与克里斯威理斯两位联合提出的“We Media(自媒体)”研究报告中，对“We Media(自媒体)”下了十分严谨的定义：“We Media 是普通大众经由数字科技强化、与全球知识体系相连之后，一种开始理解普通大众如何提供与分享他们本身的事实、他们本身的新闻的传播途径。”联系到今日中国媒体业现状，无论是手机报，还是微博、论坛、移动新闻客户端，都无一例外地符合自媒体的定义。自媒体的新闻作品可以来自大众媒体，也可以来自普通大众。本书所言“自媒体新闻作品”主要是指大众媒体在自媒体时代衍生的新闻作品。

图 12—1

二、自媒体新闻作品分类

1. 手机报

手机报(Mobile Newspaper)是依托手机媒介，由报纸、移动通信商和网络运营商联手搭建的信息传播平台，用户可通过手机浏览到当天发生的新闻。手机报可以为企业发送大容量的多媒体信息，包括长达 1000 字的文章、50K 的图片。手机报的浏览方式有两种，一种是手机彩信模式，另一种是 WAP 浏览模式(如图 12—1)。在我国，手机报出现于 2006 年，近年来因为智能手机的发展，移动新闻客户端逐渐满足了用户使用手机

阅读新闻的需求，手机报的热度逐步减退。

2.微博新闻

2009 年 8 月，新浪网推出“新浪微博”内测版，成为中国第一家提供微博服务的网站，微博正式进入中文上网主流人群视野。随即各大门户网站相继推出自己的微博服务。目前影响力较大、用户数较多的有新浪微博、腾讯微博等。2014 年 1 月中国互联网络中心发布的《第 33 次中国互联网络发展状况调查统计报告》显示，2013 年微博用户为 2.808 亿，用户数量的庞大扩张了微博的影响力。微博上每个人都是信息的发布者，这样无疑增加了消息源与信息量，但同时也使真假消息鱼龙混杂。与普通人的微博消息相比，媒体的微博更具公信力。报纸、杂志、电视等多家传统媒体纷纷开设了微博，用另一个平台传递信息，提升影响力。图 12－2 所示为《新京报》在新浪的官方微博，既有新闻消息，也有新闻评论，读《新京报》的微博类似于读一份精简的报纸：

【今日北京局地阵雨 东南地区夹扎沙尘、脏雨】北京气象局消息，今日北京东部出现局地阵雨，预计到傍晚前结束，现在还看不出来对晚高峰的影响。据北京环保监测中心数据，截止14时，东南地区夹扎着沙尘和脏雨，污染情况较重，通州、顺义、朝阳、东城等地为五级重污染。（记者金煜）

5月24日 15:31　来自 新浪微博　　转发（105）｜ 收藏 ｜ 评论（36）

#新京报快评#【改革养老双轨制，没道理不改公务员】据报道，自2009年事业单位养老保险改革试点至今，进展一直十分缓慢，遭事业单位人员普遍质疑，常见说辞“为何不改公务员？”谁先谁后，不是固守特权的理由。统一推进改革，才能消除怨言，维护公平。@新京报评论

5月24日 15:11　来自 新浪微博　　转发（105）｜ 收藏 ｜ 评论（51）

【广东高院收到许霆申诉 将依法公正处理】曾因自动取款机故障先后取款171次，获取17.5万元人民币，被法院一审判处无期徒刑的许霆，日前向广东高院申诉要求重审。许霆称，当年他用银行卡取钱的行为是“透支”而非盗窃。广东高院24日证实，确已收到许霆申诉，并表示将依法公正处理。http://t.cn/zHqvpxq

图 12—2

3.移动新闻客户端

当今智能手机、平板电脑的流行进一步缩小了新闻阅读所需的设备,移动新闻客户端应运而生,受众不再受时间和空间的限制,随时随地便可知晓天下事。各家门户网站纷纷推出自己的移动新闻客户端。2013 年 5 月初,搜狐、新浪相继公布各自新闻阅读客户端的下载量,前者已然破亿,后者也已高达 4800 万①。这一数据将伴随智能手机与平板电脑销售量的增长而不断扩大。值得一提的是,移动新闻客户端并不是对新闻网站的简单复制,无论是编排还是内容都有区别。设备与技术的不同一方面使得版面与字体等在视觉上出现差异,另一方面导致用户阅读习惯上的差异,因而移动新闻客户端与 PC 端的网站编排各不相同。图 12—3 所示为网易新闻客户端。

图 12—3

三、自媒体新闻作品特点

1.简洁明了

无论是手机报、微博还是移动新闻客户端,接收设备都是电脑、手机和平板电脑。手机报和移动新闻客户端由于受到设备的限制,文字需要简洁易懂;微博由于受到 140 字的字数所限,所言也需简单明了。传统媒体的微博新闻有两种形式:一是为了增强时效性即时发送的最新消息,如图 12—4 所示为新华社官方微博“新华视点”的一则微博新闻,全文只有 60 字;另一种是对于自己报纸或节目的新闻报道内容进行概括,并附上相应的原文链接。图 12—5 所示即为《人民日报》的一条微博新闻,由文字简介、网址链接和图片组成。

【海监巡航钓鱼岛领海】根据国家海洋局网站消息，2013年5月23日，中国海监66、46、26船编队继续在中国钓鱼岛领海内巡航。 记者罗沙

5月23日 15:05 来自 摩托罗拉智能手机　　转发 (19) | 收藏 | 评论 (15)

图 12—4

① 2013 年 5 月 27 日《科技日报》。

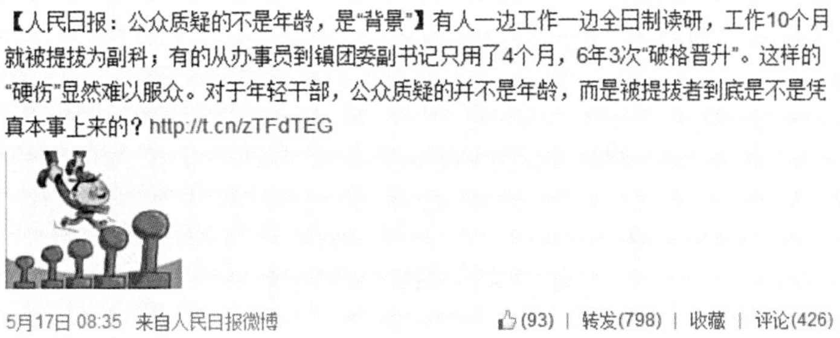

图 12—5

2. 互动性强

与网络新闻相似，自媒体新闻也具备极强的互动性。留言与讨论区成为用户的公开言论平台。前一秒钟发送的新闻，后一秒钟就可以收到用户的留言与反馈。前一个用户的留言又可以引发其他用户的讨论与回复，每一则新闻都有独立的讨论区，不同用户的态度与观点都得以呈现。以新浪微博为例，除了常见的微博评论和转发之外，还有专门开辟的留言板区域，图 12—6 所示为新华视点的留言板。

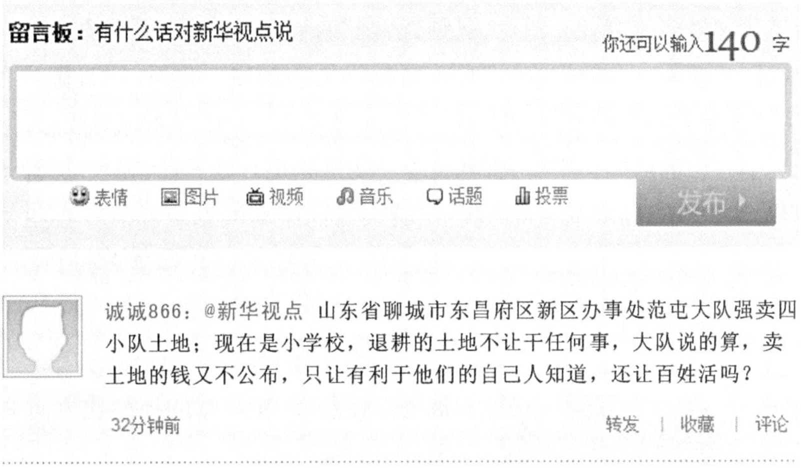

图 12—6

3. 新闻源广泛

自媒体中充斥着海量信息，每一位使用者都有可能成为信息发布者。传统媒体在自媒体中同时扮演消息审查与发布的角色——在众多的信息源中选取真实有效的信息发布。以党报《人民日报》和都市报《新京报》为例，在其官方微博发布的消息有三类：当天报纸刊登新闻的简介与链接；不在当天报纸刊发的消息；转发其他微博的消息。前两类都是属于报社记者自己采访的新闻消息，这与传统媒体平台的模式相同，而后一类则扩充了报纸在微博中发布的信息量。转发的消息可以来自其他媒体，或相关机构的官方微博，还可以是新闻事件当事人已被认证的微博消息。传统媒体经营多年,积累了一定的用户,这些用户在使用自媒体时往往会依照阅读习惯关注传统媒体的官方微博,使得传统媒体的微博粉丝数得到保证。截至 2014 年 2 月 25 日 12 时,《人民日报》的粉丝人数已达到 1631 万,《新京报》作为一家北京地区的都市报,粉丝人数也达到 487 万。可见传统媒体通过自媒体平台能够进一步扩大自身的影响力。

第二节　评析实例

一、手机新闻

目前手机新闻的阅读形式主要是移动新闻客户端,正如新浪、网易、搜狐、腾讯、凤凰这几大门户网站分别有自己的风格,其旗下的移动新闻客户端也各有特色。客户端的内容自行制作,根据内部标准编排新闻热点。由于制作团队的理念不同,同一时刻各家客户端的新闻编排不尽相同。以网易新闻客户端和腾讯新闻客户端为例。首先,页面的色调就各有特色——网易使用的是网易门户网站的红色基调,腾讯沿用的是自己网站的蓝色基调。其次,页面上端按照新闻分类的导航部分基本相同,而页面底端的设计腾讯比网易多了"新闻、图片、视频、话题"的导航。最后,腾讯的几条新闻中间会夹杂一则图片新闻,而网易的客户端首页都是文字新闻。此外,移动新闻客户端与 PC 端的网站编排各不相同。以 2013 年 6 月 3 日下午 14 时作为时间节点,网易新闻客户端位居前三位的新闻分别是《吉林禽业公司液氨爆炸致 61 人死亡》、《神十运至发射区 6 月中旬发射》、《每日轻松一刻(午间版)》;而网易网站页面居于头条位置的新闻分别是《吉林禽业公司液氨爆炸致 61 人死亡》、《习近平:加勒比从未离开我的视野　晤 8 国政要》、《中储粮大火因短路引发　9 名员工被警方控制》。客户端的视图比网页要狭窄很多,用户在预览客户端的新闻时只能从上到下,而在预览网页新闻时,同样时间内接收到的信息会比客户端多。因此客户端的编排除了按照新闻的时新性和重要性编排之外,还要参考新闻的趣味性和贴近性。网易新闻客户端的《每日轻松一刻》是只在客户端独有的新闻专题策划,无论图片选取和话题尺度都更适合便携设备的阅读,编辑与网友的互动更为频繁。

图 12—7

如图 12—7 为 2013 年 6 月 5 日 16 时 41 分腾讯新闻客户端首页在 iphone 上的显示,首图《延安城管大厦高 30 层　与宝塔山隔河相望》的新闻占据手机屏幕的一半，可见移动新闻客户端很看重图片的使用。随后的三条新闻分别为《吉林官员拒回答大火事故原因》、《中国对欧盟葡萄酒启动双反调查》、《北京“七环路”2015 年通车》，这一区块等同于报纸新闻的头版头条位置，移动新闻客户端的头条位置选取的新闻多为与民生相关，是百姓切实关注的话题。移动新闻客户端的新闻往往比网站新闻更加亲民，置于掌心的阅读让用户更轻松也更随意。在每条新闻标题后面，都有字体比标题小、颜色比标题浅的对新闻的概括，类似于副标题或导语，适合使用智能手机和平板电脑的用户快速阅读，不需要点进正文，即可了解新闻的大概。

二、微博新闻

如果说移动新闻客户端的终端涵盖了手机和平板电脑，那么微博的终端则包含手机、平板电脑，以及个人计算机(PC)。正是因为多终端的接收、用户数的庞大，使每一条微博上发布的消息，都有成为新闻的可能。微博新闻可以分为两类：一类是官方微博；一类是个人微博。官方微博通常是某个行业、某个机构、某家媒体的专用微博；个人微博又包括名人微博与草根微博。在这两类微博中，新闻发布最多的为媒体的官方微博，和职业与媒体相关的个人微博。

《新京报》是北京地区的一家都市报，而它的名气却远播北京以外的地区。一家都市报的影响力何以能传播到发行地区以外呢？与网络的传播息息相关。截至 2013 年 5 月，《新京报》的新浪微博粉丝数已达 315 万。在新京报的微博内容中，既有自家媒体的报道消息，同时也有转发其他家媒体的微博消息。图 12—8 所示为 2013 年 6 月 10 日《新京报》于新浪微博发布的一则消息。文字后带有《新京报》网站的原文链接和记者所拍摄的工作人员开始调整出租车计价器的照片。原 900 字左右的报道用微博缩减为 130 字左右。在百余字的消息中，能够非常清楚地说明出租车实行新价格的标准。

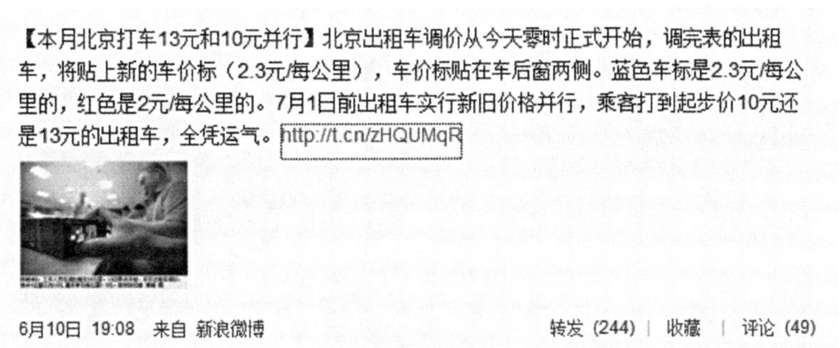

图 12—8

李承鹏早年是足球评论员，后以“时评人”、“作家”的身份活跃于新浪微博。2013 年 4 月 20 日，四川雅安发生 7 级大地震。自 20 日当天开始，李承鹏的微博一直在关注雅安地震。20 日上午 10 点 39 分发布他得知地震的微博，中午 12 点 39 分的微博发布他将组织救援队前往雅安一线救援的消息。随后的微博一直在发布于雅安救援的所见所闻。直到 5 月 4 日“成都,我从雅安赶回来了……我要呼吸。”的微博,他在雅安的救援才结束。救援期间的微博可以作为微博新闻的典范来评析。图 12—9 是李承鹏在 2013 年 4 月 22 日的一条微博,这则微博新闻时间、地点、人物、事件、原因等新闻五要素皆具备,并且还有非常清晰、明确的数据做支撑。除此之外,还有现场的四幅图片。这条微博得到了 2 万余次转发,6000 余则评论,是一条具有影响力的个人微博新闻。

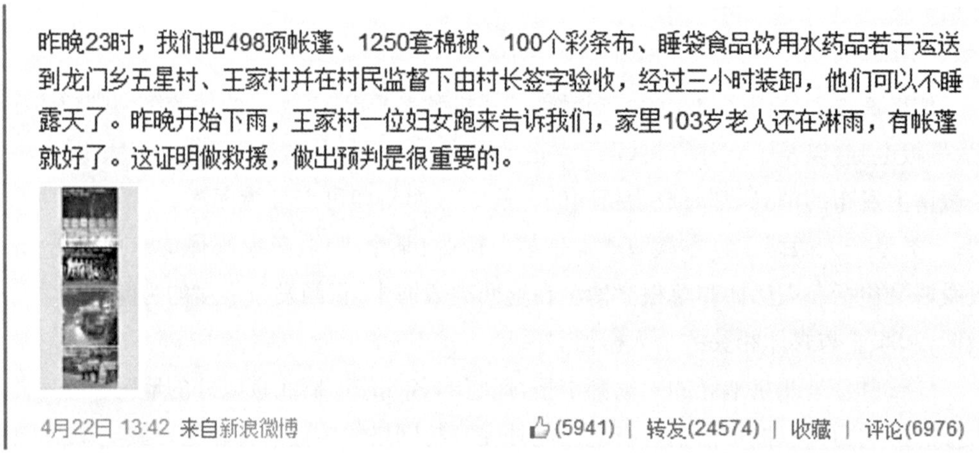
昨晚23时，我们把498顶帐篷、1250套棉被、100个彩条布、睡袋食品饮用水药品若干运送到龙门乡五星村、王家村并在村民监督下由村长签字验收，经过三小时装卸，他们可以不睡露天了。昨晚开始下雨，王家村一位妇女跑来告诉我们，家里103岁老人还在淋雨，有帐篷就好了。这证明做救援，做出预判是很重要的。

4月22日 13:42 来自新浪微博　　(5941) | 转发(24574) | 收藏 | 评论(6976)

图 12—9

思考题

1. 比较网易新闻客户端与百度新闻客户端的异同。
2. 与传统媒体新闻相比,微博新闻的优势与劣势体现在哪些方面?
3. 草根微博发布的新闻与官方微博发布的新闻特点不同,主要表现在哪些方面?

附录一
思考题参考答案(部分)

第二章　新闻作品评析方法

1. 研究新闻作品，只有尽可能地把它放在广阔的时代背景下分析、比较、衡量，才能做到既有“点”上的了解，又有“面”上的把握。新闻是时代的产物，与它所产生的时代有最直接、最密切的联系。优秀的新闻作品，大都在不同程度上，从不同角度、不同方面记录了它所产生的那个时代的生活和斗争。每个时代所产生的无数新闻作品，犹如一面镜子，折射出那个时代的人世百态，展现出那个时代的社会风情。所以，了解和把握新闻作品所产生的时代，对我们研究新闻作品是大有裨益的。

2. 这是美国著名记者霍墨·比加特采写的反映重大历史事件的新闻名篇。新闻报道中，真实反映客观事物是最基本也最重要的。此文通篇都是客观地叙述介绍，记者不直接发表任何议论，将自己的观点寓于事实之中。如记者描述重光葵“步履蹒跚，拖着木质假腿走到铺着粗呢台布的桌子旁”的颇为可怜的形象后，补充道：“如果人们不是对日军战俘营中的暴行记忆犹新的话，也许会不由自主地同情重光葵。”还有，“参加整个仪式的任何一方都没有同日本人打招呼，唯一的例外是日本外相的助手，有人同他打招呼，是因为要告诉他在哪里放日本请求无条件投降的文件。”这样的说法，明显地表达了记者对日军暴行的愤怒。整篇报道不仅客观，也具有思想性。

记者通过进行细节描写，将历史场景真实再现，把重光葵无奈、恐慌、无助的复杂心理凸显出来。如：“重光葵步履蹒跚，拖着木质假腿走到铺着粗呢台布的桌子旁”，“他把全身重量都压在手杖上，好不容易才坐下来”两句，将战败对日本的沉重打击表现得淋漓尽致。“他把手杖靠在桌子旁，然而，在他签字的时候，这手杖倒在甲板上。”“重光葵身穿早礼服大衣和带条纹的裤子，头戴丝质高帽，双手戴着黄色手套”，这是对重光葵的外貌描写，与下文“当重光葵爬到右舷梯顶端，登上‘密苏里’号甲板时，脱掉了他的高帽子”相呼应，而脱掉他的高帽子，体现出他的无奈与悲伤。另外还提到“日本代表团由 11 人组成，他们衣着整洁，表情悲哀。”这些细节使读者仿佛亲眼见到这一重大的历史事件，见证了邪恶势力的落幕。

这篇报道不仅对日本签字投降这一事件进行了报道，还提及了过去日本的暴行及对其他国家造成的伤害。在介绍麦克阿瑟身边的两个人时，记者特别提到了他们过去的经历："温赖特中将在科雷吉多尔岛失守后被俘，长期的战俘生活，把他折磨得憔悴不堪。珀西瓦尔中将在大战中另一个不幸的日子里放弃了新加坡，向日军投降。"提及这些历史片段，加强了事件的厚重感，震撼了人的内心。

3. 首先，这篇消息体现了记者具有较强的新闻敏感。在仪式结束后，同行的摄影记者想多拍照片，便多停留一会。结果发现：刚参加开机仪式但尚未进田的3台收割机慢慢掉头离去；4台收到一半的收割机也由麦田回返；5台收了400米左右的收割机也边收边返；开来装麦的4辆卡车有1辆空车直接开回去了。这让记者产生了"龙口夺粮"为何不一鼓作气收割的疑问。正是这种敏感引发了记者一探究竟的念头。

其次，主题鲜明，耐人寻味。当今有一些经济活动带有明显的弄虚作假、欺骗领导和群众的色彩，也有一些经济活动不顾客观规律和实际情况，大搞形式主义。这篇报道中记者抓住这一事件，通过农场一位负责人和老师傅的话揭示了这种具体做法的危害：既劳民又伤财——为营造这种虚假的氛围，不仅打断正常的工作，还影响产量，浪费工夫。记者在批评这一事件的同时，也引发人们思考：工作到底是要落到实处还是追求表面的花哨。这个报道对实际工作有着很强的警示意义。

最后，语言通俗易懂、生动形象。这篇消息语言通俗，容易理解。记者还使用了很多形象的词语描述收割机的工作，例如"剃头"、"吐"、"肠梗阻"等。这些词语准确、生动，给本来严肃的批评报道带来一抹轻松的色彩。

第三章　事实类作品评析(上)

1.

第一，导语精彩，结尾简练。

导语里借他人之口展现神舟飞船成功返航的事实，并表达了激动之情，这样的导语渲染了一种鼓舞人的氛围。

结尾部分将具体的返航流程、返航时主人公杨利伟的动作、返航现场的氛围用简练的语句进行描写，并在最后用一句话点明了主题，这样的前瞻性结尾使人信心倍增。

第二，体式巧妙，文字精练。

短短三百多字，将飞船返航这一重大新闻真实、生动、及时、完整地报道出来。主体部分将航天飞机的着陆点、着陆时间、航天员的身体状况简要描述之后，马上跳笔，讲述北京指挥中心宣布行动取得圆满成功。行文流畅，体式安排巧妙。

2. 体育新闻因体育活动的特殊性而有着不同于一般报道的要求。

第一，内容详细，语言简练。

射击比赛分为预赛和决赛,而选手要取得冠军,则需要预赛和决赛都发挥出色,导语中将最主要的信息告诉了读者:夺冠、奥运入场券。

同时在第二段中紧跟着导语说明了获得金牌的过程,语言简练。并且新闻让主人公开口说话,通过背景介绍,使读者对冠军选手有了较为深入的了解。

第二,令人遗憾的结尾。

不知从什么时候,形成了一种风气:总想把更多的信息塞到一条消息中。这种做法无异于狗尾续貂,将与消息事实不相关的信息塞到消息的结尾,不但与消息标题不搭配,而且让读者一头雾水:这则新闻到底要讲什么?

第四章　事实类作品评析(下)

1.通讯作品可以从内容和形式两方面来评析。形式部分可分为结构、表现手法和语言特色三部分;内容主要是通过紧紧把握通讯作品主题来进行评析。

2.19 世纪 30 年代,我国境内开始有了近代中文报纸。早期报纸上以传递信息为主的"报道",大都是几十字、百把字的短稿,采取客观的口吻,简短概括地介绍人物和事件,极少有详尽的文字叙述,似今天的简讯之类。随着社会对信息日益增长的需要,人们对那些重大事件、有趣见闻等,已不满足于简略的报道,而要求详尽的记述,因而逐渐出现了通讯这种体裁。早期的通讯以纪实性通讯和旅游考察通讯居多,后来人物通讯和故事通讯也逐步增多。20 世纪 50 年代大量出现工作通讯和深度报道。

3.(1)

①主题

在偏远山区辛勤劳动的五叔五婶,直到五婶染病在床、生命垂危时,他们仍然咬着牙,想让两个娃儿考上大学。而儿子最大的心愿就是毕业后回家,把娘的病治好。捍卫普通人的权利,尊重普通人的情感,是永恒的主题。这篇通讯虽然没有十分重大的主题,但是它的故事却十分感人。作者在回到北京之后说的第一句话就是"活在北京有罪啊",它不但是对贫困、对弱势的关注,同时也是对我们自身的一次反省。

②形式

这篇通讯最成功的地方就在于那些感人至深的细节,形象细致的刻画,使人如同亲见一般。作者用最朴素的文字让每一位读者的心灵都受到了洗礼。动作、语言、神态、情绪、形状、色彩、气息、场景这些有声有色、有景有情的细节突出出来,组合起来,在读者面前构成了一幅生动的画面。直接引语的运用,直观地表现出朴实的五叔五婶对子女义无反顾的爱,那能触动心灵最深处的亲情,以及那些在经济落后地区的人们所背负的沉重生活负担。

(2)

①主题

“文章合为时而著,歌诗合为事而作”。王乐义这个典型的推出,正是顺应了时代的需要。这篇通讯回答了“农村基层党员的先进性体现在哪儿?社会主义新农村怎么建?”的问题,主题重大,并且具有很强的现实指导意义,体现了对时代脉搏的准确把握和对形势的正确判断。

②形式

结构方式上,这篇通讯不是以常见的第三人称方式来记述,而是从外围入手,以王乐义周围熟悉王乐义的人的直接叙述来结构篇章,每一节的小标题都是以这些人的话来提纲挈领,画龙点睛。在这篇人物通讯中,记者不光选取了他的感人事迹,还注意到了反映出王乐义并不那么“完美”的细节。比如在大棚技术发明之初,王乐义曾答应村里人,一定要把这个专利技术“捂住”。而后,县委书记来做工作,要他在全县推广,副总理看了,要他向全国推广。王乐义内心也有挣扎,但最终,他用最质朴的理由说服了自己:我是三元朱村的支书不假,可我还是共产党员,天下农民是一家,共产党员为农民服务还分哪村哪片儿?正是这样对心路历程的细致描摹,使得王乐义后来拖着病残之躯,行程数十万公里,走遍大半个中国推广大棚技术,鼓了亿万农民的钱袋子,事情真实可信,打动人心。

第五章　言论类作品评析

1. 简评:

这篇言论构思独特,把看似无关的教育界的不良学术现象与卖假证的社会不法行为进行比较,机智风趣而又严肃深刻,达到了寓庄于谐的效果。通篇语言生动,反话正说。如文中写道:“对出聘书的校方而言,看上去也不过是‘成本’问题,反正也无需影星上课教授,不必为教学质量低下而引发负面影响担忧;而对影星本人而言,不必经过考核评审,摇身一变为知识精英,简直是物美价无的事。”又如:“聘影星为不搭界的‘教授’,证书绝对是真的,完全符合法律和相关规定,但此举的影响效果呢?不敢妄议。不过,影星教授在受聘场合的一句不乏诚实的话,还是值得在此一录的:我学历低,不可能给大学生上课,有了教授头衔我就可以名正言顺地进校园了。原来如此!名牌大学的教授聘书的价值不过约等于一张出入证。”

在论证上,使用对比。通过“办证”与“教授”的鲜明对比,将明星通过被聘为教授的行为与办假证联系起来进行比较,指出二者的本质都是虚假,从而有力地针砭了教育界和学术机构急功近利、虚夸浮躁、丧失学术尊严的做法。

2. 简评：

从立论上来看，本篇言论针对姚丽事件，立意新颖，选取论点视角独特。一般评论都是就事论事，而本文却从事件所反映的现实意义出发，提出不是英雄也有选择的权利这一论点，思想有深度。

从论证上来看，论证准确深刻，讲究逻辑。首先从姚丽事件本身论及法制社会对生命应当尊重，再论证生命重于财务，进而指出每个人都有选择生存或者舍生取义的权利，最后到论点的提出，整个思路十分清晰。并且充分使用例证和理论论据，如在论证“生命重于财务本身”这一观点时，就引用了胡适的话作为理论论据。

最后来看结构。本文采用的是递进式结构，论证层层深入。

提出问题：生命的权利和财产哪个更重要。

分析问题：法治社会，银行职员只是一个普通职业，没有必须付出生命的义务——见义勇为不是法定义务，姚丽的问题属于一个生命权利和劳动权利的问题——时代前进了，要求更加尊重生命——批评那些对姚丽持轻视态度的人，指出不该将付出生命的道德尺度强加于人。

得出结论：“在今天，我们应该承认，不是英雄，也有权利。这个权利不是一个银行职员的特定权利，而是普通人在临难时刻保住自己生命的权利。”

第六章　西方新闻作品评析

3. 作者匠心独运，选择一个较小的切入口，通过东德儿童对未来新世界的看法，来反映这一重大的社会政治主题，显示出记者在构思时的独特视角。

他们对家庭动乱、国家变革和社会行将发生的巨大变化感到震惊和困惑。记者正是紧紧抓住这一点不放，不惜笔墨地详尽描述，从而把儿童心目中的新世界展示得淋漓尽致，引发读者深长的思考。

熟练地运用客观手法，是这篇报道的又一特点。记者站在客观的立场，通篇几乎未作评论，只是一段段地引述孩子们作文中的句子，以及东德教师尼希太太的原话。语言朴实，不事渲染，让事实本身说话，力避记者出面的主观感情的介入。这样巧妙运笔，使得整个报道真实可信，平实客观。记者虽是在平静地叙述这些事，却给读者以强烈的震撼，并留下了无尽的想象空间。

第七章　中外新闻作品特色比较

1. 简评：

文章是一篇典型的人物通讯，通过乡邮递员一个个生动感人的故事，将典型人物的形象鲜活地刻画出来，展现出他的青春就像格桑花一样在孤独中绽放，放射出生命的亮色。文章记叙了王顺友在异常艰苦的条件下,牢记自己的使命和职责,20多年如一日,忠诚履行一个共产党员和邮政工作者的职责,从没有延误过一个班期,从没有丢失过一份邮件,投递准确率达100%。他没有豪言壮语,没有惊天动地的举动,有的只是一桩桩、一件件极其普通、极其平常,但对大山里的群众来讲却极为重要的小事。这些小事汇集起来就集中体现了"马班邮路"战胜困难、勇往直前、艰苦奋斗的精神;体现了他们牢记使命、尽职尽责的忠诚敬业精神。从而用"三贴近"的写作手法将普通人的光辉形象塑造得更加丰满。

《索玛花儿为什么这样红》这篇带着高原风雪、山乡泥土、清香扑鼻而来的佳作,让人读后无不为文中主人公的先进事迹所动容。文中所展示的人性美和高尚情怀,鼓舞着受众在自己人生的道路上奋勇向前。它带给人们的记忆和思索将会是美好而长久的。文章通过简洁、生动、朴素的语言表达了真实的场景和感人的气氛,并且通过引人注目的标题和细节将情感渗透到了人们的内心深处。对新华体的写作来说,这无疑也是一个大的突破。

2. 在题材选择上,中国新闻事件讲究主题重大,强调事件的显著性。在中国的新闻报道中,政治、经济方面的题材受到高度关注,有关政府工作会议、国家领导人活动、国家各项方针政策的报道一直占据重要位置和较大比例。这是由于中国的新闻事业是上层建筑的一部分,新闻媒介是党的宣传工具,注重发挥"喉舌"作用导致的。西方的社会新闻产生于19世纪30年代"大众化报纸"盛行的时期,最初以报道色情、凶杀的内容居多,后来内容虽有所拓展,但仍留有先前的印记,从报道政治和国际事务而转向重视生活方式、著名人物、娱乐和名人犯罪及丑闻。前些年有关"辛普森杀妻案"、"黛安娜王妃之死"、"克林顿性丑闻",近年来有关"约翰·杰克逊猥亵男童案",更是令媒体前赴后继。这与我国社会新闻注重反映社会生活、社会发展状态、社会事件和社会问题有很大不同。

中西方新闻报道的主题有很大不同。中国的新闻传播带有浓厚的道德教化色彩,重视"用事实说话",即通过新闻报道来宣传一定的思想,表达一种无形的意见。注意树立正面典型,通过人物报道弘扬共产主义精神,服务于社会总体目标和中心任务,致力于社会的进步与发展。而在西方国家新闻媒介的编辑方针中,都把满足读者需要作为重要的实务指导原则和评价新闻传播效益的重要标志。他们的"重大"多以个体为视点,聚焦于人的生存环境和生存状态,对个体之重要便是新闻价值之重要。西方新闻报道中的人物,一般都是并未做出光辉事迹的普通人,作品中也并未试图通过人物描写表现他们的高尚道德与崇高追求。他们经常面临艰难的生存环境或处于社会底层,有的人甚至违反法律,违背道德,颇具矛盾色彩和争议性。

第八章　期刊作品评析

1.文章评析:

当旧有的新闻体裁日渐成熟后,它们也不可避免地走向模式化。此时,“期刊体(业界、学界并无此类称呼,为加以区别,姑且称之)”文章蓄势待发,大有星火燎原之势。然而一种文体的发展总会起伏再三,不论新兴文体的前景如何,演变和创新总是一股令人期待的力量。本文就是一篇典型的“期刊体”,对此,不妨从以下角度进行评析。

(1)体式

“期刊体”和“网络体”的出现原因大致相同,均是结合自身的特点在旧有的体裁上演变而来的。期刊在时效性上无法与日报和网站竞争,所以在选材上侧重于话题性、延续性,尽量避免以一事一物为中心作应时之文。该文就是典型的话题性文章:对于“‘80后’创业”这个话题,从宏观入眼,从微观着手,以某一话题为中心,以某种现象为讨论对象,从个案切入却不拘泥于一事一物,提供了一种看问题的新角度。

从行文风格上看,该篇文章运用大量的跳笔,用散文化的语言和格式,阐述创业事实的同时,旗帜鲜明地表达自己的观点。这种文章突破了议论文“一环扣一环,最终环环相扣”的外在逻辑结构,以话题为圆心,东一笔、西一笔,最终也画了一个圆,这类文章讲究内在的逻辑性,成为“散文化的议论文”,是真正意义上的“形散而神不散”。

(2)语言

这种文体还不成熟,也没有形成固定的语言风格和叙事模式,但文体的不成熟并不妨碍我们对于语言的评析。以该文为例:无论从标题还是行文都可以看出一种强烈的以我为主、主观性很强的语言风格。这是一种新文体,文风活泼,不拘一格。然而这样的风格终究是一把双刃剑,有人喜欢它的观点明确,语言简练;有人也反感它的咄咄逼人,主观性太强。

(3)思辨

一种文体的发展总要有星星之火,需要有执著的推动力量,还需要规模化的普及,从特稿的发展演变中可见一斑。但对于新闻事业来讲,有这样的发展、演变、创新可喜可贺。天之道,损有余而补不足。期刊时效性的天然不足也使其在不知不觉中推动了新闻文体的向前发展。该文只是作为一种尚未成形的新文体,无论是行文风格还是语言特点,都有难以把握之处,写好实属不易。

2.一个萝卜一个坑。一本期刊的“开卷语”总能或多或少地反映出该刊物的定位和风格。对于该篇语言活泼、行文不拘一格的“开卷语”,不妨从以下角度评析。

(1)选题

文章合为时而著。“幸福在哪里?”朗朗上口却无人能答。这样的选题,没有什么高屋建瓴,亦无关国计民生,却挠中了人们心头最痒的地方:为什么物质生活丰富了,幸福感却在逐渐消失?

选题贵乎贴近读者。这篇文章并没有以名人英雄为对象,而是选中“IT 人士”为目标群体,展开讨论。选题“不贪心”,但求行文从容,内涵丰富。

立论贵乎有的放矢。针对“IT 人士”这个群体,以外人眼光中的羡慕和不解,衬托他们内心的郁闷和迷茫,散文般的笔法展现出他们的不幸福。用这样巨大的反差,引领读者寻找幸福。幸福在哪里?幸福是否遥不可及?原来选择多了,原来幸福的内涵丰富了,原来幸福在自己的心灵中!选题精妙,立论灵巧,正所谓:众里寻“它”千百度,蓦然回首,“论点”却在灯火阑珊处。

(2)体式

评析文章,总不免考究文体。古人对于“文体之辨”,早有了“定体则无,大体须有”的基调。然文无定式,此文尤甚。

这不是一篇杂文,尽管语言风趣幽默,但决不图一时之快;这也不是一篇社论,尽管文字老到,代表着编辑部的意见,却也行文不拘一格,没有一丝的说教;这更不是小品文,尽管语言细腻柔软,但决非仅仅抒发闲情逸致。这究竟是一种什么文体?

何不跳出三界外,不去计较体式?形式终究是为内容服务的。这篇文章,没有严密的论证过程,却通过形象的案例明确地表明了态度;没有大段抽象模糊的口号,却通过几句歌词巧妙地表达了自己的态度。析者自度,读者沉浸在这般巧妙的行文安排中,断然无人大煞风景地考究文体,来做模式之争。

话又说回来,这样的体式又何尝不是期刊按照自己的风格做出的有益尝试?

(3)语言

我们生活在一个充满说教的时代,媒体上充斥着“该这么做”、“不该那么做”的说教,带着厌倦和不满。当我们看到这篇文章小品文般的语言时,先入为主的念头也慢慢散去。美的文字总能让人如沐春风,譬如此文。文章的最高境界即让读者在心情愉悦中接受其观点。看看这篇文章,原来让语言软起来,其实并不难。

(4)传播效果

深入不易,浅出更难,好的言论作品总能让人掩卷沉思。这篇文章行文流畅,文字轻松,读者怎能不喜欢?

第九章　副刊作品评析

《乡里乡亲》是一篇紧紧抓住现实生活的散文作品。该文将浓郁的地方特色和时代精神结合起来,使这种带有浓郁乡土气息的作品具有了强大的生命力。

(1)乡土气息与时代特征的紧密结合

作品着力通过人物自身的言谈举止、心理活动展现时代风貌。从开头“冷不丁地,会有个人影戳到办公桌前,瓮声瓮气地叫一声‘叔’或‘哥’,不用抬头便知,那准是我的乡亲……”,到“那来者,还是我的乡亲”,不仅让乡亲一步就位,声形俱现,而且使读者一下子就感觉得出这乡亲已不再是那猥琐、胆怯的“闰土”式的农民。在他们的风风火火里,充满着现代农民的自尊、自强、自信。

(2)思想性和艺术性

作品以极朴实的语言,极简练的笔触描写了那些朴实、可爱的乡亲形象,文字细腻,感情真挚,字里行间洋溢着一种对乡亲的挚爱之情,文章不带一丝做作,浑然天成,是一篇不可多得的美文。

附录二
部分章节所引作品全文

第二章　新闻作品评析方法

1. 本书第19页

中共北京市委宣布(引题)

天安门事件完全是革命行动(主题)

于一九七六年清明节因悼念敬爱的周总理、反对“四人帮”

而受到迫害的同志要一律平反,恢复名誉(副题)

［新华社北京11月15日电］ 中共北京市委在最近举行的常委扩大会议上宣布:1976年清明节广大群众到天安门广场沉痛悼念敬爱的周总理,愤怒声讨“四人帮”,完全是革命行动。

会上宣布:1976年清明节,广大群众到天安门广场悼念我们敬爱的周总理,完全是出于对周总理的无限爱戴、无限怀念和深切哀悼的心情;完全是出于对“四人帮”祸国殃民的滔天罪行深切痛恨,它反映了全国亿万人民的心愿。广大群众沉痛悼念敬爱的周总理,愤怒声讨“四人帮”,完全是革命行动。对于因悼念周总理、反对“四人帮”而受到迫害的同志要一律平反,恢复名誉。

(新华社北京1978年11月15日)

2. 本书第23页

3000小考生“妖魔化”妈妈

“楚才杯”五年级作文题《给我一点时间》,让3000名被逼培优的十龄童,不约而同地将妈妈刻画成“变色龙”、“母老虎”、“河东狮吼”的形象……

22日记者在“楚才杯”组委会,发现五年级4200份考卷中,超过70%的孩子选择了一个共同题材——被妈妈逼着整天培优,学习压力大,期望妈妈给自己一点时间。

孩子们被妈妈逼着赶场培优:参加奥赛、练琴学画,做着永远也做不完的练习题。在这些孩子的笔下,妈妈是“会计师”,计算好了他们的每一分钟;妈妈是“变色龙”,考了满分她睡着了都会笑醒，考差了就会大发雷霆；妈妈是“母老虎”，每次出去玩总被她准确地堵回来；妈妈是“河东狮吼”，看一会儿电视她就会发作……

在妈妈们看来，这样做是因为爱，是望子成龙。但孩子们并不领情：“妈妈，你在我心中的地位非常高尚，我不愿因为这而讨厌你，害怕你，我渴望拥有快乐的童年”。

华中科技大学教育专家郑丹丹认为，3000 考生不约而同地“妖魔化”妈妈，反映了妈妈们在当代社会面临的共同困惑，也说明构建和谐母子关系迫在眉睫。

（2005 年 4 月 25 日《武汉晚报》）

3. 本书第 23 页

豫南庄户纷纷举行仪式（引题）

取下神像挂地图（主题）

上蔡县新华书店说，农民一年买走 17500 幅（副题）

李钧德　王方杰

东黑河是豫南一个只有 100 多户人家的小村庄，县级以上的地图上从来不见踪影。今天，当地人觉得最神圣的中堂位置，却有 20 多户农家取掉神像挂上了各色各样的地图。

东黑河位于河南省上蔡县东北部，地势低洼。村民们因十年九涝一贫如洗，在茅草屋度日月。不傍城不邻镇，谁要跑一趟五六十里外的县城，都是轰动全村的新闻。东黑河穷、东黑河闭塞、东黑河又很无奈。除了偶然外出看见别处的繁华产生瞬间的梦想，就是在家里挂一幅全神图。每逢春节，一把香火，几个响头，图的是万事如意，生财有望。然而，神仙求遍了，东黑河依然穷得叮当响，过着光嫁姑娘不娶媳妇的苦日子。

当外面的风终于吹来时，东黑河人开始探头探脑地闯世界。1986 年春节过后，最远只到过县城、家里从未满过仓的李满仓，带着两个刚成年的儿子，拿着从当民办教师的邻居家借来的一幅河南省地图，徒步北上郑州。凭着庄稼人的吃苦耐劳和诚实守信，三年时间，他们学会了修理钟表家电的全套技术，到沿海贩了一阵手表零件，瞅准农村黑白电视销售的空白，建起了一个覆盖几个地市的家电经销网络。1989 年春节，拥有 10 万元家产的李满仓，在全村第一个用地图换下了自己敬了几十年的全神图。

李满仓这一惊世骇俗的举动，让村里的年轻人彻夜难眠。几天之后，他们不约而同地进行了神像和地图的“交接”仪式。从此，广州、大连、北京、新疆到处都出现了三五结伴的东黑河人。地图把东黑河与外面的世界拉得越来越近，东黑河人的腿也越来越长，每到农闲季节，80％以上的青壮劳力都会拿着一张地图走出去，做木工，搞建筑。他们用勤劳的双手盖起了一座座钢筋水泥或红砖青瓦的楼房，挣来了儿女的学费，赡养了自己的老人。

青年木工李列到大连奋斗了几年后，在那里办起了自己的家具商场，被村民们戏称为“东黑河的常驻大使”。36岁的李世英从走村串户替公家收粮,到成立自己的农副产品购销公司,走南闯北,手头总不离一本地图册,生意越做越大,他们家的地图也由县到地区到省,梯次更换,今年换了第四次,变成全国地图了。在他家的《中国政区图》上,有三分之一的省份用铅笔、钢笔、圆珠笔画上了记号,他说:“咱也知道啥叫地大物博、东黑河到底在哪里了。凡是图上画过的,我都去过了。总有一天,我会把地图上的所有小城市都画上几道。”

年过花甲的李陈氏,尽管没上过学,没学过地理,可她认识地图上的北京、新乡、西安、上海。儿行千里母担忧,她的四个儿子在那些地方打工或工作,看着地图上被一片黄绿色包围着的西安,好像儿子就在身边。

东黑河村周围的农民,也开始喜欢地图了,上蔡县新华书店说,1993年,农民从他们那儿买走了17500幅地图。

(原载1994年4月26日《中国青年报》)

4. 本书第27、28、29、154页

索玛花儿为什么这样红

张严平　田　刚

眼前这位苗族汉子矮小、苍老,40岁的人看过去有50开外,与人说话时,憨厚的眼神会变得游离而紧张,一副无助的样子,只是当他与那匹驮着邮包的枣红马交流时,便透出一种会心的安宁。

整整一天,我们一直跟着他在大山中被骡马踩出的一趟脚窝窝里艰难地走着,险峻处,错过一个马蹄之外就是万丈悬崖。

傍晚,就地宿营,在原始森林的一面山坡上,大家燃起篝火,扯成圈儿跳起了舞。他有些羞涩地被拉进了跳舞的人群,一曲未了,竟跳得如醉如痴。“我太高兴了!我太高兴了!”他嘴里不停地说着。“今晚真像做梦,20年里,我在这条路上从没有见过这么多的人!如果天天有这么多人,我愿走到老死,我愿……”忽然,他用手捂住脸,哭了,泪水从黝黑的手指间淌落下来……

这就是那个一个人、一匹马、一条路,在大山里默默行走了20年的人吗?

这就是那个20年中行程26万公里——相当于21趟二万五千里长征、绕地球赤道6圈的人吗?

这就是那个为了一个简单而又崇高的使命,在大山深谷之中穷尽青春年华的人吗?

我流泪了。

在这个高原的夜晚,我永远地记住了他——四川省凉山州木里藏族自治县马班邮路乡邮员王顺友。苗族名字:咪桑。

如果说马班邮路是中国邮政史上的“绝唱”，他就是为这首“绝唱”而生的使者

王顺友的话不多，却见心见肝。他说，他常常觉得自己这一辈子就是为了走邮路才来到人世上的。

马班邮路在正式文字中被定义为“用马驮着邮件按班投送的邮路”。在21世纪的中国邮政史上，这种原始古老的通邮方式堪称“绝唱”，而在木里人的眼里，这却是他们唯一的选择。

木里藏族自治县位于四川省西南部，紧接青藏高原。这里群山环抱，地广人稀，平均每平方公里的地面上只有9个半人。全县29个乡镇有28个乡镇不通公路，不通电话，以马驮人送为手段的邮路是当地乡政府和百姓与外界保持联系的唯一途径。全县除县城外，15条邮路全部是马班邮路，而且绝大部分在海拔4000米以上的高山。

王顺友至今记得，他8岁那年冬天的一个夜晚，做乡邮员的父亲牵着马尾巴撞开家门，倒在地上。“雪冻伤了我的眼睛。”母亲找来草药煮沸后给父亲熏眼。第二天清早，父亲说，看到光亮了。他把邮件包往马背上捆。母亲抱着他的腿哭。父亲骂她：“你懂什么！县里的文件不按时送到乡上，全乡的工作就要受影响。”

11年后，父亲老了，他把邮包和马缰绳交到了19岁的儿子手上，那一刻，王顺友觉得自己长大了。他开始沿着父亲走过的邮路起程，负责木里县至白碉乡、三桷亚乡、倮波乡、卡拉乡的马班乡邮投递，邮路往返584公里。

年轻的乡邮员第一次感受到了马班邮路的遥远和艰辛。他每走一个班要14天，一个月要走两班，一年365天，他有330天走在邮路上。他先要翻越海拔5000米、一年中有6个月冰雪覆盖的察尔瓦山，接着又要走进海拔1000米、气温高达40摄氏度的雅砻江河谷，中途还要穿越大大小小的原始森林和山峰沟梁。他这样描述自己的生活：冬天一身雪，夏天一身泥，饿了吞几口糌粑面，渴了喝几口山泉水或啃几口冰块，晚上蜷缩在山洞里、大树下或草丛中与马相伴而眠，如果赶上下雨，就得裹着雨衣在雨水中躺一夜。另外，他还要随时准备迎接各种突如其来的自然灾害。

有一次，他走到一个叫白杨坪的地方，下起了暴雨，路被冲毁了，马一脚踩滑跌向悬崖间，他想伸手去拉，也掉了下去，幸亏双双被一棵大树挡住。他摔得头破血流，眼睛和半边脸肿得没了形。当时他真想大哭一场，盼望着有个人来帮一下多好啊！可是除了马、邮件，什么都没有。

这些艰辛在王顺友看来还不是最苦的，最苦的是心头的孤独。邮路上，有时几天都看不到一个人影，特别是到了晚上，大山里静得可怕，伸手不见五指，他能感觉到的只有风声、水声和不时的狼嚎声。家中操劳的妻子、年迈的父母、幼小的儿女……此刻就会像走马灯一样在他的脑子里转，泪水落下一行，又落下一行。于是他便喝酒，让自己的神经因麻木而昏睡过去，因为明天还要赶路。

如果仅仅是为了一个饭碗，王顺友在这条马班邮路上或许早就坚持不住了。让他最终坚持下来的,是这条邮路传达给他的一种神圣。

“每次我把报纸和邮件交给乡亲们,他们那种高兴劲就像过年。他们经常热情地留我住宿,留我吃饭,把我当成共产党的大干部。这时,我心里真有一种特别幸福的感觉,觉得自己是一个少不得的人!”这是王顺友最初感受到的乡邮员工作的价值。

白碉乡乡长王德荣曾对他说过这样的话:“你的工作虽然不是惊天动地,但白碉乡离不开你。因为你是我们乡唯一对外的联络员,是党和政府的代表。藏民们有一个月看不见你来,他们就会说:‘党和政府不管我们了’。你来了,他们就觉得党和政府一直在关心着他们!”这话让王顺友心里滚烫。

一次,顺友把邮件送到倮波乡政府,就在他牵着马掉头的时候,看见乡干部正翻阅着报纸说“西部大开发太好了,这下子木里的发展要加快了!”一时间,王顺友高兴得像是喝了蜜,因为乡干部看的报纸是他送来的,这薄薄的一张报纸竟有这么重的分量?!他越来越觉得乡邮员工作了不起。

于是,王顺友在马班邮路上一年一年地走下来,至今已经走了 20 年,而且还在继续走着。邮路上的每一天,他都是穿着那身绿色的邮政制服,他说:“山里乡亲们盼望我,其实是盼望穿这身制服的人。”邮路上每一天,他都像保护命根子一样保护着邮件,白天邮包不离身,晚上邮包当枕头,下雨下雪,他宁肯自己淋个透,也要把邮包裹得严严实实。邮路上的每一天,他都会唱起自编的山歌,雅砻江的苗族人本来就爱唱歌,他说:“山歌是我的伴,也是我的心。”

翻一坡来又一坡,
山又高来路又陡,
不是人民需要我,
哪个喜欢天天走。
太阳出来照山坡,
照亮山坡白石头,
要学石头千年在,
不学半路草鞋丢。

这是王顺友无数山歌中的一首,邮路成为他心中一道神圣的使命。既然他深爱着自己大山连大山的故乡,既然他牵挂着山里的乡亲们,既然他崇敬着像太阳一般照耀着大山的共产党和人民政府,既然他生在中国邮政史上马班邮路的“绝唱”之年,那就上路吧! 一个心怀使命的人,才是一个有价值的人。

如果说马班邮路是一种“心”的冶炼,他在这冶炼中锻铸了最壮美的词句——“忠诚”

王顺友爱看电影,特别爱看关于英雄的电影,他说,这是父亲给他的遗传。父亲年轻时参加过“剿匪”,打仗不怕死,常教导儿子不要向任何敌人投降。当王顺友第一次在电影《英雄儿女》中看到那个高喊“向我开炮”的王成时，便敬佩上了他。“王成和我一个姓，他不怕死，为了党，命都敢丢。现在没有打仗的机会了，把信送好就是为党做事。”

1988年7月的一天，王顺友往倮波乡送邮件，来到雅砻江边。当时江面上还没有桥，只有一条溜索。他像往常一样先把马寄养在江边一户人家，然后自己背上邮包，把绳索捆在腰上，搭上滑钩，向雅砻江对面滑去。快滑到对岸时，突然他身上挂在索道上的绳子断裂了，他大叫一声，从两米多高的空中狠狠地摔下去，万幸，落在了沙滩上，但邮包却被甩进江里，顺水漂去。王顺友疯了一般，不识水性的他抓起一根树枝就跳进了齐腰深的江水中，拼命地打捞邮包，等他手忙脚乱地把邮包拖上岸后，人一下子瘫倒了。岸上有人看到这惊险的一幕，连说他傻，为了一个邮包，命都不要了。他说：“邮包比我的命金贵，因为那里面装的都是政府和乡亲的事！”

2000年7月一天的傍晚，他翻越察尔瓦山时，突然从树丛中跳出两个劫匪，号叫着命令他把钱和东西都交出来。他本能地向前跨出一步，用身体护住了驮在马背上的邮包，大声喝道：“我是乡邮员，是为党和政府服务的，是为乡亲们送信的。要钱没有，要命有一条！”说着，他抽出随身携带的柴刀，死死地盯着劫匪。两个劫匪一时竟被这个一身正气的乡邮员吓呆了。趁他们出神的空当，王顺友疾步上马，冲了过去。事后有人送他一个绰号“王大胆”，他说：“其实我心里也怕得很，是这身邮政制服给我壮了胆。”

这身邮政制服给予王顺友的何止是胆？它给了他一个马班邮路乡邮员的最高品质——忠诚。这也是他作为一个共产党员对党的事业的忠诚。忠诚洒满了他邮路上的每一步。

1995年的一个秋天，王顺友牵着马走过雅砻江上刚刚修建起的吊桥，来到了一个叫“九十九道拐”的地方。这条由马帮踩出的羊肠小道陡峭地盘旋在悬崖峭壁之间，走在这条路上，马的粪便可以直接落在后面的马和人身上，跟在后面的人只能看到前面马的尾巴，路的下面便是波涛汹涌的江水，稍有不慎，就会连人带马摔下悬崖，掉入江中。

王顺友小心翼翼地跟在驮着邮件的马后边，一步一步地向前迈，眼看就要走出“九十九道拐”了。突然，一只山鸡飞出来，吓得马一个劲地乱踢乱跳，他急忙上前想拉住缰绳，谁知刚一接近，受惊的马抬起后脚便朝他蹬来，正蹬中他的肚子，一阵剧疼之后他倒在了地上，头上的汗水大颗大颗地往下落。

过了很久，受惊的马终于安静下来，它回头看着主人痛苦的样子，眼神变得悲哀而凄婉，用嘴一下一下不停地噌着王顺友的脸。王顺友流泪了，他抬起手向马做了一个手势，告诉它不要难过，他不怪它。他忍着疼痛慢慢地站起来，牵上自己的伴，继续上路了。一路上疼痛不断加剧，他走走停停，停停走走，实在挺不住了，就倒在地上躺一会儿，就这样，坚持把这班邮件全部送完。

9天以后,他回到木里县城,肚子已经疼得受不了。邻居用拖拉机把他拉到了医院,医生检查后大吃一惊:大肠已被踢破,由于耽搁时间太久,发生严重的肠粘连,肚子里到处都是大便和脓血。医生说,再晚些时间,命就没了。经医院全力抢救,王顺友总算保住了一条命,但他的大肠从此短了一截,留下终身残疾,肚子经常作痛。

我直截了当地问王顺友,有没有想过不干这份工作了,哪怕去打工?他认真地告诉我:"不可能。乡亲们需要我,他们等着我带给他们亲人的消息,乡政府盼着我带给他们党的声音。我做这个工作是给党和人民做事,有人喜欢我;如果我打工,只是个人挣钱,没人喜欢我。我只有为党和人民做事,心里才舒坦,好过。"

这个苗族汉子的话,句句都是从心窝里淌出来的。正是凭着这样一颗心,20年来,他没有误过一次邮班,没有丢失过一封邮件和一份报刊,投递准确率达到百分之百。

> "山若有情山亦老"。如果王顺友走过的邮路可以动情,那么,这里的每一座山,每一道岭,每一棵树,每一块石头,都将洒下如诗如歌的泪水,以敬仰这位人民的乡邮员,用20年虽九死而不悔的赤心,锻铸了一个共产党员对党和人民事业的最高贵的品质——"忠诚"。

如果说马班邮路是一条连接党和人民的纽带,他就是高原上托起这纽带的脊梁

跟着王顺友一路跋涉,终于来到了他送邮路上的第一个大站白碉乡。路边等候着一群乡亲,见到他,都围了上来。有人给他递茶,有人往他口袋里塞鸡蛋,还有一个乡亲竟然抱来一只活生生的老母鸡捆到了他的马背上。王顺友像个远道回家的大孩子一样,牙龈都笑得露了出来。晚上,坐在一户乡亲家的小院里喝酥油茶,他对我讲:"每次走到乡上都是这样,乡亲们需要我,我也离不开他们。"

山里人交朋友是以心换心。他们对这位乡邮员的情意,让我更深切地触摸到了王顺友的一颗心。

1998年8月,木里县遭受百年罕见的暴雨和泥石流袭击,通往白碉乡的所有大路、小路全被冲毁,这个乡几乎成了一个与外界隔绝的孤岛。按规定,这种情况王顺友可以不跑这趟邮班。但是,当他在邮件中发现了两封大学录取通知书时,便坐不住了。他清楚地知道对于山里的孩子来说,这两份通知书意味着什么。"我决不能耽搁娃儿们的前程!"他上路了。

王顺友是怎样拽着马尾巴连滚带爬地走到白雕乡的,他已经记不清了。但是当年接到通知书的布依族女孩海旭燕和藏族女孩益争拉初的家人至今都清楚地记得,当他们在连日的绝望中打开家门,看到一身水、一身泥、腿上流着血的王顺友,从怀里掏出那封用塑料袋裹得严严实实、滴水未沾的大学录取通知书时,全家都哭了。现在,这两个女孩都已经大学毕业,参加了工作。益争拉初的父亲王八金红着眼圈说:"咪桑是一个最忠诚的人，是我们这里离不开的人！”

王顺友的确是大山里离不开的人。因为他的付出，乡亲们更多地感受到了大山外面世界的温暖。

邮路上的深山里零零星星地散居着一户户人家，他们附近没有集镇，更没有邮局，王顺友就成了这条路上的“流动邮局”。20 年中，他代收、代发信件和包裹不计其数。他走邮路的时候，总有一些乡亲拿着信件和包裹早早在路边守候着，请他代寄到外地。很多山里的人不知道邮寄信件和包裹是需要邮资的，每次王顺友都是一声不响地收下，回到县城后，再自己掏钱贴上邮票或付上邮费，把它们寄出去。

山里的居民，生活大都十分贫困，他们与外界的联系常常仅仅是买些盐巴、茶叶，而就这点东西也得在大山里往返三四天才能买到。看到这些情景，王顺友心里很难过，便在每次跑邮路时，装上几包盐巴、茶叶和药，山里人谁需要了，他就递上一包。看到他们接过包包时脸上绽放出的笑容，心头便有一种很幸福的感觉。

好事做多了，乡亲们都说王顺友是雷锋。他说：“我比不上雷锋，但我要学雷锋。”

按照规定，乡邮员只要把信件送到每个乡的乡政府就算圆满完成任务了。但王顺友总是坚持把信件直接送到农户。他说：“乡里的干部忙，没时间送信，让乡亲们跑老远的路到乡上来取信，我不忍心。我多走几步，大家都方便了。”

有一年冬天，雪下得很大，王顺友从木里走到白碉乡已经是第三天了，他的手上有一封寄给白碉乡呷咪坪村陶老五家的信，猜想可能是陶家十多年没有音信的女儿写来的，便巴不得让他们立刻看到。于是，他放下乡里的报纸，水没喝一口，又上路了，在雪地里走了 10 多公里，把信交到了陶老五的手上。信果然是陶家女儿写来的，说她已经在外面结婚生子，还附了一张孩子的照片。陶家人喜极而泣，王顺友也高兴地流泪了。

1997 年，从木里县城到白碉乡的公路全线贯通，乘车只需要 4 个小时就可以到达。按照规定的投递点，王顺友可以改道走公路直达白碉，既安全又省力。可他依然牵着马，翻山越岭步行两天到白碉。有人想不明白，说他傻。他却说：“不是我傻。如果改道，我是方便省力气了，可雪山下那些托我带信、带包裹的乡亲们就不方便了。所以，我还要继续走这条路！”

2004 年秋天，国家组织的为老少边穷地区白内障患者免费实施复明手术的“健康快车”驶进木里。木里县残联的同志把通知书交到王顺友的手上，希望在“健康快车”离开木里之前能把它送到倮波乡，因为那里有因白内障而失明的老人。当时王顺友正患胃痛，可他什么也没说，牵着马上路了。他几乎是一路急行军，没有吃过一顿安稳饭，没有睡过一个安稳觉，只要两条腿能动，他就不停歇地走。结果，7 天的路，竟用 4 天赶到了。这时，他已经被病痛和过度的劳累折磨得不成样子，两手捂着胃，脸白得像纸，虚汗不停地往下淌，连说话的力气都没有了。他被送进了乡医院。

当天晚上，“健康快车”的消息传遍了倮波乡每一户人家，王顺友为送通知生病的消息也随之传开了。第二天一大早，乡亲们涌到了医院，一位双目失明的藏族老阿爸，拿着家里仅有的几个鸡蛋，让人搀扶着来到王顺友的病床前，拉着他的手，不停地抹泪，嘴里反复地念叨着："我的儿子！我的儿子！"

一颗金子的心，换来的是金子的情。马班邮路沿途的乡亲们都把王顺友当成自家的亲人，每当他要来的日子，许多人家就会等在路边，拉他到家里喝茶吃饭，走时，他的口袋里会塞满鸡蛋、核桃、水果等各种好吃的东西。

2003 年冬天，王顺友送邮途中胃病犯了，躺倒在倮波乡一户叫邱拉坡的人家。他歇了半天，坚持要继续上路。邱拉坡劝阻无效，又放心不下，于是就把手头上的活交代给家人，陪着生病的王顺友一起上了路，走了整整 6 天，直到把邮件送完，又把王顺友送回木里家中。

王顺友是幸福的，他的幸福来自于他的工作。尽管他长年一个人默默地行走，但是他的胸膛间却激荡着大山内外的心声；尽管他身躯矮小，但是他却在党和人民之间托起了一条血脉相连的纽带；尽管他朴实如石，但是他又挺立如山。他就像高原上的一道脊梁，用无声的力量实践了自己心中一个朴素的信念：为党和政府做事了不起，为人民做事了不起！

如果说马班邮路是一个人的长征，这条长征路上凝结着他全家人崇高的奉献

一提到家，王顺友总是说："我有三个家，一个在山上，一个在路上，一个在江边。"

江边的家是他住在雅砻江边白碉乡老家的父母的家。这个家厚载着对他的养育之恩，他本当在父母的膝前尽忠尽孝，然而，老父亲在把马缰绳交给他的那一天告诉他："你只有为政府和乡亲们把这件事做好了，做到底，才是我的好儿子！"一句话，交给了他如山的使命，也让他永远地负了一份做儿子的心债：是他的弟弟们在替他这个长子孝敬着老人，最疼他的老母亲活着没有得到他一天的照料，临病逝前，喊着他的名字，见不到他的身影。那一刻，他正在邮路上翻越雪山。从此，顶着蓝天的雪山，成为他心中永远的痛！

山上的家是他和妻子儿女在木里城外一个叫绿音塘的山腰间建起的清贫小窝。他和妻子韩萨结婚那年，也正是他从父亲的手里接过马缰绳的那年。他们结婚 20 年，他在邮路上跑了 20 年，20 年算下来在家的日子不到两年。三亩地，三头牛，十几只羊，四间土坯房，一双儿女——这个家全部是由妻子一个人苦苦撑起来的。韩萨说她自己是"进门门里没人，出门门外没人"，想得太苦了就拿出丈夫的照片看看。由于操劳过度，她的身体很坏，常年生病。而这样的时刻，王顺友总是在路上。

有一次，韩萨病了，因为没有钱，去不了医院。当时儿子在学校，女儿去了亲戚家，她只好一个人躺在家里苦熬着。不知道熬了几天几夜，当王顺友从邮路上回来时，她已经说不出话来，望着丈夫，只有眼泪一股股地往下流。王顺友向单位的工会借了 1000 元钱，把妻子送进了医院，服侍了她 3 天。3 天后，妻子出院，他又要上路了。握着韩萨的手，他心头流泪，轻轻说："人家还等我送信呢！"善良的女人点点头。

这样的记忆，又何止一次两次。那一次，是邻居发现了几天不吃不喝、已经病得奄奄一息的韩萨，撒腿跑了两个多小时，赶到县邮政局报信，才保住了她一条命。而那时，王顺友离家还有 3 天的路程。

有人曾问韩萨，想不想让王顺友继续跑邮路？她的眼泪一下子出来了。“只要他天天在家，哪怕什么活也不干，我也高兴。可他送信送了 20 年，你要让他不送，他会受不了的。邮路是他的命，家是他的心哪！”

韩萨真的是最懂得王顺友的女人，这个家的确是他放不下的心。他有一本发了黄的皱巴巴的学生作业本，每一页上面都记满了他在邮路上唱的山歌，其中很大一部分是相思相盼的情歌。他说：“那是唱给韩萨的。”说这话时，他眼里有泪。

高山起云遮住山，
马尾缠住钓鱼竿，
藤儿缠住青岗树，
哥心缠住你心肝。
獐子下山山重山，
岩间烧火不见烟，
三天不见你的面，
当得不见几十天。

优美哀婉的歌词里，蕴满了多少离别之苦。

幸福因为稀少而珍贵。王顺友对家人的每一点细微处，都流淌着这个情重意重的苗族汉子的挚爱。邮路上乡亲们塞给他的好吃的东西，哪怕是一个果子，一颗糖，他从来舍不得吃一口，总是带回家，让妻子儿女品尝；每一趟出门，他总是把家里的事一件件安排好，把妻子要吃的药一片一片地数好，包好，千叮咛，万嘱咐。他对我说：“每次从邮路上回来，当老远能看见半山腰的家时，心里就开始慌得不得了啦，巴不得一纵身就跳到家里，剩下的两小时的路，几乎是一路小跑……”。

扁担挑水两头搁，顾得了一头，顾不了另一头。王顺友对家人的愧疚或许是他一辈子都无法释怀的。他说：“马班邮路总得有人去走，就像当年为了革命胜利总得有人去牺牲。为了能传达党和政府的声音，为了能让更多的乡亲们高兴，我这个小家舍了！”

小家舍了，路上的家却让他付出了几乎生命的全部。在这个家，马是他的最爱。他说：“这么多年，跟我度过最苦、最难、最多的日子的都是马，我跟我妻子儿女的日子还没有马多，我心里所有的话都跟马说过！”

20 年里，王顺友先后有过 30 多匹马，他能说得出每一匹马的脾气性格，还都给它们起了好听的名字。其中有一匹叫青龙的马，一身雪白，跟上他的时候只有 5 岁，一直伴他走了 13 年。这匹特别有灵气的马，能记得王顺友在邮路上每一处习惯休息的地方，每当天色渐晚，看到主人因疲倦而放慢了脚步时，它就会用嘴咬咬他的肩头，意思是说快点走。然后，便会独自快步向前走去，等王顺友赶到休息的地方时，它早已安静地等候在那里了。

让王顺友最为刻骨铭心的是，这匹马救过他的命。

2005 年 1 月 6 日，王顺友在倮波乡送完邮件后往回返，当他牵着马走到雅砻江边直奔吊桥时，不知怎的，青龙四个蹄子蹬地不肯走了。仅差十几米远，王顺友看到一队马帮上了吊桥，他想同他们搭个伴，便大声喊："等一等……"可他的青龙一步不动。正当他急得又拉又扯时，一个景象让他惊呆了：吊桥一侧手臂粗的钢缆突然断裂，桥身瞬间翻成九十度，走在桥上的 3 个人、6 匹马全部掉到江中，转眼间就被打着旋涡的江水吞没了。半天，他才回过神来，抱住他的青龙哭了。

这匹马现在已经 18 岁，他把它寄养在了一个农户家，隔上一些日子就会去看看。他说，平原上的马一般寿命 30 年，而天天走山路的马只能活 20 年。像青龙这样的好马，他还有过几匹，但有的老了，有的伤了，也有的已经死了。县上和省里的电视台拍了不少他和马在邮路上的片子，他从来不看。因为一看到他的那些马，心头就会流泪。

20 年里，他给了马太多的爱。

在他每个月拿到手的 800 多元工资中，光买马料就要贴上 200 元。尽管单位每月发的 70 元马料费够吃草，可他还要给马吃很多苞谷。他常说，马只有吃得好，身上才有力气，走路才走得凶。

邮路上，即使走得再苦，他从来舍不得骑马，甚至当看到马太累时，他会把邮包从马背上卸下来，扛在自己身上。

马给了王顺友太多的安慰。

他最愿看的电视节目是赛马；他最愿去的地方是马市；他最感激的人是北京密云邮政局职工哈东梅和凉山州委书记吴靖平等几位他叫不出名字的捐赠者，他现在的两匹马就是他们送的。记得他第一次接过吴书记送的那匹马时，来不及说一句感谢的话，一把拉过马头，双手扳开马嘴看牙口，连声道："好马！好马！"说完就流泪了。因为他没有想到，20 年，他只是干了自己应该干的事，却得到了这样贴心的鼓励。他说："只要能走得动，我就一直走下去！"

真的无法想象没有马的日子王顺友该怎么过。前不久，他做全国劳模去北京开会的那几天，每天晚上躺在宾馆松软的床上，就是睡不好。他说，和马在一起睡惯了，有马在，心头就安稳，没马在，心头空落落的，即使迷糊上一会儿，又梦见自己牵着马走邮路。

三个家，三重情，三份爱。王顺友因它们而流泪，也因它们而歌唱；因它们而痛苦，也因它们而幸福。有人问，这三个家哪个最重要？他说："哪个都放不下。"放不下，是因为连得紧。三个家，家家都连着同一颗心，一颗为了马班邮路而燃烧的心！

如果说马班邮路是高原上的彩虹,他就是绘织成这彩虹的索玛

王顺友牵着马一步一步专注地走着,从后面望过去,他的背驼得很厉害。

在一般的工作岗位上,40 岁正是一个黄金年龄,但对马班邮路上的乡邮员来说,40 岁已经老了。和其他的乡邮员一样,王顺友患有风湿、头痛、胃痛等各种病症,另外,他还患有癫痫病,现在每天要靠吃药控制病情。

这位在木里的马班邮路上走得年头最长的人,还能走多远呢?

他说:“走到走不动为止。”

我问:“如果让你重新做一次选择,还会走马班邮路吗?”

“那不会变。”

“为什么?”

“马班邮路把我这一辈子的心打开了,为党和政府做事,为乡亲们做事,让我活得舒坦,敞亮! 也让我觉得,自己在这个大山里是个少不得的人呢!”

“在一般人看来,一个牵着马送信的人能有多重要?”

“我们木里山太大,太穷,没有邮路,乡亲们就会觉得心头孤独了。现在我们有十几条马班邮路,十几个乡邮员,每个人跑一条路,不起眼,可所有这些路加起来,就把乡亲们和山外面的世界连在一起了,就把党与政府和木里连在一起了!”

我的心被一种热辣辣的东西涨得满满的。

5 月的凉山,漫山遍野盛开着一片一片火红的花儿,如彩虹洒落在高原,恣意烂漫。同行的一位藏族朋友告诉我,这种花儿叫索玛,它只生长在海拔 3800 米以上的高原,矮小,根深,生命力极强,即使到了冬天,花儿没了,它紫红的枝干在太阳的照耀下,依然会像炭火一样通红。

噢,索玛花儿……

（新华社 2005 年 6 月 2 日）

第三章　事实类作品评析(上)

1. 本书第 43 页

昆山 31 万农民刷卡看病(主题)

每人每年缴纳 50 元最高可得到 1100 倍补偿(副题)

从昨天起,昆山 31 万多农民也可以和城里人一样“刷卡”看病了!

昨天,该市 7 个行政村发放点的上千名老百姓都领到了一本墨绿色的《昆山市农村居民基本医疗保险证》和一张 IC 卡。此举标志着昆山农村基本医疗保险工作开始进入全面运作阶段。凭着这张 IC 卡,昆山的农村居民在该市的任何一个医保定点医疗单位都可以自由“刷卡”就医。根据该市的具体实施办法,农村居民每人每年只要缴纳 50 元,如果不幸遭遇大病,最高可以得到近 1100 倍的补偿,也就是说,最高可以报销到接近 55000 元!

昨天下午,在该市周市镇市北村的社区卫生服务站,村民张燕君拿着刚刚领到的医保 IC 卡开始了自己 70 岁生涯中的第一次“刷卡”看病经历。经过一番“望闻问切”,社区医生给她开具处方,一盒是感冒清胶囊,一盒是珍菊降压片。收银处是一套崭新的电脑设备,输入处方,卡一刷,随即打出一张清单,显示划卡消费 9.5 元,卡上余额 140.5 元。老太太开心得合不拢嘴:“没想到政府为我们老百姓考虑得这么周到,送钱给我们看毛病!”

根据昆山的农村医保施行办法,筹资标准为每人每年 200 元,这个标准目前是全国最高的,其中市镇两级财政各补贴 65 元,村集体补贴 20 元,农民自己支付 50 元,今年该市财政将拿出 6000 万元用于医保补贴。

据悉,昆山农村医保覆盖包括居住在农村的小城镇户口,其中 16 岁以下的儿童 4.3 万多人,17 到 60 岁的 18.9 万多人,60 岁以上老人 7.7 万多人。另外还有 6000 多名人均年收入在 2000 元以下的农村低保人口,均采取倾斜政策,不用缴纳一分钱,无门槛进入这个保障体系。为 60 岁以上的老人建立个人账户,由保险基金每年自动注入 150 元。

昆山医保中心工作人员介绍说,昆山的农村医保,除了筹资标准低于城镇职工,因而报销补偿的具体数额不一样外,在运作管理模式上已经与城镇职工的医保没什么两样,就连报销的医药范围和 5000 元报销起付线都是一样的。

(原载 2004 年 3 月 4 日《苏州日报》)

2. 本书第 44 页

北约野蛮轰炸我驻南使馆

[本报贝尔格莱德 5 月 8 日电] 记者吕岩松报道:当地时间 7 日午夜(北京时间 8 日早 5 时 45 分),以美国为首的北约至少使用 3 枚导弹悍然袭击我驻南斯拉夫大使馆。到目前为止,至少造成 3 人死亡,1 人失踪,20 多人受伤,馆舍严重毁坏。当地时间 7 日晚,北约对南斯拉夫首都贝尔格莱德市区,进行了空袭以来最为猛烈的一次轰炸。晚 9 时始,贝尔格莱德市区全部停电。子夜时分,至少 3 枚导弹从不同方位直接命中我使馆大楼。导弹从主楼五层楼顶一直穿入地下室,使馆内浓烟滚滚,主楼附近的大使馆邸的房顶也被掀落。当时,我大使馆内约有 30 名使馆工作人员和我驻南记者。新华社女记者邵云环、光明日报记者许杏虎和夫人朱颖不幸遇难。据悉,这是外国驻南外交机构第一次被炸。爆炸发生后,中国驻南联盟大使潘占林一直在现场指挥抢救。许多华侨对使馆给予了极大帮助。潘大使在被炸毁的使馆废墟前,愤怒地指出:“这是对中华人民共和国的攻击。”南联盟外长约万诺维奇说:“使馆是中华人民共

和国的领土，北约炸弹是对外交的轰炸。”当地时间8日下午，中国在贝尔格莱德的数百名华人举行抗议游行，数千南斯拉夫人参加了游行。

（原载1999年5月9日《人民日报》）

第四章　事实类作品评析(下)

1. 本书第85页

五叔五婶

蔡　平

“咱们要去的寨子在哪儿?”

这是《冰点》编辑收到的一封来信，信中说：“我是湖南轻工业学校常德教学站的一名在校生，我来自湖南湘西土家族苗族自治州，我给你们讲述一个我五叔五婶的真实故事……”

先前，我五叔五婶辛勤劳动，披星戴月，还勉强可以养家糊口，供两个娃儿上学。可不幸的是，去年，我五婶染上了严重的乙肝。加上原来就很严重的妇科病，没钱买药，病情越来越重，一年多来，她一直卧病在床，生命垂危。但他们仍然咬着牙，想让两个娃儿考上大学。

我的两个弟弟学习都很争气，大弟陈长兵成绩很好，初中毕业，本可以上高中，考大学，因为没钱，只好以高出分数线40多分的成绩，报考了中专。小弟陈长将因为成绩优秀和竞赛获奖，提前被保送到全县最好的县民族中学。陈长兵开学要交学费了，1000多元呀！家里拿不出。为了凑足这笔学费，五叔挑着100多斤重的木柴，翻越几座大山，走30多里山路，天天到城里去卖，连挑了二十几天，才换回300元钱，但还是不够。要知道，那是在酷热的6月，我五叔也是有病在身，身高还不足一米六呀！

临行前，我给湖南的长沙、常德打了多次电话，没有找到常德教学站，也没有寄信人陈长佼的音信。

来到湘西土家族苗族自治州保靖县，县委宣传部的同志听了我的介绍，说：“一个孩子的信，不可全信，也不可不信，不是给你泼冷水，他的信是不是编的，你也不知道。”

他们带我到县民族中学，按信中所说，五叔的小儿子陈长将，已提前被保送到这所全县最好的学校读书。

学校依山傍水，一栋栋漂亮的教学小楼，宽敞的操场，绿树成荫的校园小路。学生都是寄宿，每个学期，至少需要700多元，即便这样，能考上这所学校，也是全县多少万学生梦寐以求的，因为这里升学率很高，每年都有人直接被保送到全国重点大学读书。

校长失望地告诉我，翻遍学生记录，只有一个学生来自信中所说的清水乡沓湖村，但不是陈长将。没办法，我们只好由这个学生带路，到寨子里面去找五叔五婶。

号称十万大山的湘西，山连着山，绿色的山峰一座比一座高。吉普车从县城开出两个多小时，再也走不动了，眼前一条弯弯曲曲、只能走一人的狭窄山路，仰头看山顶，让人眼晕。我的腿有些发软，宣传部的同志在旁边打气："上吧，爬上去，就能见到五叔五婶了。"

憋足最后一口气，我们终于爬上了山顶，看着山下的小人和小房子，真有坐飞机的感觉。我大汗淋漓，气喘吁吁。以为快到了，揉着腿肚子豪迈地问："咱们要去的寨子在哪儿?"

带路的孩子伸手一指："看，翻过去就是。"

天哪，那是一座更高的大山！我一屁股坐在地上，再也不能动了。

我问带路的孩子："这路没错吧?"

他笑了："我每次回家都走，怎么会错?"

他看着我，"今天是有车，只爬十几里。平时从那边走，爬四座山，都比这个高，要三十多里呢。"

一行四人，由于我的拖累，行进的速度越来越慢，穿过小溪，就歇一次，踩过水田，也喘一会儿。山区长大的宣传部田部长，已经坐在山顶等我们了。

"快爬上来吧，记者同志，我身边的就是陈长佼，他信里说的都是真的。"仰头望去，田部长的白衬衫，在山顶上摇晃。我一下来了精神。

"不供孩子上学，良心上过不去。"

> 编辑同志，我五婶病倒之后，家中的经济日见紧迫。五婶天天要吃药，两个弟弟在校寄宿，每月都要生活费。五叔东借西借，把家中能卖的都卖了。年初是一年农事最紧张的时期，买种子买化肥都要钱。到信用社借钱，家里有老账，人家不借。借高利贷，又还不起。全家人看着五叔，欲哭无泪。
>
> 为了增加收入，五叔到山上开了几亩荒地，白天干完这边的活，夜里借着月光到山上种花生。旱时，从山下一桶一桶往山上背水浇地。收花生时，扛着锄头挖到半夜。艰难的生活使五叔更衰弱了，五婶的病却在加重。她悲哀地说，我只怕命苦，享不到两个娃儿的福了。

迈过齐膝高的门槛，从有灶台的旁门进去，四面，漆着桐油的杉木墙壁闪闪发亮，里面清凉舒适，穿过两间房子向左一拐，便是高大的堂屋。堂屋右边的大房子，是男主人的卧室，左边一间，是女主人的。六扇巨大的木门吱呀呀推开，宽敞的堂屋立刻明亮起来。墙壁上，贴着鲜艳的奖状。下面，是整齐的古地基，勤劳致富的红纸横幅，颜色还没有褪尽。

一个面色焦黄的女人，垂着头，扶着墙，吃力地迈过门坎，一步一步从里面挪出来。她冲我咧了咧嘴，无力地坐在角落里的小木椅上，不再抬头。蓬乱的头发，盖着浮肿的脸。已是六月天气，她还穿着旧棉衣，灰色的破棉絮，从两边袖口搭拉出来，肥大的旧裤子，补着颜色不相衬的大补丁。聚拢来的乡亲，都用怜悯的眼光看她。写信的陈长佼告诉我："这就是我五婶。"

五叔陈远绍下田刚刚回来，背着大竹篓，矮矮的个子，说着难以听懂的当地土话。一身破旧的衣服，线背心漏着窟窿，光脚踩着双破解放鞋，没有鞋带，用两根稻草系着。鞋上沾满泥水。田部长拽了把椅子过来为我们充当翻译。

说起家里的事情，五叔很激动，声音很大。"这也是天灾人祸！去年两头大黄牛连着死了，今年和别人合买了一头小牛还不能耕地。他娘 4 年前就不好，这两年更厉害。孩子懂事，来信总问，爸爸，家里没有牛，可怎么办哪，借别人家的牛用，还得还人家的工，会累坏你的。家里的花生收了没有？收了以后一定挂起来，不挂会发霉的。"47 岁的土家族汉子，大声嚷着，满脸带笑，泪水却顺着黑黑的脸，不断地流下来。

> 爸爸妈妈，我前不久写的信不知您收到没有？怎么还没有寄钱来，我现在没有钱了，已经借了别人 40 块，请您再给我寄些钱吧。
>
> 爸爸，现在家里够您忙的了吧？又没有牛，不知那几亩田怎样犁，秧已经种下了吧？地里的油菜有没有锄草？花生玉米都要种了，爸爸妈妈，多保重身体，不要让儿子放心不下……
>
> 爸爸，您再寄点钱给我娘买药吧，汇款来时，在汇款单上给我写几句话吧！对于一个远离家乡心中又有所牵挂的人来说，家书无疑是最好的慰藉。儿子长兵。

五叔能看懂儿子的信，却不会写回信。他能看懂儿子在要钱，五婶的病在要钱，却没有钱！他翻山越岭，卖柴卖炭，严重的支气管炎，使他爬山就像拉风箱。

五婶坐在堂屋的小椅子上，嗫嚅着说了一句什么，我一问田部长才知道，她说难受，想吃口糖。

"他娘得这病该吃点营养，买不起。医生开的药也吃不起。前两年她还能硬撑着帮我干点，现在咬牙也干不动了。每天只能躺着，就这么熬着。孩子天资好，不供他们上学，当父母的良心上过不去。"五叔吸着鼻子，边哭边说，伸直胳膊，用脏衣袖擦眼泪。五婶在旁边默默听着，一声不吭。

"毕业以后，把娘的病治好。"

> 亲爱的哥哥：
>
> 你知道吗？爸爸知道你要钱后，家里又没钱，就把花生种卖了 60 斤。二伯娘带去的 50 元，你千万不要用，留着下学期买衣服穿，下学期，我们家就没

有钱给你了。

还记得你考上中专时的情景吗？爸爸妈妈都感到很高兴。舅妈奖给你一块手表，外婆冒着烈日为你送表。还有开学第一个月的生活费，是大伯伯奖给你的。你考上中专就像给家里撑起了一根柱子，亲戚们都为你高兴。请你千万不要辜负了爸爸妈妈对你的期望。

上次爸爸从你那回来，你期中考得不理想，我知道仍然是因为裤子被盗心里受影响。但亲戚们都问你的分数，爸爸实在不好开口，就说了个差不多。爸爸是为了你呀！爸爸起早摸黑，日夜操劳是为了你，你如果再不好好学习，争取考好期末考试，就对不起爸爸了。

最后再告诉你一个不幸的消息，妈妈的病又反(犯)了，家里没钱，只好借钱买点药。哥哥，妈妈是在舍命让你读书啊！

弟弟　长将

"长兵初中毕业，老师让他考高中，说他有发展前途，能上大学，可家里没钱，没有办法，只能让他念中专。他为母求医，要报考自治州卫生学校。去年，他考了第二名，超过分数线40多分。他从小学习就好，老师的评语总是优点，他二伯伯开始不相信，说你这评语是不是假的？怎么写的都是优点？"五叔说到这，挂着满脸的泪，嘿嘿地笑出声来。

"长兵上学，每月要100元生活费，在学校里是最低的，可我只能给他几十元了。他舅妈看他学习好，奖励了一块手表，他把表卖了。他二伯伯奖励几十元钱，他也用上了。亲戚请他吃饭，怕他营养不够，给他夹菜，他吃两口就放下筷子说吃饱了。寒假回来，家里没钱，长兵就上山，找被雪压倒的树，拖回来，找来木匠，做成小椅子，挑到城里去卖。"

在灶房的屋顶上，还挂着几个没卖完的小木椅，墙上有墨写数字，记着做了多少，卖了多少。小木椅做工精致，但在偏远的山区，也只能卖到5元钱。

在自治州首府吉首卫生学校，我见到了16岁的陈长兵。他个子很矮，穿着整齐，梳着中分头。和五叔正相反，他很不爱讲话，却总是笑眯眯的。

我问他："家里情况，你都知道吗？"

"知道。我一定好好读书。"

"你的学习成绩怎样？"

"还可以吧。"

"将来准备怎么办？"

"毕业以后，把娘的病治好。"

学校学生科的同志，给我看了他的成绩表，陈长兵每学期的成绩，在班里都是前几名，但还没有达到获奖学金的标准。

中午，我请陈长兵吃饭。饭桌上，我对长兵说："如果你能再努力一下，得到甲等奖学金，一年就可以替家里减轻 160 元的经济负担。"

他垂着头，没有说话。

"如果长将上了民族中学，家里更紧了，不能给你那么多生活费了。"

"我省着点，自己克服。"

"你多长时间没回去了？"

"寒假回来再没回去，回去没有钱。"

"你娘的病情现在怎样，你了解么？"

"不太了解，她现在怎样了？"

"她病得很重。"

长兵放下饭碗不说话了。

"如果家里实在供不起你们两人读书，怎么办？"

"那，那我就退学，让弟弟读，他比我有前途。"

"你舍得么？"

"……"

猛抬头，我突然打住，不敢再问了。长兵的鼻翼正在急促地扇动，泪水已经直滴到碗里，他在努力控制自己，不哭出声来。

外面漆黑的星空，使我想起家乡的爸爸妈妈，此时劳累了一天的爸爸，又在为明天的生计发愁。为了我娘的病，为了我和弟弟的学习，繁重的劳动压在您的身上，我是大儿子，我对不起您！您劳累了大半辈子，没有添置过一件好点的衣服，买过一双鞋子，睡过一次安稳觉，连一顿肉都没吃饱过。爸爸！我知道您这是为什么。我做错了事，您从不骂我，您知道我长大了。爸爸，您的苦心我懂，我懂！

淅淅沥沥的春雨下个不停。今天是三八妇女节，是全世界妇女为之欢腾的日子，可是我的妈妈，却在辗转呻吟忍受煎熬。妈妈，我一闭上眼睛，就看见您憔悴的脸，几十年的辛苦，你没有享过一点福，现在病魔缠身，为了我们，您付出了全部。妈妈，我真恨自己，为什么不早生几年，早一点为您分忧，早一点挣钱给您治病。妈妈，我为什么这么小呀！期末考试，化学考得不理想，没有达到前十名。为了日后的发展，必须学好化学。在不久的将来，中专生必将被淘汰，社会需要更高层次的人才，迫使我从现在开始，把基础打好，为将来的自学高考做准备。在今年，一定要报名参加自学考试，争取在中专毕业时，把大学课程也攻下来。坚决戒掉电视。每月再省下 20 元生活费存入银行。每晚临睡前做俯卧撑。每周读一本世界名著。记住，为前 10 名奋斗！为奖学金努力！不乱花一分钱！

“这孩子太懂事了!”

“家里还有长兵和长将的来信吗?”我问五叔。

“有,有。”五叔忙不迭地端出一个大竹箩,在里面翻找着,“看,这是长将的优秀少先队员奖章,这是长兵的毕业证。”接着,他又抱着一个大抽屉,“看,这就是他俩的书。”

有长兵和长将过去的课本,都保存得非常完好,能看出两兄弟的认真和仔细。

但是长兵和长将的来信,大多被五叔五婶上厕所用掉了。

“唉,我不知道这信还有用。”五叔有些着急。

我看着满墙的奖状说:“别找了,有这些就足够了。”

“是啊是啊,你看,这些都是长将的。”五叔直起身,骄傲地指着墙上。

由于两个孩子,五叔五婶没少在乡亲们面前风光,为这些,他们可以舍却性命。但实在过不下去的时候,实在扛不住的时候,五叔曾经狠着心找到长将的老师,提出让长将休学一年,帮助家里做点事。学校的老师和校长一听就急了,成绩这样好的孩子,怎么可以休学呢?他们坚决不同意。“钱不够,我们找希望工程。”

但是,一年过去了,希望工程没有消息。在此期间,倒是长将参加了县里和自治州的数学语文竞赛,获得一二等奖。县民族中学的两位校长看到长将的成绩,专门来调查,定下保送的事情。这是喜事,对五叔来说,却悲从中来。上民族中学,每学期700多元的费用,从哪里来呢?今年,长将的120元学费就已经交不上了。五叔又一次找到学校,怯生生地问学费能不能缓交。老师们难过极了,同情之下,却无力相助。学校终归不是慈善机构。尽了最大可能,只减免了30元学杂费。

陈长将的小学校长激动地给我介绍:“这个孩子太懂事了,成绩在学校里每年都是第一名,每个科任老师对他印象都很好。全乡数学语文竞赛,他总是第一名。全县奥林匹克数学竞赛,他是一等奖。他不仅是班长,还是中队长。县民族中学为保送的事来过两次,第一次要三个,有他。第二次要两个,也有他。保送的合同已经签了,还没有告诉他,为的是让他踏实地参加期末考试。”

学校的瞿书记在旁边有些不平:“世上的事就这么凑巧,学生素质好的,念不了,脑子条件差的,却老是有钱念书。我已经写了一篇论文,专门论述这个问题。先天素质一样的孩子,在乡村里读书,必然受客观环境的限制。”

12岁的陈长将,身材矮小得可怜,像个七八岁的孩子。双肩向前扣着,有些驼背。谈话时,脸上始终没有一些笑容,比起哥哥,他的心理压力似乎更重一些。但据乡亲们说,长将过去是个活泼开朗的孩子,爱说爱笑,招人喜爱,寨子里的人都愿意逗他玩,给他东西吃。此时他坐着小板凳,双手规矩地放在膝盖上,身子挺得笔直,一句一句简短地回答我的问题。

“长将,你多长时间回家一次?”

“两个星期。”

“回家都做些什么呢?”

“帮爸爸妈妈炒菜做饭放牛。”

“你能做饭? 你够得着灶台吗?”

“够得着,站在板凳上。”

“你的衣服是谁给你买的呀?”

“哥哥穿过的。”

“鞋子呢?”

“爸爸买的。”

“你每月多少生活费呀?”

“一周 6 元。”

“你想上民族中学吗?”

“想去,可是……可是我家没钱。”

我低头记着,突然发现声音不对,再一抬头,小小的孩子正使劲仰头望着屋顶,泪水就在眼角边上,却不让它流出来。

我心头一阵酸痛,强控制着自己,转向校长。校长红着眼睛说:“每到星期日,住校学生都在操场上玩,只有他一个人,在教室里看书。上次他爸爸来了,想让他休学。这样的孩子,我们不能让他休学! 希望工程只资助五年级以下的学生,他今年六年级了,没有办法了。”

在上五年级时,长将每周的生活费曾经只有 5 元。他自己悄悄每周省下 1 元,攒到 20 元时,他捏着钱,小心翼翼地交给父亲:“爸爸,我的棉衣实在不能穿了,能不能给我买新的?”

五叔看着孩子手里的钱,一句话也说不出来。他咬牙又加上 20 元,给懂事的儿子添了件新棉衣。

来到宿舍,在长将的炕头,有一只破木箱,打开之后,里面只有一件换洗的单衣,一个饭盒,和几本《小蜜蜂》杂志。

我问长将:“这杂志谁给你买的?”

“我自己订的。”

12 岁的孩子,每周几元钱的生活费,他省吃俭用,为自己订了这本杂志。

“我不想休学,阿姨。”长将突然对我说:“我想上民族中学。”说着他又把头仰起来,看着屋顶。我不敢再看他。

临走,我掏出钱塞给长将。

“阿姨,我不要,我有。”

“你有什么!”我再也说不出话来。

瘦小的身影,迈着迟缓的步子,回到同学中去了。在一片欢声笑语中,陈长将没有再回头看我。

“要是卖掉房子,还能混一阵儿。”

中午时分,在五叔的堂屋里,小饭桌摆好。一顿午饭,是五叔的几个兄弟分头凑的。老大拿来的鸡蛋,老二拿来的肉,老六出的豆瓣,青菜、花生米和米饭是五叔自己的。

五婶怕自己的乙肝传染别人,端着饭碗远远地坐在一边。她没有一点食欲,夹着一根青菜,看了半天,又放回碗里。

五叔的花生地,在对面一座大山上,远远看去,绿色当中,只有一块小小的浅黄色。这边地里的油菜籽,刚刚放倒一半。绿色的蒜苗,长得正高。五叔掐一根蒜苗,含在嘴里,“这块的蒜,已经卖了90元,估计还能卖上100元。”

“熬着吧,我们快熬出来了。”五叔端着饭碗充满希望地说,“我们想把房子便宜些卖掉,就是没人买,现在时兴住砖屋了,没人再要这木屋。要是能卖掉还能混一阵儿,再熬3年,等长兵毕了业,就混过去了。”

3年!长兵开学的1000多元学费至今没有还上。已经6月了,长将上民族中学第一学期的700多元还没有着落。3年,五婶的病能熬到哪一天?五叔的身体能撑到哪一天?长兵和长将在这3年中,能踏实地待在课堂里吗?

在这个寨子里,五叔五婶的勤劳曾经是远近闻名的,他们的家境曾经是令人羡慕的。几个兄弟分家时,五叔只分到3口铁锅,他们白手起家,用自己的汗水,盖起了气派的房子,买来了两头黄牛,养育了两个聪明懂事的孩子。

“实在熬不下去,他俩就只好有一个退学了。”五叔拿筷子的手突然停在空中。

吃过饭,我们就要上路。我掏出100元钱,田部长和另外一个同志也掏出钱来,我们凑在一起,交给五叔。

五叔的眼睛一下睁得大大的。他没有推辞,抓过钱来,使劲在手里窝来折去,又紧紧握住,从左手到右手,右手到左手,嘻嘻笑着,一句话也不说。

他实在太需要了!

离开村寨时,五叔没有送我们,他急匆匆地向我们招了招手,就小跑着向田里奔去。再回身时,已没有了他瘦小的身影,只有五婶面朝着我们,歪靠在墙上。

我不知道,在这苍莽的十万大山中,还有多少五叔五婶这样的父母,还有多少长兵长将这样的孩子。

记者手记

他们是我的父老兄弟

从大山里回来,我给编辑打了个电话,第一句话就是:“活在北京,有罪啊。”当时,这确是我的真实想法。

坐在回来的火车上,我重又翻开孩子的日记,泪水不自觉地流下来,我害怕回想在大山里看到的一切,害怕回想两个孩子抑制眼泪的样子,我难以设想五叔五婶一家的将来。回到北京,很长时间,我无法坐下来写作,打开电脑,就控制不住自己的情感,我怕这样会影响文章的效果。

我们生活在城市里,我们对自己的生活总是不满意,我们总嫌挣得太少花得太多,我们整日怨天尤人……但从大山里回来,我这样问自己,我们真的活得那么不如意吗?

文章见报之后,编辑部电话不断,人们流着眼泪捐款捐物,中央人民广播电台连续播出一周后,捐助热浪达到最高潮。老天是公平的,五叔五婶长兵长将终于有救了。

后来曾有人问我,你的文章怎么会写得那样感人?还有人来信说,一名女记者,仅凭一封信,不远千里,几经周折,翻山越岭,去采访深山中两位农民。这不仅仅是一个报刊、一个女记者与两个农民的故事,它反映了近年来的一种文化现象——文化的回归。而我的想法却很简单,"因为他们是我的父老兄弟"。

至今我还记得,在报社的一次活动大会上,五叔作为特邀嘉宾,坐飞机来到北京,他头上缠着厚厚的土家族布巾,憨憨地笑着,他送给我一面锦旗,上面写着"人民的好记者",他一个劲儿地称我为他们家的救命恩人,不知为什么,听到这话我很难受,在文章末尾,我曾经写到:"我不知道,在这苍莽的十万大山中,还有多少五叔五婶这样的父母,还有多少长兵长将这样的孩子。"

如今,几年过去了,我仍要说,我不知道,还有多少父老兄弟,仍匍匐在干裂的土地上辛勤劳作着,他们的劳动所得,不足以养活自己,更甭提供养孩子上学,而他们当中许多人,将永无可能得到五叔五婶这样的好运!

(原载 1995 年 6 月 29 日《中国青年报》)

2. 本书第 85 页

这个头,带得好!

——记全国优秀共产党员、"冬暖式大棚蔬菜之父"王乐义

编者按:

王乐义是冬暖式大棚蔬菜的发明人和推广者,是引领群众致富的带头人,他掀起的"白色革命"惠及全国城乡。正在开展的保持共产党员先进性教育活动,使王乐义的典型意义有了新的解读视角。为使读者全面了解王乐义的事迹,深切感悟其先进性示范意义,在党的 84 岁生日来临之际,本报今天推出长篇通讯和评论员文章,还将陆续刊发系列报道《王乐义的故事》及大型连环画《"菜王"王乐义》,并约请有关方面人士进行笔谈,以期让王乐义的先进事迹和精神在更广范围内传播,激励广大共产党员始终保持先进性,为全

面建设小康社会、加快推进社会主义现代化作出新的更大贡献。

身着昌潍平原农村寻常可见的白衬衣黑裤子，黝黑的脸上透着山东大汉标志性的忠厚。眼前这位农民，就是被誉为“冬暖式大棚蔬菜之父”的全国优秀共产党员王乐义。

2005年4月7日下午，正在先进性教育联系点寿光市考察的胡锦涛总书记来到三元朱村。在一间蔬菜大棚里，听完菜农王友德讲述村党支部书记王乐义带领群众种大棚“发大财”的经过后，总书记说：“王乐义这个头带得好！”“农村基层党组织和党员的先进性就是要体现在带领农民致富上。”

“王乐义引发了蔬菜生产的‘白色革命’，进而引发了餐桌上的‘绿色革命’。他是蔬菜界的袁隆平！”

刘良琪，寿光市农业局蔬菜站站长。说起“菜王”王乐义，像在讲述一个传奇。

情牵蔬菜，缘自王乐义对知识的渴求和带领群众致富的强烈使命感。

早在1978年，王乐义刚担任村支书，就“冒冒失失”闯进山东农学院请来园艺专家李正之教授，将400亩荒岭改造成了“花果山”，村民们从此吃上了饱饭，有了点闲钱。可王乐义不知足，一直在找一个土里刨金的好法子。

当地有种菜的传统，也有不少农户用塑料大棚反季节种菜，但老式的大棚保温效果差，一冬烧五六吨煤加温也只能出些叶菜。王乐义不信邪，上北京，跑周边，大大小小的菜棚、温室看了无数个，笔记记了几十万字。

一个偶然的机会，王乐义打听到辽宁瓦房店农民韩永山的大棚大冬天能出黄瓜。大棚依山向阳，保温好，不用烧煤。1989年大年初六，王乐义就奔赴瓦房店。韩永山的家，他三进三出，撵走了再回去。终于，王乐义为百姓谋富路的真诚感动了韩永山，把“姐夫来了也没教”的技术传给了他。后来韩永山干脆“移民”寿光，和王乐义一起研究推广冬暖式大棚。

“共产党人过去带领群众打天下，现在最大的责任就是带领群众致富，这个头党员干部不带谁带？”

徐少华，时任三元朱村团支部书记。回忆起他们17名党员带头建大棚的经历，感慨万千。

从瓦房店回村，王乐义一头钻进冬暖式大棚的研究里，结合当地实际进行了五项技术改进。胸有成竹的他召集群众开大会，兴冲冲地号召大家建新式大棚，却没有一人报名。有人还编了顺口溜：“乐义傻，乐义贱，想带咱们去要饭……”

支部会上，王乐义发了话：“乡亲们不愿种，那是不认识，咱不能怨人家。除了年岁大的、身体不好的，党员干部都要带头建大棚！”

带这个头意味着什么，党员们心里清楚：建一个棚得五六千元，一旦试种不成功，都得成困难户。但这个头，他们带定了！

当年10月，17个新式冬暖大棚在三元朱村建了起来，17名党员像照料孩子一样没白没黑粘在棚里。12月24日，第一批越冬黄瓜上市，开秤每公斤20元。入夏算账，棚均收入2.7万元。三元朱村沸腾了，群众眼热了，第二年没用动员，一下子上了181个，户均1个多。

王乐义从未停下创新的脚步：1992年，无公害大棚蔬菜大面积试种成功，开全国先河；此后不断引进新品种，种大棚果树、花卉，搞无土栽培……去年，王乐义又与来自美国、以色列等八个国家的农业专家和科研机构达成协议，投资3000多万元建设"寿光国际农业科技培训中心"，农民不出国门就能学到国际先进技术，取得发达国家认可的技术证书。

"为推广大棚，王乐义遭的罪一点不比发明大棚少。"

马金涛，寿光市委常委、秘书长，曾任三元朱村所在的孙家集镇镇长。

1992年，从孙家集调到五台镇当书记的马金涛，心急火燎地请王乐义来帮着推广大棚，连续两天开了四场千人大会，讲得王乐义嗓子直冒烟。1995年，革命圣地延安要求派技术员，王乐义刚到就发起了高烧。吊瓶挂到凌晨一点多，早上吃点药他就上了讲台，一口气讲到过晌。讲完要走，却怎么也站不起来了。

1978年，王乐义因患癌症做了直肠切除手术，从此腰间挂了个粪便袋。为推广大棚四处奔波，他默默承受着身体的痛苦和不便。

王乐义同样也经历过心灵的煎熬。当初对外推广大棚技术，他不是没犹豫过。第一茬黄瓜刚下来，就有人找上门："老少爷们儿可要指望它挣大钱了，你得把技术捂住！"

就在这时，当时的县委书记王伯祥也来找王乐义："我想让你把技术推广出去，一丁点儿不留，你看怎么样？"王乐义吸了口凉气，没吱声。送走王伯祥，王乐义辗转反侧："我是三元朱的村支书不假，但我还是个共产党员，党的宗旨不就是为大多数人谋利益吗？"他拿定主意：向全县推广！

1990年，寿光县成立冬暖式大棚推广领导小组，王乐义任技术总指导，挨乡挨村跑，当年建起5130个大棚。从此一发不可收，他跑遍全省，走进全国15个省市区。村里的上百名技术员则像种子一样，撒往20多个省份。

1993年起，王乐义用3年时间在新疆各民族同胞中推广大棚菜，结束了那里一年8个月靠外地供菜的历史。王乐义的三弟王乐泉1995年担任新疆维吾尔自治区党委书记，新疆的百姓都说："这回可是小书记帮了大书记的忙！"

“你问我最盼乐义啥？我最盼着他快点退休，我们好一块儿在家吃顿安生饭。”

如果不是亲耳听到，真不敢相信，妻子梁文荣对王乐义就这么点要求。

王乐义一年有三四个月在外传技术，回到村里也是忙得团团转，家里的活指望不上他。身为“大棚书记”的妻子，梁文荣却没能亲手种过一个棚，因为乐义没工夫，她一个人忙不过来。

自打王乐义当上村支书，家里人就和“好事儿”绝了缘。1979年，王乐义把公社“戴帽”分给大女儿月荣的招工指标让给了别人，16岁的女儿想不开喝了农药，没能救过来。到如今，王乐义已是64岁的老人，提起这，眼眶仍不由一红，自言自语道：“只能怪孩子不懂事啊。”

其实，在王乐义的熏陶下，孩子们早就“懂事”了。老三下岗两年，卖了两年包子，没向当爹的张嘴要求安排个工作。女儿王茜、媳妇月桂都跟着娘在家种过地、育过苗。

“以最低标准追求生活欲望，以最高标准搞好工作。共产党员如何永葆先进性，王乐义是面镜子。”

寿光市委书记徐振溪对王乐义如是评价。

王乐义在村里当了20多年家，三元朱村从集体积累2800元的穷窝子，变成了年人均收入9000多元、集体积累180多万元的小康村。但王乐义自己并没有发财。

这些年来，王乐义领过的奖金不知有多少笔，但花在家人身上的只一次。那是1990年，王乐义领了400元奖金，正准备交给集体，从不开口的老伴梁文荣发了话：“先别捐了，我想买个三轮车，从家到地里三里多地呢。”那辆三轮，梁文荣一直骑到现在。

注册“乐义”牌商标后，来找王乐义合资合作的人很多，目前已甄选了6家。他立了条规矩：分红归村集体，个人一分不要。

走在三元朱村里，乡亲们对王乐义的亲热劲儿让人眼热。85岁的王耀明老人扯着自己身上的衣服说：“这是老人节时乐义给做的，村里老人都有，还发钱发蛋糕呢！有了乐义，俺们活不够啊！”

告别三元朱村时，王乐义告诉记者，他现在最大的心事，就是怎么完成好总书记的嘱托：把大棚蔬菜种植技术传授给更多的农民，把教育抓好。如今这事已有了眉目：由他牵头的鲁光农业科技培训中心即将在新疆、贵州等地开办，西部农民不用大老远跑过来，就能学到先进、实用的蔬菜种植技术了。

(作者：李海燕、齐淮车，原载2005年6月30日《大众日报》)

参考书目

一、文献

1. 中国社会科学院新闻研究所编:《中国共产党新闻工作文件汇编》(上、中、下),新华出版社 1980 年版。
2. 中共中央宣传部新闻局编:《马克思主义新闻工作文献选读》,人民日报出版社 1990 年版。
3.《毛泽东新闻工作文选》,新华出版社 1983 年版。
4. 中华全国新闻工作者协会编:《学习马克思主义新闻观》,吉林人民出版社 2001 年版。

二、著作

1. 艾丰:《新闻写作方法论》,人民日报出版社 1996 年版。
2. 常秀英:《消息写作教程》,中国广播电视出版社 2000 年版。
3. 陈龙、陈霖:《新闻作品评析概论》,中南大学出版社 2005 年版。
4. 陈仁凤:《现代杂志编辑学》,中国人民大学出版社 1995 年版。
5. 程道才:《专业新闻写作概论》,中国广播电视出版社 2002 年版。
6. 程道才:《中外新闻作品赏析》,中国广播电视出版社 1997 年版。
7. 程道才:《西方新闻写作概论》,新华出版社 2004 年版。
8. 程天敏:《新闻写作学》,山西教育出版社 1999 年版。
9. 程世寿:《典范新闻评论选析》,华中理工大学出版社 1996 年版。
10. 戴维·加洛克编:《普利策新闻奖(特稿卷)》,新华出版社 2001 年版。
11. 董广安:《现代新闻写作教程》,郑州大学出版社 2004 年版。
12. 甘惜分主编:《新闻学大辞典》,河南人民出版社 1993 年版。
13. 顾勇华、陈杰:《中国新闻评论名篇选析》,河海大学出版社 1990 年版。
14. 胡瑞宁:《新闻写作学》,新华出版社 2002 年版。
15. 胡文龙、秦珪、涂光晋:《新闻评论教程》,中国人民大学出版社 1998 年版。
16. 胡欣:《新闻写作学》,武汉大学出版社 2003 年版。
17. 康拉德·芬克:《冲击力:新闻评论写作教程》,新华出版社 2002 年版。

18. 康文久主编:《实用新闻写作》,新华出版社 2002 年版。
19. 罗贤梁:《报纸副刊学》,百花洲文艺出版社 1991 年版。
20. 李天道:《普利策新闻奖名篇快读》,四川文艺出版社 2005 年版。
21. 廖永亮:《消息写作创新》,新华出版社 2004 年版。
22. 刘根生:《新闻评论范文选析》,新华出版社 2001 年版。
23. 刘明华、徐泓、张征:《新闻写作教程》,中国人民大学出版社 2002 年版。
24. 刘明华、张征:《新闻作品选读》,中国人民大学出版社 2004 年版。
25. 刘明华:《西方新闻采访与写作》,中国人民大学出版社 1996 年版。
26. 吕娜:《中外新闻作品研究》,中华书局 2003 年版。
27. 马少华、刘洪珍:《新闻评论案例——思维训练与实战分析》,中南大学出版社 2006 年版。
28. 穆青:《新闻工作散论》,新华出版社 1983 年版。
29. 邵华泽:《同研究生谈新闻评论》,人民日报出版社 1999 年版。
30. 宋春阳、孟德东、张志攀:《实用新闻写作概论》,复旦大学出版社 2004 年版。
31. 宋应离主编:《中国期刊发展史》,河南大学出版社 2000 年版。
32. 孙宜君等:《新闻佳作评析》,中国矿业大学出版社 2004 年版。
33. 孙燕君、康建中、梅园槑、刘再兴:《期刊中国》,中国社会科学出版社 2003 年版。
34. 汤世英主编:《中外新闻作品研究》,武汉大学出版社 2000 年版。
35. 童兵:《中西新闻比较论纲》,新华出版社 1999 年版。
36. 王灿发:《现代报纸副刊专刊透视》,远方出版社 2005 年版。
37. 王春泉:《现代新闻写作》,西安出版社 2002 年版。
38. 王晓冰主编:《风雪声——王振亚新闻作品选》,远方出版社 2000 年版。
39. 王振业、胡平:《新闻评论写作教程》,中国广播电视出版社 2001 年版。
40. 威廉・大卫・斯隆、瓦莱里・麦克拉:《普利策新闻奖最佳作品集》,中国新闻出版社 1987 年版。
41. 孙发友:《新闻报道写作通论》,人民出版社 2005 年版。
42. 吴庚振:《新闻评论学通论》,河北大学出版社 2001 年版。
43. 夏琼:《新闻评析》,高等教育出版社 2002 年版。
44. 徐耀魁:《西方新闻理论评析》,新华出版社 2004 年版。
45. 杨秀君、孙继亮:《期刊管理与利用》,学苑出版社 1989 年版。
46. 曾庆香:《新闻叙事学》,中国广播电视出版社 2005 年版。
47. 赵玉明、王福顺主编:《广播电视辞典》,北京广播学院出版社 1999 版。
48. 赵燕群:《期刊工作浅说》,书目文献出版社 1980 年版。
49. 周胜林、尹德刚、梅懿:《当代新闻写作》,复旦大学出版社 2004 年版。
50. 石长顺、李黎明、王灿发:《电视文本解读》,华中科技大学出版社 2003 年版。
51.《中国新闻奖作品选》,第一届至第十六届,新华出版社。
52.《法新社百年新闻佳作》,陕西师范大学出版社 2002 年版。

三、论文

1. 敖裕兰:《论期刊市场定位》,《中国出版》2002 年 11 月。

2. 曹海东:《个性的张扬——从一则特写看中西新闻写作的差异》,《新闻采编》2002 年第 6 期。
3. 曹书林:《报刊新闻语言初探》,《内蒙古社会科学》1998 年第 6 期。
4. 程道才:《西方调查性报道的特点及采写要求》,《国际新闻界》2006 年第 2 期。
5. 程曼丽:《美、俄、日、德主要报纸涉华报道分析》,《国际新闻界》2002 年 4 月。
6. 董言:《梁衡谈报纸副刊三》,《传媒》2003 年 3 期。
7. 樊晓国:《西方媒体关于中国洪灾报道的分析》,《国际新闻界》1998 年 5～6 月。
8. 龚志聪:《报道工作的四个能力与四项学养》,《军事记者》2004 年第 4 期。
9. 郭建珍:《提高法律素养做好新闻工作》,《新闻采编》2002 年第 5 期。
10. 韩玉花、尹洪山:《中西方新闻写作模式的几个不同特点》,《湖北社会科学》2005 年 8 月。
11. 金梦玉、薛丽娟:《普利策新闻奖评论类奖项透视》,《现代传播》2004 年第 4 期。
12. 蒋方才:《副刊初探》,《怀化学院学报》2006 年第 6 期。
13. 李长春:《从"三贴近"入手,改进和加强新闻宣传思想工作》,《求是》2003 年 5 月 16 日。
14. 李建永、阮畅:《论新闻记者的职业素养》,《陶瓷研究与职业教育》2004 年 3 月。
15. 李萌:《从普利策新闻奖透视美国新闻价值观》,《新闻记者》2004 年 6 月。
16. 李良荣:《典型和典型报道》,《新闻战线》1981 年第 3 期。
17. 李世全:《论 21 世纪电视编辑记者应具备的素质》,《中国广播电视学刊》1999 年 6 月。
18. 刘君:《从"华尔街日报体"再议特稿写作》,《新闻采编》2005 年第 3 期。
19. 马桂花:《英文社会新闻特稿的特点》,《中国记者》2002 年第 10 期。
20. 明安香:《美国传媒与政府关系的角色转变》,《国际新闻界》2005 年第 4 期。
21. 任美荣:《以深度报道体现宣传价值》,《中国记者》2004 年 9 月。
22. 沈敏:《构建吸引受众的"召唤结构"——人物通讯与事件通讯的可读性探悉》,《零陵学院学报》2004 年第 4 期。
23. 沈世纬:《从宏观微观两方面提高观察力》,《新闻纵横》1985 年第 6 期。
24. 西祠报人:《什么才是真正的华尔街日报体》,《青年记者》2004 年第 11 期。
25. 孙官生:《提高理论素养把握正确导向——学习江泽民总书记重要指示的一点体会》,《新闻界》2000 年 1 月。
26. 王阿方:《让故事走进新闻》,《新闻爱好者》2006 年 8 月,总第 267 期。
27. 王梅芳:《关于建立新闻评析科学体系的初步思考》,《今传媒》2004 年第 7 期。
28. 王梅芳:《论新闻评析的本质、特征和任务》,《中南民族大学学报》2004 年 9 月。
29. 王洁、娄二鹏:《中国新闻奖与普利策新闻奖的对比研究》,《声屏世界》2006 年第 5 期。
30. 王倩:《中西新闻选择的差异比较》,《青年记者》2006 年第 9 期。
31. 王轩:《中国传媒双重属性的再认识》,2006 年 2 月 19 日人民网。
32. 王寅:《普利策深喉看门狗——专访普利策奖秘书长》,《采写编》2005 年第 3 期。
33. 吴明明:《"进""出"那一种语境——对报纸副刊编辑工作的一点体会》,《传媒观察》2000 年第 01 期。
34. 谢明:《西方特稿的结构美》,《广西大学学报》1999 年 8 月。
35. 杨西河:《新闻爱好者如何提高采写水平》,《军事记者》2006 年 2 月。
36. 赵莉:《从〈今日美国〉看美国的新闻价值观》,《青年记者》2002 年第 4 期。

37. 张庆胜:《新闻评析思路的特点》,《当代传播》2003 年第 2 期。

38. 张威:《中西比较:正面报道和负面报道》,《国际新闻界》1999 年第 1 期。

39. 周忠学:《坚持贯彻“三贴近”提高新闻引导力》,《大庆社会科学》2004 年。

40. 岳金鹏:《报纸副刊的独特性》,《辽宁工程大学学报》2002 年第 3 期。

41. 张莹:《文学副刊如何赢得读者》,《新闻爱好者》1999 年第 2 期。

42. 张晓素:《新闻故事化成因与现状》,《新闻前哨》2005 年第 2 期。

43. 莫顺斌:《论新时期杂文文体的创新态势》,《湖南科技学院学报》2006 年第 9 期。

后 记

新闻评析能力是新闻从业人员的一项基本功，通过品评别人作品的得失，有利于提高新闻从业人员的新闻报道能力。目前，我国高校新闻传播类专业普遍开设了新闻作品评析类课程（报刊作品评析课程、网络新闻作品评析课程、电视作品评析课程），新闻评析成为新闻专业本科生的必修课。中国传媒大学新的教学计划，把新闻作品评析列为新闻专业本科生的必修课。

教材不同于专著。作为教材，本书在编写过程中注意了两个方面：一是吸收已有教材关于新闻评析的成熟观点，二是吸收新闻学界关于新闻评析最新的研究成果。2001 年汤世英主编的《中外新闻作品研究》、2002 年夏琼编著的《新闻评析》奠定了新闻作品评析教材的基本框架，提出了一些成熟的观点。2003 年石长顺主编、李黎明、王灿发副主编的《电视文本解读》重点研究了电视新闻作品的评析方法；2004 年孙宜君、萧庆元、吴红宇编著的《新闻佳作评析》，从案例角度研究了新闻佳作的评析；2005 年陈龙、陈霖撰写的《新闻作品评析概论》属于较新的研究成果。本书部分地吸收了上述学者的研究成果。此外，本书选取了许多作者的新闻作品作为研究对象，吸收、引用了一些学者的专著和期刊文章中的研究成果，限于篇幅未能对这些作者及研究成果一一注明。新闻作品的选取，本书借鉴了中国新闻奖作品选等国内外的一些作品选本，书中对这些选本也未一一列举。在此，向所有为本书提供研究成果的作者、学者表示由衷的感谢。

由于新闻评析的理论体系还处于探索时期，笔者试图站在前人的肩膀上有所创新,但是构建新体系绝非一日之功,加上笔者自身水平的限制,本书一定存在着不少这样或那样的缺点和错误,恳请专家、同行和读者批评指正,以便修订时改正。

笔者在搭好本书的写作框架,写出各章、节的主要观点,并收集好主要参考资料之后,指导李鑫媚(第一章部分、第二章)、陈羽洁(第一章部分)、高培俊(第三章)、傅蕾(第四章)、曹丹(第五章)、陈藜洁(第六章)、郭晶(第七章)、刘晓伟(第八、九章)执笔写出初稿,由本人修改、补充完成。

本书在撰写过程中,中国传媒大学电视与新闻学院书记雷跃捷教授、副院长陈作平教授、中国传媒大学党报党刊研究中心博士生导师王武录教授、报刊教研室主任金梦玉教授、教学办张晓红主任给予了支持、鼓励和帮助。本书责任编辑蔡开松为本书顺利出版付出了艰辛的劳动。我谨向他们表示深深的感谢。

王灿发

2007年10月30日

美然斋

图书在版编目(CIP)数据

新闻作品评析教程/王灿发等著. --2版. --北京:中国传媒大学出版社,2014.12(2022.12重印)
(新闻传播专业"十三五"规划教材)
ISBN 978-7-5657-0914-2

Ⅰ.①新… Ⅱ.①王… Ⅲ.①新闻—文学评论—教材 Ⅳ.①I055

中国版本图书馆CIP数据核字(2014)第059216号

新闻传播专业"十三五"规划教材

新闻作品评析教程(第2版)

XINWEN ZUOPIN PINGXI JIAOCHENG(DI-ER BAN)

著　　者	王灿发 等		
责任编辑	蔡开松		
封面设计	魏　东		
责任印制	李志鹏		
出版发行	中国传媒大学出版社		
社　　址	北京市朝阳区定福庄东街1号	**邮　　编**	100024
电　　话	86-10-65450528　65450532	**传　　真**	65779405
网　　址	http://cucp.cuc.edu.cn		
经　　销	全国新华书店		
印　　刷	艺堂印刷(天津)有限公司		
开　　本	787mm×1092mm　1/16		
印　　张	17.5		
字　　数	353千字		
版　　次	2014年12月第2版		
印　　次	2022年12月第8次印刷		
书　　号	ISBN 978-7-5657-0914-2/I・0914	**定　　价**	39.00元

新闻传播专业“十三五”规划教材

新闻学原理(第2版)	彭菊华 著
新闻采访(第2版)	熊 高等著
新闻写作(第2版)	郭光华 著
新闻采访与写作(第2版)	许 颖 著
新闻编辑(第2版)	谭云明 著
新闻作品评析教程(第2版)	**王灿发等著**
新闻心理学概论(第5版)	刘京林 著
舆论学概论	刘建明等著
舆论学原理、方法与应用(第2版)	韩运荣等著
传媒伦理学教程	张 僔主编
传媒学引论	Regis Debray 著
新媒体概论(第2版)	黄传武等著

陆续有来……

欢迎投稿:1091104926@qq.com